ROTTINGDEAN

ROTTINGDEAN

Por Beatriz Ramírez de Arellano

Título: Rottingdean
© 2019, Beatriz Ramírez de Arellano

De la maquetación: 2019, Romeo Ediciones
Del diseño de la cubierta: 2019, Raúl Ramírez de Arellano

Primera edición: noviembre de 2019

Impreso en España

ISBN-13: 978-84-18098-53-6

Para Claudia, mi hija. Por ser mi inspiración.
Para mi padre, Raúl Ramírez de Arellano. Siempre te recordaré.

La señora Danvers despidió al ama de llaves antes de lo habitual. Alegó un falso dolor de cabeza y se acostó pronto. Subió las escaleras y entró en su habitación. Era extraño, pero se sentía tranquila y aliviada. Después de tantos años de espera, por fin había llegado la hora. Como cada noche, se sentó frente al espejo y se cepilló la gruesa mata de pelo blanco que cubría su cabeza. Arriba y abajo, lentamente. Mientras lo hacía, asentía y miraba a través del espejo a quien le hablaba. No le preocupaba que nadie escuchara los susurros. Sabía que solo ella podía oírlos. Antes de meterse en la cama se aplicó colorete en las mejillas y untó sus arrugados labios con un ligero brillo de color salmón. Jamás permitiría que la encontraran sin arreglar. Apenas quedaba rastro de la espectacular belleza que fue, pero la elegancia aún permanecía ahí, intacta, a pesar de los años.

Entró en la cama sin prisa, procurando no arrugar el camisón. Era viejo, como ella, pero el mejor que tenía.

Primero se apagó la luz del baño, después la lámpara del tocador, y por último la de la mesilla de noche. Una mano que solo la anciana podía ver dejó a oscuras la habitación. En ese momento la señora Danvers sintió la fría y suave caricia en la frente. Suspiró. El momento había llegado. Se abandonó sobre los almohadones y cerró los ojos. Despacio, muy despacio. Nunca más volvió a abrirlos.

CAPÍTULO 1

El avión llegó con más de cuarenta y cinco minutos de retraso. En cualquier otra ocasión la demora habría sido un fastidio, pero ahora no importaba. Nadie les esperaba en la terminal. Haciendo cola en la empresa de coches de alquiler, Amelia miraba el desfilar de viajeros a uno y otro lado del aeropuerto. Caminaban deprisa, seguros, sabiendo adónde se dirigían. Justo lo contrario que ella. Le pareció curiosa, incluso divertida, la diferencia de ánimo entre los transeúntes del aeropuerto de Gatwick y los de Madrid. Hacía menos de tres horas que había abandonado su ciudad y ya la echaba de menos. Rebosaba bullicio, alegría, vida. Le pareció cierto, aunque fuera un tópico, eso de que Inglaterra era más gris, más triste, más deprimente. También pensó que era posible que el contraste no existiese, que todo fuera resultado de su estado de ánimo. Poco importaba. El caso es que estaba allí atrapada y sin posibilidades de regresar a Madrid.

Marco y Celia se hicieron cargo de la situación. Sabían que su hija Amelia necesitaría un tiempo de adaptación. Verla caminar tras ellos por los largos pasillos del aeropuerto, en silencio, como un zombie, les rompía el corazón, pero así eran las cosas. Tras buscar el equipaje y recoger el coche alquilado, cargaron sus maletas y emprendieron el camino. Fue un acierto que Marco viajara allí una semana antes con los de la mudanza llevando los bultos más pesados.

El viaje apenas duraría una hora. Marco y Celia admiraban el paisaje mostrando un entusiasmo exagerado. Era imposible utilizar tanto adjetivo empalagoso en un trayecto tan corto. Todo era magnífico, impresionante, precioso, encantador, adorable… Amelia sabía que intentaban llamar su atención procurando hacer más atractivo el cambio que la mudanza iba a producir en su vida. Le daba igual. El cambio seguía siendo un asco.

Se dirigían a Rottingdean, una pequeña aldea costera al sur de Inglaterra. Amelia nunca había estado allí, pero su buena amiga "Wikipedia" ya le había avisado que tenía poquísimos habitantes y posiblemente menos cosas que hacer. Rezaba porque al menos hubiera un cine o un centro comercial, aunque fuera pequeño. Era un alivio saber que Brighton se encontraba a menos de diez kilómetros. Haber aprobado el carné de conducir dos semanas atrás le garantizaba algo de libertad. Ojalá sus padres se apiadaran de ella y le regalaran un coche con el que poder salir de aquel pueblucho en que pensaban vivir. Daba igual cómo fuera. Pequeño, viejo, tuneado o un tractor. Qué importaba. Cualquier trasto con motor sería bienvenido.

Desde que era pequeña Amelia había oído hablar de Rottingdean. Su familia materna vivió allí durante más de dos siglos. Poseían una de esas imponentes mansiones victorianas. Su última propietaria fue su tía-bisabuela, Karen. Una mujer muy peculiar.

Karen había nacido en 1913. Todos los que la conocieron decían que fue una mujer fuerte y valiente. Haber pasado dos guerras mundiales curtía a las personas. Sin embargo, a pesar de sus rudos modales y de tener la lengua más afilada del condado, era una buena persona. Jamás se casó y tampoco tuvo hijos. Dedicó su vida al cuidado de sus padres, sus caballos y la mansión de Rottingdean. Amelia la consideraba la mujer más original de la familia. Bastaba con echar un ojo a sus aficiones: la literatura histórica, el tabaco de pipa, montar a caballo, los coches y la lucha activa contra el maltrato animal. ¡Cuántas veces no habría oído Amelia decir a su madre lo avanzada para su época que había sido la tía-bisabuela Karen! Celia la adoraba. Había coincidido con ella durante los veranos de su infancia, cuando la familia viajaba a Rottingdean en vacaciones. Las dos se entendían de maravilla. Para Karen Celia siempre fue la hija que nunca tuvo.

A mediados de los años sesenta, Karen conoció a la señora Danvers. Fue en una fiesta organizada por amigos comunes en Londres. La señora Danvers era una viuda muy popular en los círculos de la alta sociedad londinense. Su belleza no pasaba inadvertida tanto para hombres como para mujeres. Al morir su marido, tan solo le quedó como herencia un viejo pastor alemán, una casa con el tejado sin arreglar y un montón de deudas.

La señora Danvers y Karen pronto se hicieron amigas. A pesar de ser poco dada a las fiestas y celebraciones de una sociedad que consideraba rancia e hipócrita, Karen comenzó a frecuentar los círculos de su amiga. La amistad de ambas y su más que evidente complicidad daba mucho que hablar. Las malas lenguas no tardaron en afirmar que la bella viuda utilizaba a Karen para mantener el alto nivel de vida al que su difunto marido la tenía acostumbrada. Y para asombro de algunos —y regocijo de los más chismosos—, la señora Danvers y Karen se fueron a vivir juntas a Rottingdean. Corrían los locos años sesenta, y lo que en otra época habría sido un escándalo, resultó un acontecimiento chic e interesante.

La señora Danvers se aficionó a montar a caballo y a fumar. Karen, por su parte, intensificó su presencia en los actos sociales del condado. Siempre iban juntas. Con el paso de los años, los vecinos terminaron por aceptarlas. Y ellas vivieron el resto de sus vidas en Rottingdean. Karen murió a finales de los ochenta, veinticinco años atrás. En su herencia dispuso que la mitad de todo su dinero fuera para Celia; la otra mitad era para la señora Danvers. Ella también heredó, además, la mansión de Rottingdean en usufructo.

Hacía un par de meses que la señora Danvers había muerto. El ama de llaves la encontró una mañana al ir a despertarla. Murió mientras dormía.

Lamentablemente la señora Danvers nunca supo gestionar bien su dinero. Agotó su herencia en pocos años, y para mantener la casa, tuvo que vender los caballos y la mayoría de los muebles de valor. Solo quedaron habitables su dormitorio, un pequeño salón de té, la biblioteca y la cocina. Hacía tiempo que el ama de llaves no percibía su sueldo, pero era mayor y no tenía otro sitio adonde ir. Además, la señora Danvers siempre la trató bien. Ambas se necesitaban.

Amelia levantó la cabeza del iphone cuando el coche se detuvo.

—¡Hemos llegado! —exclamó entusiasmada Celia mientras salía del coche y admiraba la mansión —. Habría jurado que era mucho más grande.

Su nuevo hogar era un edificio de piedra gris y tejados negros. Amelia, que ese año comenzaría a estudiar Arte en la universidad de Brighton, trató de identificar su estilo. Victoriana, sin duda. Con ciertos de talles góticos y una compleja mezcla de estilos que desconocía y tampoco tenía ganas de adivinar. Repartidas por la fachada había una docena de enormes ventanales alargados. Cuatro miradores, dos a cada lado, remataban el frontal. El tejado, puntiagudo, tenía ocho chimeneas muy altas, todas de piedra. La mansión era una pasada. Parecía sacada de una película. Rodeada por unos jardines extraordinarios, con altísimos árboles e infinidad de flores. Todo muy bonito pero descuidado. Estaba claro que nadie los atendía desde hacía tiempo. En un lateral de la casa, algo alejado, se intuía la silueta de un invernadero. Al igual que el resto de la finca, había conocido tiempos mejores. La mayoría de los cristales estaban rotos y tan sucios que para adivinar lo que había dentro era necesario armarse de valor y entrar a averiguarlo.

Amelia miró a su alrededor y sintió una punzada en el pecho. Sí, esta sería su jaula, el lugar donde tendría que pasar los próximos años y donde comenzaría una nueva vida. Ojalá sus hermanos estuvieran con ella. Ojalá no la hubieran dejado sola. Cuánto los echaba de menos. Si hubieran continuado juntos quizá esa absurda mudanza nunca habría sucedido.

CAPÍTULO 2

Mientras admiraban la mansión, el ama de llaves salió a recibirlos. No hacía ni diez segundos que habían llegado y la mujer ya los esperaba en el porche. ¡Menuda rapidez! Amelia se preguntó si no llevaría todo el día detrás de la puerta.

—Señorita Celia, ¡cuánto me alegro de volver a verla!— dijo la mujer acercándose con los brazos abiertos.

Amelia sabía que la señora Pots llevaba muchos años sirviendo en la casa. Su madre la conoció cuando era una niña. No quería pensar cuántos años tendría. ¡Dios mío! No podía ser legal que una anciana tan anciana siguiese trabajando. Celia le había contado que la señora Pots era una de las doncellas más jóvenes de la casa cuando la vio por primera vez. Además de trabajadora, era muy discreta y comprensiva. Por eso la tía Karen la apreciaba tanto. Y por eso, antes de morir, la nombró ama de llaves. Sabía que la señora Danvers no podría hacerse con la casa sin su ayuda. Fue sin duda una de las decisiones más acertadas que jamás había tomado. En los últimos años, el trato señora-criada había desaparecido por completo. La señora Danvers y *Pottie* (como le gustaba que la llamaran) se convirtieron en dos compañeras y amigas. Juntas se encargaban de la casa y se cuidaban mutuamente.

La muerte de la señora Danvers dejó a *Pottie* destrozada. Además de perder a una amiga, temía también quedarse sin trabajo. En realidad no conocía otro lugar que no fuera Rottingdean. Celia la recordaba con cariño y, después de hablarlo con Marco, decidieron que continuara viviendo con ellos. No como criada ni ama de llaves, no, sino como una vieja amiga de la familia.

—¡*Pottie!* —exclamó Celia.

Las dos mujeres se fundieron en un abrazo. Tras las oportunas presentaciones, la anciana tomó del brazo a Amelia y la condujo al interior de la casa. La mujer olía a perfume de violetas y a tabaco.

—He preparado té y unas riquísimas pastas de mantequilla que hice esta misma mañana. Debéis estar hambrientos. Vamos, vamos, odio el té frío.

Nada más entrar en la casa, a Amelia se le cayó el alma a los pies. Todo olía a polvo y humedad. Estaba claro que *Pottie* no podía mantener limpio un sitio tan grande, pero en fin, ya podría haber llamado a alguien para que le echara una manita. El hall de entrada estaba tan oscuro que apenas se intuían las imponentes escaleras. El suelo, de anchos tablones de madera, hacía tiempo que había perdido su brillo. Todo picado y agrietado, daba pena verlo. Menudo comienzo. Afortunadamente, antes de que Amelia saliera corriendo de allí, entraron en el salón de té. ¡Y eso era otra cosa! Para su sorpresa, estaba muy limpio. La iluminación provenía de dos gigantescas ventanas y un bellísimo mirador. Había también un enorme ramo de rosas en un recargado y colorido jarrón colocado justo al lado de una de las ventanas. Su olor impregnaba la enorme habitación. Una habitación cuyo mobiliario consistía en un sofá, dos sillones, una mesa, tres sillas, una cómoda y un piano. Decenas de fotografías se apretujaban sobre el piano y la cómoda. La mitad de ellas eran escenas familiares: de la tía Karen, de la abuela, de alegres reuniones y de un montón de gente a los que Amelia no reconocía. La señora Danvers acaparaba la otra mitad. Con Kate muchas de ellas; el resto, posando en el jardín, montando a caballo, en la piscina, en el salón de té… No había duda de su imponente belleza.

—Bueno, *Pottie* —dijo Celia una vez servido el té y unas pastas más duras que un posavasos de madera—, espero que tengas preparadas las maletas. Nos vamos esta noche.

—No Celia, cariño, yo no me voy de aquí —dijo la mujer en un tono de disculpa—. Hace tanto tiempo que vivo en esta casa que no podría estar en otro sitio.

—Oh, vamos, *Pottie,* nadie habla de ir a vivir a otro sitio. Sabes que será temporal, hasta que arreglen un poco todo esto. Hemos reservado tres habitaciones en una de las casas de huéspedes del pueblo. Te gustará. Nos quedaremos todos allí hasta que las obras terminen. Esta casa no es habitable.

Pottie asintió de mala gana. Sabía que Celia tenía razón. Si no hacían algo pronto, la casa se vendría abajo de un momento a otro. Además, ¡cómo contradecir a la nueva dueña! Pero dejar la casa sola...

—¿De acuerdo entonces? —insistió Celia.

—De acuerdo, ¡qué remedio! Recogeré mis cosas. Será solo un momento. Hay más pastas si os apetece.

Antes de salir, *Pottie* se paró en seco.

—¿Sabéis? Creo que esta es la primera noche en más de un siglo que esta casa se queda vacía. Siempre ha habido alguien bajo su techo.

—No hay de qué preocuparse, *Pottie* —contestó Marco tratando de animar a la anciana—. Estoy seguro de que no le importará.

Justo en ese momento, una ráfaga de aire abrió la ventana de par en par. El estruendo arrastró por el suelo el horrible jarrón y las rosas que contenía. *Pottie* se quedó paralizada. Durante unos segundos interminables mantuvo su mirada fija en el suelo, ausente, observando el desbarajuste de trozos de cerámica, agua y pétalos.

—¿Ves *Pottie*? —se apresuró a decir Celia mientras Amelia y su padre recogían el estropicio—. Hasta las ventanas necesitan un arreglo.

Amelia no pudo evitar sentirse intrigada por la cara de *Pottie* tras el incidente. Estaba pálida, y hasta creyó percibir un ligero temblor en sus labios.

En el fondo agradecía que Celia y Marco tuvieran tanta prisa por salir de aquella casa. Si hubieran decidido pasar la noche allí, no habría tenido más remedio que retroceder a su más tierna infancia y acostarse en la misma cama que ellos. Un lugar así le provocaba escalofríos.

No tardaron ni cinco minutos en llegar a la casa de huéspedes. Esa era otra de las cosas a la que tendría que acostumbrarse: a las distancias. En Madrid, ir a cualquier sitio le llevaba una tarde.

La casa era como había imaginado. Blanca, con tejado rojo, grandes ventanales blancos y un mirador justo en el centro de la fachada. Seis chimeneas de ladrillo rojo remataban la construcción. Una valla de madera blanca rodeaba la parcela. La mitad del jardín estaba ocupado por un huerto donde la dueña de la casa cultivaba allí todo tipo de verduras y hortalizas. El resto era césped y rosales.

Una mujer regordeta y pelirroja que olía a guiso les abrió la puerta. Los recibió como a esos viejos amigos a los que se ha invitado a pasar una temporada. Mientras subían las escaleras hacia las habitaciones, les contó su vida. Era viuda. Desde hacía años vivía con su hija Lilian y una curiosa pareja de ancianos. Al parecer, el matrimonio llevaba más de tres años allí. Preferían el trato familiar antes que una triste residencia. Lilian, su hija, estaba en Brighton con unas amigas; el resto de huéspedes (debía referirse al matrimonio octogenario, claro), daban su paseo diario por la playa.

Aunque la hora de la cena ya había pasado, la mujer les tenía preparada en la cocina una bandeja de sándwiches, ensalada y algo de fruta. Tanto mejor. Al menos la primera noche cenarían sin compañía.

Durante la cena no hubo otro tema de conversación que las obras de mejora de la casa. El entusiasmo de Celia y la admirable capacidad organizativa de Marco animaron a Amelia que, por un rato, se olvidó de Madrid. Incluso aportó ideas y sugerencias que ilusionaron a sus padres. El ambiente era tan agradable que hasta *Pottie* pareció convencerse de que aquellos planes no eran tan descabellados como creía.

—Mañana he quedado con el gerente de la empresa que se va a encargar de las reparaciones ——dijo Marco—. Intentaré que el proceso no se alargue demasiado. El capataz conoce bien la casa. Me ha dicho que necesitará tres meses para dejarla como nueva.

—Pero papá —protestó Amelia—, eso será en septiembre. ¿Vamos a pasar todo el verano aquí?

—Pues mucho me temo que sí. Trataremos de reducirlo algo, pero yo que tú no me haría demasiadas ilusiones. Puedes estar segura de que a tu madre y a mí también nos gustaría que estuviese todo listo antes del comienzo de tus clases.

Amelia sabía que su padre haría lo imposible por terminar cuanto antes. Ya no solo por su hija, sino por una pura cuestión económica. La herencia de la tía Karen había caído en casa de Amelia como una bendición, justo en el momento indicado. Celia había sentido mucho muerte repentina de la señora Danvers, pero al fin y al cabo era ley de vida. Por eso Amelia sospechaba que su madre también se había alegrado un poquito al recibir la noticia.

El último año estaba muy alejado de ser el peor de sus vidas. Aún así, la mala suerte no les había dado tregua. Primero despidieron a su madre. Celia había dirigido el departamento de Marketing de una multinacional americana de productos de belleza de lujo durante más de quince años. Con la crisis, las mujeres preferían las cremas y maquillajes más baratos y las ventas cayeron en picado. Llegó una reestructuración de la plantilla, y de la noche a la mañana, Celia se encontró de patitas en la calle. La sustituyeron por alguien más joven que cobraba tres veces menos.

Dos meses después le tocó el turno a su padre. Marco era médico aunque nunca ejerció como tal. Después de terminar la universidad montó un negocio de importación de muebles orientales junto a un compañero de facultad. Aquello comenzó como una aventura empresarial, como un experimento divertido y emocionante, y pronto se consolidó como un próspero negocio. Crecieron rápidamente. Tanto que pudieron abrir tres tiendas más en Madrid. Tenían previsto expandirse a Barcelona y Milán, la ciudad donde Marco nació. Pero por desgracia llegó la crisis, la gente dejó de comprar, y los que lo habían hecho no pagaban. Las deudas les asfixiaron. Y después de más de veinte años, no tuvieron otra alternativa que echar el cierre.

Marco y Celia tenían algo de dinero ahorrado, pero el ritmo de vida al que estaban acostumbrados no les permitía relajarse. Habían comprado un precioso chalé de tres plantas, jardín y piscina en el norte de la capital, y aunque ya habían pagado la mayor parte, los gastos de la hipoteca eran tan elevados que apenas podían hacerles frente. Sin un trabajo interesante y bien remunerado en perspectiva, la cosa se fue poniendo fea. Estaban realmente asustados.

Así que el día que llegó el comunicado de la herencia creyeron que por fin su suerte había cambiado. De inmediato vendieron el chalé y los coches, y se prepararon para cambiar de vida. Con el dinero que tenían ahorrado, más el de la venta de la casa y los coches, arreglarían la antigua mansión y montarían un bonito hotel. Rottingdean era un lugar turístico, cercano a Brighton, en zona de playa. Y la mansión, la típica construcción de ensueño por la que cualquier turista pagaría por pasar la noche. Un plan perfecto.

Cuando se lo comunicaron a Amelia casi entró en shock. Habían viajado muchas veces a Inglaterra. Al fin y al cabo su familia materna era de allí. En casa hablaban en inglés. Era un país en el que se sentía a gusto cuando iba de vacaciones. Pero de eso a marcharse a vivir a Rottingdean de forma permanente había un buen trecho. La primera semana la pasó enfadada y de mal humor. Luego, al ir madurando la idea, llegó a la conclusión de que no podía hacer perder a sus padres una oportunidad como aquella. Acababa de cumplir dieciocho años y lo lógico sería que no tardase demasiado en volar del nido. Era cuestión de tiempo. El tema de la universidad también influyó. Siempre había pensado que estudiaría en Madrid, en la Complutense, como sus hermanos. Sin embargo, ahora iría a Brighton. ¡Brighton! La idea tampoco sonaba mal.

En unas semanas se sacó el carné de conducir, y, llegado el día, empaquetó sus cosas y lloró mucho al despedirse de sus amigas.

—Amelia —oyó decir a su madre sacándola del ensimismamiento en el que se encontraba—, ¿no me has oído? ¿Te apetece?

—Perdona, mamá, estaba pensando en otra cosa. ¿Qué decías?

—Te preguntaba que si te apetece venir mañana con *Pottie* y conmigo a la mansión. Vamos a recoger lo que sea de valor antes de que lleguen los operarios. Si lo prefieres puedes irte a pasar el día a la playa.

—No, no, está bien, iré con vosotras. Tengo todo el verano para ir a la playa.

Después de cenar cada uno se fue a su habitación. Había sido un día demasiado largo. Amelia se tumbó en la cama dispuesta a poner al día a sus amigas a través del *whatsapp* pero se dio de bruces con la realidad. ¿Cómo era posible que una casa de huéspedes de un pueblo turístico no tuviera *wi-fi*? Estaba claro que los huéspedes octogenarios no lo necesitaban, pero ¿cómo demonios mantenían el contacto con la civilización la dueña y su hija? Enfadada, se metió en la cama. Ya pensaría en algo al día siguiente.

CAPÍTULO 3

J amás había visto tanto polvo acumulado. Qué mala idea había sido estrenar las deportivas nuevas. Tendría que haberse puesto cualquier cosa que después pudiera tirar a la basura.

Mientras *Pottie* y Celia empaquetaban los libros y las viejas fotografías de la biblioteca, Amelia se dedicó a husmear por la casa. Resultaba emocionante descubrir pequeños retazos de la vida de sus antepasados. Pocos eran los objetos de valor que quedaban. Sin embargo, al observar los tapizados deslucidos, las cortinas, las alfombras raídas o algunas de las escasas tazas y utensilios de cocina, era fácil adivinar el esplendor que debió tener la propiedad. Primero recorrió la planta baja. La decrepitud, el crujir de las viejas maderas, la oscuridad de los pasillos, el polvo y la decadencia provocaban en la joven desasosiego y angustia. Algunas de las habitaciones, las menos, tenían algún mueble cubierto por sábanas. El resto estaban vacías, dejando en evidencia el mal estado en que todo se encontraba: paredes sucias de humedad y con el papel ajado y despegado, suelos levantados, ventanas abiertas o sujetas con cinta-aislante, cables de la luz pelados... Una auténtica ruina. ¿En qué estaría pensando la señora Danvers? Amelia no entendía cómo habían podido dejar que un lugar tan bello alcanzara tal estado de abandono.

Por último llegó a la cocina. Era la más grande que había visto en su vida. Ni siquiera la de su antiguo colegio tenía tantos metros cuadrados. Qué pena. Estaba destrozada. El suelo no era de madera, sino de pequeños baldosines pintados a mano en diferentes tonos de azul. Las paredes, que debieron ser blancas, presentaban cientos de desconchones y manchas de grasa. El techo era lo más espectacular y aún parecía estar

Beatriz Ramírez de Arellano

en buen estado. De madera tallada, en cada esquina lucía un bodegón de frutas en relieve. Ojalá pudieran conservarlo. Del techo colgaban ganchos de hierro forjado. Amelia supuso que los utilizarían para colgar ollas y otros utensilios. Le pareció curioso que en pleno siglo XXI continuasen los arcaicos fogones de leña. Hacía tiempo que nadie los utilizaba porque sobre ellos habían colocado un hornillo de gas. Intuyó que era allí donde *Pottie* y la señora Danvers cocinaban. También vio un diminuto horno eléctrico bastante costroso sobre una mesa plegable. De esas que se utilizan para hacer acampadas. Con razón las pastas estaban tan malas. El frigorífico, que hacía el mismo ruido que un avión al despegar, debía ser más viejo que la propia *Pottie*. Amelia no tuvo fuerzas para abrirlo. A saber qué podría salir de allí dentro.

Cuando ya se disponía a salir de la cocina, oyó un fuerte golpe proveniente de la planta superior. Amelia se sobresaltó y volvió corriendo a la biblioteca.

—¿Habéis oído eso? —preguntó alarmada.

—No te preocupes. Varias ventanas de la segunda planta tienen roto el cierre y cuando hay viento golpean las paredes —dijo *Pottie* sin mucho interés—. Antes de irnos subiré para sujetarlas.

—No parecía una ventana —insistió Amelia—. Era como si algo muy pesado hubiera caído al suelo. Además, mirad por la ventana, apenas hay viento.

—Amelia— dijo Celia —, esta casa es muy vieja. Hasta que no la arreglen tendrás que acostumbrarte a estas cosas. En un rato subiremos a ver qué ha pasado. Anda, échanos una mano, por favor. Vacía los cajones de aquel escritorio. Tira lo que no valga en esas bolsas y el resto lo guardas en cualquier caja de cartón. Ya tendremos tiempo de ordenarlo todo.

Amelia no quedó muy convencida con las explicaciones de *Pottie*. Aquello había sido un golpe, seguro. Algo grande, muy grande y duro, había golpeado el suelo. Además, estaba segura de saber dónde había sido: justo encima de donde se encontraba.

El escritorio era una auténtica joya. Su madera, muy oscura, debía ser caoba. Las patas, robustas, estaban talladas. Contenía ocho cajones. A pesar de la antigüedad el tablero seguía suave y brillante. Como nuevo. Lo único que parecía haber sido cuidado en aquella casa. Amelia calculó que tal belleza debía tener más de doscientos años.

—Mamá, ¿de verdad quieres vender todos los muebles? —preguntó Amelia

—No, lo cierto es que no quiero, pero nos hace falta el dinero. A mí también me gusta ese escritorio. Es maravilloso, ¿verdad?

—Era de tu tía Karen —dijo *Pottie*— Siempre la recordaré ahí sentada. Siempre fumando y escribiendo en sus cuadernos, siempre con una taza de té o una copita de Oporto.

—Deberíamos quedárnoslo, mamá. Sería un bonito recuerdo.

Eso mismo llevaba un rato dando vueltas en la cabeza de Celia. Pensaba que sería una pena desprenderse de él. Habían decidido remodelar la casa manteniendo su antigua estructura y decorándola en un estilo moderno. Lo había visto en algunos hoteles de Alemania y Rusia: antiguos por fuera, rompedores por dentro. No es que le entusiasmara la idea, pero era lo único que podían permitirse. Llenar una mansión de ese tamaño con antigüedades era algo lejos de sus posibilidades. Si al menos la tía Karen le hubiera dejado sus muebles… Pero se los cedió a la señora Danvers y esta no dudó en malvenderlos. Al menos los libros eran suyos. De ellos sí que no pensaba desprenderse nunca. Las palabras de su hija le hicieron decidirse.

—Tienes razón, cariño. Me arrepentiría toda la vida si nos desprendiéramos de él. ¡Nos lo quedamos!, ¿te parece?

Amelia, satisfecha, comenzó a vaciar los cajones. A medida que los iba abriendo aparecían todo tipo de curiosidades: papeles amarillentos, envolturas de chocolate, cajas de tabaco rancio, viejos recortes de periódicos con noticias locales sin importancia, alguna fotografía de caballos, bolígrafos con la tinta seca… Porquerías. Sin embargo, en el último cajón encontró un curioso paquete. Era bastante pesado y estaba envuelto en papel de estraza. Al abrirlo encontró diez bellísimos cuadernos. Eran de un cuero muy suave, como terciopelo, con las hojas gruesas y de color crema. En la parte inferior, en letras doradas y bajo lo que parecía el dibujo de la mansión, se podía leer: *Rottingdean Hill House*.

—Pottie, ¿qué son estos cuadernos?

—Ah, los cuadernos de Katie. Tu tía-bisabuela no utilizaba otros para escribir. Los encargaba en una imprenta de Londres que los encuadernaba expresamente para ella. Son muy bonitos, ¿verdad?. Pensé que ya no quedaba ninguno.

—¿Y dónde están los demás? ¿Los que utilizó?

—Ni idea, corazón. La señora Danvers me pidió muchas veces que los buscara. Al parecer tenía curiosidad por saber qué escribía Karen en ellos. Ella decía que era su secreto. Nadie sabía dónde los guardaba, ni tan siquiera la señora Danvers. ¡Y mira que tenía ganas de leerlos! Después de la muerte de tu tía los busqué durante meses, pero nunca los encontré.

—¿Es esta nuestra casa? —preguntó Amelia— ¿Rottingdean Hill House?

—Sí, mírala —dijo la anciana señalando el dibujo dorado de la mansión—. Así es como se llama. Nosotros no solemos utilizar un nombre tan largo, pero así es como la conocen en el pueblo.

—¡Me encanta, mamá! ¿Recuerdas que ayer discutimos sobre qué nombre poner al hotel? ¿Qué tal Rottingdean Hill House Hotel?

Celia se quedó un rato pensativa y luego sonrió.

—Gran idea, hija. Al fin y al cabo así es como se llama.

En ese momento un fuerte golpe volvió a sonar en el piso superior, esta vez sobre la biblioteca. Las tres mujeres se miraron sobresaltadas.

—Subiré a cerrar de una vez esa dichosa ventana —dijo *Pottie* levantándose como un resorte.

—No te preocupes, *Pottie*. Aquí ya queda poco. Dame un segundo y subimos las tres —dijo Celia.

—No, no —insistió la anciana con cara de fastidio—. Es mejor que suba sola. Que suba ahora, quiero decir. Antes de que se rompa otro cristal.

Celia continuó con lo que estaba haciendo. Canturreaba mientras empaquetaba los últimos libros de las estanterías. Amelia, sin embargo, se mantuvo expectante. Estaba segura que no se trataba de una ventana rota. Algo le decía que *Pottie* sabía de qué se trataba. Confiaba en que al menos no fuesen ratas.

CAPÍTULO 4

uando regresaron a la casa de huéspedes ya era la hora de la cena. Por la tarde, Marco se había sumado a la expedición. Su buen humor y la energía que transmitía amenizó el resto de la jornada. Habían recorrido una a una todas las habitaciones de la mansión, recogiendo esas pequeñas cosas que sabían que no venderían. Después, *Pottie* les acompañó a dar un paseo por la finca. Ocupaba muchas hectáreas, quizá demasiadas como para mantenerlas todas en buenas condiciones. Algunos rincones eran muy hermosos, y el entusiasmo invadió la conversación. Aquí y allá fueron diseñando distintos retiros, espacios ideales para los huéspedes pero también para ellos. Cuando quisieron darse cuenta ya habían repartido todo la extensión que querían compartir y la que sería de uso exclusivo de la familia. Descubrieron un pequeñísimo bosque de olmos detrás del invernadero, en cuyo centro había un viejo cenador de forja abandonado que, al igual que el resto de la casa, necesitaba un buen arreglo. Tras el bosque se levantaba a una colina. Y después de ella, el límite de la propiedad. Desde la parte superior se dibujaban entre la bruma las llanuras del sur, el pueblo y el mar. Las vistas eran magníficas. Después de todo puede que vivir allí no fuese una idea tan mala.

Tras la cena, Amelia salió a pasear. Habían llegado nuevos huéspedes y no le apetecía compartir con ellos la sala de televisión. Además, sin internet la velada podía ser un auténtico muermo.

—Buenas noches —oyó a su lado.

Junto al huerto había una sombra.

—Imagino que tú eres Amelia —insistió la voz.

Amelia se acercó entre curiosa y precavida. Una pequeña luz roja iluminó la espesura. Quien estuviera allí había salido a fumar.

—Sí, soy Amelia. ¿Quién eres?

Cuando estuvo lo suficientemente cerca, pudo ver el rostro de una joven que tenía más o menos su misma edad. Era rubia, bastante guapa y lucía un corte de pelo radical. Casi como el de un militar. Vestía unos pantalones negros muy ceñidos, una camiseta de tirantes del mismo color y unas chanclas amarillas. Debía ser la hija de la dueña de la casa de huéspedes. ¿Cómo había dicho la mujer que se llamaba?

—Soy Lilian. Imagino que mi madre ya te habrá hablado de mí.

—Poca cosa —dijo Amelia— ¿Tú fumas?

—No.

Amelia la miró desconcertada mientras la joven daba otra calada al cigarrillo mientras la observaba con descaro. La situación resultaba un tanto incómoda.

—Me he dado cuenta de que no tenéis internet en casa —dijo Amelia tratando de retomar la conversación.

—¿Quién dice que no tengo internet? ¿Acaso crees que vivimos como los hombres de las cavernas?

—Bueno —contestó Amelia tímidamente al ver que Lilian parecía ofendida—, ayer no encontré ninguna red disponible.

—Claro, si no la pediste… Cuando no estoy en casa, nadie se conecta. Soy la única que lo utiliza. A mi madre no le interesa demasiado, y los tortolitos de la segunda planta ni saben lo que es un módem. ¿Has probado hoy?

—No, lo cierto es que no.

—Hazlo. La contraseña es el apellido de mi madre.

—Gracias —contestó Amelia mientras se alejaba. Lilian le resultaba bastante brusca y no quería estar en un sitio en el que claramente molestaba.

—Oye ¿te apetece dar una vuelta? Te puedo enseñar esto por la noche.

—No lo sé —dijo sorprendida—. No quería interrumpir lo que estuvieses haciendo.

—¡Bah! Probaba este cigarrillo. Es asqueroso. Anda, vámonos, te enseñaré un par de sitios bastante guapos.

Lilian se mostraba ruda a veces y agradable a ratos. Esa bipolaridad resultaba desconcertante para Amelia. Aún así la acompañó. No le venía mal que alguien de su edad le enseñara el pueblo.

Recorrieron algunas de las principales calles de Rottingdean. El verano había comenzado y el turismo se hacía notar. Había tabernas y restaurantes abiertos, heladerías, cafés al aire libre y puestos callejeros. No era el ambiente de un pueblo de costa español, pero no estaba mal. Parecía un lugar agradable. Le sorprendieron las terrazas del paseo marítimo. Por lo visto, en las noches de primavera y verano se organizaban todo tipo de eventos. Esa noche actuaba un grupo de música pop del que jamás había oído hablar pero que sonaba realmente bien. Se sentaron en el suelo, de espaldas al mar, y escucharon el concierto hasta el final.

Lilian resultó una guía estupenda. Aunque al inicio le había parecido grosera, tras esa capa de pasividad y suficiencia en la que se envolvía había una chica divertida e ingeniosa. También algo entrometida. De vuelta a casa, sin apenas conocerla, no tuvo reparos en someter a Amelia a un tercer grado.

—¿Vas a la universidad?

—Sí, este es mi primer año.

—¿A Brighton?

—Sí

—¿Qué vas a estudiar?

—Arte

—¿Tienes hermanos?

Silencio

—¿Que si tienes hermanos? —insistió Lilian.

—Sí, dos. Pero preferiría no hablar de ello.

—Como quieras ——dijo la joven encogiéndose de hombros.

—Después de arreglar la mansión, ¿viviréis allí?

—Pues claro —Amelia comenzó a sentirse molesta por el interrogatorio.

—¿Y *Pottie*? ¿Os la llevaréis con vosotros?

—Por supuesto. Lleva con mi familia toda la vida.

—Es una buena mujer —dijo Lilian—. No veas lo que ha tenido que aguantar.

Este último comentario interesó a Amelia.

—¿A qué te refieres?

—A la señora Danvers, por supuesto. Sé que no está bien hablar mal de los muertos, pero era una mujer insoportable.

—¿La conocías?

—Solo la vi un par de veces y te aseguro que fue más que suficiente. Era altiva y antipática. No tenía amistades en el pueblo. Si no fuera por *Pottie,* probablemente habrían tardado meses en encontrar su cadáver.

—Mi madre me dijo que solía asistir a todas las fiestas sociales que podía con mi tía-bisabuela Karen.

—Eso sería antes. En los últimos años vivía recluida en la casa. No salía y solo sabíamos de ella por *Pottie*. No tienes más que ver en qué estado ha dejado la casa.

—¿Has estado allí?

—En alguna ocasión. Cuando éramos pequeños inventábamos historias de la mansión y nos acercábamos las noches de verano. La señora Danwers nos echaba de la propiedad con amenazas e insultos. Ella era la que nos daba miedo. Cosas de críos.

—¿Y mi tía Karen?

—Ni idea. No la conocí. Pero este es un pueblo pequeño y se cuentan historias. He oído lo que todo el mundo sabe.

—¿Y…?

—Pues poca cosa. Que era una mujer de armas tomar. Pero caía bastante bien. Mi madre todavía habla de ella a menudo. Antes de casarse con mi padre trabajó para ella como cocinera. Decía que era la persona más justa que jamás había conocido.

—¿Y *Pottie*?

—¿Qué pasa con *Pottie*?

—¿Cómo es?

—Ya te lo he dicho: buena gente. Es bastante mayor, así que no hay nadie a quien no conozca. Aquí en el pueblo todo el mundo le aprecia. Baja caminando desde ese caserón todos los lunes para encargar la compra y los domingos para ir a misa.

—¿Y qué más?

—Pfff… Yo qué sé. Por lo que cuentan no es una vieja de esas chismosas. Al parecer nunca ha soltado prenda. Y mira que todo el mundo habría estado encantado de oírla hablar de la señora Danvers. Pero nada, no les ha dado ese gusto.

Amelia se dio cuenta que había cogido las riendas del interrogatorio.

—¿Y tú? ¿Estudias? —prosiguió con el tercer grado al que ahora sometía a Lilian.

—También comienzo este año la universidad.

—¿Brighton?

—Sí.

—¿Y qué piensas hacer?

—Diseño y Comunicación.

—¿Te gusta?

—No está mal. Supongo que sí, es lo único que me apetece.

—¿Tienes carné de conducir? —insistió Amelia. Puede que así tuviera manera de ir a la facultad.

—No. Me faltan un par de meses para poder sacármelo, aunque dudo que mi madre me deje. Bastante se va a gastar con la universidad.

—¿Y cómo vas a ir a clase?

—¡Anda! Pues como todo el mundo. En autobús. Ya te he dicho que no vivimos en las cavernas. Aquí también hay transporte público.

Mientras se ponían al día una a la otra llegaron a la casa. Amelia estaba contenta. Si le cogía el punto, Lilian podía ser una compañía muy agradable, ¡y había internet! Una amiga e internet, ¿qué más podía pedir en un solo día?

Antes de meterse en la cama vio sobre el escritorio los cuadernos de piel de la tía Karen. Los guardó en uno de los cajones del armario. Eran perfectos para empezar su vida universitaria. Decidió que los usaría y trataría de descubrir el modo de conseguir más. Ojalá *Pottie* recordara dónde los compraba la tía Karen. En cualquier caso, los dejó guardados. Aún faltaban un par de meses hasta que pudiera utilizarlos.

CAPÍTULO 5

Una semana después de la llegada a Rottingdean, la vida de los Frattini transcurría enfrascada en una agotadora y emocionante rutina. Marco pasaba el día en la mansión, supervisando las obras. Habían demolido casi todo el interior, dejando tan solo el esqueleto de la casa. Querían conservar al máximo la estructura inicial. Por desgracia, aparte de la fachada, poco más podrían mantener. Trabajaban diez operarios de sol a sol, el capataz y Marco, que no dudaba en ponerse el mono y desempeñar cualquier trabajo que pudiera ahorrarle algo de tiempo y de dinero.

Celia ocupaba la mayor parte del tiempo en la casa de huéspedes contactando y buscando los proveedores mejores y más baratos. Necesitaba comprar de todo. Muebles, mantelerías, cuberterías, colchones, sábanas... Amelia solía ayudarle. Entre las dos la búsqueda resultaba más rápida y amena. Necesitaron ir a Londres un par de veces, y no descartaban tener que ir otras tantas. Se lo estaba pasando en grande buscando, eligiendo, rechazando, ...

Pero lo más enriquecedor era el tiempo que Celia pasaba con su hija. Los últimos años habían sido realmente duros. Se había distanciado de Marco y Amelia casi sin darse cuenta. Durante un tiempo necesitó poner distancia, curar sus heridas en soledad. Su actitud a punto estuvo de romper el matrimonio. Amelia trató de ser imparcial, pero no pudo evitar sentirse más cercana a su padre. El paro y la falta de ingresos solo fueron la gota que colmó en vaso. Lo que realmente destrozó a la familia, lo que rompió una unión que hasta entonces había sido más fuerte que el acero, fue la pérdida de los dos hijos mayores. Celia siempre fue una madre protectora. Su instinto le hacía creer que era responsable de todos y cada uno de los miembros de la familia. Por eso, al morir sus hijos se sintió culpable. Fue como haberles fallado. A ellos, a Amelia y a su marido. Ella tenía que haberlos protegido. No supo hacerlo. Se juzgó, se halló culpable y se impuso el castigo; no merecía el cariño del resto de su familia. Necesitaba que la odiaran, que la dejaran sola. Hizo todo lo posible porque así fuera, pero la paciencia de Marco y el cariño de Amelia fueron más fuertes. Sin embargo, ellos también necesitaban lidiar con su sufrimiento. Las broncas, los reproches, los llantos, los gritos y la amargura eran constantes. La vida de los Frattini en Madrid pasó de ser modélica a un auténtico infierno.

La herencia fue el punto de inflexión. Llegó como una bendición. No solo porque venía a solventar el problema económico que atravesaban, sino porque alejó a Celia de sus fantasmas. Cualquier lugar de Madrid le recordaba a sus hijos. Nuevas experiencias, nuevos paisajes, nuevos recuerdos por fabricar, le ayudarían a dejar atrás la pena y aprender otra vez a vivir.

Amelia estaba pletórica. Seguía echando de menos a sus amigos, pero Lilian resultó una persona fascinante. La chica también se metió en el bolsillo a Celia y a Marco, que la veían como una magnífica embajadora. Ambas salían juntas todos los días después de ayudar a Celia con la puesta en marcha del hotel. Lilian enseñó a Amelia los lugares más variopintos y los mejores sitios para salir de marcha. Fueron a Brighton en autobús y volvieron cargadas de libros y ropa. Le contó todos y cada uno de los chismes de los vecinos. Le mostró las mejores playas para bañarse o pasar un día al aire libre. No pararon un minuto. En solo una semana, Amelia parecía conocer el lugar como si siempre hubiese vivido allí.

Una tarde, después de volver de la playa, Amelia y Lilian descansaban en el jardín trasero. Tumbadas en las hamacas, la primera leía y Lilian trasteaba con su teléfono.

—¿Qué tal si vamos a ver cómo van las obras de tu casa? —dijo Lilian—. Esto es un aburrimiento.

—Claro, ver cómo trabajan los albañiles es apasionante —contestó sarcástica Amelia.

—No, pero al menos haríamos algo diferente. Podríamos entrar e inspeccionar la mansión. Siempre he tenido curiosidad por ver cómo es por dentro.

—Está bien. Pero te la enseño y volvemos. Si mi padre nos ve por allí seguro que encuentra algún trabajito para nosotras. Eso si no nos da un par de guantes y un casco y nos pone a limpiar escombros.

Las dos amigas se marcharon en sus bicicletas. Era la manera más cómoda de moverse por el pueblo. Amelia no quería coger un coche hasta que su padre le diera unas clases. Como además de ser novata tenía que acostumbrarse a conducir por el lado izquierdo, prefirió mantenerse un tiempo en cuarentena.

Antes de entrar en la casa observaron los alrededores de Rottingdean Hill House. Parecía un campo de batalla. Había montones de tierra y basura en lo que hacía tiempo debió ser un jardín. Decenas de máquinas y todo tipo de herramientas aparecían aquí y allá por la propiedad.

—Espero que tu padre tenga esto controlado —dijo Lilian—. Tiene pinta de que van a necesitar varios años para sacar esta porquería de aquí.

Oyeron conversaciones y risas en la parte trasera de la casa. Supusieron que habían llegado en unos de los descansos. Perfecto. Momento ideal para dar una vuelta. Con un poco de suerte nadie les molestaría y tampoco resultarían un estorbo.

—Venga, vamos —animó Amelia a su amiga—. Empezaremos por los dormitorios.

Al entrar, Amelia se quedó impresionada por cómo había cambiado todo. Parecía como si una bomba hubiera caído dentro de la casa. Varios tabiques habían sido derribados, y lo que antes era el salón de té, ahora era una habitación llena de agujeros en las paredes y cartones por el suelo. Subieron las escaleras con cuidado de no caerse. ¿De verdad era necesario tanto destrozo para arreglar algo? La planta superior era otro campo minado. Avanzaron por los pasillos sorteando todo tipo de herramientas. Había picos, palas y otros utensilios que no tenían ni idea para qué servían.

—¿Qué te parece? —preguntó Amelia orgullosa.

—Es una pasada —contestó Lilian impresionada—. No tenía ni idea de lo grande que era esto. Viéndola desde fuera parece más pequeña.

—Sí. A saber en qué estaban pensando cuando la construyeron. Es imposible que nadie necesite tantas habitaciones.

—Enséñame el dormitorio de la señora Danvers —dijo Lilian—. Seguro que la muy bruja eligió el mejor.

—Ven, es por aquí. No es la habitación más grande, pero sí la que mejores vistas tiene. Se ve el jardín trasero, el bosque y la colina.

La luz del sol entraba por las ventanas. Un chorro de motas de polvo flotaba en el aire. Se habían llevado la cama, el tocador y la silla. Sin embargo, habían olvidado un viejo sillón orejero en uno de los rincones. Le faltaba una pata y un buen trozo del respaldo. Uno de los brazos estaba tirado por el suelo. No parecía tener arreglo, y de tenerlo seguro que costaría más que comprar uno nuevo.

Lilian bromeó imitando a las antiguas damas. De manera muy teatral, se sentó en el sillón costroso. Amelia no pudo evitar reír mientras entraba en el aseo. Estaba asqueroso. Tenía dudas de que aquella capa de porquería fuese solo culpa de las obras. Parecía llevar allí mucho tiempo. La bañera, además de sucia, presentaba desconchones y grietas. Era evidente que hacía tiempo que nadie se bañaba en ella. El lavabo tenía un color repugnante, entre grisáceo y marrón. Las paredes debieron ser blancas, pero desde luego no en esa década. Sin embargo, el suelo era una auténtica maravilla. Estaba decorado con pequeños baldosines de color crema y dibujos de flores en negro. Seguro que su padre quería mantenerlo.

—Lilian, ven aquí. ¿Te gustaría ver dónde se bañaba la señora Danvers?

Amelia esperó en vano su respuesta. Su amiga no contestó.

—Vamos, Lilian, déjate de bromas —insistió.

Pero ¡cómo se puede ser tan gansa!, pensó. Al salir del aseo, Amelia encontró a su amiga sentada en el sillón, con los ojos muy abiertos y la mirada fija en la pared de en frente. Rió de nuevo, pero se detuvo al ver la extrema palidez de Lilian.

—Oh, vamos, deja de hacer el tonto, Lilian. Esto no tiene gracia. Me estás asustando. Venga, levántate.

La muchacha seguía inmóvil. Amelia se acercó hasta tocar su brazo. Estaba helada.

—¡Lilian! —gritó—. ¿Qué te pasa?

En ese momento Lilian pareció salir de una especie de trance. No entendía qué había pasado, pero supo de inmediato que algo raro le sucedía. En realidad era solo una sensación, una especie de presión en el pecho. Era como si…

—Vámonos de aquí Amelia —exclamó levantándose del sillón de un salto.

—Pero… ¿me vas a decir qué te ha pasado?

—No sé, no sabría explicarte. Es como si… Déjalo, vámonos ya.

Lilian salió a trompicones de la habitación. Respiraba con dificultad. Le faltara el aire.

—No me encuentro bien —dijo—. Necesito salir de aquí. No puedo respirar bien.

Se disponían a bajar las escaleras cuando oyeron un fuerte golpe en el piso inferior seguido del ruido de pisadas. Por suerte no estaban solas. Los operarios habían vuelto de su descanso.

—Vamos, Lilian, con cuidado —dijo—. Apóyate en mí. Estás tan pálida que parece que fueras a desmayarte.

Bajaron las escaleras. Lilian temblaba. Apenas si podía respirar.

—Espera aquí —dijo Amelia cuando alcanzaron el hall—. Voy a buscar a mi padre. Él nos ayudará.

—No! Necesito salir ya. Tenemos que irnos ahora mismo —respondió Lilian mientras se abalanzaba sobre la puerta.

Amelia corrió hacia la cocina. Después miró en el salón de té y el resto de habitaciones tratando de encontrar ayuda. Hacía un segundo que había escuchado los pasos de alguien. En algún sitio debía estar.

—Amelia —dijo Marco a sus espaldas—. Lilian me ha dicho que estabas aquí. ¿Qué ha pasado?

—¡Papá! —respondió ella dando un respingo—. Me has asustado. Te estaba buscando. He oído ruidos y pensé que eras tú.

—Aquí no hay nadie, Amelia. Estamos trabajando fuera, en la fachada.

—Pero yo he oído… —contestó extrañada—. Déjalo, da igual. Lilian no se encuentra bien. Necesitamos que nos lleves a casa.

—Sí, he estado con ella. Tenía mala cara. Está sentada en los escalones de la entrada. ¿Sabes si tiene asma?

—¿Asma?

—Sí, en cuanto ha salido de la casa y ha respirado un poco de aire limpio ha mejorado. Aquí dentro hay mucho polvo. Si Lilian es asmática debería ponerse una mascarilla cuando vengáis. Al menos mientras duren las obras.

Marco las llevó a casa en la furgoneta de la empresa. Amelia y Lilian se sentaron en la parte de atrás. Aunque había recuperado el color de sus mejillas y normalizado la respiración, Lilian iba muy callada. Raro en ella.

—No te preocupes, Lilian. Solo es un ataque de asma —dijo Amelia.

—No, no ha sido eso. Yo nunca he tenido asma —contestó Lilian preocupada.

CAPÍTULO 6

Lilian no volvió a hablar del incidente con Amelia hasta días más tarde. No por falta de ganas, sino por temor a la reacción de su amiga. Consciente de su excentricidad, procuraba dosificar sus extravagancias a fin de no ahuyentar a la gente que le importaba. Fue una mañana en la playa cuando por fin se decidió a hacerlo.

—Amelia, tengo algo que decirte. Es sobre tu casa.

—¿A qué te refieres, Lilian?

—Sí, ya sabes. Es por lo que me sucedió el otro día. Creo que allí hay algo. Estoy segura.

—¿Lo dices en serio? ¿Espíritus? ¿Apariciones? ¿Algún espectro?— respondió irónica.

—En serio, Amelia. Fue algo muy extraño. Algo que no me había sucedido nunca.

—¿Y no pudo ser una bajada de glucosa? Quizás tienes alergia al polvo. Todo estaba muy sucio. Claro, que también puede ser sugestión. Sinceramente, creo que te encantaría que ocurriera algo paranormal.

—Pero qué dices. Te digo que allí hay algo. Tenemos que ir otra vez.

Amelia sabía que Lilian era de esas. De las que se entusiasman con los sucesos paranormales y las películas de terror. Conocía infinidad de historias misteriosas de sus vecinos y familiares. Aseguraba haber sido testigo de la aparición en el cielo, frente a la costa de Rottingdean, de luces extrañas en mitad de la noche.

—Espero que no le hayas dicho a nadie lo que me estás contando —dijo Amelia molesta.

—No, claro que no. De todas formas nadie me creería. Además, ni siquiera sabía si debía decírtelo a ti. Al fin y al cabo vas a vivir allí.

—Ah, gracias, eres muy considerada.

—En serio. Te digo que noté algo, una presencia.

—Muy bien —contestó Amelia tratando de seguirle el juego y comprobar hasta dónde era capaz de llegar—. Supongamos que hay algo. ¿Qué hacemos? ¿Espiritismo para averiguar quién es o llamamos a una médium?

—Decírselo a tus padres, para empezar. Sería lo más sensato.

—¡Ni pensarlo! Rottingdean Hill House es lo único que ha conseguido que mi madre saliese de su depresión. No quiero que se preocupe lo más mínimo.

—Bueno, vale. ¿Y tu padre?

—¡Tampoco! Nos tomaría por un par de descerebradas. Él pasa allí la mayor parte del día, ¿no crees que si hubiera algo ya lo habría notado?

—¿Y *Pottie*?

Amelia sopesó la propuesta. *Pottie* era discreta. Si le hacían un par de preguntas seguro que no comentaría nada. Era la persona perfecta para alejar de la cabeza de Lilian toda esa sarta de tonterías.

—Está bien —dijo—. Hablaremos con *Pottie*. Pero tienes que prometerme que nadie más sabrá nada de esto. Ah, y si no sabe nada de presencias extrañas, dejarás el tema, ¿de acuerdo?

—Prometido —contestó Lilian levantando una mano y posando la otra sobre su pecho.

Al llegar a casa buscaron a *Pottie*. Al parecer estaba con Celia viendo cómo avanzaban las obras. Cogieron las bicicletas y se encaminaron a la mansión. Amelia rezaba para que Lilian no comentara nada delante de su madre.

Los montones de escombros no sólo no habían desaparecido, sino que duplicaban el tamaño de los de días atrás.

—Yo de vosotras tendría cuidado —dijo una voz a sus espaldas—. Deberíais traer calzado adecuado si no queréis clavaros algo en los pies.

Quien hablaba era uno de los albañiles de aspecto muy diferente al del resto de la cuadrilla. Tendría más o menos la misma edad que ellas. Era alto, de pelo y ojos castaños y con la piel bronceada por el trabajo al aire libre. En la carretilla llevaba un montón de cascotes y maderas viejas para tirarlas en la escombrera en que se había convertido el jardín.

—Sí, tienes razón, gracias —contestó Lilian con la mejor de sus sonrisas—. No imaginábamos que el jardín tendría el aspecto de un campo de batalla.

El muchacho inclinó la cabeza a modo de despedida y se dispuso a continuar su tarea cuando Lilian le dijo:

—Oye, ¿cómo te llamas?

—Ethan —contestó mientras descargaba la carretilla.

—Yo soy Lilian y ella es Amelia.

—Encantado. Tú debes ser la hija de Marco —dijo refiriéndose a esta última—. Tu padre habla mucho de ti. Ha sido tuya la idea de mantener intacto el suelo de los baños, ¿verdad?

Amelia asintió.

—Un acierto —continuó—. Habría sido una pena cambiarlos. Son una obra de arte.

—Nunca te había visto por aquí —contraatacó Lilian.

—Soy de Brighton. Vengo a trabajar todos los días pero no suelo parar mucho por el pueblo.

Estaba claro que Lilian quería conversación. Anticipándose al interrogatorio Ethan les dijo:

—Me vais a perdonar, pero tengo que trabajar. Encantado de conoceros.

El chico cogió la carretilla y volvió al interior de la casa.

—¡¿Pero tú lo has visto?! ¡Eso sí que es un ser sobrenatural! —exclamó Lilian cuando se aseguró de que no podía oírla—. ¡Está como un queso!

—¡Lilian! —contestó riendo Amelia—. Hemos venido a hablar con *Pottie*, ¿recuerdas?

—Sí, sí, es cierto. Pero algo así te hace olvidar lo que estabas haciendo.

—¡Mira! Están allí, junto al invernadero.

Cuando la anciana las vio llegar levantó la mano para saludarles. Alguien le había sacado un viejo sillón para que pudiera sentarse. Amelia imaginó que su madre y su padre la habrían dejado descansar mientras revisaban los progresos de la obra.

—Hola muchachas. ¿Qué hacéis por aquí? Todavía no hay nada interesante que ver, solo una vieja casa destrozada.

—Hola *Pottie*, —contestó Amelia—, ¿qué haces aquí sola?

—No he querido entrar. Me da mucha pena ver la casa en este estado. Ya le he dicho a tu madre que hasta que no esté arreglada no vuelvo. ¿Habéis visto cómo está todo?

—Queríamos hablar contigo —dijo Amelia ignorando el arrebato melancólico de la mujer —. Bueno, en realidad es Lilian la que quería hacerte un par de preguntas.

—Vaya, ¡cuánto misterio! Pregunta muchacha, que no tengo todo el día. ¿Qué quieres saber? —dijo acomodándose en el sillón—. Por fin algo interesante en una tarde tan aburrida.

—Esto… quizá le parezca un poco raro lo que voy a preguntarle pero, ¿ha notado alguna vez algo extraño en la casa?

—¿Algo raro? ¿Como qué?

—Ya sabe, algo como una presencia, la sensación de que hay alguien más. Alguien a quien no puedes ver.

La mujer miró durante muchos segundos a las dos amigas. Permanecía muy seria y callada. Hasta que, finalmente, soltó una sonora carcajada.

—¿Quieres decir espíritus? —preguntó riendo.

—Bueno, no sé si es esa la palabra —contestó Lilian molesta—. Solo quería saber si ha tenido algún tipo de sensación rara, como si hubiera algo extraño en la casa.

—Ay, mi niña. ¿Tú crees que estaría tan tranquila si hubiese algo así? Pero, tranquila, no es la primera vez que me lo preguntan. Una mansión de este tipo es ideal para ese tipo de historias. Si te soy sincera, la única presencia que sentí durante años fueron las ratas. Correteaban por el desván y se comían la ropa y los libros que teníamos guardados. Aparte de eso, hija mía, nada más.

—Muchas gracias *Pottie* —dijo Amelia deseando terminar con aquella estupidez lo antes posible—. Confío en que no le dirás nada a mi madre, ¿verdad?

—Descuida chiquilla, ¿acaso crees que soy una chismosa? Podéis iros tranquilas. Ahora, si no os importa, os agradecería que me dejarais un ratito sola. Hace una temperatura ideal para echar una cabezada antes de irnos. Tus padres están en la casa. Anda, id a saludarles.

Lilian no se sintió aliviada al marcharse. *Pottie* no había notado nada, o eso decía, pero sabía lo que ella había percibido y estaba segura de que no era sugestión. Siempre había sido obstinada. Encontraría la manera de demostrar que no era una loca fantasiosa.

CAPÍTULO 7

El verano pasó a toda velocidad. Las obras del Rottingdean Hill House Hotel terminaron el último día de agosto y la inauguración estaba prevista para finales de septiembre. Amelia, *Pottie* y sus padres se mudaron la primera semana de ese mes, justo antes del comienzo de las clases.

Una parte del hotel permanecía cerrada a los huéspedes a fin de asegurar la privacidad de la familia Frattini. Por supuesto se habían reservado la mejor zona de la casa: un salón y tres habitaciones con sus respectivos baños en el tercer piso. Desde allí podía verse el bosque, la colina, parte del pueblo y el mar. Amelia estaba encantada con su dormitorio. Era casi tan grande como el salón de su antigua casa de Madrid. El tamaño le permitía tener una cama de matrimonio, un escritorio gigantesco y tres librerías. Además, con un viejo biombo que encontró en el desván, creó un segundo ambiente donde colocó un sofá-cama para visitas, un par de pufs, una televisión panorámica y hasta una mini-nevera. Era como tener su propio apartamento.

El resto del hotel también estaba listo para ser estrenado. Tenía una decoración ecléctica. Celia, con la limitación de presupuesto y un gusto exquisito, se lanzó a comprar todo lo que necesitaba en diferentes lugares. Desde mercadillos, a las ofertas de las tiendas más modernas de Londres. Buscó en anticuarios y hasta en centros comerciales. También se quedó con lo que más le gustaba de la mansión. Fusionó estilos de diferentes épocas; mezcló muebles y ornamentos *vintage* con otros de vanguardia. Consiguió crear un ambiente moderno y muy atractivo. Un hotel algo excéntrico pero muy acogedor. Cuando *Pottie* vio el resultado no salía de su asombro. Era incapaz de reconocer el lugar donde había vivido casi toda su vida. Se sintió feliz. Acabaría sus días en un lugar realmente bonito.

El exterior de la mansión apenas había sufrido cambio alguno. Solo habían destinado parte del terreno a construir un parking para los huéspedes. El resto estaba igual. El césped había sido replantado, los rosales arreglados y decenas de nuevas plantas y flores decoraban la entrada.

—¡Pedazo de habitación te has montado! —dijo Lilian al entrar en el cuarto de Amelia.

—¿Verdad? Como no me queda más remedio que vivir con un montón de extraños, pensé que lo mejor es tener un lugar cómodo del que no necesite salir más que lo necesario.

—Te recuerdo que yo también convivo con extraños. Si te parece voy a utilizar esa excusa a ver si mi madre me deja meter una tele y una nevera en mi cuarto.

—Y si no, ya sabes que puedes pasar aquí el tiempo que quieras. Mi habitación también es tuya —dijo Amelia con sinceridad.

—Muchas gracias. Además, poner un sofá-cama ha sido un detallazo. Creo que podré acostumbrarme a esto.

—Soy yo la que está agradecida. Hoy es mi primera noche aquí y no la quería pasar sola.

—¿Y eso?

—No sabría decirte… Pero antes de que empieces con la monserga de siempre, no es porque crea que en mi casa hay fantasmas, ¿entendido?

—Vale, vale, lo capto. No sacaré la ouija —bromeó Lilian.

—¡Idiota! —contestó Amelia riendo.

Lilian inspeccionó la habitación sin pudor. Abrió todas la cajas, los cajones, el armario…

—¿Cómo eres tan cotilla? ¿No te da vergüenza? —dijo Amelia divertida al ver fisgonear a su amiga.

—Pues no, ¿acaso preferirías que lo hiciera a tus espaldas? Reconoce que es excitante husmear en la vida de los demás. Seguro que tú también lo harías, pero sin que te vieran.

Lilian abrió uno a uno los cajones del escritorio.

—Vaya, ¿qué es esto? —preguntó sacando el paquete de cuadernos de Karen.

—Son unos cuadernos que mi tía encargaba en Londres. Preciosos, ¿verdad?

—Un poco de abuelos, pero tienen su encanto. ¿Los vas a utilizar?

—Sí, para tomar apuntes en la facultad. Por ahora tengo de sobra pero voy a averiguar si me pueden fabricar más.

—Vale —dijo Lilian sin prestar más atención al tema— ¿Vamos a cenar? Me muero de hambre.

—Sí, yo también. Además, mi madre está preparando la especialidad de la casa: tortilla y filetes. Por ser la primera noche.

—Genial. Devoremos esos filetes.

Después de la cena Amelia y Lilian subieron a la habitación. Comieron helado de menta y chocolate que habían comprado en el pueblo y vieron una película en la televisión. Después charlaron largo rato hasta que se quedaron dormidas.

Fue una noche corta. Se habían dormido demasiado tarde sin tener en cuenta que al día siguiente debían madrugar para ir a Brighton a completar la matrícula. Amelia entró en la ducha dejando a Lilian desperezándose en la cama y soltando mil improperios por el madrugón. Estaba contenta. Era el primer día de su nueva vida y le apetecía empezar con buen pie a pesar del sueño.

La ducha le sentó de maravilla. No había nada como estrenar ducha y toallas nuevas. Se había sentado en un taburete para terminar de secarse cuando la puerta del baño se abrió lentamente. Lilian estaba en la puerta. Miraba fijamente a Amelia. Le temblaban las manos.

—¿Se puede saber qué haces? —preguntó Amelia—. Dame un segundo. Salgo enseguida.

Lilian no contestó. Amelia supuso que estaba tonteando otra vez y le siguió el juego manteniéndole la mirada y haciéndole muecas

—Vamos, cierra la puerta. Me voy a helar.

El temblor de manos de Lilian se transformó en pequeños espasmos. En ese momento levantó con violencia la cabeza y los ojos se le quedaron en blanco.

—¡Ya está bien, Lilian! Esto no tiene ninguna gracia.

Lilian volvió a fijar la mirada en su amiga.

—Ve al invernadero, ¡búscalo! Lo vas a necesitar —dijo con una voz ronca y entrecortada.

—De verdad Lilian, me estás asustando. Para ya, por favor.

—¡Busca en el invernadero! —repitió.

Y tras decir eso cayó al suelo desmayada. Por suerte uno de los pufs amortiguó el golpe. Amelia logró a duras penas llevarla hasta la cama. En unos segundos recuperó el sentido.

—¡Eh! ¿Qué hora es? —dijo como si tal cosa— Me he vuelto a

quedar dormida, ¡mierda! Vamos a llegar tarde.

—Lilian —contestó Amelia enfadada— si crees que tiene gracia...

—¿Qué?

Amelia le detalló lo ocurrido. Quería creer que todo había sido una broma.

—Anoche noté otra vez algo —explicó Lilian—. No te dije nada porque pensé que te molestarías y porque, bueno, creí que eran imaginaciones mías. Ya sabes lo que me gustan estos temas.

—¿Qué notaste?

—No sabría explicarlo. No fue tan fuerte como el primer día, ni como...

—¿Ni cómo?

—Ni como esta mañana. Cuando me he despertado sentía otra vez esa presión en el pecho.

—Y tampoco me has dicho nada para no preocuparme, ¿no es eso?

—Así es.

—¿Y no te asusta?

—No, la verdad. Llámame loca si quieres, pero me parece excitante. Siempre había querido tener una experiencia de este tipo. Y mira tú... Además, por alguna razón me siento segura, no me da miedo. Es como si fuese algo natural.

—Maldita sea, Lilian. Yo sí estoy asustada y no sé qué hacer.

—Pues ir al invernadero y buscar lo que sea que vas a necesitar. Y no decir nada a nadie hasta que no sepamos lo que ocurre.

—Sería terrible que mi madre se enterase. No sé si podría con esto.

—Por eso no le diremos nada. Pero si lo miras de otro modo, no veas el morbo que daría que el hotel estuviese encantado. Vendría un montón de gente.

—Lilian, por favor.

—Está bien, no diremos nada.

CAPÍTULO 8

La falta de liquidez era la causa de que el invernadero continuara sin arreglar. Marco sabía que era uno de los lugares más bellos de la finca. Por eso había planeado retrasar su restauración solo unos pocos meses, hasta primavera. Para entonces, el hotel debería haber proporcionado los ingresos suficientes que permitieran ultimar las obras.

Una gruesa capa de musgo y mantillo impedía abrir la puerta. Si querían entrar iban a necesitar una pala, una piqueta y bastantes empujones. Lilian embestía con fuerza mientras Amelia apartaba algunas ramas caídas que imposibilitaban el paso. Tras varios minutos de empellones y golpes, la puerta se abrió lo suficiente para cederles el paso. Hacía calor. Era un calor pegajoso, pastoso, de esos que se pegan a la ropa y al pelo en pocos segundos. Una bocanada de calor húmedo y nauseabundo les inundó los pulmones. Lilian no pudo reprimir una arcada. Decidió respirar por la boca y avanzó junto a Amelia.

La estancia era un enorme rectángulo de hierro y vidrio. El olor provenía de dos enormes cubos de zinc situados junto a la entrada que estaban prácticamente llenos de agua negra y podrida. Como las paredes y el techo eran de cristal el lugar se habían convertido en un microclima de lo más desagradable. El suelo, fabricado de baldosas de barro rojo, era una superficie resbaladiza y verdosa. Las plantas habían conseguido abrirse camino entre ellas rompiéndolas y levantándolas de su sitio original. Seis gigantescas mesas de hierro forjado se repartían de forma ordenada por la estancia. Sobre ellas había macetas, cubos, montones de tierra y herramientas de jardinería. Pero las plantas no se habían limitado a permanecer en sus macetas. Habían crecido por todos sitios. Entre las baldosas, sobre las mesas, bajo la puerta y en todas y cada una de las grietas que habían ido encontrado.

—Esto es una selva — dijo Lilian—. Cualquiera encuentra aquí nada. Solo espero que lo que sea que estemos buscando no esté en ninguno de esos cubos.

Buscaron durante horas. Antes del anochecer ya habían llenado ocho bolsas grandes de basura. Miraron en todos los posibles lugares donde se podía guardar algo. Arrancaron las plantas de las grietas despejando paredes y suelo. Vaciaron las macetas inspeccionando el contenido. E incluso desaguaron los cubos de zinc. El invernadero estaba vacío. Solo quedaban las mesas y ellas. Agotadas y exhaustas decidieron dar por terminada la jornada.

—Aquí no hay nada — comentó Amelia —. Hemos retirado toda la porquería de este sitio para nada.

—Seguro que hemos pasado por alto algo. Mañana volveremos de nuevo.

—¡Ni hablar! No pienso vaciar las bolsas de basura y comenzar de nuevo. No hay nada. Ya lo has visto. ¿Por qué no lo olvidas?

Amelia se sentía frustrada y enfadada. No quería problemas, no quería ocultar algo así a sus padres, no quería preocupaciones. Necesitaba una vida normal. Ir a clase, salir con amigos, ir al cine… Lo normal. ¿Era tanto pedir? ¿No había tenido ya bastante caos en su vida?

—Mañana es nuestro último día de vacaciones — dijo —, y no lo vamos a pasar buscando tonterías.

—Pero…

—¡¡No!!

En ese instante uno de los cristales del techo cayó junto a ellas. Por suerte pasó a no menos de un metro de sus cabezas. La primera en reaccionar fue Amelia. Cogió a su amiga de la mano y trató de arrastrarla fuera de allí.

—Vamos — dijo sin aliento —. Esto no me gusta. Salgamos.

—Espera un segundo — contestó Lilian sin moverse.

—¿No te das cuenta? Casi nos mata. Y no creo que haya sido casualidad que cayese tan cerca de nosotras.

—No, yo tampoco lo creo. Mira.

Lilian señaló el lugar exacto donde se había desplomado. Cientos de pequeñísimos cristales se habían esparcido de manera uniforme sobre el suelo transformándose en una tupida alfombra. Justo en el centro del estropicio, una de las baldosas aparecía limpia.

Sin mediar palabra, Lilian cogió un cepillo y despejó con cuidado los restos del cristal. Después, se agachó para inspeccionar las juntas de la baldosa. Amelia seguía sin moverse. Quieta. Mirando la escena como si no fuera con ella.

—¡Amelia, por favor! — la instó su amiga —, ¿no me vas a ayudar?

—Supongo que sí — respondió con un suspiro —. Supongo que sí.

Tras intentar sin éxito despegar la baldosa, optaron por romperla golpeándola con una piqueta. De debajo surgieron gran cantidad de bichos, lombrices que se retorcían buscando un nuevo refugio y otros insectos, más pequeños pero igual de desagradables, que se enroscaban formando bolas pequeñas y brillantes. El resto de criaturas corrían huyendo de la luz. Amelia utilizó un palo para apartarlos y volvió a ponerse los guantes. Utilizando la herramienta como si fuera una pala fue retirando cuidadosamente la tierra. Las lombrices seguían emergiendo, bailando, retorciéndose y volviendo a ocultarse.

Había oscurecido fuera. Trataron de encender las luces pero solo funcionaba una de las bombillas. Tenía que ser la más alejada, la última, la que emitía una luz amarilla y tenue. Así era imposible ver nada. Lilian encendió la lámpara de camping que habían llevado. Se sentía intranquila, observada. Miraba a su alrededor, pero solo veía el baile de sombras que la lámpara producía. Se le antojaban siniestras y amenazadoras. Agitaba su cabeza tratando de alejar sus temores cuando un chasquido metálico resonó en el invernadero. Las dos se miraron y, sin decir nada, Amelia volvió a golpear en el agujero. Un nuevo chasquido confirmó el hallazgo. Dejando la herramienta a un lado, utilizó sus manos para retirar la tierra. Temía romper lo que hubiese allí escondido. El agujero era tan profundo que necesitó meter el brazo hasta el codo. Trabajaba rápido, pero le costaba sacar puñados grandes de tierra. Estaba demasiado dura. Al fin tocó una superficie lisa.

—Ya casi está — dijo con un jadeo —. Creo que estoy tocando el borde de algo

—Ten cuidado. Hazlo despacio.

No resultaba fácil trabajar con guantes. Con el dedo índice fue arrancando las raíces, apartando tierra. Después despejó los bordes. Tardó un rato en coger el objeto y tirar de él. Cuando lo sacó a la luz era imposible saber de qué se trataba. Se encontraba cubierto por una capa de barro negro y maloliente. Era cuadrado y tan grande como la palma de la mano de Amelia.

—Parece una caja — comentó Amelia mientras retiraba el fango —. Y pesa mucho.

—Toma — Lilian sacó de su bolsillo un pequeño paquete de toallitas húmedas —. Siempre las llevo.

Al limpiarlo vieron que se trataba de una caja metálica y de color bronce. La parte central estaba tallada con flores diminutas. Parecían campanillas. El borde quedaba enmarcado con una trenza de color dorado. Cuatro bolitas en la parte inferior hacían de patas.

—¿Crees que es de oro? — preguntó Lilian acariciándola.

—Puede que el trenzado. El resto parece bronce.

—Mira los cierres. Es preciosa.

Tenía cuatro cierres. Uno en cada lateral. Eran pequeños garfios que giraban hasta rodear una bolita dorada.

—¿La abrimos? — preguntó Lilian.

—No, es muy tarde y apenas vemos nada. Vámonos a casa. Estaremos mejor allí.

Una vez en la habitación se sentaron sobre la alfombra dejando la caja en el centro. Estaban sucias, con la ropa cubierta de barro y las manos y uñas negras.

—¿Y bien? — dijo Lilian impaciente —. ¿La vas a abrir o qué?

Amelia giró el primero de los garfios de bronce y esperó. Mantuvo las manos abiertas, inmóviles, como temiendo que algo sucediese. Después, viendo que nada ocurría, desenganchó el resto de los cierres.

—Allá vamos — dijo mirando a su amiga.

La humedad y el tiempo pasado bajo tierra obligaron a Amelia a forcejear con la tapa. Tras varios intentos inútiles, cogió una horquilla que había sobre su escritorio e hizo palanca. Lilian ayudaba sujetando la caja y metiendo sus uñas en la ranura. Poco a poco a tapa fue cediendo. Hasta que se abrió.

La emoción dio paso a la decepción. Allí solo había trozos de tela amarillenta.

—Pero… ¿es una broma? — protestó Lilian.

Amelia miraba pensativa. Alargó la mano y sacó los jirones dejándolos sobre la alfombra. Había un trozo de seda grande y otros siete u ocho más pequeños. Tenían un color amarillento aunque podrían haber sido blancos. Parecía como si los hubiesen cortado con un objeto afilado, no unas tijeras. Al coger el más grande, algo rodó por la alfombra.

—¡Un anillo! — dijo Lilian —.

Era un anillo de plata muy sencillo. Ancho y sin ningún adorno ni grabado. El tiempo lo había ennegrecido hasta darle un aspecto sucio y desagradable.

—Volvamos a meter todo esto en la caja. Es siniestro — dijo Amelia.

—Tienes razón.

—Deberías volver a casa. Mañana será un día largo.

—Sí. Será lo mejor. Estoy agotada, nos vemos mañana.

Cuando Amelia se quedó a solas volvió a abrir la caja. ¿Qué significaba todo eso? Porque se suponía que esos trozos de tela y el anillo viejo le servirían de algo. El anillo le intrigaba sobremanera. ¿A quién pertenecería? Lo cogió y se dio cuenta de que era pequeño. Quizá de una niña o de alguien con los dedos muy finos. Dudó un segundo. ¿Y si se lo ponía? Temerosa pero decidida lo introdujo en su dedo anular. Cerró con fuerza los ojos y aguantó la respiración. Pasaron cinco segundos. Diez. Quince. Nada. No sucedió nada. Observó que era justo de su talla. Ella siempre había tenido los dedos demasiado finos. Tanto que nunca pudo comprarse los anillos de bisutería que tanto le gustaban. Sin embargo ese era perfecto. No le bailaba en el dedo.

Lo observó durante un rato. Después se lo quitó y lo metió en la caja junto a los trozos de tela. La cerró despacio y la guardó en uno de los cajones de su escritorio. Decidió que por ahora dejaría de pensar en ella y en todo lo que había ocurrido. Debía centrarse en otras cosas. En unas horas comenzarían las clases. Eso sí era importante.

CAPÍTULO 9

Brighton tenía cinco campus universitarios. Tres de ellos en el interior de la ciudad y los otros dos en localidades costeras muy próximas. Amelia y Lilian asistían al mismo. *Arte y Diseño y Comunicación* se impartían en el Campus Grand Parade, justo en el centro de Brighton.

Llegaron pronto; muy pronto. El temor a ser impuntuales el primer día les hizo subirse al primer autobús de la mañana. Era un consuelo descubrir que al menos podrían dormir una hora más el resto del curso. La cafetería estaba abierta. Se sentaron junto a un ventanal y observaron en silencio el ir y venir de los alumnos. Resultaba fácil distinguir a los novatos de los veteranos. Los primeros caminaban despacio, como perdidos, mirando a todos lados sin decidirse por ninguno, con aire despistado y curioso. Los demás iban en grupos, hablando animadamente y ajenos a lo que acontecía a su alrededor. Lilian y Amelia solo observaban. Estaban demasiado nerviosas y excitadas para comentar nada.

Amelia entró en el aula cinco minutos antes de que comenzaran las clases. Como todos los asientos de las primeras filas estaban ocupados, no le quedó más remedio que sentarse atrás, en la penúltima fila. El próximo día — se dijo — trataré de llegar antes para buscar un lugar con mejor visibilidad. Abrió su mochila y sacó uno de los cuadernos que había encontrado en el escritorio de tía Karen y un par de bolígrafos azules. Se quitó en reloj y lo dejó en la parte superior de su mesa. También desconectó el móvil.

—Hola novata — dijo una voz detrás de ella —. Qué ordenada eres.

Al girarse, Amelia se sorprendió al encontrar en la misma clase a una de las pocas personas que había conocido desde su llegada.

—¡Ethan! Qué casualidad.

—Me has quitado las palabras de la boca. Está visto que hay que llegar temprano para pillar un buen sitio.

—Sí, supongo que sí — contestó Amelia mientras se volvía.

Ethan aún mantenía el moreno del verano. Su indumentaria no era muy diferente a la que solía llevar en las obras de Rottingdean Hill House: camiseta blanca con el nombre de un grupo de rock, vaqueros gastados y *Converse* rojas. Y era cierto lo que Lilian decía. Estaba imponente.

En ese momento el aula quedó en un silencio absoluto. Un hombre de unos cincuenta y tantos años, con enormes gafas de pasta y una chaqueta de cuadros verdes demasiado gruesa para la época del año en la que estaban, entró en el aula. Amelia supuso que se trataba del profesor de Historia del Arte. Según su horario, esa era la primera asignatura que se impartiría en las siguientes dos horas.

—Cuidado con este — le dijo Ethan al oído —. Cuentan que es un hueso. Aprobar con él cuesta una barbaridad. Parece que nadie lo consigue a la primera.

Amelia pensó que el primer día estaría dedicado a las presentaciones del profesorado y de las asignaturas. Sin embargo el profesor colgó su chaqueta en el respaldo de la silla, dio los buenos días y comenzó la clase. Explicaba fechas, nombres y datos a toda velocidad. Su brusquedad sorprendió tanto al aula que tardaron unos segundos en abrir los cuadernos y comenzar a tomar apuntes.

Amelia necesitó unos minutos para que sus dedos y su muñeca se acostumbraran al nuevo ritmo de la escritura. El papel era de buena calidad y el bolígrafo se deslizaba por él con suavidad. Poco a poco Amelia se fue impregnando de la monotonía de aquella voz, de su nulo énfasis, acostumbrándose a distinguir lo que era importante y lo que no. Apenas le costaba esfuerzo tomar apuntes. Siempre había sido buena en eso. Entonces, igual que hacía en el instituto, se dejó llevar. Ya nada ni nadie existía a su alrededor. Solo estaban ella, la voz del profesor y su escritura.

A medida que pasaban los minutos se fue relajando. El monótono sonido de la voz actuaba como un mantra sobre ella, liberando su mente de cualquier pensamiento. Se sentía serena, tranquila. Su mano parecía escribir de forma automática. No ejercía ningún control sobre ella. Solo escribía y escribía. Apenas sentía su cuerpo, sus extremidades. No hacía frío ni calor. Escribía. Su mente se introdujo en un placentero vacío y fue alejándose poco a poco de su cuerpo. Pero seguía escribiendo. Cuando quiso darse cuenta ya se encontraba lejos, muy lejos…

El peso de una mano sobre su hombro la sacó del trance.

—Amelia, ¿te encuentras bien?

Por unos instantes no supo dónde se encontraba. El aula comenzaba a vaciarse de alumnos. Unos se dirigían a la cafetería y otros corrían presurosos a fumar. Ethan, sentado frente a ella, la miraba extrañado.

—Chica, nunca había visto a nadie concentrarse de esa manera — dijo —. Has estado cogiendo apuntes como una posesa. Ni siquiera has levantado la cabeza del cuaderno cuando le ha dado el ataque de tos. Pensé que se nos moría aquí mismo. ¿Seguro que estás bien?

—Claro que sí — contestó desconcertada —. Estoy muy bien.

Amelia miró sorprendida a su alrededor. No entendían por qué todo el mundo se marchaba de clase.

—Pero ¿qué pasa? ¿Por qué se van todos? — preguntó procurando que no se notase demasiado su desconcierto.

—¿Y qué quieres que hagan? La clase ha terminado. No me dirás que se te ha hecho corta. En mi vida había tomado tantos apuntes. Como sigamos a este ritmo…

No siguió escuchando. Cerró su cuaderno y lo metió en la mochila. Quería salir de allí lo antes posible. Le había sucedido algo rarísimo y no entendía qué . Deseaba ver a Lilian para contárselo.

—Amelia, ¿dónde vas? — dijo Ethan mirándola con recelo —. Espera, te acompaño.

—No, no, no hace falta — contestó apurada.

—Insisto. No tienes buena cara. Estás pálida. Anda, vamos a la cafetería. Aún falta media hora para la siguiente clase.

Lo cierto era que no había quedado con Amelia hasta la hora del almuerzo y antes de eso tendría que asistir a otra clase. Puede que Ethan tuviera razón. Le vendría bien tomar algo.

Ethan resultó encantador. La invitó a un zumo de naranja que ella acompañó con unas galletas saladas. Hablaron de arte, de cine, de libros, de sus lugares favoritos para las vacaciones. Tenía un gran sentido del humor. Amelia rió con ganas todas sus ocurrencias. Durante un rato consiguió que olvidara el incidente. Y en la siguiente clase volvieron a sentarse juntos. De vez en cuando, durante la explicación, Ethan decía alguna tontería que hacía que Amelia tuviera que contener la risa.

—Es la hora de comer — dijo Amelia al acabar la clase —. ¿Tienes hambre? He quedado con Lilian en la cafetería. Comeremos algo y luego iremos a comprar varios libros que nos faltan. ¿Quieres venir?

—Pufff, me encantaría, pero no puedo. Tomaré algo rápido en casa y después iré a trabajar.

—¿Trabajas?

—Sí, claro. Necesito pagar mis estudios. De lunes a viernes preparo los mejores cafés que puedas imaginar en el Starbucks de Western Road. ¿Por qué no te pasas un día? Te invito a merendar.

—Me encantará. Hasta luego entonces.

Antes de doblar la esquina Ethan le gritó:

—¡Eh, novata! Nos vemos mañana en clase. Guárdame un sitio si llegas antes que yo.

Amelia levantó su dedo pulgar. Se sentía feliz.

CAPÍTULO 10

—¡Vaya suerte! — repetía Lilian por octava vez —. Ethan y tú juntos en clase. ¡Vaya suerte!

—Es encantador. Me ha invitado en la cafetería y hemos charlado de todo.

—¡Aaaahhggg! ¡Qué asco me das! — bromeó Lilian —. Pues nada, chica, ¡al cuello!

—Mira que eres bruta. Ha sido agradable. Eso es todo.

—Claro, por eso tienes esa sonrisa desde que has llegado.

Amelia se ruborizó. No solía sentirse atraída por alguien tan rápido. Le gustaba, sí, pero había algo más. Sentía que detrás de un físico casi perfecto se encontraba una persona amable, dulce, atenta… Alguien en quien podía confiar.

—¿Ves? — dijo Lilian con una carcajada —. Ahí está de nuevo esa sonrisa.

—Bueno, ¿vamos a hablar de lo que me ha pasado esta mañana o seguimos parloteando de Ethan? — dijo Amelia intentando cambiar de tema.

—Si insistes… Pero él es más interesante.

—¡Lilian!

—Vale, está bien. A ver, cuéntamelo de nuevo.

No pudo dar muchos detalles. No se acordaba. Solo detalló el primer cuarto de hora de clase y el momento en que todos abandonaban el aula. La hora y pico restante estaba en blanco.

—Y, según Ethan, ¿escribías sin parar?

—Eso me ha dicho.

—¿Tomabas apuntes y no lo recuerdas?

—Eso es.

—¿No te habrás dormido?

—No suelo dormir y escribir al mismo tiempo — dijo Amelia sarcástica.

Lilian se quedó pensativa un instante.

—¡Saca el cuaderno!

Intuyó lo que Lilian quería comprobar. De inmediato sintió un vuelco en el estómago. Sacó el cuaderno de la mochila y lo abrió despacio.

—¡Madre mía! — exclamó Lilian al verlo.

Los primeros renglones estaban escritos con una letra redonda y grande. La letra de Amelia. En mayúsculas, podía leerse " HISTORIA DEL ARTE ANTIGUO" . A continuación había un pequeño esquema de las primeras manifestaciones artísticas en Egipto y el Próximo Oriente. Hacia la mitad del folio, la letra dejaba de ser legible hasta transformarse en garabatos sin sentido. Y en el final del folio, la caligrafía evolucionaba haciéndose alargada y elegante.

—Esa no es mi letra — dijo Amelia con la cara desencajada.

La verdad. Es necesario que se desentierre la verdad. Lo necesito. La recompensa será la paz, mi paz.

No tengo toda la información, pero la que aquí se muestre será el punto de partida. El inicio. El resto deberá ser encontrado y aclarado. Contaré la historia. Ordenaré los datos e intentaré reproducir algunas de las posibles conversaciones. El resultado deberá ayudar a la revelación de lo que sucedió en realidad. El origen de la maldad y de la perversidad que maldijo y destruyó tantas vidas. No se recuperará lo perdido, pero se devolverá la decencia y la dignidad.

Como dijo Voltaire: "A los vivos les debemos respeto, a los muertos, solo la verdad".

Abril de 1887.

Hacía algún tiempo que Justine no era la misma. Desde pequeña siempre había sido una persona tímida, reservada, poco comunicativa. Tenía muy claro con quién deseaba estar y a quién sacar de su vida. Todo el mundo achacaba su comportamiento a que se había criado sin sus padres. Pero a pesar de su carácter retraído, era una persona activa, inquieta y muy curio-sa. Leía sin parar, sobre todo libros de botánica. Después, ponía en práctica lo aprendido fabricando perfumes, aplicándose ungüentos y cultivando las flores más hermosas de todo el condado. Sin embargo, en los últimos meses la tristeza y la apatía se habían apoderado de ella. Los libros habían dejado de ser sus compañeros, apenas comía, pasaba largos ratos a solas y descuidaba su aspecto físico. Hasta las flores parecían sentir su melancolía. Ya no lucían bellas y sublimes. Se marchitaban tan rápido como su dueña.

Justine era la única hija de un joven abogado londinense y su esposa. Cuando apenas tenía dos meses sobrevivió al incendio que arrasó su casa. Por razones desconocidas (puede que una lámpara de aceite rota o una chimenea mal apagada), el fuego se inició en la planta baja de la vivienda. La madera del suelo, la gran cantidad de libros que el padre almacenaba y las alfombras hicieron que las llamas se extendieran con rapidez al resto de la casa. No era una familia con grandes recursos por lo que tan solo una doncella vivía con ellos. La mujer, poniendo en peligro su propia vida, corrió a la habitación de la pequeña. La envolvió en una manta y, sin pensarlo, saltó con ella por la ventana. Fue una suerte que se salvaran porque el dormitorio se encontraba en la primera planta. Nada se pudo hacer por sus padres. Justine siempre pensó que murieron sin darse cuenta, mientras dormían. Soñando con ella.

Ninguno de los progenitores tenía hermanos ni más familia. En casos como el suyo, los servicios sociales se limitaban a trasladar a los niños a los hospicios de la zona. Eran lugares lúgubres, sombríos, desalentadores. Fábri-cas de desgraciados sin esperanza. Este habría sido el destino de la pequeña Justine de no ser por un viejo abogado amigo de la pareja. El hombre, dema-siado mayor para criar un bebé, la trasladó al orfanato. Él mismo empaquetó las pocas posesiones de la pequeña y la acunó en sus brazos hasta el momento de la despedida. La niña no lloró cuando la dejó sobre la cuna. Se limitó a mirarlo fijamente. Sintió tanta pena al verla allí, en aquella habitación de paredes sucias y camas de hierro oxidado, que se juró no cejar hasta encon-trar a su familia. Alguien habría. Alguna ramificación familiar desconocida. Tardó varias semanas, pero encontró un pariente lejano del padre. Se trataba de un primo en tercer grado que, al enterarse de la terrible noticia, no dudó en hacerse cargo de ella. No cuestionó su procedencia. Jamás lo hizo. Desde el principio la acogió en su casa. Tanto él como su mujer y sus dos hijas trataron a la niña como una más de la familia. Así fue cómo Justine se trasladó de Londres a Rottingdean Hill House, su nuevo hogar.

Justine se crió junto a Keira, la hija mayor de su tío. Las dos primas, con una diferencia de edad de pocos meses, crecieron muy unidas. Más que primas, eran como hermanas. Keira se sintió siempre más conectada a Justine que a su propia hermana.

Keira era todo lo opuesto a Justine. Nerviosa, extrovertida, traviesa y lista, muy lista. Puede que esa diferencia de caracteres las mantuviera tan unidas. Keira era el ojito derecho de su padre. El hombre jamás pudo resistirse a las sonrisas y los mimos de su niña. Por grande que fuera la travesura, Keira siempre encontraba el modo de hacerse perdonar. Era una niña preciosa. Rubia, con grandes ojos verdes y unos dientes perfectos. Justine tenía una belleza más serena. Pelo castaño, ojos color miel y una piel blanca como la porcelana.

El 16 de abril de 1887, Justine cumplió 18 años. Los jardines de Rottingdean Hill House se engalanaron para el gran día. Habían instalado dos carpas gigantescas en las que numerosos invitados celebraban la mayoría de edad de la muchacha. No se reparó en gastos. Contrataron a la mejor modista de Londres para confeccionar los vestidos de las jóvenes y compraron cantidades indecentes de comida. En la cocina se acumulaban las mesas cubiertas de confit de pato, panecillos recién horneados, pastelitos de Londres, caviar, champagne francés... Nubes blancas como algodones y un sol radiante pusieron el broche a un día perfecto.

Sin embargo, Keira sabía que su prima no estaba bien. Hacía algún tiempo que lo notaba. Sospechaba la causa de su aflicción, pero no podía hacer nada por solucionarlo. Solo hablar con ella.

—Justine, querida, ¿estás bien? — Keira se acercó a su prima que se hallaba sentada en una de las sillas más alejadas de la fiesta —. Papá y mamá se han esforzado mucho en celebrar tu cumpleaños. Pensaban que esto te animaría.

—Y me ha encantado, de verdad. Es solo que... — Justine se mordió el labio inferior. No quería amargar la fiesta a su prima. Y sobre todo, no quería parecer una desagradecida. Sabía las molestias que se habían tomado para hacerla feliz—. Ven a bailar conmigo — dijo simulando falsa alegría —. Eso me animará.

—No, Justine. No me moveré de aquí hasta que no me digas lo que sucede— Keira tomó la mano de su prima—. No puedes seguir así. Apenas comes, sé que no duermes y tu melancolía está en boca de todos. Papá está muy preocupado. No sabe qué te ocurre. Mamá ha consultado a varios médicos del condado cómo pueden sacarte de esta agonía. Y yo... yo no puedo verte así. Se me parte el corazón.

—Lo último que querría es hacerte infeliz, prima. Y más en estas

*fechas. Solo queda un mes para tu boda. No deberías preocuparte por mí.
Estoy bien.*

*—No lo estás. Por favor, dímelo. Te prometo que haré lo que haga
falta. Lo que sea.*

*Justine acarició la mano de su prima y bajó la cabeza. Una lágrima
resbaló por la mejilla cayendo sobre la seda blanca de su vestido.*

—Keira, tengo miedo.

La respuesta sorprendió a la muchacha.

—Miedo a quedarme sola, a perderte.

—¿Perderme? Eso es algo impensable. Jamás te dejaría y lo sabes.

*—Desde que apareció Axel tuve que compartirte. No dije nada porque
mi conciencia no me lo permitía. ¿Quién era yo para interferir en una relación tan bonita como la vuestra? Él es un buen hombre, alguien maravilloso.
Y por más que me reprochaba lo injusta que era, el terror más me corroía. Sé
que no debo sentirme así, pero no puedo evitarlo. ¿Y si te olvidas de mí? ¿Y si
en tu nueva vida no hay sitio para alguien tan gris como yo?*

*—¡Oh!, Justine, cariño. Jamás pensé que algo tan irracional fuera la
causa de tu desgracia. ¿Cómo voy yo jamás a olvidarme de ti? De la persona
a la que más quiero. Mi prima, mi hermana.*

*—Perdóname Keira. Perdona si mi estupidez enturbia tu felicidad.
Perdona por ser tan egoísta.*

*—No hay nada que perdonar, prima. Nada. Solo me gustaría encon-
trar la manera de alejar esas sombras de tu cabecita.*

Abrazadas, las dos primas lloraron juntas.

*—¿Qué hacen las dos damas más bellas de la fiesta lejos de la pista
de baile? — Axel les ofreció sus brazos para que le acompañaran —. No es
justo privar a los invitados de vuestros encantos. Justine, — añadió—, me
ha acompañado un amigo de Oxford. He de decirte que está prendado de tu
belleza. Será un placer presentártelo, si no tienes inconveniente.*

—No lo tiene — dijo Keira —. ¿Verdad prima?

*Justine asintió ruborizada. Era la primera vez que un joven mostraba
interés por ella.*

*Las dos parejas pasaron el resto de la velada charlando, bailando
y riendo. Keira observaba a su prima que parecía haber recuperado la
alegría perdida. Sin embargo, la conocía bien. A los ojos de los demás se
mostraba feliz, pero a ella no podía engañarla. La tristeza empañaba su
mirada.*

Al final de la tarde, cuando el sol estaba a punto de ponerse, las dos primas bailaban mientras sus parejas charlaban en la mesa.

—Me encanta verte feliz, Justine.

—Muchas gracias, prima. Ha sido una fiesta inolvidable.

Las dos giraban y giraban al ritmo de la música.

—Sería maravilloso volver, aunque fuera un instante, a los ocho años — dijo Justine casi sin aliento —. ¿Te acuerdas de la cantidad de tonterías que hacíamos? ¿De lo bien que lo pasábamos? Entonces era todo mucho más sencillo.

Keira asintió y quedó pensativa. Instantes después, cogió con fuerza el brazo de su prima. Visiblemente excitada le anunció.

—Ya sé lo que vamos a hacer. Volveremos a los ocho años.

—¿Cómo dices? — dijo Justine confundida.

—Bueno, no puedo dar la vuelta al reloj, pero esta noche volveremos a renovar nuestros votos de hermanas. Como hicimos entonces ¿Lo recuerdas? Es mi manera de demostrarte que eres lo más importante para mí. Con eso sellaremos nuestro amor eterno.

Justine abrazó a su prima. Ningún gesto podría hacerla más feliz.

Cuando eran niñas, una de sus diversiones favoritas era despistar a la niñera. No era tarea difícil. Además de padecer una artritis que le impedía correr tras ellas, solía echarse tres o cuatro siestas al día. Era una mujer dormilona, perezosa y demasiado mayor para encargarse de unas niñas inquietas y llenas de vida. Una tarde de verano en la que el calor era sofocante, la tata, (así la llamaban), se quedó traspuesta en el jardín, a la sombra de una de las catalpas. Aprovechando el descuido, las dos crías corrieron al invernadero, espacio prohibido para ellas. Aquel era el territorio de la madre de Keira. Su retiro, el lugar donde podía disfrutar de pequeños momentos de soledad. Odiaba que nadie entrara sin su permiso. Pero si alguien quiere que un niño no haga algo jamás debería prohibírselo. Nada mejor que un sitio clandestino para pasar la tarde. Inspeccionaron los cajones, tocaron las herramientas prohibidas, cortaron flores... y comenzaron a aburrirse. Pasó el tiempo y nadie las buscaba. Justine tuvo entonces una idea. Había leído que con un pacto de sangre podían unirse dos personas para siempre. No sabía muy bien cómo se hacía, pero podría ser divertido. Justine cogió un alfiler y pinchó el dedo de su prima. Luego pinchó el suyo y los unieron. Mientras lo hacían, prometían estar unidas para siempre. Fue así cómo las encontró la niñera. Se llevaron una buena reprimenda y estuvieron castigadas sin salir al jardín todo el día siguiente. Pero no les importó. Estaban juntas, eso era lo principal.

Después de la cena, todos los invitados se retiraron. Algunos volvieron a sus casas encantados por haber asistido a la mejor fiesta de la década en *el condado. Otros, los que vivían más lejos, se quedaron a dormir en Rottingdean Hill House. Pasarían la noche en la mansión para volver al día siguiente a sus hogares. Justine, antes de ir a su habitación agradeció a sus tíos el cumpleaños que le habían organizado.*

—Gracias, tío — dijo abrazándolo —. Es más de lo que esperaba.

—Gracias a ti, querida. No todos los días se cumplen dieciocho años.

Keira guiñó el ojo a su prima y esta respondió con una mueca divertida.

Esa noche, cuando todos dormían, Justine y Keira salieron fuera de la casa. Todavía quedaban las carpas, las mesas vacías y algunas sillas de la fiesta. La luz de la luna acariciaba el suelo transformando el jardín en una alfombra plateada. Una ligera brisa transportaba el olor de las rosas y el jazmín. A lo lejos, las olas rompían en el acantilado. La noche era preciosa. Una noche perfecta para volver a ser niñas.

Atravesaron el prado y se dirigieron al invernadero. Si alguien las hubiera visto se habría llevado un susto de muerte. Dos muchachas de largas melenas y amplios camisones blancos corriendo por un jardín a oscuras. Justine llevaba el mismo alfiler que años atrás había utilizado en ese mismo lugar. Pinchó el dedo de su prima y luego el suyo. Después pronunció unas palabras. Unieron sus dedos y se abrazaron.

—Keira — dijo Justine rompiendo el silencio que las rodeaba —. Este gesto tuyo me devuelve la sonrisa. Nunca podré agradecerte lo suficiente cuánto has hecho por mí. Te quiero mucho, prima.

—Yo también te quiero, Justine. Ahora volvamos a casa. Me estoy helando.

Corrieron a la mansión. Iban de la mano, como cuando eran niñas.

A la mañana siguiente, un grito despertó a todos. Era Keira. Había ido a despertar a su prima. La encontró en la bañera, con el pelo suelto flotando y su camisón blanco manchado con la sangre que teñía el agua. Parecía dormida. Sonreía.

—¡Caray! — exclamó Lilian —. Si tú no has escrito eso, ¿quién lo ha hecho?

Amelia no contestó. Pálida como la cera era incapaz de articular palabra.

—Volvamos a casa — dijo Lilian tomando a su amiga del brazo —. Necesitas descansar. Y no te preocupes — añadió —. Averiguaremos de qué va todo esto.

CAPÍTULO II

No les fue difícil encontrar la información que buscaban. La Hemeroteca Británica dispone de infinidad de periódicos digitalizados. Unas pocas libras y cinco minutos bastaron para que Amelia leyera la noticia de la muerte de Justine. El periodista relataba la tragedia de Rottingdean Hill House horas después de la fiesta que había congregado a lo mejor de la sociedad del condado de Sussex. La víctima, cuya mayoría de edad era la razón de dicho evento, había sufrido un terrible accidente doméstico. Nada en el artículo hacía referencia a un suicidio. En una sociedad como la de entonces, cargada de moralismos, disciplina y rígidos prejuicios, el suicidio era una palabra tabú. Una vergüenza, un escándalo para una familia. El artículo lo ilustraba una fotografía de la mansión.

Amelia miraba la breve nota en la sección de sociedad. A su lado, el cuaderno en el que ella misma había escrito horas antes una versión muy diferente del incidente.

¿Qué hacer? Tenía claro que, hasta que se hubiera aclarado todo, lo mantendría en secreto. El hotel comenzaba a tener huéspedes. Las habitaciones estaban reservadas todos los fines de semana durante los cinco meses siguientes. Sus padres saboreaban la nueva vida con ilusión. Ya no se oían en casa discusiones, reproches o llantos. Todo marchaba bien, según lo previsto.

Los cuadernos reposaban sobre el escritorio. Amelia los observaba pensativa. Acariciaba el cuero de uno de ellos mientras una idea se fraguaba en su mente. Había empezado a comprender. Los cuadernos la habían encontrado. Habían permanecido ocultos esperando a la persona adecuada. Pottie nunca los vio, ni la señora Danvers. La esperaban a ella, a Amelia. El crujido del suelo de la habitación contigua le sobresaltó. No era un ruido extraño, ni mucho menos. Probablemente Pottie trasteando en su habitación. Sin embargo, esa fue la pieza que encajó en el puzzle. Era la casa. Rottingdean Hill House la había estado esperando y le pedía ayuda. Ayuda para desentrañar... ¿qué? ¿Qué debía descubrir? ¿Qué quería la mansión de ella? ¿Qué había sucedido allí para que tales fuerzas fueran capaz de manifestarse alterando todas las leyes de la naturaleza?

La invadió una sensación de alivio. Alivio por averiguar el modo de detener tanta locura. Alivio por saber qué debía hacer. Alivio por ser ella la persona elegida y no su madre, la verdadera dueña de la casa.

Estaba decidida. Iría a por todas. Descubriría lo necesario para devolver la paz a su vida y a Rottingdean Hill House.

Despejó el escritorio. Cogió el cuaderno y lo abrió por la página del relato del suicidio de Justine. Sacó dos bolígrafos azules, se quitó el reloj dejándolo en la parte superior de la mesa y desconectó el móvil. Respiró hondo y cerró los ojos.

—Estoy lista — dijo.

Se sentía relajada. Solo escuchaba el sonido de su respiración. Se concentró en ella. Un dulce sopor se apoderaba de su mente. Se dejó arrastrar. Sabía que ya había comenzado. Sentía el movimiento de su mano. Un leve hormigueo recorrió sus dedos. No estaba dormida; tampoco despierta. Era como estar tumbada en una hamaca una tarde de verano y alguien la columpiara hasta dejarla dormida. Se dejó llevar. Era agradable...

Cuando alguien piensa en un funeral, imagina un día lluvioso y frío. Ceremonias tranquilas en las que los asistentes, de luto absoluto, caminan en silencio bajo un cielo plomizo. Nubes que parecen haber bajado a la tierra para acariciar sus cabezas, generan una atmósfera claustrofóbica. Un féretro marrón y brillante acariciado por las gotas de lluvia mientras se desliza en un agujero encharcado. Uno imagina los llantos, las palabras de aliento, las flores derramándose sobre el ataúd, la tierra cayendo sobre la vida que se ha ido. Y al final, nada. Solo tierra.

Una de las ventajas de la juventud es que la muerte es irreal. Se la ve como algo remoto, imperceptible, romántico. Se sabe de su existencia, pero se ignora su significado. A medida que uno cumple años, el romanticismo y la ingenuidad se desvanecen. Llega el temor, el rechazo. Un temor que el tiempo transforma en sumisión. Sometimiento por la insensatez de luchar contra lo ineludible. El desgaste de la pelea solo acelera el final. A veces, cuando la muerte llega pronto, antes de la conformidad, golpea con tanta fuerza que desmorona el ciclo natural. Los sentimientos se trastocan. El rechazo aparece. Se lucha contra lo establecido.

Keira fue la encargada de organizar el funeral de Justine. No era lo habitual, pero cuando se lo pidió a su padre, no pudo negarse. Sufría por Justine y más aún, por Keira. Tanto, que estaba dispuesto a concederle cualquier cosa que la hiciera feliz. Cualquier cosa. La muchacha no tenía ninguna experiencia en organizar eventos y menos uno como ese. En su vida había asistido tan solo a dos entierros: el de su abuela paterna cuando aún era una niña y el del viejo abogado de la familia, seis meses atrás. Los recordaba como ceremonias aburridas, cargadas de ritos y estúpidas solemnidades. Pero su abuela y el abogado eran ancianos. Personas mayores a las que les había llegado su hora. Justine era diferente. Joven, llena de energía, con una vida por vivir. No merecía un entierro como aquellos. Merecía algo diferente, algo especial. Algo por lo que la recordaran siempre.

El día amaneció soleado. A pesar de la insistencia de su padre y del enfado de su madre, Keira dispuso que el velatorio se celebrara en el jardín, bajo las carpas que días antes se instalaron para la fiesta. Las mesas se vistieron con manteles de fino lino amarillo pálido. En el centro de cada una de ellas se colocaron gigantescos centros de flores en tonos blancos y salmón. Numerosos camareros servían champagne y canapés mientras un cuarteto de cuerda tocaba todo tipo de melodías; clásicas y modernas, lentas y alegres. El cadáver yacía sobre un ataúd blanco en medio de la carpa central. En los laterales se habían dibujado rosas amarillas, las favoritas de Justine. Llevaba puesto el vestido de seda blanco que vistió en su cumpleaños. En la cabeza lucía una corona de jazmín. La había hecho Keira. Igual que las que su prima tantas veces se fabricaba. Sus manos, cruzadas sobre el regazo, llevaban unos guantes de hilo blanco que ocultaban el terrible secreto de su muerte. Y en el cuello, el colgante favorito de Keira. Su último regalo.

Lo único que contrastaba en aquel cuadro era, además del féretro, la indumentaria de los asistentes. Todos vestían de riguroso negro, salvo la protagonista y Keira que volvió a ponerse el vestido de gasa y tul azul celeste que utilizó para la celebración de la mayoría de edad de su prima. Lo adornaba con otra corona de jazmín, igual que la de Justine. Cuando su madre la vio aparecer sintió un repentino mareo. Se apoyó en el brazo de su marido.

Los asistentes no salían de su asombro. Algunas ancianas, molestas, abandonaron el velatorio sin mostrar sus respetos a la familia. Ya lo harían en la iglesia. Los amigos y parientes permanecieron junto al desconsolado matrimonio. Rechazaban educadamente las copas de champagne que se les ofrecían y lanzaban miradas reprobatorias a Keira. El resto, asistentes menos cercanos, curiosos y vecinos de Rottingdean que alguna vez habían visto a la joven, comían, bebían y charlaban olvidando la razón de aquella reunión.

Keira se movía con soltura entre los grupos. Animaba a todos a conversar sobre Justine. Era su día. Reía recordando sus momentos divertidos; momentos que solo ella había presenciado. Hablaba de sus amplios conocimientos de botánica, de su música favorita, de sus libros, de sus hobbies. De sus muchas virtudes.

—Keira, querida — Axel tomó a su prometida por la cintura mientras ella trataba de explicar a unos primos de su madre el día que Justine y ella se habían escapado al pueblo para ver un espectáculo de títeres —. Deberías descansar. Ven. Sentémonos.

Axel la había observado durante todo el día con visible preocupación. Lo cierto es que es imposible predecir cómo va reaccionar una persona cuando uno de sus seres queridos se va para siempre. Se sentía molesto con el padre de la joven. Él debería haber tomado las riendas de aquel disparatado funeral. Jamás le deberían haber permitido que lo organizara, y menos viendo en el estado en el que se encontraba la joven. Estaba claro que la muerte de Justine la había desequilibrado.

Keira miró a Axel. Contempló sus ojos largo rato y percibió en ellos sufrimiento, dolor y miedo. Miedo a perderla a ella también. Miedo a que la locura la arrastrara hasta donde él no pudiese alcanzarla. Aquella mirada fue la puerta que la condujo a la cordura, la que reordenó sus ideas y la posó en la dura realidad. Justine se había ido. Para siempre. Keira le abrazó y rompió a llorar. Por fin. Era la primera vez que lo hacía. No había llorado hasta entonces. Ni cuando encontró a Justine, ni cuando ella misma la vistió, ni cuando la vio tumbada en el ataúd.

—Llora, querida. Te vendrá bien — le dijo Axel en un susurro mientras la acunaba en sus brazos. Estoy contigo. Llora.

Ninguno de los asistentes interrumpió el duelo de la joven. Lloró y permaneció abrazada a su prometido hasta que no le quedaron más lágrimas. Después, subió a su habitación a cambiarse de ropa para el funeral y pidió a su madre que se hiciera cargo del sepelio. La mujer, en parte avergonzada y en parte aliviada, hizo que se retiraran los camareros y calló a los músicos. Ordenó que cerraran el ataúd y que lo condujeran hasta el salón de la casa. Allí podrían llorar a la joven como era debido. En silencio y a la luz de las velas.

CAPÍTULO 12

¿Quién dijo que la rutina es el carcelero del alma? Amelia la disfrutaba con gran placer. Saboreaba cada día. Las clases, el autobús, la charla interminable de Lilian, la emoción de estar con Ethan, la vuelta a casa, estudiar, dejarse llevar media hora diaria por el cuaderno de tía Karen y la lectura antes de dormir. No deseaba sorpresas, no quería cambios. Se sentía segura. Era lo más sencillo. Lo único para lo que tenía fuerzas.

Los jueves por la tarde Lilian tenía una de sus clases después de comer. Duraba casi dos horas obligándola a coger el último autobús del día. Amelia, con la excusa de acompañar a su amiga para que no volviera sola, aprovechaba la tarde para pasear por las calles de Brighton y visitar a Ethan en su trabajo. Tomar un "hot chocolate" mientras esperaba la hora de la salida de Lilian lo añadió a su rutina semanal. Era la excusa perfecta para pasar más tiempo con él. Siempre se sentaba en alguno de los sillones junto a los grandes ventanales y leía mientras Ethan se escapaba para hablar con ella cada vez que el encargado no lo veía.

—¿Lo mismo de siempre, señorita?— preguntó Ethan guiñándole un ojo.

—Sí, por favor — contestó Amelia sonriente.

El chico comentó algo al oído de su compañero y este rió dándole un manotazo en el hombro provocando una punzada de fastidio y curiosidad en Amelia. Luego, sirvió el chocolate en un vaso de cartón, se quitó el mandil verde y salió del mostrador.

—Me cojo la tarde libre — dijo entregando el vaso a Amelia —. Thomas, mi compañero, me debe una y hoy se la cobro. Me he tomado la libertad de servírtelo "para llevar". Tengo que hacer un par de cosas y me encantaría que me acompañaras. ¿Vienes?

—Pero... — balbuceó desconcertada —, con el lío que hay hoy, ¿te puedes marchar así, sin más?

—Thomas acaba de llegar. Mira, es ése — un chico que no aparentaba más de dieciséis o diecisiete años, pelirrojo y con la cara llena de acné ocupaba el sitio de Ethan—. Está todo bajo control.

Amelia asintió insegura. Una parte de ella se sentía salvajemente atraída por Ethan. Eran sus manos, su cuerpo, su boca, la manera de moverse, el calor que desprendía cada vez que se sentaba a su lado, el modo de susurrarle al oído para que nadie más que ella le oyera, su inconfundible olor, su sonrisa... lo que le fascinaba y, al mismo tiempo, más le asustaba. Su otra parte, la temerosa e insegura, rechazaba esa atracción. Le gritaba que se alejara, que se resistiera, que no volviera a verle. Sabía por experiencia que querer a alguien podía ser doloroso y devastador. Era su familia quien le había enseñado la lección; el amor no es una bendición, sino la peor de las maldiciones. El amor te ata tan fuerte a alguien que su ausencia o distanciamiento arrasa tu mundo llevándose por delante todo lo que encuentra. Eso fue lo que destrozó la vida de Amelia, el amor. Si no hubiera querido tanto a sus hermanos no habría sufrido cuando murieron. Si no hubiera querido a sus padres, no se habría sentido tan sola, cuando, rotos por el dolor, la habían ignorado. Si no hubiera sentido nada, si no hubiera amado, no habría padecido de aquel modo. Había perdido más de tres años de su vida por culpa del amor. Y ahora que comenzaba a salir del agujero, ¿de verdad quería sentir algo por alguien?

—Vamos, salgamos de aquí — Ethan cogió la mano de Amelia y entrelazó sus dedos con los suyos. En ese momento Amelia supo qué parte de ella había ganado la batalla.

Un viento helado le golpeó la cara cuando salieron del local. Estaba segura de que nunca se acostumbraría a la humedad y al frío de la costa. Ethan debió adivinar lo que pasaba por su cabeza cuando se quitó la bufanda gris que llevaba alrededor de su cuello.

—Toma — le dijo—. No la necesito. Hace frío y tendremos que caminar un rato.

—¿Adónde vamos?

—Ya lo verás. Te va a gustar.

Amelia se anudó el pañuelo y agradeció su calor al instante. El tacto, suave y cálido, le acariciaba el cuello. Inspiró su aroma. Era una mezcla de café y perfume. Dudaba que Ethan utilizara ninguno. No iba con él. Con seguridad se trataba de su after shave. Le gustaba. Lo olió de nuevo. De repente se dio cuenta de lo que estaba haciendo y los colores subieron a sus mejillas. Esperaba que Ethan no se hubiera dado cuenta de aquel estúpido comportamiento. Si fue así, no lo demostró. Continuaba caminando, ajeno al efecto que provocaba en ella. Durante el camino no hablaron de nada importante. Ethan se interesó en conocer cómo marchaba el hotel. Al fin y al cabo había colaborado en su reconstrucción y se sentía orgulloso de ello. Hablaba con entusiasmo del trabajo que costó mantener aquel suelo o aquella ventana. Amelia contestaba automáticamente, sin prestar demasiada atención a la conversación. Estaba más preocupada por el hecho de que desde que le cogió la mano, no se habían soltado. Caminaban como una pareja, no como un par de amigos. Además, los nervios le hacían sudar y sentía la mano húmeda y caliente. Seguro que Ethan lo estaba notando. No sabía qué hacer. La parte que le advertía que enamorarse era un tremendo error gritaba que le soltara. Podía hacerlo pero no le apetecía. Pero si no lo hacía, daba por hecho que eran pareja. ¿Era así? ¿En qué momento exactamente había sucedido?

—Hemos llegado — dijo Ethan.

No sabía cuánto habían caminado. Media hora, puede que más. Logró centrarse y observó un largo paseo marítimo. Aunque hacía frío y viento, multitud de turistas paseaban. A lo lejos pudo ver lo que parecía un parque de atracciones y decenas de puestos de ropa, libros, bisutería, souvenirs y tenderetes de algodón y azúcar.

—Es por aquí — dijo Ethan.

Ethan tiró suavemente de la mano guiándola por una de las calles perpendiculares a la costa. Era un estrecho y angosto callejón repleto de tiendas. Cada fachada lucía un color diferente y aunque los estilos eran heterogéneos —clásicos, modernos, alternativos, extravagantes, futuristas— el conjunto resultaba de lo más atrayente. La mayoría ya habían cerrado pero mantenían encendidas las luces de los escaparates. Había talleres de artistas, tiendas de segunda mano de ropa, de libros, de muebles, antigüedades, teterías y algún que otro local que no tenía inconveniente en comprar o vender cualquier objeto que pudiera ser vendido. Era un lugar fascinante. Se preguntó por qué Lilian no le había hablado de aquel sitio.

—Espero que no haya cerrado — añadió —. Dijo que me esperaría.

Pararon frente a una fachada de ladrillos rojos con enormes cristaleras de vidrio antiguo y forja. En la puerta, una vieja mesa de hierro oxidado que años atrás había sido roja sostenía dos estatuas de gatos de piedra, llaves antiguas y una pizarra en la que indicaban la hora de apertura y cierre. Amelia miró el reloj y comprobó que hacía más de media hora que debían haber cerrado. Al entrar, la puerta les anunció con un tintineo de campanillas. El lugar era diminuto, mucho más pequeño que cualquier comercio normal. Las paredes estaban cubiertas de gruesos estantes de madera sin tratar. En ellos se apilaban objetos de toda clase. Libros, jarrones, marcos, telas, maletas, bolsos, collares, jabones con forma de animal... Todo había sido colocado sin orden ni sentido. Del techo colgaban sombreros, móviles de conchas, ropa y hasta un viejo avión de madera y latón tan grande como una bicicleta. Amelia miraba fascinada a su alrededor cuando una mujer salió de algún rincón de aquel caos. Era pelirroja y con una gruesa trenza que le llegaba hasta la cintura. Vestía unos vaqueros ajustados y una amplia camisa de estampado étnico. Debía tener unos cuarenta y pocos años pero la ropa, el peinado y su cuerpo, delgado y esbelto, le hacían parecer mucho más joven.

—Hola mamá — dijo Ethan abrazando a la mujer.

—Ethan, hijo. Pensé que llegarías antes. Tendría que haber cerrado hace tiempo.

—Lo siento — contestó —. Mi sustituto se ha retrasado.

Amelia se había quedado sin habla. ¿Esa era la sorpresa? ¿Conocer a la madre de Ethan? Al tenerla cerca se dio cuenta del enorme parecido que guardaban. El color del pelo era lo único que los diferenciaba. Los ojos, la boca, la sonrisa, eran iguales.

—Tú debes de ser Amelia — dijo la mujer tomándola de las manos —. Me llamo Estelle. Ethan me ha hablado mucho de ti. Vamos, entrad. Voy a echar el cierre.

La cara de Amelia mostraba estupor y sonrojo. Cuando Ethan la miró se apresuró a tranquilizarla.

—Dame unos minutos y te explico. Tengo algo que mostrarte.

Estelle recogió los artículos de la mesa de la calle exceptuando la pizarra, cerró la puerta con llave y bajó las persianas. Después, con una amplia sonrisa, rodeó por la cintura a Amelia y a su hijo y los condujo al fondo de la tienda. Tras el mostrador, a su izquierda, había una pequeña puerta de color azul turquesa. La abrió y entraron en lo que parecía el almacén. Si desorden había en la tienda, el almacén era un auténtico caos. Era una habitación algo mayor, sin luz natural. A Amelia le sorprendió lo limpio que estaba todo teniendo en cuenta la cantidad de trastos que se acumulaban en las estanterías. En un rincón vio una gran mesa redonda del mismo azul que la puerta. Sobre ella había un ordenador portátil, un tarro lleno de regaliz rojo, un florero con margaritas naturales y montones de libros, revistas y recortes de periódicos.

—Sentaos — dijo la mujer—. Ethan, busca algo más cómodo que tu taburete para Amelia. Yo voy a preparar té.

Estelle volvió a la tienda. En uno de los extremos del mostrador Amelia había visto un calentador de agua, tazas y un azucarero.

—Tú sí que sabes dar sorpresas — susurró con ironía Amelia.

—Lo siento — contestó Ethan riendo —. Si hubiera dicho que te iba a presentar a mi madre estoy convencido de que no habrías venido.

—Es probable. ¿Y qué es lo que hacemos aquí exactamente?

—El negocio de mi madre consiste en comprar y vender objetos antiguos, viejos, curiosos. Cualquier cosa de segunda mano que pueda tener algún tipo de interés. Tiene varios proveedores fijos pero de vez en cuando viene alguien a ofrecerle algo de lo que quiere desprenderse. Mi madre lo tasa, y si cree que puede generar beneficio, se lo compra.

—¿Y hay algo que ha comprado tu madre que crees que me puede interesar?

—Algo así, pero mejor que te lo cuente ella.

Estelle entró con una bandeja de bambú sobre la que había una tetera y tres tazas. Sirvió el té y antes de sentarse fue a una de las estanterías a recoger un baúl de mediano tamaño. Lo puso sobre la mesa.

—Supongo que Ethan te habrá contado a lo que me dedico. Esta es una tienda de artículos de segunda mano y antigüedades. Suele venir mucha gente intentando vender todas esas cosas que están por sus casa desde hace tiempo y que no saben qué hacer con ellas.

Amelia asentía al tiempo que daba sorbos al té.

—Hace unos días vino una mujer. Era mayor. Tanto que me extrañó que nadie la acompañara. Me dijo que tenía algunas cosas de las que quería desprenderse y me dejó sobre la mesa este baúl. Al principio no estaba muy convencida, pero tengo la mala costumbre de comprar casi todo lo que me traen, aunque no sirva para nada. La tanteé para ver cuánto pretendía ganar con la venta. Lo normal es regatear hasta llegar a un acuerdo. Pero le daba igual lo que le diera, solo quería deshacerse de todo.

Estelle retiró la bandeja y colocó el baúl en el centro de la mesa. Era de madera vieja con dos correas de cuero ya ajado. Amelia no entendía mucho de antigüedades — lo poco que había aprendido decorando el hotel junto a su madre —, pero no hacía falta ser una experta para darse cuenta de que no tenía valor alguno. Era una caja vieja que se podía encontrar en cualquier tienda de saldillo.

—Como veréis esta caja no vale nada — prosiguió Estelle —. Es lo que hay en el interior lo que me llamó la atención.

Un montón de papeles viejos, revistas y fotografías se apilaban en el interior. Estelle los sacó y bajó el baúl al suelo. Amelia los miró sin entender. Entonces fue Ethan quien tomó algo del montón que sobresaltó a Amelia.

—La reconocí al instante — dijo Estelle —. Ethan me había mostrado las fotos de la mansión en la que trabajó este verano. Se trataba del mismo edificio impreso en estos cuadernos.

Era el montón de cuadernos de cuero negro que Pottie había buscado durante años. Los cuadernos de la tía Karen. Estaban empaquetados con un grueso cordón negro y un sello de lacre. Era el sello de Rottingdean Hill House. Quien los había cerrado quería asegurarse de que no los leyera cualquiera. También había un paquete de fotografías atadas con cuerda roja, varios recortes de periódico y algunas postales antiguas.

—Si no hubiera sido porque reconocí Rottingdean Hill House nunca lo habría comprado. Ethan me había hablado de ti y del hotel que habéis inaugurado. Creí que debíais tenerlo.

—Yo… — dijo Amelia —, no sé qué decir.

Mientras hablaba Amelia acariciaba el suave cuero de los cuadernos que ya le eran tan familiares.

—Lo hemos dejado todo tal y como lo trajeron — añadió Ethan —. No los hemos leído, como podrás ver. En realidad mi madre no me lo ha permitido — dijo riendo —. Cree que es algo privado.

—Te lo agradezco mucho Estelle. Dime cuánto te debo por ellos.

—¡Oh!, nada querida. La verdad es que no pagué ninguna fortuna. La mujer que los traía se conformaba con poco. Como te decía, quería quitárselos de en medio.

—¿Quién era? ¿La conocías? — preguntó Amelia.

—No. Nunca la había visto por aquí. Me dijo que eran de un pueblo cercano.

—¿Y te dejó algún teléfono? ¿Alguna dirección?

—No. Y tampoco se la pedí. Para objetos de más valor sí exijo más datos. Cuestión de seguridad. Para esto, papeles y fotos viejas, no.

Ethan guardó todo en el baúl, lo cerró y lo dejó a su lado.

—Te dije que te gustaría. He visto que los cuadernos son iguales al que llevabas el primer día a clase. Por cierto, ya no te lo he vuelto a ver.

—No, no. Compré uno más nuevo.

Amelia nunca había contado a Ethan lo que había sucedido aquel día. Nadie más que Lilian y ella conocían lo que le ocurría si escribía en ellos. Pero tampoco había dicho a su amiga que cada tarde continuaba con la tarea de averiguar lo que esos cuadernos le querían contar.

Ethan y Amelia se quedaron un rato más en la tienda con Estelle. Amelia telefoneó a Lilian para que volviera a casa sola. Se sentía cómoda, a gusto, y no le apetecía volver todavía. Además, Ethan se había ofrecido a llevarla a casa. Estelle resultó ser una mujer divertida, inteligente y muy original. Era extrovertida y hablaba muchísimo. Aunque apenas se conocían no tuvo ningún reparo en contarle que era madre soltera, que había criado sola a su hijo porque el padre del muchacho la había abandonado cuando se enteró de que estaba embarazada. Dejó los estudios y montó una tienda de segunda mano. Su familia se desentendió de ella y de su hijo y, sola, siendo casi una niña, afrontó con valentía el cuidado de un bebé. El negocio era suficiente mientras Ethan era pequeño. Después creció y con él los gastos. Por esa razón el muchacho había comenzado a trabajar para pagar sus estudios. Estelle se sentía mal pero durante un tiempo fue el único modo de sobrevivir. Por suerte la crisis les había venido bien. Las tiendas de segunda mano habían aumentado sus ventas en los últimos meses disparando los ingresos. Entonces pidió a su hijo que dejara de trabajar y se centrara en sus estudios. Temía que le ocurriera como a ella; que nunca fuera capaz de terminar su carrera. Pero Ethan estaba empeñado en continuar aportando dinero en casa

En algunos momentos la conversación era tan íntima, tan sincera, que Amelia se sentía incómoda. Pero Estelle hablaba con tanta franqueza, sin complejos, sin ocultar nada, que se relajaba y olvidaba que acababan de conocerse.

—Amelia, ha sido un verdadero placer conocerte — dijo Estelle abrazándola para despedirse —. Ahora entiendo por qué mi hijo habla tanto de ti.

Volvió a ruborizarse. ¿Ethan había hablado a su madre de ella?

—Me encantaría que volvieras por aquí más veces. Si necesitas alguna antigüedad, algún artículo especial, dímelo. Sabré conseguirlo.

—Vendré pronto. Y vendré con mi madre. Le encantan las tiendas como esta.

Cuando salieron al paseo marítimo ya era noche cerrada y había comenzado a llover. Ethan y Estelle vivían a un par de manzanas de allí y el coche lo tenían aparcado en la puerta. Ethan pidió a Amelia que volviera a entrar en la tienda. Él iría a por el coche y la recogería. Agradeció el gesto. Afuera hacía frío y no quería que se mojara el baúl ni su contenido.

Cuando volvió a entrar Estelle ya había apagado las luces y se había puesto una gruesa chaqueta de lana naranja y marrón.

—Está lloviendo a cántaros — dijo Amelia —. Ethan ha ido a por el coche y me ha pedido que le espere aquí.

—Sí, es lo mejor. Ven, sentémonos — añadió Estelle señalando un banco de forja blanco con cojines de tela de saco.

Las dos se quedaron sentadas observando la lluvia.

—Amelia — dijo Estelle —. No sé si debo decírtelo pero he visto la expresión de tu cara cuando has visto esos cuadernos.

Amelia se puso tensa y Estelle apoyó su mano en la rodilla de la joven.

—Cuando me trajeron el baúl, la mujer me contó que no se había atrevido a quemarlos. Por lo visto le habían prohibido hacerlo. No me dijo quién ni por qué y tampoco le pregunté. No era asunto mío. Me pareció raro, pero no le di mayor importancia. Ni te imaginas la de estupideces que oigo a veces sobre algunos de los trastos que me traen. Mientras me mostraba el contenido del baúl, noté lo incómoda que se sentía al tocarlos y su alivio cuando accedí a quedármelos. Era un comportamiento que ya he percibido en otras ocasiones. La superstición y las antigüedades van de la mano. Pero he visto la misma expresión en tus ojos cuando te los he mostrado.

Amelia permaneció callada.

—Si necesitas ayuda dímelo. Tengo una mente muy abierta.

Un claxon se oyó fuera. Las dos mujeres salieron de la tienda y se metieron en el Renault Clio que las esperaba. Llevaron a Estelle a casa y prosiguieron el camino hasta Rottingdean. Fue un viaje agradable. Ethan puso la radio y condujo despacio, sin prisa. Al llegar la acompañó hasta la puerta del hotel. Antes de que Amelia la abriera Ethan le cogió la mano y la besó. Fue un beso suave y breve.

—Hasta mañana, novata — dijo el joven casi en un susurro.

Entonces se montó en el coche y esperó hasta que Amelia hubo entrado para ponerlo de nuevo en marcha. Por la vidriera de la puerta, Amelia vio cómo se alejaba.

CAPÍTULO 13

E l 25 de mayo de 1887, un mes y seis días después del funeral de Justine, Keira y Axel contraían matrimonio en la iglesia de St. Margaret, en Rottingdean. Al igual que en el velatorio, muchas fueron las críticas por tal celebración. Nadie entendía que no se hubiera mantenido varios meses de luto por la muerte de una joven en circunstancias tan terribles. La familia de la novia, la del novio y el mismo Axel eran conscientes de que lo más correcto habría sido esperar un tiempo, puede que hasta un año. Pero el delicado estado de Keira provocó tal desenlace. Desde la muerte de Justine, no había sido la misma. Alternaba momentos de melancolía y abatimiento con episodios de euforia y alegría. Podía llorar durante horas y al rato comenzar a reír sin razón aparente. A veces permanecía callada un día entero y a la mañana siguiente charlaba sin parar dejando a todos exhaustos. Era una locura seguir su estado de ánimo. Axel, junto a los padres de su prometida, hablaron con los mejores especialistas llegados de Londres y Oxford. Buscaban el modo de devolver a Keira a la realidad. Todos coincidían en que se trataba de algo normal. Era la manera que tenía una mente tan tierna como la de Keira de afrontar el duelo por su prima muerta. Les explicaron que cada persona reaccionaba de manera diferente ante una pérdida como la que ella que había sufrido. Debían recordar que había sido Keira la que había encontrado el cadáver. La impresión le habría hecho entrar en un estado de shock, causante de su especial comportamiento. Les aconsejaron que la apoyaran, que le dieran tiempo y que fueran comprensivos. El tiempo haría que Keira volviera a ser la misma joven de siempre.

Días después del entierro Axel insinuó que debían retrasar la boda unos meses. La joven entró en un estado de melancolía y silencio del que tardó más de una semana en emerger. Apenas comía, no salía de su habitación y lloraba sin parar. Su padre, harto de la situación, ordenó que se reanudaran los preparativos de la ceremonia. Hizo llamar a la modista, a las floristas y al párroco. Después rogó a Axel que reconsiderara su decisión. El joven no tuvo ningún reparo en seguir adelante con todo. Keira era lo único que le importaba en ese momento. Cuando la joven vio que todo continuaba según lo previsto salió de su habitación, alegre y dispuesta, como si nada hubiera ocurrido.

Un día antes de la ceremonia, aprovechando uno de los momentos felices de Keira, Axel habló con ella. Quería asegurarse de que estaba fuerte y preparada para afrontar los nervios de la boda.

—Mañana es el gran día — dijo Axel mientras paseaban por el jardín.

—Sí, mañana. Estoy deseosa de que todo termine y comience la luna de miel. París va a ser nuestro comienzo.

—¿Te ves con fuerzas para la ceremonia de mañana y todo lo demás?

—¿A qué te refieres? Es nuestra boda, ¿por qué no voy a tener fuerzas?

—Ya sabes a lo que me refiero. Echarás de menos a Justine.

—Por supuesto que la echaré de menos pero nada va a empañar nuestra felicidad. Mi prima decidió dejarme y yo debo seguir adelante con mi vida. Ella es la responsable de todas mis desgracias. Yo solo le di amor y mi apoyo y ella ... — Keira calló, respiró hondo sabiendo que no debía alterarse. Eso solo empeoraría la preocupación de su prometido —. Le di mi amor y mi apoyo y ella no lo aceptó. Se preocupó solo por ella y eligió su camino. Ahora yo debo seguir el mío.

Era la primera vez que Keira hablaba de ese modo de su prima. Destilaba resentimiento, rencor. Axel se sorprendió por su reacción. Era una emoción nueva. Un cambio. Supuso que había dado un paso adelante. Un paso que la acercaba a la cordura.

—Tengo algo que contarte — dijo Keira desviando la conversación —. Iba a ser una sorpresa pero no puedo esperar. Sé que tu madre me dio su vestido de novia para que lo llevara mañana pero me ha parecido que no era el apropiado. Llevaré uno nuevo. Uno más adecuado.

El día que Axel y Keira se prometieron la madre de este ofreció a la novia su traje. Era tradición que los vestidos pasaran de madre a hijas. Varias generaciones de la familia lo habían llevado el día de su boda. Como Axel era hijo único no habría nadie que lo volviera a vestir salvo que su nuera accediera a hacerlo. Cuando Keira lo vio le encantó. Llamó a su modista, le hizo algunos arreglos y lo adaptó a la moda del momento.

—Entiendo que quieras llevar algo más adecuado dadas las circuns-

tancias — dijo Axel. Algo más sobrio y menos festivo podía ser más apropiado
—. Mi madre lo entenderá.

—Justo eso he pensado. Ya hablé con nuestras madres y les pareció
bien. Pero no te diré cómo es. Solo la modista y yo lo hemos visto.

—Da igual cómo vayas. Para mi vas a ser la novia más guapa que
jamás nadie haya visto.

Keira rió y besó en la mejilla a su prometido. Debían separarse. La
próxima vez que se vieran sería en el altar.

El sábado, día de la ceremonia, amaneció frío y ventoso. El cielo vestía
unas nubes de color gris pizarra. Antes de las diez de la mañana llovía a
cántaros sin visos de amainar. No parecía primavera.

La iglesia estaba abarrotada. La mayoría de los invitados, como en
todas las bodas, esperaban que terminara pronto la ceremonia y comenzara
el banquete. Deseaban llegar a Rottingdean Hill House cuanto antes para
entrar en calor y comenzar a comer.

Cuando Keira entró del brazo de su padre, un murmullo de asombro
recorrió el templo. Nadie había visto jamás un vestido tan espectacular y
atrevido en una boda. Era de seda blanco con un forro de encaje Honiton de
motivos florales. El diseño recordaba la forma de un reloj de arena. Era tan
ceñido que destacaba el busto y la cintura evidenciando el corsé que llevaba
debajo. Los hombros permanecían al descubierto y una gran lazada de seda y
encaje adornaba el pecho. Las mangas, tal y como la moda obligaba, llegaban
hasta el codo. Eran tan anchas y voluminosas que chocaban con el cuerpo
del padrino. Una larga cola de encaje de más de dos metros sorprendía a los
presentes. No era frecuente tal ornamento en un vestido de novia. Sobre la
cabeza, una sencilla corona-diadema con pequeños capullos de cera imitando
a flores de azahar contrastaban con la espectacularidad del resto del atuendo.
Para realzar su belleza Keira se había recogido el cabello en un altísimo y
voluminoso moño que resaltaba la palidez de la piel de sus hombros y cue-
llo. El conjunto era impresionante, osado, rompedor y muy bello. Bello pero
demasiado avanzado para la época. La última moda en París que todavía
tardaría algún tiempo en llegar a Rottingdean.

Axel permaneció en el altar mudo por la sorpresa. Su rostro no mostra-
ba ninguna expresión. Permaneció rígido, frío como un cadáver, sorprendido.
Sostenía el brazo de su madre sabiendo la vergüenza que estaba soportando
al ver a su futura nuera como una vulgar cabaretera frente a lo más nutrido
de la sociedad. Aquella sociedad cruel y despiadada sedienta de excusas para
castigar a todo el que se desviara del camino que ellos habían decidido como

correcto. *La mujer evidenció su desaprobación con un lastimero suspiro. La madre de Keira lloraba en silencio. Su hija, la hermana de Keira, le acariciaba las manos y le susurraba palabras de apoyo al oído.*

Si Keira notó la impresión que había causado no lo mostró. Su rostro irradiaba una luz y tal belleza que Axel olvidó su decepción cuando la tuvo cerca. Olvidó todo lo que le rodeaba, el vestido, los invitados. Nada importaba. Solo estaban Keira y él y ese era su gran día.

Tras la ceremonia, un carruaje esperaba a la salida de la iglesia a los novios. Habían decidido no compartir la celebración con el resto de invitados. Comenzaba su luna de miel. La madre de Keira suspiró aliviada cuando los vio alejarse. París era lo que su hija necesitaba. Una luna de miel de dos meses con un hombre que la amaba la recuperaría por completo. Estaba convencida de que cuando volviera sería la Keira de siempre.

CAPÍTULO 14

Los huéspedes descansaban en sus habitaciones o se refugiaban del mal tiempo en el salón de lectura, la estancia que más halagos había recibido desde la apertura del hotel. Además de los libros, lo que más se agradecía era la monumental chimenea de mármol blanco que Celia se encargaba de mantener encendida desde la mañana hasta bien entrada la noche. Las paredes, forradas en madera de cerezo, mostraban orgullosas cientos y cientos de obras. Clásicas, modernas, de fotografía, de ciencia ficción, biografías, históricas… Desde primeras ediciones de Dickens o Emily Brontë, a las últimas novedades de Stephenie Meyer o Ken Follett. No había lector que no encontrara algún ejemplar que se ajustara a su gusto. Se había corrido la voz de que el Rottingdean Hill House Hotel albergaba la mejor biblioteca privada del condado. Y cualquier huésped la tenía a su disposición. Era el mejor reclamo para el tipo de cliente que Marco y Celia deseaban para su hotel.

La biblioteca, además de su dormitorio, era el lugar favorito de Amelia. El olor de los libros y el silencio, solo salpicado por el chisporroteo de las llamas, le relajaban. Amelia entró deseando estar sola en su rincón de lectura. Tenía los cuadernos de tía Karen y quería leerlos con tranquilidad. Por desgracia había una mujer sentada en un sillón de cuero frente a la chimenea y una pareja de ancianos que por el modo de cabecear no tardarían en marcharse a la cama.

La hora de la cena había pasado y la cocina estaba cerrada. Tenía hambre. El té que tomó con Ethan y Estelle era lo único que se había llevado a la boca desde la hora del almuerzo. Todavía mojada y con los cuadernos en la mano se encaminó a la cocina para preparar un par de sándwiches y un vaso de leche. Los colocaría sobre una bandeja y los tomaría en la biblioteca mientras disfrutaba de la lectura. Y si no terminaba muy tarde, puede que dedicara algo de tiempo a dejarse llevar y escribir.

La luz de la cocina estaba encendida. Amelia sonrió. Sabía a quién encontraría: a Pottie. Su habitación era un lugar amplio y elegante, con grandes ventanales y bonitas vistas. Pero un lugar en el que, salvo para dormir, no solía pasar mucho tiempo. Pottie prefería la cocina. El sitio de la casa en el que más tiempo había vivido y el único que tras la reconstrucción le resultaba familiar. Habían cambiado los muebles, pero los techos, el suelo y la distribución eran los mismos. Su presencia allí era habitual. A los cocineros no le quedó más remedio que acostumbrarse a su compañía. Aceptaban con paciencia y cierta gracia los consejos e indicaciones que la antigua ama de llave les ofrecía. Marco colocó una mesa camilla y un sillón en el ventanal al lado de la despensa. Si la mujer iba a vivir en la cocina que al menos estuviera cómoda.

Cuando Amelia entró encontró a Pottie sacando brillo a la cubertería. Tampoco se había habituado a la jubilación.

—Menudas horas, niña — le regañó con suavidad —. ¿Saben tus padres que acabas de llegar?

—Pottie — contestó Amelia dando un beso en la cabeza a la anciana —, ya tengo edad para no tener que pedir permiso si me retraso.

—Eso en mi época no sucedía. Una muchacha decente no llegaba tan tarde.

—Pues menos mal que no estamos en esa época — contestó guiñándole el ojo.

Amelia dejó los cuadernos sobre la mesa y fue hacia la despensa.

—¿Te preparo yo la cena? No tengo nada mejor que hacer.

—No, Pottie, gracias. Solo tardo un minuto. Además, deberías irte a dormir y dejar eso — dijo señalando los cubiertos —. Sabes que no tienes que hacerlo.

—Si es que no sé en qué emplear tanto tiempo. Ya le he dicho a tu madre que todavía puedo trabajar. Además, los viejos dormimos muy pocas horas.

Mientras hablaba Pottie reparó en el montón de cuadernos.

—¿Qué es esto? — dijo la anciana.

—Son los cuadernos de tía Karen. Los que estuviste buscando durante años.

Amelia relató el modo en que habían llegado a sus manos, la casualidad de que los vendieran en la tienda de Estelle. No entendía cómo habían salido de la mansión. Una extraña expresión se dibujó en la cara de Pottie. Estaba pálida como la nieve. Amelia le daba la espalda y no reparó en el temblor de la anciana.

—No deberías haberlos traído aquí Amelia — dijo Pottie con un hilo de voz.

—¿Cómo dices?

—Que es una locura que los hayas traído a esta casa — repitió todavía en un susurro.

—¿A qué te refieres? — contestó Amelia desconcertada.

En ese instante un fuerte golpe sonó en el piso superior, justo encima de donde se encontraban. Pottie se levantó y recogió la cubertería con torpeza. La volcó sobre el cajón sin ningún orden. Varios tenedores de postre cayeron al suelo y ni se paró a recogerlos.

—Me voy a la cama, mi niña. Estoy muy cansada — dijo atropelladamente.

—No Pottie, espera. ¿Qué querías decir con que traerlos ha sido una locura?

Un nuevo golpe, más fuerte que el anterior retumbó. Esa vez procedía de la pared junto a la que se encontraba sentada Pottie. La pared que daba a la despensa. Amelia abrió la puerta y encendió la luz. No había nadie. Tampoco había caído nada al suelo ni había rastro de lo que podía haber provocado el golpazo. Volvió a la cocina y Pottie ya se había marchado. Salió al hall. Estaba vacío. Subió las escaleras hasta su dormitorio y llamó a la puerta. No sabía qué podía haberla alterado tanto. Volvió a llamar y la anciana entornó la puerta. Amelia pudo ver la palidez de su rostro.

—Pottie, me estás asustando, ¿qué te sucede? ¿Llamo a alguien? ¿Necesitas un médico?

—No, mi niña, nada de médicos. Estoy cansada, eso es todo.

—¿Qué es lo que ha pasado ahí abajo?

Pottie permaneció unos segundos en silencio. Dudaba.

—Mañana hablamos — dijo bajando la voz —. Mañana, cuando vuelvas de la facultad, búscame y charlamos. Tengo muchas cosas que contarte. Mientras tanto, no pierdas de vista los cuadernos.

Amelia obedeció. No sabía si dejarla sola era una buena idea. Pero Pottie no le dio opción. Le deseó buenas noches y cerró la puerta antes incluso de que Amelia se hubiera separado de ella.

Volvió a la cocina para terminar preparar los sándwiches aunque ya no tenía tanta hambre. Cogió los cuadernos, la bandeja y se encaminó a la biblioteca. Su estómago había dejado de quejarse. Sin embargo, la cabeza comenzó a darle pinchazos. Estaba siendo un día muy largo. Demasiado largo.

Los ancianos ya se habían retirado. Además de la mujer que leía en el sillón de cuero se había sumado una pareja de mediana edad. Jugaban una partida de ajedrez en silencio. Amelia ser alejó de todos ellos. Le fastidiaba no poder disfrutar del calor del fuego, pero prefería la soledad. Acomodándose en el sofá de terciopelo verde que daba la espalda a la chimenea, se quitó las zapatillas, se sentó cruzando las piernas y colocó la bandeja sobre las rodillas. Comió con ganas. Por lo visto no se le había quitado el hambre, solo estaba adormecida. Después de los dos sándwiches y el vaso de leche sintió no haber cogido algo de fruta o un yogurt. La cabeza seguía dándole pinchazos pero decidió ignorarlos. Retiró la bandeja, la dejó en el suelo y cogió los cuadernos.

Había ocho en total. Con cierto temor rompió el sello de lacre que los mantenía empaquetados. Se sentía como una intrusa apoderándose de algo que no le pertenecía. Pero debía leerlos. Quería saber más. Amelia los abrió uno a uno para ver por cuál empezar. Era una especie de diario en el que cada anotación comenzaba con una fecha. Observó que el primero comenzaba en 1930, cuando tía Karen contaba con diecisiete años. La última anotación fue de 1988, un par de meses antes de su muerte. Amelia los ordenó cronológicamente y abrió el primero.

" *26 de octubre de 1930,*

Hoy es la inauguración oficial de este diario, mi diario. Hace algún tiempo que deseaba comenzarlo pero nada en mi vida parecía lo suficientemente interesante como para rellenar sus hojas. Sin embargo, esta tarde he descubierto algo sorprendente de verdad. Algo que, creo, nadie más que yo, y ahora mi diario, conocen. Y merece la pena inmortalizarlo. Ha sido durante uno de mis recorridos a caballo. Después de almorzar con papá y mamá he salido a pasear con mi yegua Beth, que desde hace algún tiempo tenía olvidada. Lo cierto es que en las últimas semanas he preferido sacar del establo a Merlín. Es más ágil y rápido y me lo paso mucho mejor con él. Pero pensé que Beth agradecería mis atenciones. Es muy celosa y si me descuido con ella se pondrá insoportable. Para compensar mi abando-

no dimos un paseo mucho más largo de lo habitual. Recorrimos la costa, atravesamos el pueblo y llegamos a una zona cerca de los acantilados que nunca habíamos visitado. Es un sitio muy bonito, aunque algo apartado. Hay seis u ocho pequeñas casas de ladrillo rojo y tierras de labor. Tengo que volver otro día. La próxima vez llevaré a Merlín para que lo vea. Le va a encantar. El caso es que desmonté y paseé con Beth a mi lado. Llegamos a una cerca. Dentro trotaban dos potrillos negros espectaculares. Beth y yo los observábamos. Pocas veces he visto corceles tan bonitos. Estábamos tan ensimismadas mirando los potros correr que no nos percatamos de que había llegado a nuestro lado una anciana. Era muy mayor, de unos setenta u ochenta años. Miraba con orgullo a los animales, me contó que eran suyos. Estuvimos hablando de caballos y de su cría un buen rato. Seguro que se dio cuenta de que es mi tema de conversación favorito. Después, acariciando a Beth, reparó en la marca de hierro en su pata.

—¿Vives en Rottingdean Hill House? — me preguntó.

Yo le contesté afirmativamente. Después empezó a hacerme un montón de preguntas más. Si todo estaba bien en casa, si no habíamos notado nada extraño, si había ocurrido alguna desgracia en los últimos años. Yo le conté el disgusto de mamá el año pasado tras la fiesta de primavera. Cuando una granizada destrozó las flores que mamá llevaba años cultivando. Pero creo que no se refería a nada de eso. Y continuó insistiendo. No sabía a qué venía tanta pregunta. Me resultaba incómodo. Comencé a desconfiar. Al fin y al cabo yo no conocía a esa señora de nada. Me disponía a marcharme pero, disculpándose, rogó que me quedara un ratito más. Me dijo que el interrogatorio se debía a que había vivido durante años en Rottingdean. Y sin que yo le dijera nada inconveniente comenzó a llorar. Me di un buen susto porque no había manera de calmarla. Me preocupaba que con lo mayor que era le ocurriera alguna cosa. A ver qué iba a decir yo después. Busqué a algún familiar que me echara una mano, pero estábamos solas. Le dejé mi pañuelo y esperé a que se le pasara el berrinche. Es lo mismo que hace mi madre conmigo. Después, volvió a disculparse y me invitó a tomar un té en su casa. Sé que no debería haber ido, pero no podía dejarla así. Además, me encanta fisgonear en la vida de los demás. Casi me pareció oír a mi madre con el soniquete de siempre: "Karen, algún día la curiosidad te va a jugar una mala pasada". La acompañé hasta la casa que había detrás de la cerca. Era pequeña. Con dos o tres habitaciones como mucho. En el salón había montones de figuritas de caballos. De porcelana, de cristal, de madera, dibujados en platos, bordados en cojines. Era como *una obsesión. Me resultó siniestro. Luego recordé que a otras ancianas les da por coleccionar gatos.*

Sacó un té delicioso y los emparedados de carne más ricos que jamás he probado. Si se entera mamá o papá de que he estado en casa de una extraña tomando el té, no volveré a salir de casa en lo que me queda de vida. Por esto la historia se va a quedar aquí, en mi diario. Será un secreto.

Me terminé la bandeja de emparedados en un santiamén. Mientras, esperaba que me contara qué era lo que le había hecho llorar. Yo no me atrevía a preguntarle, habría sido muy descortés por mi parte, pero me moría de ganas de saberlo. Harta de esperar y con la tripa llena de emparedados me despedí educadamente de la anciana. Fue entonces cuando rompió a llorar de nuevo.

—Perdóname, perdóname — repetía una y otra vez.

No pude soportarlo más y decidí que debía salir lo antes posible de allí. Me había topado con una chiflada. Sin embargo, al verla tan frágil, me dio pena. Y volví a darle mi pañuelo — que por cierto, me lo había dejado hecho un asco— y esperé de nuevo a que se calmara.

Y comenzó a contar una historia de lo más rara. Me explicó que la conciencia no le dejaba vivir y que necesitaba contarlo antes de morir. He de reconocer que en ese instante no me pareció tan divertido. A ver, qué necesidad tenía yo de complicarme la vida. Si lo que necesitaba era una confesión, ya podía haber llamado al párroco ¿No están para eso? Pensé dejarla allí plantada y largarme a casa con Beth. Pero, de nuevo, el secreto que quería desvelarme pudo más. No, si al final mi madre va a tener razón y la curiosidad me va a jugar una mala pasada. En fin, que me senté en el sofá rodeada de cojines de caballos y escuché. Su suplicio era por algo que había hecho y por lo que sentía un remordimiento espantoso. Sucedió mucho tiempo atrás, en 1887. Fue en la primavera de ese año cuando…"

Una mano se posó en el hombro de Amelia. Celia contemplaba a su hija con una extraña expresión. Amelia miró desconcertada a su alrededor y a su madre. Estaba tan absorta en la lectura que necesitó unos segundos para recordar dónde estaba. Como si la hubieran despertado de golpe de un profundo sueño. Ya no había nadie más en la biblioteca. La mujer que leía y la pareja de ajedrecistas se habían retirado a sus habitaciones. Debía ser muy tarde, porque la chimenea se había apagado. Ni siquiera las brasas fulguraban.

—Amelia, cielo. Te estábamos buscando — dijo Celia —. Ha ocurrido algo terrible.

El miedo la invadió. Esas mismas palabras fueron las que pronunció Celia el día que le comunicó que sus hermanos habían sufrido un accidente.

—¡Papá! ¿Está bien? — preguntó casi en un grito.

—Sí, tranquila. Está arriba.

El alivio penetró su cuerpo. Sintió cómo descongelaba la sangre que se había solidificado al oír a su madre.

—Es Pottie, cariño. Ha muerto.

CAPÍTULO 15

Lilian fue la primera en llegar. Amelia necesitaba compañía. Eran demasiados los recuerdos y pocas las fuerzas que le quedaban para enfrentarse de nuevo a la muerte. No hacía mucho tiempo que conocía a Pottie pero unos pocos meses le habían bastado para incluirla en su familia. En su, cada vez, más reducida familia. Era la abuela que nunca había tenido cerca. Una madre de repuesto que nada pedía y tanto ofrecía. Una compañía llena de historias que amenizaban una tarde de aburrimiento. Se había acostumbrado a su presencia, a su extraño sentido del humor, a sus regañinas y hasta a sus espantosas pastas.

Amelia no podía evitar sentir punzadas de remordimiento cada vez que pensaba en Pottie. Tenía la sensación de que no había llegado a conocerla de verdad. Habían hablado muchas veces, sí, pero siempre de ella. Jamás se fijó en que Pottie no expresaba sus sentimientos. Puede que se debiera a que nunca le habían preguntado por ellos. ¿En quién pensaba cuando estaba a solas? ¿A quién echaba de menos? ¿Había amado alguna vez? ¿Fue feliz? Era injusto no haberlo visto antes. No haber tenido tiempo para conocerla. La vida siempre era injusta.

Al igual que Amelia, todo el mundo en el pueblo quería y respetaba a Pottie, pero nadie podía decir que había intimado con ella. Con Karen siempre tuvo una relación estrictamente laboral. Karen admiraba el trabajo que tan bien desempeñaba y confiaba plenamente en su buen juicio. Más allá de eso no existió ningún otro trato. La señora Danvers, la antigua inquilina de Rottingdean Hill House nunca se preocupó por conocerla. Era simple interés la razón por la que buscaba su compañía. Necesitaba a alguien a su lado, alguien que la cuidara y la atendiera. Y el resto, daba igual. Si era feliz, si se sentía bien, mal o si enfermaba carecía de importancia siempre que estuviera en su puesto a la hora indicada. Sin embargo Celia, Marco y Amelia fueron la familia que Pottie nunca había tenido. Era la primera vez que alguien había cuidado de ella. Le hicieron sentir querida. Por desgracia los encontró demasiado tarde, cuando apenas le quedaba tiempo.

Marco y Celia estaban muy ocupados atendiendo a la policía, al médico forense, a la funeraria y a los huéspedes curiosos. Para ellos era un alivio saber que Lilian acompañaba a su hija. No querían dejarla sola, pero tampoco podían escaparse de las obligaciones que se les imponía. Celia deambulaba por la casa con los ojos enrojecidos. Preparaba litros de café y entraba una y otra vez en la habitación de su hija para ver cómo se encontraba. Amelia, por su parte, temía el efecto que podría tener en ella un nuevo duelo. Marco se encargaba de todo lo demás. De llamar a la policía, a la funeraria y de calmar a los huéspedes curiosos y a los que pedían una explicación por el alboroto que les impedía descansar.

—¿Y tú no has oído nada? — preguntó Lilian.

—No, yo estaba en la biblioteca. Ha sido mamá quien ha escuchado el golpe en el baño.

—¿Y la ha encontrado ella?

—Bueno, no estoy segura. Como la habitación estaba cerrada, ha avisado a mi padre que ha bajado a recepción a coger otra llave. Luego han abierto el dormitorio y el resto te lo puedes imaginar.

—¿Dónde ha… pasado?

—En el baño. Nadie me ha dicho nada todavía, pero he oído al médico forense hablar por teléfono en el pasillo. Creen que ha ido de la cama al baño y se ha mareado. Ha caído hacia atrás, golpeándose la cabeza con la bañera. Una muerte instantánea.

—¡Ostrás! ¡Qué horror! ¿Y tú cómo te encuentras? — preguntó Lilian.

—No sé. Es como si nada de esto estuviera ocurriendo.

—Ya. Necesitas dormir. Échate. Te aviso si pasa algo.

Amelia se tumbó en el sofá con la cabeza apoyada en las piernas de su amiga. Aunque estaba amaneciendo trataría de dormir un rato. Lo iba a necesitar.

—¡Los cuadernos! — exclamó sobresaltando a Lilian —. Los olvidé en la biblioteca. Tengo que ir a por ellos.

—Déjalos y descansa. Mañana los recogemos.

—No. Tengo un mal presentimiento. Creo que la muerte de Pottie no ha sido un accidente. Ellos han tenido algo que ver.

Se levantó de un salto y salió de la habitación como una exhalación. Lilian la seguía todavía aturdida.

—¿Que no ha sido accidente? ¿Qué ha sido entonces?

—No, no… No sabría decirte — contestó Amelia sin parar de correr por los pasillos —. Nunca debí dejar sola a Pottie. No en ese estado. Debí acompañarla hasta que se hubiera calmado. Era demasiado mayor. Ni te imaginas lo asustada que estaba

—¿Asustada por qué?

—Le aterrorizó ver los cuadernos. No se atrevió ni a tocarlos. Me dijo que no los debería haber traído a casa o algo por el estilo. Fui tan tonta… ¿Por qué no me quedé con ella? Sabía que no se encontraba bien.

La biblioteca estaba a oscuras. La única iluminación era la de la chimenea.

—¡No están! — exclamó Amelia —. Han desaparecido. Te juro que los dejé aquí, en el sofá. Junto a la bandeja y los restos de mi cena.

Todo permanecía tal y como Amelia lo había dejado. La bandeja, el vaso, el plato. Todo salvo…

—¡La chimenea! — dijo corriendo hacia ella —. Cuando mi madre vino a buscarme estaba apagada.

El fuego le iluminaba la cara. Amelia miraba los restos de lo que horas antes había estado leyendo. Solo quedaba por consumirse la esquina de uno de los cuadernos. La esquina en la que se podía ver en relieve dorado la figura de Rottingdean Hill House.

—¿Qué está pasando aquí? ¡¿Qué está pasando aquí?! — gritó Amelia con todas sus fuerzas.

En ese instante, una risa de mujer se oyó detrás de ellas. Provenía de uno de los ventanales que daban al jardín. Había alguien detrás de las cortinas. Amelia y Lilian miraron espantadas el movimiento de la tela. Sintieron el siseo de una respiración.

Lilian cogió del brazo a Amelia y tiró de ella. Subieron a toda prisa a la habitación y cerraron con llave.

—Sabes que eso no va a servir de nada, ¿verdad? — dijo Lilian señalando el cerrojo.

—No digas tonterías.

—¿Cuándo te vas a dar cuenta de una vez de que es esta casa? Hay algo en ella que se despertó en el momento que llegaste. Te está intentando decir algo. Lo sentí desde la primera que ve que estuve aquí.

—¿También es la casa la que ha matado a Pottie? — preguntó Amelia visiblemente enfadada —. Por algo que sabía y me iba a contar, ¿verdad? — gritó a las paredes —. ¿ Y después qué? ¿Me matarás a mi si intento averiguarlo? ¡Pues me da igual! ¡¿Me has entendido?! ¡¡Me da igual!! Voy a averiguar lo que está sucediendo y no me pienso marchar. ¡No me pienso ir nunca de aquí! ¡¡Nunca!!

Un fuerte golpe seguido de lo que parecía una risa ahogada sonó tras la puerta del dormitorio. Amelia y Lilian se quedaron quietas, tensas, asustadas. El silencio inundaba sus oídos. No se atrevían ni a respirar. Hubieran deseado oír algo razonable. Algo familiar. Algo que las alejara de la locura que estaban viviendo. Silencio.

La iglesia estaba abarrotada. No había ni un solo asiento libre. La gente se agolpaba en los pasillos laterales y en el fondo del templo. En la puerta y en los jardines decenas de vecinos que no habían llegado a tiempo para coger sitio aguardaban con solemnidad la llegada del féretro. No faltaba nadie. Daba igual el frío y el viento. Todos querían despedirla.

Un sepelio largo y conmovedor emocionó y rememoró recuerdos ya olvidados. El sacerdote, tan emocionado como si de un familiar se tratara, narró cómo conoció a Pottie treinta años atrás. Ella fue la que le presentó a la congregación cuando era un párroco novato e inexperto recién llegado del seminario. Le allanó el camino para que se sintiera en Rottingdean como en casa. Y lo consiguió. Siempre la consideró la feligresa más devota. No recordaba ni un solo domingo en todos esos años que hubiera faltado a la celebración de la misa. Ni la enfermedad ni el mal tiempo fueron jamás excusas para dejar de acudir al servicio semanal. Colaboraba en todas las actividades que la parroquia organizaba y las tardes de primavera y verano, cuando el tiempo era benevolente, no era raro verla orar en alguno de los últimos bancos. Eran incontables las veces que había ayudado a algunos de los allí presentes. Cuidando de sus hijos, de los mayores, dando lo que podía a los que lo necesitaban, acompañando a los enfermos... Y todo ello en el poco tiempo libre que tenía. De nuevo Amelia sintió una punzada de remordimiento al comprobar lo poco que sabía de Pottie.

Amelia estaba sentada en primera fila junto a sus padres, Lilian y la madre de esta. El resto de asistentes era gente a la que no había visto en la vida. Un grupo de mujeres mayores, todas vestidas de riguroso negro lloraban en el banco de al lado. Detrás, decenas de hombres, mujeres, jóvenes e incluso niños escuchaban con atención las palabras del párroco. Resultaba curioso lo heterogéneo que era el grupo.

Sintió una extraña sensación en la nuca. No era la primera vez que lo había notado desde el inicio del sepelio. Estaba segura de que la estaban observando. Amelia giró y lo vio. Ethan estaba allí, apoyado en una de las columnas laterales. Había ido, no por Pottie, sino por ella. Para estar a su lado. Para acompañarla. Junto a él se encontraba Estelle. Cuando Ethan le sonrió, Amelia no pudo evitar romper a llorar. Había logrado evitarlo hasta entonces, pero su presencia la derrumbó. Se habría levantado y habría corrido a su lado pero ni las circunstancias eran las adecuadas ni la multitud se lo habría permitido. Algo parecido debió ocurrirle a él. Al verla llorar comenzó a disculparse con la gente de su lado. Quería llegar hasta donde ella se encontraba. Fue entonces cuando su madre le sujetó por el brazo y le dijo algo al oído. Se miraron de nuevo y Amelia asintió con una leve sonrisa. No hacían falta palabras.

Después de las despedidas, los abrazos y el saludo de montones de personas a las que no conocían, Marco y Celia se marcharon a casa. Llevaban dos noches sin dormir y estaban agotados. Amelia, sin embargo, se quedó en el pueblo con Lilian. Era viernes y prefería pasar el fin de semana en casa de su amiga. Después de lo sucedido era mejor permanecer un par de días alejada del hotel. Necesitaba pensar qué iba a hacer. Además, tenía los cuadernos de tía Karen, los que había encontrado en el escritorio y en los que escribía cada noche. Pensaba dejarlos en casa de Lilian. No quería arriesgarse a perderlos también. Aprovecharía el fin de semana para escribir y avanzar en la historia.

Ethan se acercó a Amelia a la salida de la iglesia.

—Lo siento muchísimo — dijo al oído mientras la abrazaba.

Amelia se sintió reconfortada. Le alegraba tener a Ethan a su lado. En sus brazos se sabía más fuerte.

—¿Te puedes quedar un rato más aquí? — le pidió Amelia.

—Claro, no hay problema. Le diré a mi madre que se marche. Yo cogeré el último autobús.

—¡Oh!, ¡no!, no hace falta. Es verdad. Olvidaba que habías venido con Estelle.

—Ha sido imposible convencerla de lo contrario. Cuando le he contado lo que ha sucedido ha insistido en venir. Decía que eres prácticamente una recién llegada y te vendría bien ver caras conocidas. Le causaste una impresión fantástica el otro día. Espera un segundo, ahora vengo.

Ethan se alejó de Amelia para dar las llaves del coche a su madre. La mujer hablaba con algunos conocidos.

—Amelia, te espero en casa— dijo Lilian—. Si necesitas algo, llámame.

—No, por favor, quédate tú también. Hoy os necesito a los dos. Me vendrá bien pasar una tarde con amigos.

Anduvieron por las calles desiertas de Rottingdean hasta llegar al pub de unos amigos de Lilian. Amelia se sentía mal. No deseaba entrar en un pub después del entierro, pero Lilian e Ethan la convencieron para que se distrajera. Era un lugar oscuro y ruidoso en el que se iba a beber cerveza y escuchar música. Aunque fueron de los primeros en llegar el ambiente ya estaba cargado de olor a alitas de pollo y tacos. Las paredes, de color burdeos, estaban cubiertas por viejos carteles de películas de los años cincuenta y sesenta. Las mesas eran antiguas pero las habían pintado de un color rojo muy vivo que les daba un aspecto moderno y original. Una de las cosas más atractivas del lugar eran las sillas. Cada una de un modelo y estilo diferente. Para alivio de Ethan y Amelia, Lilian eligió una mesa alejada de los altavoces. Sabían que tendrían que levantar la voz pero al menos podrían tener una conversación. En cuanto se sentaron llegó una camarera guapísima para atenderles. Era alta, de enormes ojos oscuros y cabello rubio hasta la cintura. Vestía un vestido azul tan ajustado que costaba creer que pudiera respirar. Lilian sonrió con malicia a Amelia. Sabía que la chica era despampanante y quería ver la expresión de Ethan. El chico ni se inmutó. Solo tenía ojos para Amelia. Esta sonrió triunfal. Las dos rieron.

—Me encanta oír tu risa después de todo lo que has pasado — dijo Ethan.

—Ha sido terrible, sí — contestó—, pero Lilian sabe cómo animarme después de todo.

La chica hizo una reverencia con la cabeza para agradecer el cumplido.

—¿Os gusta? — dijo invitando con la mano a observar el lugar —. Es de unos compañeros de la universidad. Solo está abierto los viernes, sábados y domingos.

—Me encanta — dijo Ethan —. El ambiente es fantástico. Además, he visto que aquel rincón está preparado para conciertos.

—Sí. Tenían previsto que hubiera música en vivo los sábados pero andan algo justos de dinero. Se han gastado una pasta en arreglarlo. Supongo que lo dejarán para más adelante.

—Si quieres puedo hablar con unos colegas. Tienen un grupo de jazz. Son muy buenos, de verdad. Se morirían por tocar en un sitio así y lo harían gratis. Por unos tacos y unas cervezas vendrían seguro.

—¡Sería genial! Mirad, ahí están. Voy a saludarles y se lo comento. Ahora vengo.

Lilian se alejó hasta la barra. Había tres chicos haciéndole señas para que se acercara. Les saludó dando un par de besos a cada uno y comenzaron a charlar animadamente.

—Me parece que Lilian va a tardar un buen rato — dijo Ethan—. No te miento si te digo que no me importa. Así no tengo que compartirte.

—Ni tampoco el plato de alitas que has pedido — contestó Amelia riendo.

La tarde avanzó y el local se llenó de gente. Lilian iba de un sitio a otro parloteando y bailando. Parecía que conocía a todo el mundo. Ethan y Amelia comieron, bebieron y charlaron sin parar. En alguna que otra ocasión Amelia sentía una punzada de arrepentimiento. No sabía si hacía bien disfrutando tanto si solo hacía unas horas que había enterrado a Pottie.

—Y qué vas a hacer — dijo Ethan cuando le comentó el conflicto que le atormentaba —. ¿Ir a casa a llorar? La vida sigue y Pottie estará pasándoselo en grande viéndote disfrutar. Y viendo cómo te estás poniendo de alitas y patatas — bromeó.

Amelia miró a Ethan maravillada por su capacidad para hacerle sentir bien y le besó. Lo hizo sin pensar, pillándolo desprevenido. El chico respondió rodeándola con sus brazos y atrayéndola hacia sí. Mientras la besaba acariciaba su cuello enredando los dedos entre su cabello. Ella saboreaba el dulce momento ajena a todo lo que les rodeaba. Daba igual si no estaban solos o si les miraban. Era el momento que tanto había deseado y no quería perder ningún detalle. Pretendía recordarlo siempre.

Durante un rato los dos permanecieron mudos. No hacían falta palabras. Cogidos de las manos escuchaban música y observaban al resto de la gente. Amelia se preguntaba si habría alguien tan feliz como ella en ese instante.

—Mi autobús sale en una hora — dijo Ethan rompiendo la magia —. Lo digo porque no me gustaría que volvieras a casa sola. Querría acompañarte.

—¡Ah! No, no hace falta. No voy a volver a casa esta noche. Me quedaré con Lilian. Necesito pensar qué voy a…

Se dio cuenta de que Ethan no sabía nada de lo ocurrido. Entendía que involucrarlo era arriesgado. Podría pensar que estaba chiflada. Pero comenzar una relación sin confianza era ponerle fecha de caducidad. Además, necesitaba a alguien que pusiera algo de sentido común en todo aquello. Lilian era la mejor amiga, pero a veces, su excesivo entusiasmo podía llegar a ser temerario.

—Ethan — comenzó diciendo con cautela —.Voy a contarte algo, pero es necesario que tengas la mente abierta y que no comentes nada hasta que te lo haya explicado todo.

—¿La mente abierta? — contestó divertido —. Con una introducción así hago todo lo que me pidas.

No sabía cómo comenzar. Amelia necesitó más de un minuto para reordenar todo en su cabeza a fin de que no sonara como una chifladura. Tras la pausa, comenzó narrando cómo fue su llegada a Rottingdean y la herencia de su madre. El hallazgo de los cuadernos y lo que sucedió el primer día de clase. La caja que habían encontrado en el invernadero, la desaparición del diario de tía Karen y todo lo que rodeo a la muerte de Pottie. Trató de narrarlo de una manera directa, sin decoraciones. Nada que pudiera hacerle pensar que le tomaba el pelo. Ethan la escuchaba serio, sin hacer interrupciones y asintiendo cada vez que dudaba cómo continuar. Después de relatar cómo vio arder en la chimenea los cuadernos de tía Karen Amelia se calló.

—¿Cómo vais, chicos? — Lilian interrumpió la tensión del momento — No he querido venir antes porque… mmm, digamos que os he visto muy liados — soltó con una carcajada.

—Lilian — contestó Amelia —. Acabo de contar a Ethan todo.

—¿Todo, todo?

—Sí. No quiero tener secretos con él.

Una canción de Coldplay comenzó a sonar. Todos los que allí estaban empezaron a bailar y cantar al ritmo de la música. Todos excepto Ethan, Lilian y Amelia. El chico permanecía en silencio. Miraba a las dos amigas buscando una risa cómplice, un guiño, cualquier gesto que delatara la broma. Amelia lo miraba atenta y temerosa. No entendía cómo podía permanecer callado después de todo lo que acababa de compartir con él. Y comenzó a arrepentirse de haber hablado más de la cuenta. Tendría que haberlo dejado estar. La música sonaba cada vez más alta y la gente que le rodeaba saltaba y cantaba demasiado cerca. Una chica chocó contra su silla haciendo caer un vaso. Amelia sintió nauseas. El olor era insoportable y el ambiente claustrofóbico. Necesitaba salir de allí. Se estaba ahogando y necesitaba aire. ¿Por qué le costaba respirar? Se levantó dejando caer su silla y tropezando con una pareja que bailaba a su lado. No pudo ni disculparse. No había tiempo. No le quedaba oxígeno. ¿Dónde estaba la salida? Un fuerte pitido dentro de su cabeza sustituyó a la música. Todo se nubló y oscureció. Iba a perder el conocimiento de un momento a otro. En ese instante sintió cómo un brazo fuerte le rodeaba la cintura. Casi en volandas la sacó del local y la llevó hasta la calle. Allí consiguió sentarla en el poyete de un escaparate contiguo al pub. El aire volvió a entrar en sus pulmones y el pitido cesó. Una mano retiraba su pelo de la cara colocándolo detrás de su oreja.

—¿Te encuentras mejor? — dijo Ethan. Has estado a punto de marearte.

—Sí, estoy mejor. Yo… lo siento. Menudo espectáculo he dado — contestó avergonzada.

—No, Amelia, soy yo el que lo siente. He reaccionado fatal ahí dentro pero trataba de asimilar todo lo que me has relatado.

—¿Me crees? ¿O crees que estoy como una cabra?

Ethan le tomó la cara con las dos manos y le sonrió. Era la sonrisa más seductora que jamás había visto.

—Claro que te creo. Nunca había conocido a alguien tan valiente, sensata y equilibrada como tú. Y tampoco a nadie tan bonita. Ahora espérame aquí — continuó Ethan —. Voy a por Lilian que se ha quedado muy preocupada. Os acompaño a casa. Y mañana nos vemos. Me gustaría ayudarte a averiguar lo que está sucediendo.

CAPÍTULO 16

Volvieron a Rottingdean Hill House dos semanas antes de lo previsto. El cochero descargaba los baúles mientras Keira y Axel descansaban del viaje tomando un té en el salón principal. Como no los esperaban los preparativos del dormitorio revolucionaron a todos los miembros del servicio.

—Keira, ¿por qué no nos habéis avisado? — preguntó su madre emocionada por la vuelta de su hija a casa —. Tu padre habría adelantado su regreso. Ya sabes que cualquier excusa es buena si le quita un par de días de trabajo en Londres. Le habría encantado recibiros como es debido.

—Decidimos daros una sorpresa — contestó Keira con entusiasmo —. Además, París nos aburría tremendamente. Hemos visitado todo lo que había que visitar, comido en los mejores restaurantes, paseado por todos y cada uno de los jardines y comprado lo más distinguido y selecto de allí. No nos quedaba nada más que hacer.

—No entiendo cómo París puede aburrir a una pareja de recién casados — dijo su hermana.

—Pues sí, hermanita. Si algún día vas, me darás la razón. Más de dos semanas es tedioso.

—¿Y a ti, Axel? ¿También te aburre la Ciudad de la Luz?

—París es el lugar más bello en el que se puede estar — contestó —. Admirar sus jardines, tomar un café, saborear su gastronomía, visitar sus museos o, algo tan simple como pasear por sus calles a cualquier hora del día o de la noche puede ser la experiencia más sobrecogedora del mundo. Yo no me cansaría jamás de París.

—¡Oh, por dios, Axel! No exageres — dijo Keira —. Es una ciudad como otra cualquiera. Incluso un poco recargada para mi gusto. No os lo vais a creer, pero mi marido no ha parado de hablar de una monstruosidad que están construyendo al lado del Sena. Un tal Eiffel está levantando una torre de hierro y acero para la exposición universal de 1889 — continuó diciendo a su madre y su hermana —. Espantosa. Horrible. No entiendo cómo le permiten construir tal barbaridad. Y con trescientos metros de altura, ni más ni menos. Lo peor de todo es que Axel opina que va a ser una obra de arte.

—Trescientos metros. ¡Qué exagerada! — dijo su madre riendo — ¿No serán treinta?

—No, trescientos — contestó Axel — Va a ser espectacular. Una auténtica hazaña técnica.

—¿Ves? Lo que os decía. Hasta esa monstruosidad le parece bella.

—Hermanita, por qué no dejas de hablar de bobadas y vamos a lo más interesante. ¿Nos has traído regalos?

—¡Hija!

—Lo siento, madre, pero quiero saber si me ha comprado algo que me pueda poner en la fiesta de la semana que viene. Me encantaría decir que llevaré un modelo recién traído de París.

Axel permanecía callado mientras su esposa charlaba con su madre y hermana de las últimas tendencias en moda. Cuando una de las doncellas anunció que estaba listo su dormitorio se excusó y se retiró a descansar.

—Keira. He notado que Axel está serio — dijo su madre —. ¿Va todo bien entre vosotros?

—Sí, sí, perfectamente. Lo que ocurre es que apenas ha dormido desde que salimos de París y está exhausto. Cuando haya descansado unas horas se sentirá mejor.

Improvisando una bienvenida, la madre de Keira invitó a cenar al párroco, al doctor de la familia y su esposa, a sus consuegros y a dos parejas amigas de sus hijas. Tomarían consomé, pularda con verduritas y de postre mousse de limón, los platos favoritos de Keira.

La velada avanzaba y la conversación no decaía. Keira contaba anécdotas de su luna de miel y el resto charlaba de los chismes que se habían producido en las últimas semanas. Por suerte, el incidente de la boda había pasado a un segundo plano por la fuga de la hija del boticario con el hijo del carnicero. Todos reían los comentarios sarcásticos de la hermana de Keira, irónica e inteligente a partes iguales. Todos salvo Axel, que apenas había probado bocado. Su madre lo observaba. Conocía a su hijo y sabía que algo no iba bien.

—Y tú, hijo — dijo la mujer tratando de incluir a Axel en la conversación —. Estarás listo para la vuelta al trabajo, ¿no?

—*Pues no lo sé, madre* — *contestó el muchacho dejando la cuchara en el plato con brusquedad* —. *Lo cierto es que no sé que voy a hacer con mi trabajo. ¿Verdad querida?* — *dijo fulminando con la mirada a su esposa.*

La rudeza de la contestación sorprendió a todos. Su madre se arrepintió en ese mismo instante de la pregunta entendiendo que acababa de dar en el clavo. Había prendido la llama de la bomba que su hijo llevaba dentro.

—*Axel* — *dijo Keira ruborizada* —, *no creo que este sea el mejor momento.*

—*¿Por qué no?* — *contestó levantando la cuarta copa de vino que le habían servido* —. *Creí que estábamos en familia, como a ti te gusta. Y en una familia no hay nada de lo que no se pueda hablar, ¿no crees?*

—*Axel* — *dijo su padre* —. *Keira tiene razón. Si tenéis...*

—*No padre, no tenemos ningún problema. Es más. Voy a hacer un brindis.*

Todos levantaron sus copas con cierto recelo. Axel se puso en pie y mirando a su mujer dijo.

—*Por nosotros y por nuestra nueva vida aquí. En Rottingdean Hill House. Y por mi futuro trabajo, siempre que a mi esposa le parezca bien.*

Se tragó el vino de un trago y dejó la copa con tanta fuerza sobre la mesa que estalló en pedazos. Su mano comenzó a sangrar manchando el mantel y la manga de su chaqueta.

—*Disculpad* — *dijo Keira levantándose de la mesa y saliendo del salón sollozando. Su madre la siguió mientras Axel la miraba consternado.*

—*No, Keira, espera.* — *le dijo* —. *Yo no quería...*

Axel trató de ir tras ella pero sus padres le retuvieron. La mujer cogió una servilleta y envolvió su mano ensangrentada.

—*Ve a curarte esa mano* — *dijo su padre* —. *Ahora es mejor que esté con su madre, hasta que te hayas despejado un poco.*

—*Hijo* — *dijo su madre sujetando el vendaje que había improvisado* —. *¿Qué os sucede?*

—*Querida, eso no es asunto nuestro. Axel debe resolverlo con su esposa a solas.*

El párroco y los amigos se despidieron de manera apresurada. Agradecieron a Axel la invitación y se fueron mucho antes de la hora que habían previsto. Los problemas domésticos se debían tratar en privado.

Después de curar y vendar la mano, Axel y sus padres se quedaron en el salón de té, esperando. Estaba sentado frente a la chimenea con la cabeza

gacha, sujetada por ambas manos. La madre, a su lado, le acariciaba la es-
palda mientras el padre fumaba.

—*Es culpa mía. ¡Cómo he podido ser tan insensible! Soy un necio, un*
necio — repetía una y otra vez.

—*Hijo, ¿cómo te podemos ayudar? — dijo su madre.*

—*Querida, por favor. Es un hombre casado y debe resolver sus propios*
problemas.

—*No, padre, no importa. Os vais a enterar de todos modos. He recha-*
zado el trabajo que me esperaba el Londres.

Todos sabían que Axel había sido el primero de su promoción en la
Universidad de Derecho de Oxford. Aunque le habían llovido las ofertas de
trabajo, durante algún tiempo, trabajó con su padre, un prestigioso y cono-
cido abogado de Brighton. No era el empleo que deseaba, pues, hiciera lo
que hiciera, siempre estaba a la sombra de su padre; un hombre dominante
y soberbio con tendencia a subestimar a todo el que le rodeaba. Él quería
ser independiente, demostrar que podía llegar lejos sin estar al amparo de
la familia. Sin embargo, Brighton era el único lugar que le permitía estar
cerca de Keira hasta la boda. Ella conocía el sacrificio que hacía su prometido
por estar junto a ella. Por eso, decidieron que tras el enlace, trasladarían su
residencia a Londres. Él, junto a su mejor amigo de la facultad, fundarían
un bufete en la capital. Axel estaba entusiasmado. Alquilaron un palacete en
una zona residencial cerca de su trabajo y lo decoraron al gusto de Keira. Los
planes eran que tras la vuelta de la luna de miel, pasarían una semana en
Rottingdean Hill House y de allí se trasladarían a su nuevo hogar.

Pero, de manera inesperada, Keira anunció a su marido que no se
iría a vivir a Londres. Deseaba quedarse en Rottingdean . Adujo que era
una mansión grande en la que podrían vivir de manera cómoda y con cierta
independencia. No se veía con fuerzas para alejarse de su familia después de
la pérdida que habían sufrido tras la muerte de Justine. Explicó a su marido
que no necesitaba trabajar en el bufete familiar en Brighton. Podía hacerlo
con su padre. Este odiaba viajar a Londres con tanta frecuencia por negocios.
Sus abogados residían allí. Pero si su yerno podía gestionar todos sus temas
legales ambos se harían un favor. Su padre no necesitaría viajar tan a menu-
do y él podía establecer su propio bufete en Rottingdean. Sería independiente
como siempre había deseado.

Axel se tomó la noticia con estupor y rabia. Lo peor era que Keira per-
manecía inflexible. En menos de una semana le había dado la vuelta a todos
los planes que habían forjado durante años. Intentó razonar con su esposa,

convencerla, persuadirla para que cambiara de opinión pero no hubo mane-ra. Ya había tomado la decisión por los dos. De la frustración pasó al enojo y, después, al resentimiento. La luna de miel se había estropeado y decidieron volver antes de lo previsto.

—Con sinceridad, hijo — dijo su padre —. No te entiendo. La postura de tu mujer es la más razonable.

—Querido, por favor — dijo su madre sabiendo lo que iba a suceder.

—No, no, seamos claros. Sabes que siempre me pareció una estupidez que te marcharas a Londres para establecerte por tu cuenta pudiendo trabajar para mí.

—No deseo trabajar para usted, padre.

—Eres un desagradecido. Todos los hijos trabajan con sus padres y luego heredan sus negocios. ¿Acaso reniegas de mí?

—No, no reniego de usted, padre. Pero necesito hacer las cosas por mí mismo.

—Bah, bobadas. Tonterías de jóvenes. Al final habrías venido pidiéndome trabajo.

Justo a tiempo de evitar una discusión, entró la madre de Keira en el salón. Se disculpó por haberse retirado dejando solos a los invitados.

—Deberías ir con Keira. Ahora está más tranquila — dijo a su yerno.

—Claro, claro. Si me disculpáis.

Axel llamó a la puerta antes de entrar en su dormitorio. Abrió y vio a Keira sentada en su tocador. Ni le miró. Se retocaba los ojos. El viaje le había ayudado a superar la muerte de su prima y le afligía pensar que él podía ser el causante de una recaída. Estaba dispuesto a hacer cualquier sacrificio para hacerla feliz. Lo que fuera. Un trabajo no era algo tan importante como Keira. Se arrodilló frente a ella y apoyó la cabeza en su regazo.

—Perdóname Keira. He sido un egoísta. Haremos lo que tú creas que es mejor, pero no llores, por favor. Perdóname.

La mano de Keira se posó sobre la cabeza de su esposo. Nunca volvieron a hablar del tema. En una semana ya se habían instalado en el lado este de la segunda planta. Ocuparon tres estancias que daban al jardín trasero. La primera era el dormitorio. La segunda, un salón privado. Y la tercera, el despacho de Axel.

CAPÍTULO 17

Hicieron de la última mesa de Starbucks su centro de operaciones. Tomaban chocolate, cappuccino, té y galletas de almendra mientras leían e investigaban la historia de Rottingdean Hill House. Acumularon infinidad de artículos de periódicos que hacían referencia a la mansión. La mayoría eran pequeñas notas de sociedad en la que se detallaban las fiestas que allí celebraban y sus asistentes. Amelia descubrió maravillada la enorme influencia que había tenido su familia en la sociedad de finales del siglo XIX y principios del XX. Narraban la amistad que habían mantenido con duques, condes, escritores, pintores, actores y ministros. Incluso encontraron una fotografía de sus bisabuelos con el duque de Windsor y su esposa, la mujer por la que abdicó como rey. Pudo ver a una jovencísima tía Karen el día de su puesta de largo, la fastuosidad de los salones en las celebraciones navideñas, las innumerables reuniones benéficas que se organizaban, los premios que ganaban los caballos criados por tía Karen, las fotos de boda de sus abuelos, bisabuelos y tatarabuelos y hasta el artículo en el que detallaban la inauguración del hotel semanas atrás. Sin embargo, lo que de verdad iban buscando, lo que querían ver, no era toda esa cantidad de eventos y caras sonrientes, sino algo que les diera una pista de algún suceso truculento o insólito. Eran conscientes de que les iba a resultar difícil, si no imposible, encontrar algo así en prensa. Una familia tan influyente era capaz de acallar cualquier noticia o rumor embarazoso. De hecho, si sabían del suicidio de Justine era por el manuscrito que cada día escribía Amelia, no por los diarios.

El temor a perder los escritos de la misma manera que habían desaparecido los diarios de tía Karen hizo cambiar la rutina de Amelia.

Se los había entregado a Lilian, que los guardaba con mucho celo en su dormitorio. Cada tarde, cuando el autobús las dejaba en Rottingdean, iban a casa de su amiga para continuar con la escritura. Esta la dejaba a solas en su habitación para que pudiera continuar con la curiosa investigación. No era mucho lo que avanzaba cada día pues el trance al que se veía sometida la dejaba exhausta y desorientada.

Las discusiones entre Ethan y Lilian eran frecuentes. Uno trataba de imponer el sentido común y la sensatez respecto a lo sucedido. Por el contrario, Lilian barajaba teorías más esotéricas y disparatadas. Amelia los escuchaba a ambos. Buscaba el punto de equilibrio entre las dos posturas, si es que existía. Ella siempre había sido tan racional como Ethan y deseaba con todas sus fuerzas encontrar una explicación lógica. Además, la tranquilidad que se respiraba en casa tras la muerte de Pottie le llenaba de dudas. Desde que había incluido a Ethan en todo aquello y escuchaba su punto de vista no tenía tan claro lo que estaban buscando. Sin embargo tenía que reconocer que las teorías de Lilian se ajustaban más a lo que había vivido.

Como cada viernes Amelia llegaba a Starbucks más tarde que sus amigos. Además de las asignaturas comunes, se había apuntado a una clase de Turismo. Pensó que con el hotel le vendría bien. Lo que no esperaba el día que se inscribió era el horario. Esa clase cerraba la universidad cada semana. Al entrar en la cafetería no le extrañó ver a Lilian y a Ethan enzarzados en una discusión. Sonrió sabiendo que, como siempre, tendría que poner paz.

—Científicamente nunca se ha podido demostrar algo así — decía Ethan.

—¿Qué es lo que no se ha podido demostrar? — dijo Amelia interrumpiéndoles.

Ethan fue a buscar una silla para que se sentara mientras Lilian apartaba algunos de los papeles que tenían esparcidos sobre la mesa.

—Nos has pillado en una pelotera de lo más interesante — dijo Lilian con picardía —. Tu novio y yo no nos ponemos de acuerdo con el modo de definir tu… tu don.

—¿Mi qué? — contestó Amelia ruborizada. Era la primera vez que alguien se refería a Ethan como su novio. Era una sensación agradable e incómoda a la vez.

—Tu don, tu capacidad, tu habilidad… Vamos, lo que haces con los cuadernos de tu tía. Llámalo como quieras.

Ethan le colocó la silla y le cogió la mochila y el abrigo para que pudiera sentarse.

—¿Por qué los chicos con los que salgo no saben hacer esas cosas? — dijo Lilian a su amiga al tiempo que señalaba a Ethan.

Los tres rieron relajando el ambiente.

—Discutíamos sobre el contenido de los cuadernos — dijo Ethan para situarla —.He investigado y estoy seguro de que, sin saberlo, realizas escritura automática.

—¡Y dale! — contestó Lilian — Es psicografía. Yo también he investigado.

—¿Y se puede saber qué es cada cosa? — contestó Amelia.

—La escritura automática es el resultado de la escritura que no proviene de los pensamientos conscientes de quien escribe — dijo Ethan—. En otras palabras, es tu subconsciente el que dirige tu mano. Plasmas lo que no te atreves a decir, lo que crees saber o lo que avergüenza expresar de manera abierta. Es la manera de pronunciarte sin censuras. No creas, no serías la primera que lo practicas. Muchos poetas del siglo pasado también lo hacían. Creían que su yo creativo era más libre de represiones y autocensuras. También escritores y artistas surrealistas defendían esta técnica. André Breton, por ejemplo. Un escritor, poeta y ensayista francés del S.XX.

—Claaaro — contestó Lilian dejando a Amelia meditar la explicación —. ¿Y se puede saber cómo conocía la historia de Keira y Justine?

—Amelia, tú misma me contaste que en Madrid, antes de venir a vivir aquí, buscaste información de Rottingdean. Puede que leyeras la historia de tus antepasados o que incluso en algún momento de tu infancia tu madre contara algo.

—No creo, lo recordaría — contestó.

—No necesariamente. Es posible que no lo retuvieras pero que sí lo hiciera tu subconsciente.

—¿Y por qué estaba al corriente del suicidio de Justine? — dijo Lilian.

—Amelia, ¿cuántas veces has oído a tu madre hablar de sus veranos aquí? — preguntó Ethan.

—Muchas. A menudo me contaba historias de nuestra familia. Mi abuela también rememoraba sus años aquí. Hablaba de tía Karen, de mis bisabuelos…

—¿Ves? — dijo Ethan triunfal —. Seguro que te lo contaron hace tiempo y lo olvidaste.

—Absurdo — contestó molesta Lilian —. Esas cosas no se olvidan.

—También es posible — continuó Ethan acariciando con su mano el brazo de Amelia — que sea otra cosa la que no te atreves a contar. Puede que ni tú misma sepas qué es lo que esconde tu subconsciente. Y por eso has recurrido a la escritura automática. Para averiguarlo.

—Bobadas. Demasiado retorcido — dijo Lilian.

—¿Qué lo mío es retorcido? — contestó Ethan irónico —. ¿Por qué no le cuentas tu teoría?

—No es "mi" teoría. Hay infinidad de documentación al respecto. Creo que lo que te sucede cuando entras en trance se denomina psicografía. Es la habilidad psíquica de una persona que escribe textos sin ser consciente. En este caso quien te guía es un espíritu o fuerzas sobrenaturales.

Esta explicación no fue una sorpresa para Amelia. Siempre había sabido lo que conjeturaba su amiga. Pero al oírla expresarlo así, de una manera tan clara, tan directa, se sintió estremecer.

—Creo que se están comunicando contigo porque desean algo — continuó diciendo —. Todavía no sabemos de qué se trata, pero si lo averiguamos te dejarán tranquila.

—Lilian, en serio, ¿te estás oyendo? — protestó Ethan.

—Perfectamente y no es nada descabellado. Yo también tengo mis deberes hechos al respecto. ¿Conoces a Fernando Pessoa, uno de los poetas y escritores más brillantes de la literatura mundial?

—Por supuesto que lo conozco — contestó Ethan.

—Pues he de decirte que garantizó haber experimentado una experiencia de este tipo. Percibió una sensación en su brazo derecho. Declaró que lo movía ajeno a su voluntad.

—Bromeas — dijo con asombro Ethan.

—No, no lo hago. ¡Ah!, y Arthur Conan Doyle. En su libro "The New Revelation" afirmó que la psicografía ocurre cuando el subconsciente del escritor es manipulado por espíritus externos.

—Está bien — dijo Amelia zanjando la discusión —. Hasta que no haya avanzado algo más en los escritos no sabremos si es mi subconsciente o algún… u otra cosa. Por ahora yo seguiré cada tarde escribiendo, pero mientras, hay que encontrar otra ruta de investigación.

Los tres permanecieron unos minutos en silencio. Cada uno se sumió en sus propios pensamientos. Ethan recordó algo.

—Un momento — dijo con entusiasmo —. ¡Lo había olvidado!

A la salida del funeral de Pottie oí a mi madre hablar con una mujer. Por lo que decían creo que podría tratarse de la persona que vendió el diario de tu tía Karen. Era del grupo de las que estaban sentadas en la parte delantera. Las que iban de riguroso luto. Esas que estaban tan afectadas.

—Sí, las recuerdo — dijo Amelia —. Parecían plañideras. No pararon de llorar en toda la ceremonia. ¿Qué le decía a tu madre?

—Ella no hablaba. Solo asentía mientras mi madre le decía que había devuelto los diarios a su propietaria. Después me marché con vosotras y no pude escuchar más.

—Quizá deberíamos averiguar de quién se trata y ponernos en contacto con ella. Le preguntaríamos cómo llegaron a sus manos los cuadernos. Y si los había leído. Con un poco de suerte nos podrá contar qué contenían por qué Pottie no los quería ni ver.

—Por una vez, y solo una, diré que tienes razón — dijo Lilian —. Y creo que puedo saber cómo encontrarlas. Son el grupo de asiduas a la parroquia. Las que siempre organizan todos los eventos que allí se celebran. El párroco nos podrá poner en contacto con ellas.

—Perfecto — dijo Amelia —. Este domingo iré a misa. Con algo de suerte averiguaré por qué tía Karen se tomó tantas molestias en alejarlos de casa.

—Yo tengo otra idea — dijo con cautela Lilian —. Otra propuesta.

Amelia no necesitó que su amiga continuara hablando. Ya sabía a qué se refería y no le hacía ninguna gracia.

—Ni hablar, Lilian. Ya hemos hablado de ello y no me parece lo más apropiado — dijo Amelia.

—¡Vamos! Pero, ¿qué puede pasar?

—Es… es siniestro y no me gustaría que ni tú ni yo volvamos a pasar por eso.

—¿Se puede saber de qué habláis? — dijo Ethan perdido por completo.

—Si te lo cuento, ni te rías, ni te burles, ¿de acuerdo? — dijo Lilian.

—No prometo nada. Conociéndote…

—Muy bien, pues sigue con la duda.

—No, no, por favor. En serio, cuéntamelo. Procuraré no soltar ninguna puya.

Lilian explicó las sensaciones que le producía la mansión y el trance que les llevó a descubrir la caja de cobre del invernadero. En esa parte de la narración necesitó la ayuda de Amelia porque no recordaba nada de lo que había dicho. No lo adornó, como era costumbre en ella, para evitar las ironías de Ethan. Proponía ir a casa con Amelia y, de alguna manera, conseguir volver a esa situación. Amelia podría preguntar lo que quisiera. Sobre la caja y su contenido. Quién había quemado los cuadernos. Quién estaba en la casa. En definitiva, qué quería de Amelia.

—¡Oh! ¡Vamos! — dijo el joven — ¿Tú también? Pues me siento estúpido por ser el único que no entra en trance de vez en cuando.

Las dos amigas lo miraron molestas.

—Perdón, perdón, me he pasado — admitió —. Pero reconoced que esto ya es más difícil de creer, si cabe. ¿Me dices que te quieres dejar poseer por un espíritu para tener una charlita con él?

—Algo así — admitió Lilian tratando de mantener una actitud orgullosa —. Ethan, ¿por qué no crees en nada de esto?

—Considero que algo está ocurriendo, pero trato de buscar explicaciones más sensatas.

—Una pregunta, ¿en tu opinión, quién echó a la chimenea los diarios de Karen? — dijo Lilian.

—No lo sé. Me dijisteis que cuando abandonasteis la biblioteca quedaban algunos huéspedes. Pudo ser alguno de ellos.

—¡Ah! ¡No puedo! — contestó exasperada — ¿En serio? ¿Para qué narices va a coger nadie los cuadernos para tirarlos al fuego?

Hacía rato que Amelia había desconectado. Sabía que podían continuar así durante horas. Los dejó discutiendo otra vez mientras pensaba en los siguientes pasos a seguir.

—Está bien, ¡tiempo muerto! — dijo poniendo el brazo entre los dos combatientes — ¿Quién me acompaña el domingo a misa?

—Yo te acompaño donde tú quieras — dijo Ethan en un tono grotesco al tiempo que besaba su mano—. Pero el domingo no puedo. Tengo que trabajar. Me toca un fin de semana al mes y es este. Lo que sí haré es preguntar a mi madre si sabe algo más.

—Iré yo — contestó Lilian —. Pensaba levantarme a última hora porque mañana voy a salir hasta tarde , pero te acompaño. A cambio me invitas a desayunar en tu casa.

—Trato hecho — dijo Amelia.

—Echaré de menos no estar allí para oír tus descabelladas ideas — dijo Ethan con guasa.

—¿Ves Amelia? — contestó riendo Lilian —. En el fondo le gusta como pienso.

Estelle observó la calle. La escrutó largo rato, asegurándose de que estaba vacía. Era tarde y no quedaba nadie. Hasta los turistas más tardíos, siempre italianos y españoles, se habían ido a refugiar del frío a sus hoteles. Bajó las persianas y cerró la puerta dejando la llave en la cerradura. Se quedó quieta en medio de la tienda, escuchando. Sabía que era una manera tonta y poco útil comprobar que estaba sola, pero necesitaba asegurarse. Solo oía el tic tac del viejo reloj de pared que tanto odiaba. El que jamás conseguía vender. Cuando pasó a su lado lo miró con desdén, como si el objeto pudiera entender la aversión que sentía por él. Nunca supo por qué lo compró si no le gustaba. Mientras se dirigía a la habitación contigua rumiaba el modo de deshacerse del trasto.

En el almacén se sentía más segura. Era el lugar donde ocupaba la mayor parte del día. Su segunda casa. Sobre la mesa había dejado el abrigo, el bolso y un par de bolsas de la compra que había hecho aprovechando un descanso. Estaba lista para marcharse a casa. Solo quedaba hacer la comprobación diaria. La comprobación que no le dejaría dormir si no hacía. Se agachó en el suelo, en una de las esquinas. Apartó a un lado un viejo cesto de mimbre que estaba lleno de rollos de tela de saco. Apoyó la mano en una esquina de la baldosa del suelo. La losa, de unos cincuenta centímetros de lado se inclinó. Estelle aprovechó para introducir un par de dedos en la ranura y sacarla de su sitio. Introdujo la mano en el agujero y sacó la caja fuerte. Siempre le gustó ese lugar para esconder sus objetos de más valor. Si alguien entrara en la tienda a robar y buscara una caja fuerte lo haría en la pared, detrás de algún cuadro o mueble. Allí no se le ocurriría a nadie mirar. Lo único que le tranquilizaba era el escondite porque lo que sacó del suelo se llamaba así, caja fuerte, por llamarse de alguna manera. Era casi un juguete. Cuadrada, de un finísimo hierro de color azul, con una pequeña asa en la parte superior y una cerradura tan diminuta como la llave que la abría. Sabía que la llave era casi una anécdota porque para abrirla, una horquilla o un destornillador eran suficientes.

Mientras buscaba en el bolsillo la llave, se decía a si misma que no iba a pasar ni un día más en guardar algo tan importante en una caja tan insegura. Tenía que comprar algo más fuerte. Algo que se anclara al suelo y que nadie, salvo ella, fuera capaz de abrir.

Introdujo la llave en la cerradura y, tras un clic, la puerta saltó. Dentro había documentos, un par de sobres con el dinero que había ido ahorrando en los últimos años, una bolsita con dos pares de pendientes y un anillo y una caja. Estelle pasó por alto todo salvo eso, la caja. Era de bronce, con campanillas talladas en la parte central enmarcadas por una trenza dorada. Las patas eran bolitas doradas. Abrió con cuidado los cuatro cierres de los laterales. Pequeños garfios que giraban hasta rodear una bola igual que las patas. Al comprobar que el contenido estaba intacto, suspiró tranquila. Giró los garfios, introdujo el joyero en la caja fuerte, lo metió en el agujero del suelo, colocó la baldosa en su sitio y volvió a arrastrar el cesto de mimbre hasta dejarlo donde estaba. Se acababa de asegurar un sueño apacible. Más tranquila se puso el abrigo, cogió el bolso, la compra, apagó las luces y se marchó a casa.

CAPÍTULO 18

Lilian y Amelia llegaron a la iglesia antes que el resto de los asistentes. En el templo hacía un frío espantoso. Faltaban quince minutos para que se celebrara la primera misa del día y aún no había dado tiempo a que la calefacción se dejara notar. Lilian, sentada en uno de los bancos laterales, se acurrucó envolviéndose en su abrigo y se recostó con cierto disimulo. Era agradable la sensación de paz que allí se gozaba. El silencio las envolvía y un dulce olor a velas y rosas mejoraba el efecto relajante. Apenas habían pasado un par de minutos cuando la respiración de Lilian se hizo más lenta, más sonora. Se había quedado dormida.

Un golpe detrás del altar sobresaltó a Amelia. Una mujer colocaba dos centros de rosas blancas a ambos lados del retablo. Era bajita, como un niño de unos ocho o diez años. Vestía de riguroso negro y sobre la cabeza lucía una mantilla de tres picos del mismo color. Se sobrecogió al ver a las muchachas, tanto que casi deja caer uno de los maceteros. No debía ser habitual que alguien llegara tan pronto. Con una leve inclinación de cabeza saludó a Amelia y prosiguió con su tarea. Lilian continuaba dormida.

La puerta de entrada chirrió cuando los feligreses comenzaron a entrar. Los primeros en llegar fueron un matrimonio y sus tres hijos. El menor, de unos dos o tres años, lloraba histérico en los brazos de su padre mientras la madre trataba de separar a los otros dos. Peleaban por algo que la mujer guardó en su bolso y que provocó el llanto de todos. Ocuparon uno de los primeros banco rompiendo el silencio del que habían disfrutado hasta entonces. Lilian se removió y farfulló algo sobre niños que Amelia no logró entender. Después de ellos, el goteo de parroquianos fue incesante. Algunos, la mayoría, saludaban a Amelia. No sabía si la reconocían del funeral de Pottie o lo hacían por cortesía. Puede que por ambas razones. Después de unos minutos la iglesia estaba prácticamente llena y no había rastro de las mujeres.

—¿Estás segura que esta es la primera misa del día? — preguntó Amelia.

—Sí, eso ponía en el tablón de la entrada. Puede que vengan más tarde.

—O que no lo hagan.

En ese instante un grupo de cuatro mujeres enlutadas entraron en el templo. Sacudieron con fuerza sus paraguas dejándolos en un rincón, junto a un par de carritos y un patinete. Por lo visto había empezado a llover. Fueron directas y con prisa al primero de los bancos, el más céntrico. Sin duda eran fijas allí porque a pesar de que la iglesia estaba abarrotada, nadie había ocupado sus lugares. Se sentaron junto a la señora que instantes antes había colocado las flores en el retablo. Algo les cuchicheó porque sin ningún disimulo desviaron la cabeza hacia Amelia. Una de ellas, la que parecía más anciana, le hizo un gesto con la mano. Le instaba a verse más tarde. Entonces, todo el mundo se puso en pie. El sacerdote comenzaba la oración.

Lilian continuó dormida la mayor parte del tiempo. Amelia le daba codazos de vez en cuando, pero la fiesta de la noche anterior se debió alargar mucho para su compañera. Los amigos de Ethan tocaron en el pub. El concierto fue todo un éxito y el local consiguió aforo completo hasta bien entrada la madrugada. Ethan y ella se marcharon ya tarde, cuando sonó la última canción, pero Lilian decidió quedarse un poco más. Por los resuellos que daba de vez en cuando era probable que aún no se hubiera acostado.

Una vez terminada la misa, la iglesia tardó un buen rato en vaciarse. Siempre, tras cada celebración, el párroco aprovechaba para hablar con sus feligreses. Estos, por su parte, disfrutaban conversando y saludando a vecinos y amigos. Si el tiempo acompañaba, socializaban fuera, en la entrada, pero estaba lloviendo, hacía frío y la iglesia ya había entrado en calor. Después de ese rato, que se hizo interminable para Amelia y una tortura para Lilian, la anciana volvió a hacer un gesto a las chicas que, obedientemente, fueron hasta donde se encontraba.

—Amelia, Lilian —, dijo la mujer sorprendiéndolas —, qué alegría veros, hijas.

La anciana las tomó del brazo y se encaminaron hasta la puerta.

Tras ellas caminaba el resto del grupo.

—Cuánto se echa de menos a Pottie, ¿verdad? — continuó —. Justo esta mañana hablábamos de ella. Hoy le habría tocado poner los centros de flores. Y, como siempre, habría traído rosas blancas.

—A mí me gustan los crisantemos amarillos — dijo otra de las ancianas que caminaba tras ella, la que vieron primero —, pero por ella he traído sus favoritas.

—Disculpe el despiste — dijo Amelia —, pero he olvidado sus nombres. Con seguridad nos presentaron en el funeral, pero asistió tanta gente que me resulta imposible acordarme de todo el mundo.

—No, no, cariño. No te disculpes. Nunca nos habían presentado. Sé tu nombre por Pottie. Nos hablaba mucho de ti y de tu familia. Qué buenos habéis sido con ella. ¡Y cuánto os quería!

—Y a mi de qué me conoce — preguntó Lilian.

—A ti por tu familia, por supuesto. Puedes preguntar a tu madre. A ella la conocemos desde que era pequeña. Por cierto, ¿cómo está tu abuela Mary? Hace mucho tiempo que no la hemos visto.

—E… está bien, gracias. — contestó Lilian aturdida—. Sigue viviendo con mi tía en Hastings.

—¡Ay, la buena de Mary! Cuántas veces la hemos intentado convencer para que vuelva a Rottingdean. Pero es tan cabezona como lo era tu abuelo.

Lilian miró a Amelia desconcertada.

—¡Uy!, qué maleducada soy — continuó la mujer entre risas —. Yo aquí parloteando y no nos hemos presentado. Ella es la señora Miller, la señora Harris, la señora Turner, la señora Evans y yo, la señora Allen. Pero nos podéis llamar Adeline, Candace, Georgina, Dorothy y Nancy.

—Verá, Nancy — comenzó Amelia —, hemos venido porque querríamos…

—Sí, sí, ya sé para qué habéis venido — la interrumpió la mujer —. Y mucho habéis tardado. Os esperaba hace tiempo.

—Usted vendió los diarios de mi tía Karen a Estelle. ¿Cómo llegaron a sus manos?

—Me los dio tu abuela Mary — dijo Nancy mirando a Lilian—. Ella los guardaba desde hace años.

—¿Mi abuela? ¿Y qué tiene que ver ella en todo esto? — preguntó Lilian.

—Era muy amiga de Pottie. Se conocieron cuando trabajaban las dos en Rottingdean Hill House. No sé la razón que tendría para llevárselos pero lo cierto es que hace unas semanas me llegó un paquete procedente de Hastings. Sabía que era de Mary, tu abuela. Esa misma noche recibí su llamada. Me dio instrucciones de lo que debía hacer con él.

—¿Y por qué se lo envió a usted y no a Pottie? — preguntó Amelia.

—Eso no lo sé. Deberíais preguntárselo a ella. Yo ya he hecho bastante, y bien que me arrepiento— contestó molesta la mujer.

—¿Por qué dice eso? — preguntó Lilian.

—Porque jamás conté nada a Pottie del paquete que me envió tu abuela. Ella me pidió que así lo hiciera. Me aseguró que era por el bien de Pottie y yo le creí. Estaba tan alterada, tan, tan… asustada. No sé si hice bien.

Los ojos de Nancy se llenaron de lágrimas. Pidió a sus amigas que la esperaran fuera.

—Yo… yo no sabía qué hacer con ese montón de trastos— continuó la mujer —. Mary me pidió que me deshiciera de todo, pero que ni lo leyera ni lo destruyera. En esto último insistió muchísimo. Le daba igual lo que hiciera. Solo lo quería lejos de Pottie, de Rottingdean y de ella. Pensé que había perdido la cabeza. La teníais que haber oído. Sonaba desquiciada. Colgó después de hacerme prometer que no le diría nada a Pottie y no volvió a llamar. Yo no entendía nada. Lo metí todo en un baúl antiguo que tenía en casa junto a montones de fotografías antiquísimas y recortes curiosos de periódicos que coleccionaba mi marido. Y lo llevé a Brighton. Sé que cerca del paseo marítimo hay tiendas de segunda mano. Mi prima ha vendido allí la mitad de sus muebles y se ha sacado un buen dinero. Pensé enviar a Mary lo que consiguiera por la venta, pero, al morir Pottie, gasté las pocas libras que me dieron en comprar un ramo de rosas blancas. Sus favoritas.

—¿Y por qué lo vendió a Estelle? ¿Por qué de todas las tiendas de segunda mano que hay entró en la suya? — preguntó Amelia — ¿Sabía que su hijo es amigo nuestro?

—¡Yo qué iba a saber! — contestó con visible fastidio. Estaba claro que quería terminar la conversación cuanto antes — Era la primera tienda que vi. Su dueña me pareció una mujer encantadora y muy educada. Eso es todo. Ahora, si me disculpáis, tengo que irme.

—Pero no nos ha dicho… — intentó preguntar Lilian.

—Ya os he dicho bastante. Yo nunca tenía que haber tomado partido en nada. Si queréis saber algo más, pregúntale a tu abuela. Seguro que ella os lo contará mejor que yo. Ahora me voy. Me están esperando.

Buenos días muchachas.

Nancy salió de la iglesia para reunirse con sus amigas. Lilian y Amelia volvieron a quedarse solas.

—Me vas a tener que presentar a tu abuela — preguntó Amelia.

—Supongo que no me queda más remedio — contestó Lilian —. Pero ahora me voy a mi casa porque necesito dormir. Después comer la llamo.

CAPÍTULO 19

Viajar de Rottingdean a Hastings no debía llevar más una hora, pero con la cantidad de curvas y los achaques del coche de Ethan, estuvieron en ruta casi dos. Lilian se mordía las uñas desquiciada. Su abuela era una maniática de los horarios y llegaban tarde. Le aseguraron que estarían en su casa alrededor de las cuatro y ya eran casi las cinco.

Mary era una mujer que enviudó muy joven. Tuvo dos hijas a las que crió trabajando duro. La mayor, la madre de Lilian, se casó, abrió una casa de huéspedes y se quedó a vivir en Rottingdean. La pequeña era una mujer independiente, bastante singular. Nunca se había casado. Después de viajar por medio mundo montó un negocio de fotografía en Hastings que marchaba bastante bien. Mary había vivido y trabajado toda su vida en Rottingdean. De allí eran sus padres, allí tuvo a sus hijas, allí enterró a su marido, allí siempre pensó que moriría. Sin embargo, de la noche a la mañana comunicó a su familia y a amigos que se iba a vivir a Hastings, cerca de su hija pequeña. Dijo a todos que quería cuidar de ella, estar a su lado. Pero lo que no contó a nadie fue la verdadera razón de su marcha: el miedo. Había visto y oído demasiadas cosas en Rottingdean y necesitaba alejarse. Quería marcharse, olvidarlo todo. Su hija le había dado la excusa perfecta.

Mary vivía en un pequeño apartamento desde el que podía ver el mar, en una calle llena de turistas y pubs. El ambiente era ruidoso, pero a ella le gustaba. La conocían en el barrio por la vida tan activa que llevaba. Cada día desayunaba en la cafetería de la esquina, después se iba a leer la prensa diaria a la biblioteca; los martes y miércoles asistía a clases de alfarería en el taller de una amiga, y de vez en cuando se tomaba con ella una

117

pinta en alguno de los pubs de la zona. En el edificio de enfrente vivía y trabajaba su hija, a la que veía casi a diario. Llevaba una vida apacible y tranquila. Justo lo que había ido buscando.

Cuando llegaron a casa de Mary la encontraron esperándoles con cara de pocos amigos. Había comprado un bizcocho de naranja y preparado té verde y café. Como Amelia era española supuso que estaría harta del té. El caso es que se había quedado todo frío y el bizcocho reseco. Mal empezaban si lo que querían era información. Lilian, con sus mimos, ablandó el mal humor de su abuela. Pero el que de verdad se ganó a la anciana, el que consiguió que olvidara el disgusto, fue Ethan. No necesitó comportarse de manera especial. Sus modales, la dulzura al hablar, alabar la decoración del apartamento y su atractivo conquistaron a Mary. Amelia se alegró de tenerlo allí. Había sido una suerte que cambiara su turno en la cafetería para acompañarlas. Siempre venía bien una ayudita para obtener el tipo de información que iban buscando. Y a ella nunca se le había dado muy bien socializar.

Después de la merienda, de ver el álbum de fotos familiar y de charlar de lo mal que estaba todo desde la crisis, Mary quiso saber verdadera la razón de la visita. Lilian la había llamado unos días antes para avisar de que iría a visitarla con unos amigos. Que hacía tiempo que no se veían y que le apetecía pasar a saludarla. Mary no era una mujer especialmente lista, pero lo suficiente como para saber que algo pretendía su nieta. Hablaban cada semana pero nunca se veían si no era en las celebraciones o en el mes de verano que iba a su casa.

—Lilian, querida — dijo Mary —, cuándo me vas a decir la razón por la que has venido a verme.

Lilian se ruborizó. Igual que un niño cuando es sorprendido en alguna travesura.

—Abuela — dijo riendo —, eres muy desconfiada. Solo quería venir a verte y hablar un rato.

Mary no contestó. Le sostuvo la mirada sin parpadear. Eso nunca fallaba.

—¡Vale! — dijo Lilian —, me has pillado. Hemos venido porque queríamos preguntarte por el paquete que enviaste a tu amiga Nancy.

Mary empalideció, se levantó sobresaltada. Ethan se apresuró a sujetarla al ver el impacto que había tenido en ellas las palabras de Lilian. La anciana los miró con una mezcla de sorpresa y desagrado.

—¿De qué conocéis vosotros a Nancy? ¿Y qué derecho tenéis de venir a interrogarme por lo que hago o dejo de hacer?

—Abuela… — trató de contestar Lilian.

—¡No, Lilian! No esperaba algo así de ti — dijo Mary. Sus labios temblaban cuando pronunciaba cada palabra —. Ahora marchaos a casa. Es tarde. Y no quiero que volváis de noche por esa dichosa carretera.

Sin hablar, y como si no estuvieran, empezó a recoger las tazas y los platos de la merienda. Lilian no sabía qué hacer. Ethan trató de ayudarla.

—No hace falta, hijo — dijo Mary intentando ocultar el temblor de sus manos —. Lo mejor es que salgáis ya. El viaje es largo.

—Abuela — repitió Lilian con visible remordimiento.

—Ni una palabra Lilian — la cortó Mary —. Ni una sola.

Durante unos segundos el ambiente resultaba opresivo. Nadie hablaba ni se movía de su sitio. Salvo Ethan y Mary que iban y venían de la cocina al salón recogiendo platos, tazas y cubiertos.

—No se enfade con Lilian, por favor — dijo Amelia. Se había levantado y quitaba una taza de las manos de Mary. La sostuvo entre las suyas —. Si alguien tiene la culpa de su enfado, esa soy yo. Yo pedí a Lilian que me trajera y yo le pedí que le preguntara por los diarios de Karen, mi tía.

Los ojos de Mary se abrieron sorprendidos.

—¿Karen? ¿Tu tía? — preguntó.

—Sí. Mi tía abuela. Mi madre heredó Rottingdean Hill House y vivimos allí desde hace unos meses.

Mary volvió a sentarse turbada. Necesitaba un tiempo para ordenar todo en su cabeza.

—Entonces tú — pensaba Mary en voz alta — eres la joven de la que me habló Pottie.

—¿Pottie? — preguntó Amelia —.

—Por supuesto. ¿Quién si no me podía haber dado los diarios de Karen?

Esta información descolocó a Amelia. Cuando meses atrás llegó a Rottingdean, Pottie le explicó que tía Karen solía escribir en sus cuadernos de manera habitual. Tras su muerte habían desaparecido y, aunque los buscó durante años, jamás consiguió encontrarlos. Sin embargo, parecía que Pottie siempre había sabido dónde se encontraban.

—Hay una cosa que no entiendo, abuela — dijo Lilian con precaución al no saber si continuaba enfadada —. Si Pottie te habló de

Amelia, ¿no te dijo que ella y yo somos amigas?

—No. Hacía años que no hablábamos. Demasiados. Días antes de su muerte, y para mi sorpresa, me llamó. Tuvimos una conversación rápida en la que no hubo tiempo para muchas explicaciones.

—Mary — dijo Ethan —. Necesitamos saber de qué hablaron, por qué tenía usted los cuadernos y por qué los envió a sus amigas.

—Hijo — contestó la mujer —, hay algunas cosas que es mejor no remover.

—Por favor, Mary — dijo Amelia —. Están sucediendo cosas muy extrañas en Rottingdean Hill House y necesito saber.

—¿Cosas muy extrañas…? — preguntó la anciana.

Amelia explicó lo que había sucedido hasta entonces. Mary asentía a medida que le iba relatando. Cuando llegaba a las partes de la narración que cualquier escéptico habría tachado de locuras, la mujer asentía sin más, sin sorpresa. Una vez finalizada la historia miró a Amelia y a su nieta. Suspiró, colocó un cojín a la altura de sus riñones y se recostó en el sofá. Había vuelto a palidecer y parecía más vieja que cuando habían llegado. Lilian comenzaba a arrepentirse por forzar a su abuela a soportar ese trance. Era mayor para someterla a cualquier tipo de desasosiego.

Trabajé como cocinera en Rottingdean Hill House desde mediados de los años cincuenta — comenzó a narrar Mary —. Antes lo había hecho mi madre, y antes que ella, mi abuela. Allí conocí a Pottie. Las dos éramos de la misma edad y habíamos entrado a trabajar más o menos en las mismas fechas. La juventud e inexperiencia forjaron una amistad sincera y duradera. Pottie vivía interna en la mansión. Nunca hablaba de su familia. Solo una vez le pregunté por ella y me confirmó lo que ya suponía: que no tenía a nadie. Yo, sin embargo, iba y venía a diario al pueblo, donde vivía con mis padres y mis hermanos.

Mi trabajo se limitaba a aprender el oficio en la cocina. Mi madre me enseñaba todo lo que iba a necesitar cuando ella se jubilara. Era una buena maestra. Tan buena como lo había sido mi abuela con ella. Pasaba horas entre fogones y verduras, amasando y cociendo. Recuerdo cómo envidiaba a Pottie. Ella podía recorrer los salones y dormitorios, salir a los jardines y observar las fiestas, reuniones y ágapes que se organizaban. Yo, sin embargo, pasaba los días recluida entre la cocina y la despensa. No podéis ni imaginar lo largas que se me hacían las mañanas hasta la hora del almuerzo. Era entonces cuando comíamos juntas y ella me contaba todo lo que sucedía en el resto de la casa. Era tan divertida…

Siempre hablaba de la señora, de tu tía, Karen. Una buena mujer.
Exigente pero justa. Nos trataba bien.
    La vida en Rottingdean era rutinaria. Yo cocinaba y Pottie limpiaba.
En los ratos de descanso nos sentábamos apartadas de los demás. Teníamos
nuestros temas de conversación, nuestro propio lenguaje. Era mucha la dife-
rencia de edad que nos separaba del resto del servicio. Puede que si hubiéra-
mos pasado más tiempo con ellos no habríamos tardado tanto en enterarnos
de lo que se rumoreaba. Lo cierto era que mi madre también se aseguraba de
mantenernos alejadas de lo que ella llamaba "chismes de viejas".
    Recuerdo perfectamente el día que oí los rumores por primera vez.
Durante varias semanas mi madre no pudo ir a trabajar. Había enfermado
de neumonía y necesitaba reposo. Me había enseñado bien y pude desen-
volverme sin demasiados problemas. Eso sí, tenía más trabajo que nunca.
Apenas había tiempo para descansar o hablar con Pottie. En los momentos
en los que mis compañeros reposaban, yo seguía trabajando. Escuchaba
todas sus conversaciones mientras pelaba patatas, horneaba bizcochos o
guisaba estofados. Una tarde, a última hora del día, llegó muy alterada el
ama de llaves. Entró en la cocina sollozando y se sentó junto al jardinero
y otra doncella que acababan de terminar su jornada. Al verla, me pidie-
ron que preparara una tila. Si mi memoria no me falla, en ese momento
estaba cocinando puré de calabaza y cordero asado. Puse agua a calentar y
eché una par de generosas cucharadas de tila en una tetera. De cuando en
cuando miraba con disimulo al ama de llaves que se frotaba con energía
las manos y hablaba en voz muy baja. Sus interlocutores mostraban cara
de asombro, asentían o se echaban las manos a la cabeza. Me resultaba un
fastidio no oír lo que cuchicheaban así que me senté en la mesa aduciendo
un falso dolor de piernas. Se encontraban tan abstraídos en la historia que
ni se percataron de mi presencia. Por lo visto, esa noche tu tía Karen había
pedido que le llevaran la cena al despacho. Entró en la sala y allí estaba
tu tía, escribiendo en su diario. Le extrañó que detrás de ella hubiera una
mujer. Era joven, de largos cabellos enmarañados y la cara tan pálida como
la nata. Estaba inclinaba sobre el hombro de Karen. Se hallaban tan cerca
la una de la otra que sus caras casi se rozaban. El ama de llaves se acercó
para dejar la bandeja sobre la mesa sorprendiendo a Karen y a la extraña
mujer. Esta última levantó la cabeza y con la rapidez del rayo apareció
frente a ella. Sus ojos, dos cuencas negras como el carbón, la miraban con
furia y desprecio. Con la cara desencajada, abrió la boca transformando su
rostro en una mueca tan grotesca como escalofriante. Chillaba, con fuerza,

pero de su garganta no surgía sonido alguno. Entonces, de repente, se desvaneció ante sus ojos. Sintió una punzada en el costado. Un fuerte golpe que provocó que parte de lo que llevaba en la bandeja cayera al suelo.

Karen se levantó a ayudarla. No entendía qué le había ocurrido. Sollozando, el ama de llaves explicó como pudo lo sucedido. Le extrañó que Karen no pareciera sorprendida. Le dijo que eran imaginaciones suyas, que no había nadie más que ella en la habitación, que debía estar cansada, que lo olvidara todo. La mujer juró y perjuró que lo que había contado era tal y como lo había visto. Insistió. Pero Karen ni se inmutó. La obligó a marcharse a descansar y le pidió que no volviera a hablar del tema. Ya en la cocina, nos mostró el golpe del costado. Tenía un hematoma púrpura y morado que le llegaba desde la columna, en la zona lumbar, hasta casi el ombligo. Al día siguiente se marchó de Rottingdean Hill House. Ni se despidió. Después de aquello comencé a acompañar al resto de compañeros en sus momentos de descanso. Escuchaba lo que decían y luego se lo contaba a Pottie. El tema de conversación estrella eran los sucesos que acaecían en la casa. Todos los miembros del servicio aseguraban haber visto sombras, oído golpes, sollozos e incluso gritos. Si os digo la verdad, creo que de todo aquello, ni la mitad era cierto. Era gente supersticiosa que se aburría mucho. Además, mantenían una especie de competición para ver quién era testigo de mayor número de sucesos extraños.

Yo, que prácticamente vivía en la cocina, tenía como válvula de escape los cuentos de fantasmas que describían. Estaba fascinada. Le relataba todo a Pottie pero esta no se impresionaba. Me decía que eran cosas de viejas, igual que mi madre. Que nunca había presenciado nada raro.

Durante años la situación no fue muy distinta. Los comentarios eran recurrentes, pero apenas les hacía caso. Me acostumbré. Sin embargo, un año antes de la muerte de Karen la cosas cambiaron. Pottie, que se había convertido en la doncella particular de Karen, estaba diferente, intranquila. Necesité insistir mucho para que me explicara los motivos de su preocupación. Pensaba que hablar era traicionar a la señora. Sin embargo, tras presenciar una descomunal bronca entre Karen y la señora Danvers, la aprensión le superó. Y me confió la causa de su desasosiego. Karen permanecía encerrada en la biblioteca días enteros. Apenas comía, y lo que era más extraño, había dejado de visitar los establos y a sus caballos. Lo mismo sucedía con el resto de la finca. Siempre había sido ella la que se había encargado de mantenerla en perfecto estado. Y tras meses de dejadez comenzaba a mostrar muestras de abandono. Solo leía y escribía, obsesionada con sus diarios. Los guardaba en

una caja fuerte dentro del cajón de su escritorio. La llave del escritorio la llevaba colgada al cuello. La señora Danvers le rogaba que le explicara la razón
de tal comportamiento. Pero Karen jamás accedió a contarle nada. Ni a ella
ni a nadie. Eso provocó muchas peleas entre las dos.

Pero lo peor de todo estaba por llegar. Los extraños sucesos se recrude-
cieron. Se originó un incendio en los establos que asfixió a dos de las mejores
yeguas que teníamos. El perro de Karen, un magnífico dogo gris pizarra,
apareció ahorcado en el porche trasero. Los muebles amanecían rallados, las
cortinas acuchilladas y los espejos rotos. Era habitual escuchar golpes o pisadas
en habitaciones cerradas, ventanas que se abrían una y otra vez, e incluso
gritos. Todos los sirvientes estaban aterrorizados. La mayor parte de los inter-
nos manifestaban haber sentido una extraña presencia en sus habitaciones.
Algunos, despertaban en mitad de la noche por el ruido de unos pasos junto
a su cama. Eran movimientos torpes, lánguidos. Otros, aseguraban sentir un
frío aliento en su nuca mientras dormían en sus catres. El temor los paraliza-
ba durante unos instantes. Segundos que servían para escuchar el siseo de una
respiración fatigosa tras ellos. Si se armaban de valor y giraban, descubrían
con estupor y alivio que estaban solos.

Pottie fue la única trabajadora que quedó interna. Los que no se marcharon, como años antes había hecho el ama de llaves, buscaron casa en el
pueblo. La voz se corrió. Nadie deseaba trabajar en Rottingdean Hill House.
No había forma de encontrar sustitutos para los que se iban. Por desgracia
tampoco eso preocupaba lo más mínimo a Karen. Así que los que nos quedamos tuvimos que hacer el trabajo de los que se habían marchado.

Hasta entonces la cocina había sido el único lugar de la casa libre de
sucesos. Pero tras el incendio de los establos, algo cambió. Empecé notando las
cosas cambiadas de sitio. Después fue la despensa. Cada tarde, más o menos
a la misma hora, comenzaban los ruidos. Era el sonido que se hace cuando
se trastea entre los estantes. Choque de botes, arrastre de cajas, papeles arru-
gándose. El primer día encendí la luz y busqué la causa de tal alboroto. Creí
que se trataba de alguna rata que se habría colado a través de los sacos de
harina. No era la primera vez. Puse ratoneras, pero no sirvieron de nada. El
jaleo volvía cada tarde, a la misma hora, y la ratonera seguía intacta. A veces
encontraba botes de conserva rotos o cajas derribadas.

Vivía desquiciada. Nunca fui tan valiente como Pottie. Las locuras
de las que hablaban las conocía por terceros. Jamás había vivido en primera
persona nada parecido a los hechos que me narraban. Cuando te cuentan
algo así pero a ti no te pasa, todo resulta apasionante, excitante. Pero cuando

entras a formar parte de la historia, cuando presencias algo que sabes no es
normal, ¡ay, mi niña! El entusiasmo desaparece y llega el pánico.

La mirada de Mary quedó perdida en algún lugar de su pasado. Lilian
pasó el brazo por los hombros de su abuela. Le preocupaba la palidez
del rostro y el temblor de su cuerpo. Ya era suficiente. Debía haber otro
modo de que Amelia averiguara lo que quería sin necesidad de hacer
pasar a su abuela por aquello. Ethan llevó un vaso de agua a la mujer.
Cuando se lo entregó, volvió a la realidad. Le dio las gracias en un susurro. Bebió con ganas.

Amelia, que todavía no había salido de su asombro por lo que
estaba escuchando, sintió la misma preocupación que su amiga. Estaba
asustada. No solo por lo que oía, sino por el cambio que Mary había
experimentado. Al llegar era una mujer mayor pero llena de energía. A
medida que hablaba, se iba apocando, encogiendo.

—Mary — dijo —. No es necesario que siga. Solo dígame por qué
Pottie le entregó los diarios y si alguien más los leyó.

La anciana la miró con ojos cansados.

—Hace tiempo hice una promesa — contestó —. Ha llegado el
momento de cumplirla. Mi cobardía ha limitado mi vida hasta extremos
que no podéis ni imaginar. Me ha alejado de mi familia. Me ha hecho
perder a mi mejor amiga. Me ha amargado la vida. El miedo era la bestia
que se escondía tras cada decisión que tomaba. Ahora lo veo. Aunque
no lo creáis, a medida que os voy contando mi historia, voy descargando
peso. No os preocupéis por mí — dijo besando la mano de su nieta —.
Esto me va a venir muy bien.

—Abuela… — dijo Lilian.

—Hija, de verdad, no te preocupes — contestó Mary —. Ni imaginas lo mucho que necesitaba aligerar mi carga. Además, soy más fuerte
de lo que piensas. Deja que termine, por favor.

Karen se consumía poco a poco. El cáncer corroía sus entrañas y los
diarios su mente. No sé si fue la enfermedad o la obsesión por sus escritos lo
que la mantuvieron sus últimos días ajena a la realidad. La oíamos llorar,
gritar, reír, hablar sola, llorar de nuevo… Pobrecilla. Tuvo un final horrible.
Pottie no se separaba de su lado ni para dormir. Hasta hizo que trasladaran
un catre al lado de su cama.

La casa era un caos. La señora Danvers intentó hacerse cargo de la si-

tuación pero algo así le venía grande. Donde antes habíamos sido una docena de empleados solo quedábamos Pottie, un jardinero, la doncella de la señora Danvers y yo. En mi caso, si continuaba era porque no me quedaba más remedio. Como todos, supongo. Mi marido falleció tiempo atrás y necesitaba el dinero para criar a mis hijas.

El día que murió Karen fue mi último día en Rottingdean Hill House. Recuerdo que era martes. Por primera vez en mucho tiempo la casa nos dio un respiro. Se percibía calma, silencio. Karen durmió más o menos tranquila la mayor parte de la jornada. Pottie nos contó que la noche anterior había estado despierta hasta el amanecer. Los fuertes dolores ya no le daban tregua, provocándole delirios y alucinaciones. Ninguna medicación era lo suficientemente eficaz para calmar su tormento. Esa mañana, la señora Danvers dio el día libre a Pottie sustituyéndola hasta la tarde. Le dijo que descansara, que tomara el aire. En realidad, a la señora Danvers le preocupaba un rábano Pottie. Sabía que era la comidilla del pueblo. Todos comentábamos lo poco que se había ocupado de Karen durante su enfermedad. Y eso que tu tía preguntaba constantemente por ella. Y también sabíamos lo indispensable que era Pottie en Rottingdean. Karen la había nombrado ama de llaves. Era la que se ocupaba de todo lo que antes había hecho ella. Pero la señora Danvers solo quería acallar los rumores y evitar que Pottie diera también la espantada.

Cuando entró Pottie en la cocina se me cayó el alma a los pies. Tenía unas ojeras tan negras como las moras en otoño. Sus ojos estaban hinchados y rojos. El pelo despeinado, sucio. Y su ropa lucía horrible: arrugada, lánguida. Desde que la enfermedad postró a Karen en la cama, la pobre se había olvidado por completo de sí misma. Solo se encargaba de la señora. De seguir así habría acabado enfermando también. Lo primero que hice fue obligarla a darse un buen baño. Pedí a la doncella de la señora Danvers que dejara la limpieza de la casa y la acompañara. Me preocupaba el mal aspecto que tenía. Cuando se hubo aseado le preparé una buena sopa y la obligamos a dormir. No tuvimos que rogar mucho. Era como una niña pequeña. Obediente y sumisa. Pobrecilla. Estaba agotada.

A última hora de la tarde pedí que la despertaran. Yo mientras terminaba de preparar la cena. Había que darse prisa. Sabía que la señora Danvers no tardaría en solicitar que la sustituyeran y querría cenar. Entré en la despensa para buscar algunas verduras cuando la puerta se cerró a mis espaldas. Al oír el portazo un escalofrío recorrió mi cuerpo. Solté todo lo que llevaba en las manos y me abalancé hacia la salida. La despensa era el lugar de la casa que más miedo me daba. Estaba a oscuras. Jamás encendía la luz porque la iluminación de la cocina era suficiente para ver entre los estantes. Muerta de miedo, busqué el interruptor derribando todo lo que había a mi paso. Supongo que el pánico evitó que lo encontrara. Pero localicé el picaporte. Lo agarré con todas mis fuerzas e intenté girarlo. Nada. Se había atascado. Comencé a chillar. Igual que una loca. Lloraba y gritaba aporreando la puerta con todas mis fuerzas. Era inútil. Nadie me oía. Me puse histérica. Llegué a tal estado de nerviosismo que me fallaron las piernas y caí al suelo. Tumbada de lado trataba de respirar, pero el aire no llegaba a mis pulmones. Sentía que me asfixiaba. Entonces, algo tocó mi hombro. Era una presión firme, fuerte. No entiendo cómo nadie pudo escuchar el grito que solté. Me quedé rígida al percibir una voz autoritaria justo detrás. Ahora no podría decir si lo que oí estaba a mi espalda o sencillamente sonaba dentro de mi cabeza.

"Calla y escucha Mary. No tenemos tiempo", me dijo. Callé al instante. Me quedé petrificada. Creo que ni respiraba. Había alguien en la despensa conmigo. "Eso es Mary", me decía. "Ahora escúchame bien. No lo rechaces. Y jamás lo pierdas. Pase lo que pase no lo pierdas. Protégelo hasta que llegue el momento. Escóndelo y nunca hables a nadie de él. Sabrás cuándo devolverlo. Hazlo y evitarás el peligro. No lo olvides. Aléjalo de aquí. Y aléjate tú también. No vuelvas. ¡Jamás!".

Lo que sucedió a continuación está un poco borroso en mi memoria. Creo que después de aquello la puerta se abrió. Salí de allí como alma que persigue el diablo. Agarré el bolso, mi abrigo y corrí hasta mi casa. Ni me paré a analizar lo que había oído. No me importaba. Solo quería alejarme todo lo que pudiera de Rottingdean Hill House. Cuando llegué a casa, sin tan siquiera quitarme el abrigo, me acurruqué en una esquina y lloré. Lloré hasta que el sueño me venció.

A las pocas horas alguien llamó a mi puerta. No me atrevía a abrir. Tenía el miedo en el cuerpo. A duras penas logré levantarme del rincón y asomarme por la ventana. Era Pottie. Pensé que venía a regañarme por haberme marchado de aquella manera. Sin embargo, cuando abrí, me abrazó llorando. "Ha muerto", me dijo, "Karen ha muerto". Siento decirlo pero la noticia me llevó algo de paz. Por un lado por Karen: nada se podía hacer por ella. Al fin su sufrimiento había terminado. Por otro lado, ahora que no estaba tu tía, dejar mi trabajo era más fácil. Me habría sabido mal abandonarla en mitad de su enfermedad.

Pottie entró en casa. Con ella traía un enorme bolso de tela marrón.

En cuanto se sentó lo abrió y sacó los diarios de Karen. Estaban cerrados con
un sello lacrado y empaquetados con una cuerda de pita. Tu tía quería asegu-
rarse de que solo los leyera la persona adecuada. También traía una caja. Era
de color bronce. Preciosa. Tenía talladas flores diminutas...

—Campanillas — interrumpió Amelia —. Las flores eran campanillas. Con una trenza de color dorado enmarcándolas. Y sus patas eran
cuatro bolitas doradas, ¿verdad?

—Exacto — dijo Mary —. Si tenéis los diarios también habréis
encontrado la caja.

—No. Esa no la tenemos — dijo Lilian —, pero encontramos otra
igual en el invernadero. No puede ser la misma porque la que descubri-
mos llevaba enterrada mucho tiempo.

—No... no lo entiendo — dijo la anciana —. ¿Dos cajas? ¿Iguales?
¿Dónde está entonces la que envié junto a los diarios? Pedí a Nancy, a la
señora Allen, que se deshiciera de todo. Que no lo destruyera, pero que
lo alejara de Rottingdean Hill House.

Amelia y Lilian miraron a Ethan. Este se encogió de hombros. Su
madre solo le había hablado de los diarios. Jamás comentó nada de una
caja. Con la mirada indicó a las dos amigas que continuaran. Averigua-
rían más tarde si Estelle había comprado también la caja.

—Abuela, por favor, continúa — rogó Lilian.

Como os decía, Pottie llevaba consigo los diarios y la caja. Los puso
sobre la mesa de la cocina y me pidió que los guardara. Que los escondie-
ra. Me explicó que debían estar alejados de Rottingdean Hill House. Yo
no entendía nada. Y tampoco tenía el más mínimo interés en entenderlo.
Mi primera reacción fue rechazar cualquier cosa que viniera de la casa.
Sin embargo, recordé las palabras que casi me hicieron enloquecer. "No
lo rechaces. Y jamás lo pierdas. Pase lo que pase no lo pierdas. Hazlo y
evitarás el peligro". El miedo regresó. Tan rápido y tan letal como una
cuchillada. Volví a meterlo todo en la bolsa y sin ningún miramiento la
lancé al fondo de mi armario. Estaba enfadada, muy enfadada. ¿De qué
peligro me hablaban? ¿Qué me sucedería si no obedecía a aquella voz? ¿Y
por qué demonios me tenían que involucrar a mí en toda aquella locura?
El miedo dio paso al resentimiento, a la furia. Lo pagué con Pottie. Le pedí
que se marchara y no volviera. Todavía recuerdo cómo me miró. Sus ojos
mostraban agradecimiento, dolor, decepción... Fui muy egoísta. La aparté
de mi lado cuando ella también era una víctima. Antes de marcharse me
hizo prometer que guardaría los diarios y la caja hasta que volviera a reco-

gerlos. Y se lo prometí. Le habría prometido cualquier cosa con tal de que se largara y me dejara en paz.

Los años pasaron. Comencé a trabajar como cocinera en un hostal hasta que me jubilé. La amistad con Pottie se enfrió mucho. Solo la veía en misa y apenas cruzábamos un par de palabras. La bolsa con los diarios y la caja seguían en mi armario. La sentía como la pesada carga que Pottie me había obligado a llevar. La podía haber devuelto pero me daba miedo. Pasé unos años terribles. No se me iba de la cabeza todo aquello. Jamás se lo conté a nadie. Por qué. No me habrían creído. Puede que si lo hubiera compartido con alguien no me habría obsesionado tanto. Sufría constantes pesadillas. Padecía ansiedad. No podía quedarme a oscuras y los lugares cerrados me provocaban pánico. Hasta que un día me cansé. Hice las maletas y me marché de Rottingdean. Vine a vivir aquí y encontré la paz. Traje conmigo la bolsa que me había dado Pottie, pero aquí, en Hastings, pesaba menos.

Hace algunas semanas recibí la llamada de Pottie. En cuando habló noté su nerviosismo. Comenzó a parlotear atropelladamente. Me extrañó que después de tanto tiempo no me preguntara por mi vida, ni por mis hijas. No era propio de ella. Siempre las adoró. Fue directa al grano. Se le veía muy alterada. Entonces, antes de que explicara nada, lo supe. Supe que fuera lo que fuera lo que había en la casa había vuelto. Había oído que tras morir Karen la tranquilidad regresó a la mansión. Pero yo sabía que solo era cuestión de tiempo. Que el mal solo dormía. Sabía que tarde o temprano regresaría. Por desgracia, Pottie confirmó mis sospechas. Me habló de ti y de tu familia. Estaba muy preocupada por vosotros. Creía que vuestra llegada había hecho despertar el mal que habita la casa. Tenía miedo por ti. Hablamos y traté de convencerla de que te entregara los diarios y la caja. Se puso histérica. Me dijo que solo había llamado para asegurarse de que aún los tenía en mi poder, lejos de Rottingdean. Me pidió que, pasara lo que pasara, los guardara un tiempo más. Quería pensar qué hacer con ellos. Temía que si te los entregaba te pondría en peligro. Accedí a guardarlos. Total, era lo que había hecho gran parte de mi vida. Antes de colgar Pottie me pidió perdón. Me dijo que sabía lo injusta que había sido al endosarme su carga, pero que no confiaba en nadie más. Yo también me disculpé. La había apartado de mí sin pensar en lo sola que estaba. Había sido una necia. Alejé de mi vida todo lo que estaba relacionado con Rottingdean Hill House, y a ella la primera. No os podéis ni imaginar lo mucho que me arrepiento. Lloramos, y antes de colgar, prometimos volver a vernos. Solo espero que antes de morir me perdonara.

Esa noche me fui a la cama intranquila. Saber que el mal había regre-

sado hizo volver mis fantasmas. Me acosté tarde. Vi un par de películas hasta bien entrada la madrugada. Quería caer dormida sin pensar. Quería huir de nuevo. Pero por desgracia el sueño no llegaba. Daba vueltas en la cama en un inquieto duermevela. Entonces, oí unos pasos. Lentos, cansados. Bordeaban mi cama de un lado al otro. Una y otra vez, una y otra vez, hasta que se detuvieron a mis pies. Aguanté la respiración, rezando para que se tratara de una pesadilla. Como esas veces que estás soñando y de alguna manera sabes que es un sueño. Pero no fue así. Durante unos segundos sentí que me observaban. Desde los pies de la cama me observaban. También percibí el odio que emanaba. Procuré tranquilizarme. Intenté hacerme creer que no ocurría nada extraño. Que eran imaginaciones mías alimentadas por la llamada de Pottie. Sin embargo, aquel frío aliento rozó mi nuca y lo supe: había alguien más en mi cama. Sentía su respiración, su olor. Un olor dulzón, como a podrido, nauseabundo. Mi corazón se aceleró. Pensé que iba a morir allí mismo de un infarto. Con mi edad, por cosas más tontas te da un ataque. Y oí su voz. Ronca, grave. "Devuélvelos. Devuélvelos. Devuélvelos". No sé cómo se me ocurrió, pero me armé de valor y contesté: "¡NO!". Pasaron unos segundos mientras sentía su aliento más fuerte. Esperaba un golpe, un desgarro, algo que me mataría. Sin embargo, la voz habló con calma. "Los he buscado demasiado tiempo. Da las gracias a tu amiga por traerme hasta ti. Ahora devuélvelos o te arrepentirás. Sufrirás como nunca has sufrido. Desearás morir. Quieres a tus hijas, ¿verdad? Pues devuélvelos, vieja estúpida".

Esa misma mañana empaqueté todo y lo envié a Nancy. Le pedí que se deshiciera de ello sin destruirlo y que, salvo que me ocurriera algo, no se lo contara a Pottie. Pensé que lo guardaría, no que lo iba a vender. Supongo que no me debí explicar.

En ese momento Mary hizo una pausa para beber agua. Lilian la observaba. Tal y como había dicho, hablar le sentaba bien. Había vuelto el color a sus mejillas y el temblor había cesado.

—¿Y por qué lo envió a Nancy y no a Pottie? — preguntó Ethan.

—Porque quería protegerla. Y mirad para qué sirvió. Está muerta — dijo Mary con voz entrecortada —. Pensé que debía dejarlo en un sitio al que Pottie tuviera acceso si a mí me sucedía algo. Lo que no imaginé era que Nancy lo iba a vender. Pero, ¿veis a lo que me refería cuando hablaba del mal de Rottingdean? Casualidades así no existen. Solo un demonio puede hacer que los diarios llegaran a tus manos. Alejaos de esa casa. Convence a tus padres. Marchaos. No, qué tonta soy. Huir no sirve de nada. A mí no me sirvió de nada. Tenéis que acabar con la abominación. Estaba equivocada al pensar que con la muerte de Pottie y la mía también moriría el horror de Rottingdean. Ahora sé que no es así. Algo muy oscuro se cierne sobre tu familia. Y por alguna razón, también sobre la mía. Ethan, hijo, ayúdalas y protégelas. No creo que llegaras a la vida de Amelia por casualidad. Alguien te ha incluido en este juego. No creas que el azar ha hecho que los diarios llegaran a manos de tu madre. Buscad la caja y su contenido. Averiguad qué había en esos diarios y acabad con todo.

CAPÍTULO 20

Destruir los sueños de tu pareja es el modo más rápido y cruel de acabar con un matrimonio. En apenas dos años las ilusiones de Axel se habían evaporado. La vida que se había propuesto vivir se le antojaba una lejana fantasía, un espejismo. Al igual que cualquier joven enamorado llegó al matrimonio cargado de sueños y esperanzas. Sueños construidos en común que garantizaban una vida plena y gozosa. Sueños que, en poco tiempo, se vio obligado a ir abandonando en el camino. Sueños perdidos que se tornaron reproches. Ilusiones despedazadas que alimentaban el resentimiento y la crueldad ¿En qué momento todo cambió? ¿Cómo había sido tan ingenuo, tan estúpido?

Axel se había convertido en todo aquello que siempre aborreció. Un hombre mantenido por la familia de su esposa. Un abogado vulgar gestionando temas mediocres. Un hombre gris, anodino, triste. Y lo peor: un marido incapaz de tener descendencia.

En el primer año de cualquier matrimonio hay un tema recurrente en cada reunión familiar: los hijos. Para Axel resultaba agotador e incómodo soportar los comentarios referentes a la descendencia. "¿Cuándo vais a aumentar la familia?" "¿Cuántos hijos vais a tener?" "¿Cuál será el nombre de vuestro primogénito?" ¿Acaso la gente no sabía lo poco cortés y desconsiderado que era inmiscuirse en algo tan íntimo y personal? Tras meses sin anuncio, y para alivio de Axel, los curiosos dejaron de preguntar.

Los hijos fueron el primero de los sueños rotos de Axel. Keira y él lo habían hablado tantas veces... La planificación parecía perfecta. No esperarían: deseaban una familia numerosa. Soñaban con cinco, seis niños, o más. Niñas rubias de ojos verdes como Keira, niños fuertes y decididos como Axel. Sin em-

131

bargo su deseo no llegaba. Keira era paciente y pedía a su esposo paciencia. Pero a medida que pasaban los meses resultaba más difícil mantener la entereza.

Si al menos el trabajo hubiera llenado el vacío que sentía. Cuando se instalaron en Rottingdean Hill House, Keira decoró personalmente el despacho de su marido. Pensó que rodeándole de objetos lujosos y caros olvidaría el anhelo que ella misma le había arrebatado. Viajó a Londres donde compró fastuosas alfombras orientales, colecciones de libros encuadernados en piel, una pluma de plata tallada, una gran mesa de caoba y sillones de cuero. Sin embargo nada de aquello satisfizo a Axel. Los negocios del padre de Keira no requerían el trabajo diario de un abogado. Los viajes a Londres eran esporádicos. Uno o dos días cada tres o cuatro meses. No hizo falta mucho tiempo para darse cuenta de que le habían encerrado en una jaula de oro. Su suegro nunca necesitó un abogado, sino tener cerca a su hija.

No se puede decir que Axel no intentara encontrar la felicidad en su trabajo. No obstante, no era sencillo hacer suyos los deseos de su esposa. Se esforzó de veras, tratando de involucrarse más en el negocio de su suegro. Sin embargo este le dejó muy claro que no necesitaba que se inmiscuyera más de lo necesario. Él había llevado solo su empresa y pretendía seguir haciéndolo. Aquel rechazo le dolió casi tanto como abandonar el sueño de instalarse en Londres junto a Keira.

En ocasiones se sorprendía fantaseando con una vida alejada de Rottingdean. Lejos de la familia de Keira, de la mansión, de la odiosa rutina que le habían impuesto. Fueron incontables las veces que rogó a su mujer que recapacitara. Primero le ofreció vivir la mitad del año en Londres y la otra mitad en Rottingdean. Estaba seguro que de ese modo podría gestionar los temas jurídicos de su padre y abrir su propio bufete. Regateó como en un mercado tunecino. Al final se habría conformado con dos o tres meses en la capital. Sin embargo Keira se mantenía inflexible. Ya habían tomado una decisión y no se podía echar atrás.

Abatido y derrotado, Axel pasaba los días retirado en su despacho sin nada que hacer. En los libros encontró el modo de huir de la vida que le obligaban a vivir. En los libros, y en el coñac. Era un lector voraz. Aprovechaba sus viajes a Londres para comprar todas las novedades literarias del momento. Llegaba a casa cargado de novelas, libros de viajes, tomos de jardinería, medicina, filosofía y todo tipo de manuales. Pronto las estanterías del despacho se llenaron de ejemplares. Se apilaban sin ningún orden en cada hueco. Ante la falta de espacio comenzó a crear torres de volúmenes en el suelo, en los rincones, bajo las ventanas. Era tal el desorden en su despacho que Keira optó por transformar uno de los salones de la mansión en una biblioteca. Cubrieron las paredes de estanterías que se iban llenando con rapidez. Pero el libro que siempre iba con él, el que ocupaba un lugar especial en su mesa, era una primera edición de la novela "Historia de dos ciudades" de Charles Dickens. Lo había leído tantas veces que podía recitar fragmentos de memoria. Lo que lo hacía tan especial no era solo el hecho de que Charles Dickens fuera uno de sus escritores favoritos, sino que aquel fue el primer regalo que le hizo Keira. Se lo entregó el día que se comprometieron. Ella, conociendo los gustos literarios de Axel, lo había buscado durante meses. Dio con él en una pequeña librería de Brighton. Al encontrarlo, lo guardó con la esperanza de entregárselo si se declaraba. Desde aquel día Axel iba a todas partes con su libro guardado en el bolsillo interior de la chaqueta.

El tedio y el resentimiento le dejaban un agrio sabor de boca que solo el coñac parecía ocultar. Al principio una o dos copas al día eran suficientes. Después, dejó de contarlas. Sabiendo el rechazo que provocaba en Keira su debilidad, ocultaba botellas en su dormitorio, en el escritorio, en la biblioteca. Se odiaba a sí mismo por recurrir a algo tan vulgar como el alcohol para afrontar su amargura. Pero no encontró manera más sencilla de hacer frente al día a día. Por desgracia Keira ya no era la misma. No era la joven de la que se había enamorado perdidamente. La que conocía su estado de ánimo con solo mirarle. La que con comentarios ingeniosos o planes disparatados conseguía arrancarle una sonrisa al final de un mal día. La que nunca habría dudado en dejarlo todo para embarcarse en cualquier viaje que él propusiera si lo emprendían juntos. Tiempo atrás habrían superado cualquier obstáculo que pusiera en peligro su relación. Pero aquellos días habían pasado. Keira solo parecía querer a su esposo para exhibirlo como un trofeo en todas las estúpidas fiestas que celebraban. A veces lo ignoraba días enteros, semanas incluso. Después, sin razón aparente, volvía llorando y pidiendo explicaciones por el poco interés que creía que mostraba su marido. Igual lo abrumaba con exceso de atenciones como lo rechazaba y despreciaba frente a la familia y amigos.

Una mañana de noviembre, después de una semana en la que Keira le había apartado hasta el punto de prohibirle dormir en la misma alcoba, el padre de esta entró en el despacho de Axel. Abrió la puerta con tal fuerza que uno de los cuadros que colgaban de la pared cayó rompiendo su marco.

—¡Cómo puedes ser tan canalla?! — le espetó.

Axel, que se encontraba leyendo en el sillón junto a la ventana, lo miró desconcertado. Le costaba reaccionar por el terrible dolor de cabeza que le martillaba las sienes. Era la cuarta noche que dormía en el sofá de su *despacho tras una velada de lectura y coñac. Tenía los músculos entumecidos, la boca pastosa y la mente torpe.*

—¡Maldito insensible! ¡Una noche! ¡Toda una noche y no has hecho nada! — gritó agarrándole del cuello.

Los dos hombres cayeron al suelo derribando la bandeja del desayuno, todavía intacto. El dolor del puñetazo que le propinó lo despejó al instante. Intentó zafarse de su suegro pero, a pesar de que era mucho mayor y estaba bien entrado en carnes, la ira que lo dominaba le hacía comportarse como el más rápido y ágil de los luchadores. Axel no quería golpearle, solo apartarlo. Después de recibir otro par de derechazos y montones de golpes, entraron en la habitación el médico de la familia y la madre de Keira. Esta última gritaba y suplicaba a su esposo que se detuviera. Con el escándalo gran parte del servicio llegó hasta donde se encontraban. Fueron necesarios los brazos del médico, del mayordomo y de una doncella para separarlos.

Axel, sentado en el suelo, con la camisa hecha jirones y la nariz sangrando miraba perplejo a su suegro. El hombre, que tenía la cara roja y respiraba con dificultad, trataba de zafarse para seguir golpeándole.

—Si muere… — dijo jadeando — Si muere por tu culpa, te prometo que nadie podrá impedir que te mate con mis propias manos.

Y salió del despacho balanceándose. Su mujer corrió tras él sollozando.

La doncella y el mayordomo, sin decir una palabra, comenzaron a recoger el desaguisado.

—Déjennos solos, por favor — dijo el médico.

Mientras Axel se levantaba el hombre miraba a su alrededor. En el sofá había una manta, una chaqueta, varios libros y una botella vacía de coñac. Sobre el escritorio una camisa usada y otra botella a medias. La ropa del muchacho estaba arrugada. Denotaba que hacía horas que la llevaba puesta.

—Ha dormido aquí, ¿no es así? — preguntó el doctor.

—Eso no es asunto suyo — contestó molesto Axel —. Le agradezco su ayuda, pero por favor, no se inmiscuya en temas que van más allá de sus obligaciones. Ahora le agradecería que me explicara qué demonios sucede.

—Se trata de su esposa.

El rostro de Axel empalideció. No esperó más aclaraciones. Salió del despacho como el rayo. Pero antes de que llegara a la puerta del dormitorio un brazo le detuvo. Era el mayordomo. Seguía las instrucciones de su suegro. No podía dejarle entrar. Forcejearon, pero el hombre era más fuerte. Una mano se posó en el hombro de Axel.

—Déjela. Ahora debe descansar — dijo el médico que había corrido tras él —. Ella y usted. Los dos deben descansar.

—¿Qué… qué ha sucedido? — preguntó trastornado.

—Ha sufrido una hemorragia. Cuando he llegado había perdido demasiada sangre. Por cómo la he encontrado creo que ha sangrado toda la noche y parte de la tarde de ayer. He hecho todo lo que está en mi mano. Ahora solo podemos dejarla reposar y esperar.

—¿Va a…morir?

—No lo sé. Todavía es pronto para saberlo. Está muy débil.

—¡Quiero verla! — dijo abalanzándose hacia la puerta. El mayordomo volvió a bloquearle el paso.

—No. Su suegro ha dado instrucciones muy estrictas al respecto. Solo podemos verla su madre y yo. Y dado lo delicado de la situación, entenderá por qué.

—No le entiendo.

El médico le miraba con recelo.

—¿No sabía que su esposa estaba embarazada? — dijo.

La noticia sacudió a Axel con más fuerza que cualquiera de los golpes que le habían asestado. Sintió nauseas.

—No sé de cuánto estaba porque lleva inconsciente horas — continuó explicando —. He hablado con su doncella y me ha confirmado lo que suponía. Ayer por la mañana su esposa hizo que trajeran a una mujer que practica este tipo de operaciones. No sé qué instrumento utilizó, pero le perforó el útero provocándole la hemorragia.

—No puede ser. No puede ser — repetía Axel mientras el médico hablaba —. Nosotros queremos hijos. Los deseamos desde hace meses.

—Yo me limito a explicar lo sucedido. Ya le he dicho a su suegro que no informaré a nadie de lo que he visto. Lo haré porque hace años que nos conocemos, pero espero que sepan entender cuánto me están pidiendo.

Axel no escuchaba las quejas del médico. Estaba en shock. Debía ser un error. Era imposible. Keira jamás haría una cosa así. Jamás. Los hijos siempre habían sido una de sus prioridades. Si hasta tenían pensado los nombres que les pondrían. Pero ahora nada de eso importaba. Lo relevante era la vida de Keira. No quería perderla. No podía perderla.

El mayordomo permanecía en la puerta del dormitorio como si de un miembro de la guardia real se tratara. Axel sabía que sería inútil tratar de colarse. Inútil e inapropiado. Se miró y sintió asco de sí mismo. ¿Cómo había caído tan bajo? Debía asearse. Estar presentable para su esposa. Pidió al hombre que le avisara si surgía algún cambio. Este ni le miró. Permaneció *impasible.*

Cuando llegó de nuevo a la puerta del dormitorio era otra persona. Se había dado un baño rápido y cambiado de ropa. Su aspecto era distinto, pero los ojos y la palidez de su rostro mostraban el auténtico estado en que se encontraba. Asustado y angustiado. Avergonzado y arrepentido. Arrepentido por haber perdido el tiempo en autocompadeciéndose en lugar de ver que algo grave le sucedía a su esposa.

Cogió una silla del pasillo y la puso en la puerta del dormitorio. Se sentó dispuesto a pasar el tiempo que hiciera falta. Su suegra salía y entraba del cuarto con cierta frecuencia. A veces iba sola. Otras, acompañada por el doctor o por alguna de las doncellas. Axel las miraba suplicante esperando alguna explicación. La mujer, que siempre lo había querido como un hijo, negaba con la cabeza. Seguían sin novedades. Sabía que si su esposo se enteraba de que le estaba informando se enfadaría, pero no le importaba. Axel era un buen marido. Sabía de sobra lo que estaba soportando. No era ajena a lo difícil que su hija se lo había puesto, ni al vergonzoso comportamiento del padre de esta al permitirlo.

Fue necesario el paso de un día y su noche para que llegaran cambios. En todo ese tiempo Axel no se separó de la puerta. Durmió en la silla y solo se levantó para dar varios pasos a fin de desentumecer los músculos. Su suegra ordenó en la cocina que le llevaran allí las comidas. También trató de convencerle de que se marchara a descansar. Ella misma le avisaría de cualquier novedad. Pero el chico no estaba dispuesto a alejarse de Keira. O de su puerta, que era todo lo que le permitían acercarse. Al día siguiente, apenas había amanecido cuando la mujer salió del cuarto.

—Se ha despertado — le dijo al tiempo que se alejaba a toda prisa por el pasillo.

A Axel le habría gustado entrar y llegar hasta su esposa. Deseaba tanto verla. Pero había hecho una promesa y debía cumplirla. Prometió no entrar en el dormitorio hasta que Keira lo permitiera. Aquella promesa fue la única manera de alejar al mayordomo. Inquieto y angustiado, esperó. Vio entrar, salir y volver a entrar al médico, a dos doncellas cargadas de toallas, gasas y ropa, y a su suegra. Tras minutos, que parecieron horas, salió la madre de Keira. Sonreía.

—Axel, querido, puedes entrar — dijo —. Te está esperando.

La habitación estaba llena de luz. Habían descorrido las cortinas y el sol entraba con ganas hasta la cama. Keira reposaba sobre varios almohadones. Llevaba un camisón limpio y estaba recién peinada y maquillada. Tan hermosa como siempre. Viéndola, resultaba difícil creer que horas antes se debatiera entre la vida y la muerte. Cuando vio Axel alargó su mano para llamarle. Aquel era el gesto que estaba esperando. Corrió a su lado del mismo modo que un cachorro mendiga atenciones a su dueño. Tomó su mano y lloró igual que un niño.

La madre de Keira ordenó al médico y a las doncellas que salieran del dormitorio. Dijera lo que dijera su esposo, era un momento muy íntimo. Nadie tenía derecho a estar allí. Estaba convencida de que aquello le ocasionaría una tremenda disputa, pero no le preocupaba lo más mínimo. Con los años había aprendido a sortear cualquier posible tormenta con su marido. Además, bastante había aguantado ya.

Axel permaneció largo rato con la cabeza bajo la mano de Keira. Necesitaba sentir su tacto, su calor. Asegurarse de que seguía viva. Tranquilizarse. Tranquilizarla.

—Keira, mi amor, mi vida — dijo al fin —. He rezado tanto. Creí que te perdía.

Su mujer le miraba impasible. Mantenía su mano bajo las de su esposo, pero su rostro se mantenía imperturbable. Lo observaba sin mostrar sentimiento alguno.

—¿Has hablado con el doctor? — dijo al tiempo que retiraba su mano de entre las de Axel.

—Sí. Me dijo un montón de estupideces. Pero ahora no hace falta que...

—Jamás podré tener hijos. Nunca — le espetó. ¿Era una ligera sonrisa lo que casi asomó de sus labios al lanzar aquella bomba?

—No digas eso, Keira. Seguro que lo conseguiremos.

—No. No tendremos hijos. He sufrido daños irreparables. Casi muero por ellos. Pero no importa.

Axel la observó más detenidamente. ¿Qué le sucedía? ¿Estaba triste? ¿Apenada? ¿Enfurecida? No lograba descifrar su extraño comportamiento.

—El doctor me dijo... bueno, una majadería — no sabía muy bien cómo formular la pregunta —. Insinuó que tú misma provocaste el aborto.

—Sí. Eso es exactamente lo que hice. No tenía previsto que te enteraras, pero la muy estúpida casi me mata.

Otro mazazo. Otro sueño hecho añicos.

—No hablas en serio — fue lo único que atinó a decir.

—Sí, Axel. Hablo completamente en serio. No podía tener ese hijo.

—Pero... ¡¿Por qué?! Lo deseábamos tanto.

—¿De verdad? ¿Lo deseábamos o lo deseabas tú? ¿No ves que lo que en realidad codiciabas era el hijo de un espejismo?. ¿Te crees que no me he dado cuenta de que no me amas? Siempre que estamos juntos tratas de hacerme recordar cómo era antes. Recuerdos estúpidos que has idealizado ¿Es que no ves que todo es una ilusión? Vives en el pasado. No soportas el presente. No soportas la persona que soy. Odias la vida que hemos construido. Nuestra vida. No. Así no. No lo mereces. Jamás te daré un hijo. No hasta que no me ames tal y como soy y no como creías que era.

No podía creerlo. Lo estaba admitiendo. Consentía acabar con la vida de un hijo para alcanzar un objetivo: su sumisión. Eso era más de lo que podía soportar. Mucho más.

—Eres un monstruo — le soltó —. ¡Cómo has podido! He consentido que hayas aniquilado mi vida, pero la de nuestro hijo... Has cambiado Keira. No eres la misma de la que me enamoré. Ya no. Te has transformado en un ser despreciable, egoísta y malvado. Ya no te amo. Ahora lo veo. Eso es lo único en lo que tienes razón. Ya no te amo.

Ahora era Keira la que recibía el mazazo. Al sentir el desprecio y el dolor de su esposo no pudo continuar inconmovible. ¿Por qué Axel no podía ver que lo hacía por los dos? Un hijo solo los habría separado. No podía, no quería compartirlo y sabía que cuando naciera la criatura habría perdido a su marido. Además, ella conocía la verdadera razón por la que no deseaba engendrarlo. Jamás lo sentiría como suyo. Lo vería siempre como un extraño. Un extraño que le arrebataría el cariño de Axel. No. No lo deseaba a su lado.

—Esperaré hasta que estés recuperada — dijo Axel mirándola con desprecio —. Después me marcharé. Iniciaré una nueva vida en Londres, lejos de aquí. Donde siempre debería haber estado. Supongo que no querrás que nuestra separación sea un escándalo, así que di lo que te dé la gana. Si quieres, cúlpame de todo. Cuenta que he sido un pésimo esposo, un fracaso de marido, un borracho acabado. Me da igual. Pero me marcho. No deseo permanecer más tiempo a tu lado.

Cuando Axel salió de la habitación, Keira hizo sonar la campanilla. Necesitaba que su doncella le ayudara a incorporarse y le llevara el desayuno. Tenía hambre. Y de su marido ya se ocuparía más tarde. Haría que volviera a su lado suplicando perdón. Como siempre había hecho.

CAPÍTULO 21

En qué piensas? — preguntó Ethan mientras acariciaba el pelo de Amelia.

—¿   —En cómo ha cambiado mi vida en menos de un año. La universidad, Lilian, Pottie, el hotel, los diarios, tú…

—¿Volverías a Madrid?

Amelia meditó la respuesta. Varios meses atrás no habría necesitado ni un instante para contestar. Sabía que sí. Que habría vuelto sin pensarlo. Pero entonces apareció Ethan y sus prioridades cambiaron.

—No. No volvería.

—Has dudado.

—Porque son muchas las razones que me harían regresar a España. Y también muchas las que me retienen aquí. Comprobaba qué parte pesa más en la balanza.

—¿Y podrías enumerar esa gran cantidad de cosas que te retienen? ¿No seré yo por casualidad? — preguntó el muchacho mientras besaba la frente y la nariz de Amelia.

—¡En absoluto! — contestó divertida —. Tú no. ¡Engreído! Si me apetece quedarme es por la cantidad de chicos atractivos que hay en clase. Y por la comida de la cafetería del campus. Y porque vivir en un hotel es como estar siempre de viaje. Y porque… — Ethan la calló con otro beso.

—Entendido — dijo mostrando falso enfado —. No soy yo la razón. ¿Pero ni un poco siquiera?

—Bueno. Un poquito sí — entonces fue Amelia la que le besó.

Era la primera vez en días que estaban solos. Lo necesitaban. Necesitaban dedicar un tiempo a hablar de algo que no fuera Rottingdean

Hill House. Necesitaban charlar de ellos, acariciarse, disfrutar de la simple compañía del otro. Hacer lo que cualquier pareja normal haría en sus primeras citas. Descubrirse, conocerse.

El lugar era perfecto. El paseo marítimo. Ella, tumbada sobre uno de los bancos, apoyaba la cabeza en las piernas de él. Él acariciaba con suavidad su pelo y disfrutaba del momento. Frente a ellos, el mar. Junto a ellos, nadie. Si el lugar era perfecto, no lo era tanto el día. Estaban a solas porque el frío alejaba a cualquier viandante sensato. Lo que se habría reído Lilian viendo la estampa. Les habría dicho que eran unos empalagosos; que parecían una postal barata de las que vendían en cualquier kiosco del puerto. Amelia sonrió al pensarlo.

La razón de estar allí era que habían ido a ver a Estelle. Después de visitar a Mary, Amelia pidió a Ethan que no hablara con su madre hasta que no estuviera también ella presente. El muchacho respetó su deseo. Quedaron varios días más tarde, cuando las clases y el trabajo se lo permitieron. Pero al llegar encontraron la pizarra apoyada en la puerta de la entrada en la que decía: "He salido. Vuelvo en cinco minutos".

—Estará comprando. Tiene la costumbre de ir todas las tardes a la pastelería a por pastas o bollitos para el té — dijo Ethan —. Ven. La esperaremos en el paseo marítimo.

—Desde que volvimos de Hastings hemos hablado de muchas cosas, pero no de ti — dijo Ethan —. ¿Cómo te encuentras?

—Bien, supongo — contestó —. Durante la vuelta, en el coche, pensé que escuchar algo tan… siniestro, me afectaría al volver a casa. Dudaba si tendría las fuerzas necesarias para enfrentarme a lo que allí hubiera. Cuando llegué, no te voy a engañar, me sentía aterrorizada. Cené pronto y me fui a mi habitación antes que nadie. Necesitaba oír jaleo fuera de mi cuarto. Sin embargo, esa misma noche, descubrí que los cuadernos de tía Karen me fortalecen. Escribirlos y después leerlos, me proporcionan el impulso que necesito para afrontar lo que esté por venir. Bueno, los diarios y tú — dijo ruborizándose —. Siento que contigo cerca nada malo puede sucederme.

—Me gusta que pienses así pero no eres muy realista — contestó el muchacho —. Yo no puedo hacer mucho. Y sabes que no me agrada esa historia de los cuadernos. Imaginarte en trance, escribiendo sobre gente a la que jamás conociste y de la que nada oíste, da grima. No entiendo cómo lo haces y me inquieta. Además, me da miedo cómo te pueda estar afectando.

—No me afecta, en serio. Aunque suene raro, escribirlos es algo que me sienta bien. Me calma. A medida que avanzo en su historia, descubro que, de alguna manera, formo parte de ella. No sé cómo explicarlo. Es cierto que nunca oí hablar de Axel ni de Keira, pero los siento cercanos. Como los familiares que hace tiempo que no ves pero que sabes que existen.

—¿Y por qué no hablas de todo esto con tus padres? Si lo supieran me sentiría más tranquilo.

—¡Ni hablar! — contestó Amelia alarmada —. Algo así desestabilizaría sus vidas de nuevo.

—¿Y no has pensado que preferirían saberlo?

—Necesito mantenerlos al margen — dijo Amelia —. Tras morir mis hermanos mi madre cayó en una profunda depresión de la que parece estar ahora saliendo. No voy a hacer nada que le altere. Además, no estoy sola. Estás conmigo.

A Ethan le conmovió la confianza que Amelia depositaba en él. La seguridad que advertía al tenerlo cerca. Su devoción. Las palabras de ella fueron como una inyección de afecto que despertó sentimientos poderosos. Tan poderosos que, en su necesidad por mostrarlos, dijo lo que todavía nunca había formulado a nadie.

—Te quiero. Y siempre estaré contigo.

El comentario sorprendió a la chica. Con esas pocas palabras Ethan había expresado tanto que no supo qué decir. Él también debió darse cuenta de hasta dónde había llegado y se removió incómodo. ¿De verdad había dicho eso? Le abochornaba mostrarse tan transparente. No era la primera chica con la que salía, pero sí la primera por la que había sentido algo parecido. En el poco tiempo que llevaban juntos, los sentimientos que le provocaba Amelia le invadieron. Llegaron como un tsunami, derribando la percepción que había tenido hasta entonces de lo que debía ser una relación. Lo percibió por primera vez la tarde que la conoció, en las obras de su casa. No se trataba solo de que le resultara atractiva. Había algo más. Desde el primer instante sintió que era diferente a las demás, especial. Tras aquel breve encuentro ansiaba ir a trabajar cada día con la esperanza de volver a verla. No necesitaba más. Una sonrisa, su mirada, un "hola", eran suficientes. Después, la mañana que descubrió que estudiarían la misma carrera, en la misma clase, lo supo. Era el destino. Y no debía, no quería ignorarlo.

El silencio fue el dueño de la situación durante unos incomodísimos segundos. Ethan temía asustarla. Apenas llevaban unas semanas saliendo y ya le había abierto su corazón. Cómo podía haber sido tan idiota, tan ridículo, tan cursi. Seguro que estaba pensando que era un sensiblero ñoño. Sin embargo los pensamientos de Amelia iban por otros derroteros.

—Yo también te quiero — dijo.

En ese instante el sirimiri que los había acompañado se convirtió en un chaparrón. El ruido de las gotas cayendo sobre el suelo se volvió ensordecedor. La lluvia era tan intensa que apenas podían ver unos metros más allá de sus narices. Ni eso estropeó el momento. Ethan tomó la cara de Amelia con ambas manos y la besó con pasión. El tiempo se detuvo. El ruido cesó. Se acabó la lluvia. El frío desapareció. Si les hubieran preguntado, no habrían sabido decir si durante aquel beso llovía o hacía sol. Radiantes corrieron hacia la tienda de Estelle cogidos de la mano.

Ethan, con el ánimo alborozado empujó la puerta con tal fuerza que una de las campanillas que servían para anunciar la entrada de clientes cayó al suelo.

—Pero qué narices hacéis ahí fuera con la que está cayendo. ¡Y sin paraguas! — dijo Estelle —. Anda, entrad en el almacén. Veré qué os puedo dar para que os sequéis. Y no toquéis nada hasta que dejéis de gotear, por favor.

La trastienda seguía manteniendo el mismo desorden de la última vez. Nuevas eran dos cestas de mimbre blanco llenas de muñecas antiguas. Las había de diferentes tamaños y clases. De porcelana, de tela, de plástico, con pelo, sin él, con sombrero, con sombrilla, de ojos móviles, de ojos fijos… Lo único que tenían en común era que habían sido fabricadas muchísimos años atrás, en el siglo pasado. Amelia se apartó de las cestas. Resultaba espeluznante ver todas aquellas muñecas viejas mirándole.

—Lo sé — dijo Estelle mientras les daba una toalla y algo que parecía un pareo de playa —. Son horrorosas. Las compré esta mañana y ya estoy deseando deshacerme de ellas. Me dan muy mal rollo. Pero no os podéis ni imaginar la cantidad de gente que las colecciona. Cuanto más horripilante y aterradora sea, más gustito parece que les da ponerlas en casa.

Ethan debía estar pensando lo mismo porque en cuanto terminó de secarse, las cubrió lanzando el pareo sobre las cestas.

—Supongo que venís por la caja — dijo Estelle con toda tranquilidad.

Amelia miró a Ethan, que se encogió de hombros. Por lo visto estaba tan sorprendido como ella.

—Mamá — dijo —. ¿Tenías la caja y no nos dijiste nada?

—La trajeron junto a los cuadernos. Quise dártela también — dijo a Amelia —. Pero al ver el contenido pensé que lo mejor era manteneros alejados de ella. Al menos hasta saber de qué se trataba.

Estelle se arrodilló en el suelo y levantó una de las baldosas. Introdujo la mano en el agujero del que extrajo la vieja caja fuerte azul. La abrió, y de su interior sacó una pequeña caja de bronce decorada con campanillas talladas y una trenza dorada. Igual, exacta a la que habían encontrado en el invernadero. Estelle volvió a cerrar su caja fuerte. La introdujo en el agujero y colocó de nuevo la baldosa.

—Aquí está — dijo al tiempo que la ponía sobre su mesa de trabajo y le limpiaba el polvo que había acumulado en su escondite —. Permitidme que la abra y os explique.

Con el mismo cuidado con el que un artificiero manipula una bomba, Estelle abrió uno a uno los cierres. Amelia observaba los detalles. Era exacta, igual que la que habían encontrado en el invernadero. Sin embargo, como la que abría Estelle no había estado años enterrada, se podía ver con más detalle la ornamentación. Las flores, la trenza, las patas con forma de bola y los garfios de los cierres que, al encontrarse en mejor estado, giraban con facilidad. Era muy bella, pero había algo amenazador en ella.

Una vez abierta, Estelle sacó el contenido y lo depositó sobre la mesa. Había un anillo. Otro. De plata, más fino y de mayor diámetro que el que habían encontrado. Un trozo de tela. Amelia lo tocó y observó que se trataba del mismo tejido que había en la otra caja. Era un pedazo perteneciente a la misma pieza, cortado también sin ningún cuidado. Se podía ver los hilos separados, abiertos por los desgarros. Sin embargo, en esta ocasión había algo más. Estelle descubrió lo que guardaba la tela. La habían utilizado para conservar una flor. Su color tostado indicaba que mucho tiempo atrás había sido blanca. Estaba en muy buen estado. Plana y cuidada. Como las que se secan dentro de un libro.

—¿Y bien? — dijo Ethan —. ¿Esto es todo? ¿Qué tiene de peligroso un anillo y una flor para que nos mantuvieras alejados?

—Observad — dijo Estelle señalando una de las esquinas de la tela —. ¿Veis esta mancha? No necesito ningún análisis para saber que es sangre.

En una de las esquinas había una pequeña mancha de color marrón oscuro. No era más grande que una lenteja. Solo Estelle había reparado en ella. Su pequeño tamaño y el color del tejido hacía que pasara desapercibida para cualquiera.

—Una caja de cobre, objetos muy personales como el anillo o la flor y la sangre indican que alguien ha practicado algún tipo de conjuro o ritual.

—Esto es una de tus bromas, ¿no? — preguntó Ethan con visible fastidio.

—¿Me ves con cara de broma, hijo? — dijo Estelle —. Soy consciente de que cuesta creerlo. Y sobre todo tú, Ethan, que no aceptas este tipo de supuestos. Pero os aseguro que sé de lo que hablo.

—Yo jamás lo habría creído — dijo Amelia —, pero últimamente estoy abierta a todo. Continúa, por favor.

Estelle siempre se había sentido atraída por lo paranormal. Coleccionaba amuletos y noticias de sucesos extraños. Estaba dispuesta a aceptar cualquier experiencia que se saliera de lo normal. Solía asistir a seminarios y charlas donde un montón de crédulos, chiflados y pseudocientíficos explicaban lo inexplicable. Siempre curiosa, buscaba indicios. Señales de que detrás de lo que se ve, de lo que se palpa, hay algo más. Todo aquello que su hijo negaba. A veces, los dos, tenían charlas interminables. Acostumbraban a discutir sobre un suceso hasta dejar al otro sin argumentos. Ethan no admitía nada que no se pudiera demostrar científicamente, observar con los sentidos. La mujer lo miró. Sabía lo mucho que le importaba Amelia. No deseaba causarle ningún problema, pero su intuición le decía que debía alejar a su hijo de aquello. Podía sentir el peligro. Y Amelia. Pobre Amelia. No tenía ni idea de dónde se estaba metiendo si se trataba de lo que sospechaba.

—Mirad — dijo —. No estoy del todo segura pero creo que está relacionado con alguna clase de magia negra.

—¿En serio mamá? — preguntó Ethan con ironía.

—Sí, eso creo. Y si estoy en lo cierto lo mejor es encontrar la manera de deshacer el conjuro para evitar que os veáis envueltos en él. Conozco a alguien que puede ayudarnos, pero necesitaría conocer más detalles.

—Tengo otra caja exacta. Es igual que esta. La encontramos enterrada — dijo Amelia. Dentro había un anillo de plata más pequeño y otro trozo de tela. Estoy segura de que pertenece al mismo retal — continuó.

—¿Tiene manchas de sangre? — preguntó Estelle.

—No sabría decirte. No lo miramos con mucho detalle.

—Las dos cajas deber permanecer separadas hasta que encuentre el modo de anular lo que sea que han hecho con ellas. Y si es posible, manteneos alejados del lugar donde encontrasteis la primera.

—Amelia — dijo Ethan —. Esto empieza a sobrepasarnos. Deberías quedarte unos días con Lilian. Lejos de la mansión. Hablar con tus padres y salir todos de allí.

—Chicos — dijo Estelle — ¿Qué tal si me contáis de qué va todo esto?

Amelia narró lo vivido desde que su llegada a Rottingdean Hill House. Sus trances, los de Lilian, la muerte de Pottie, la desaparición de los diarios y la historia de Mary, la cocinera. Le resultaba fácil hablar con Estelle. Sentía su comprensión y le tranquilizaba la confianza que transmitía. Tanto era así que se atrevió a expresar en voz alta lo que sentía.

—Tengo miedo. Mucho miedo — dijo —. Sé que algo me observa desde que llegué a Rottingdean Hill House. Me acecha. Y está esperando. No sé qué quiere de mí, solo sé que aguarda que algo ocurra.

Ethan la abrazó. Estaba temblando.

—¿Tienes en sitio seguro la caja y los cuadernos que escribes? — preguntó Estelle.

—Sí.

—Muy bien. Mantenlos alejados de la casa — dijo Estelle —. Cuando te encuentres allí compórtate como si no ocurriera nada. Que parezca que te has olvidado del tema. No lo provoques.

—Mamá — dijo Ethan —, la estás asustando.

—No es mi intención pero estoy segura de que algo terrible ocurrió en Rottingdean Hill House. Y me temo que quien lo hizo sigue allí. Oculto y escondido, al acecho. ¿Por qué no se ha marchado? No lo sé. Lo que está claro es que tratará de impedir que nadie descubra lo que sucedió o lo que hizo. Sin embargo, hay algo que me despista.

—¿Qué?

—Que os dijera el modo de encontrar la primera caja. No tiene sentido. Que las tengamos en nuestro poder lo hace vulnerable.

—Estelle — dijo Amelia —. Me preocupan mis padres.

—Tranquila. A esa cosa no le interesan tus padres. No les digas nada, mantenlos al margen. Es más seguro para ellos.

Estelle abrazó a Amelia y besó a su hijo. Afuera había dejado de llover. Los observó alejarse. Se había mstrado fuerte y segura pero todo había sido una fachada. Temblaba como un flan. Después de años buscando indicios, sucesos paranormales, al fin había dado con uno. Pero ya

145

no resultaba divertido. Una cosa era leer lo que experimentaban desgraciados que dudaba que existieran en la vida real y otra muy distinta ver a su hijo envuelto en algo tan oscuro.

CAPÍTULO 22

A xel vivió su última espera como la más amarga de su corta vida. Se consideraba un hombre paciente. Qué remedio. Si echaba la vista atrás descubría que las esperas habían sido una constante en su existencia. Esperó desde muy joven encontrar el modo de huir de casa. Esperó una aprobación paterna que jamás llegó. Esperó terminar con premura sus estudios a fin de lograr independencia económica. Esperó con entusiasmo el día de su boda. Esperó con anhelo los hijos que no llegaban. Esperó ser digno de su esposa. Esperó sus atenciones. Esperó.

Sentado en el sillón de cuero de su despacho apuraba otra copa de coñac. El alcohol le aliviaba cada vez que su mente se divertía haciendo balance de lo conseguido tras sus eternas esperas. ¿Había merecido la pena? Le daba igual. Y si no, se servía otra copa hasta que la indiferencia aparecía. Un mes. Ese era el plazo que había dado a Keira para que contara toda la sarta de mentiras que necesitara para dejar intacto su honor. A él la dignidad le importaba un pimiento. Total, ya se habían encargado entre todos de aniquilársela. Durante algún tiempo, lejano ya, pensó que Keira era la única que lo valoraba. Le había hecho sentir útil, valioso. Pero aquella Keira ya no existía. Había sido una ilusión, una quimera. Otro sorbo de coñac. Lo necesitaba. Necesitaba mitigar el dolor. Mejor. Mucho mejor. Ya cedía.

* * *

El dolor de espalda era insoportable. No sabía cómo colocar los almohadones para apoyar el peso del cuerpo. La falta de movimiento había debilitado sus músculos. Los sentía agarrotados. Permanecer cinco semanas en cama era mucho más de lo que el médico le había aconsejado. El aborto y la hemorragia la habían debilitado. Tres semanas de reposo habrían bastado. Sin embargo Keira agotaba el último recurso que tenía: hacerse la enferma. Al principio, pensó que Axel se sometería a sus deseos como siempre había hecho. No lo llamó. Aguardó en el dormitorio su llegada. Confiaba en que entraría rogando una reconciliación. Otra más. Fantaseó con el instante. Dudaba si mostrarse afectuosa desde el principio o esperar. Mejor esperar. Fría en el inicio, cariñosa al final. Sin embargo ese momento no llegó. Pasaba día y noche sola o en compañía de su madre, de su hermana y rara vez de su padre. A medida que la espera se prolongaba su humor se avinagraba como el vino mal conservado. Vociferaba a los sirvientes, lanzaba cualquier objeto que tenía a mano a su doncella, echaba con cajas destempladas a su hermana si esta osaba llevarle la contraria en los asuntos más nimios.

Su madre era la única a la que preguntaba por Axel. Frente a los demás quería permanecer impasible, segura, digna. La mujer se sentía culpable por todas las mentiras que le había contado. Pero cómo puede una madre explicar a una hija que su marido no quiere volver a saber nada de ella. Mintió asegurándole que el médico le había prohibido entrar a fin de evitar que la tensión ralentizara su recuperación. Mintió mencionando un falso urgente viaje a Londres para solucionar problemas inesperados del negocio familiar. Mintió cada vez que le dijo que Axel preguntaba por ella. Pasado un tiempo no hizo falta mentir más. Keira sabía que no le visitaría. Claro. ¿Cómo no se había dado cuenta antes? Se trataba de un pulso. Quién era el primero en ceder. Siempre lo había hecho él. Sopesaba si esa vez debía ser ella.

—Señora — dijo su doncella tras llamar a la puerta — . Le traigo el almuerzo y una carta de su esposo.

La chica dejó la bandeja en una mesa y le colocó los almohadones.

—¡Serás estúpida! — dijo Keira dando un manotazo a la muchacha —. ¡Dame la carta y deja los malditos almohadones donde están!

La doncella, sonrojada por la vergüenza, corrió hasta la mesa y entregó el sobre a Keira, que lo abrió sin miramientos. A medida que avanzaba en la lectura su expresión pasaba de la suficiencia al asombro. La doncella, previendo la tormenta que se avecinaba, salió del dormitorio sin hacer ruido.

"Keira,

Aunque no lo creas, tu estado de salud ha sido mi única preocupación estas últimas semanas. Hoy, por fin, el doctor me ha informado de la notable mejoría que has experimentado, asegurándome que es cuestión de días, e incluso de horas, que goces de total salud y fuerza. Ante tales buenas nuevas debo comunicarte que me reafirmo en la decisión de marcharme de Rottingdean Hill House. Sé que coincidirás conmigo en que continuar juntos nos destruiría. Por eso, te pido que decidas qué explicaciones vamos a exponer a nuestras familias y amigos. Mi intención es evitarte la vergüenza o cualquier tipo de perjuicio, así que por favor, cúlpame de todo. No me importa. Tienes mi permiso para dar las razones que creas oportunas.

Mi partida la llevaré a cabo en el plazo de un mes. Ese es el tiempo que disponemos para solucionar las cuestiones sociales.

Siento mucho que todo termine así.

Sinceramente,

Axel."

Keira necesitó leer la carta una segunda vez. No podía creer que Axel le hiciera algo así. ¡A ella! Enfurecida y con las lágrimas a punto de brotar, apartó las sábanas y salió de la cama. Se miró al espejo.

—No, no, no... — repetía una y otra vez a la imagen reflejada —. ¡NO!

El bote de perfume rompió el cristal en un sinnúmero de pedazos. Ya no era una, sino decenas de Keiras de cara pálida y ojos lacrimosos las que la observaban. La doncella entró en el dormitorio alertada por el estruendo.

—¿Dónde te habías metido? — gritó Keira —. Prepárame un baño y tráeme ropa. Después, arregla este desastre.

La muchacha no sabía por dónde empezar. Corrió al baño ignorando los cristales esparcidos por el suelo.

—Y avisa a la cocinera. Esta noche quiero que prepare la cena favorita de mi esposo. ¡Vamos! ¡Muévete!

* * *

Keira entró temerosa en el salón. Sabía por su hermana la acostumbrada ausencia de Axel en las comidas familiares. Sin embargo, allí estaba. Sentado. Aguardándola. Pensó que sería una buena señal. Hacía tiempo que no se veían y tenía estudiado al milímetro el encuentro. Llevaba el vestido de gasa blanco con violetas bordadas que tanto gustaba a su marido. Había ordenado que cocinaran su asado favorito. Y se había puesto los pendientes que le regaló su suegra antes de la boda. Entró en la sala la última, tal y como había planeado. Antes de ocupar su silla se acercó a Axel y le besó en la cara. Odiaba hacer cualquier demostración de afecto en público, pero necesitaba hacer saber a su marido que iba a cambiar. Sus padres miraron la escena con satisfacción. Sabían la grave crisis que atravesaba el matrimonio de su hija. Lo único que deseaban era una pronta reconciliación. Los rumores habían atravesado los muros de Rottingdean Hill House y era preciso acallarlos para evitar una vergüenza mayor.

—Keira, hija — dijo su padre —. Nadie diría que acabas de recuperarte de la escarlatina. Estás preciosa.

Escarlatina. Eso es lo que dijeron que padecía su hija a todo el que preguntó. Y por lo visto, hasta para la familia, la convalecencia de Keira era consecuencia de tal enfermedad.

—Está guapísima, ¿verdad Axel? — preguntó con intención la hermana.

—Muy guapa. Como siempre — respondió este tomando la mano de Keira.

"Lo sabía", pensó Keira. Todo se había solucionado. Estaba convencida de que algunas atenciones serían suficientes para que Axel volviera a su lado.

La cena transcurrió con normalidad. Charlaron, rieron y pusieron al día a Keira de lo que había acontecido en las últimas semanas. Aunque hicieron servir el mejor vino tinto de la bodega — la ocasión lo requería —, Axel apenas dio unos sorbos. Prefería calmar la sed con agua. Tras los postres fueron a la biblioteca donde, junto a la chimenea, remataron las conversaciones que habían dejado a medias durante la cena. Fue una velada agradable. Parecía haberse olvidado el suceso que marcó para siempre la vida de Axel.

Era ya tarde cuando los padres y la hermana de Keira se retiraron a sus habitaciones. Sin embargo, la joven pidió a su esposo quedarse un rato más. Juntos, en el sofá, frente al fuego. Quería saborear el éxito de su plan disfrutando de la compañía de Axel. Además de que no deseaba volver al dormitorio en el que había estado recluida tanto tiempo.

—Querido — dijo Keira —. No sabes lo feliz que me has hecho.

Axel la escuchaba en silencio mientras observaba las llamas.

—Al fin has entendido. Fue duro, muy duro tomar una decisión como *aquella pero ha sido por nuestro bien. Ahora lo ves, ¿verdad?*

El fuego crepitaba. Axel continuaba en silencio. Keira cogió el brazo de él y lo posó sobre sus hombros. Después apoyó la cabeza en su pecho.

—Así es como siempre debimos estar. Solos tú y yo.

Sin cambiar la postura, abrazados, Axel rompió su silencio.

—Keira, veo que sigues sin entenderlo. No te amo. Ya no.

—Axel... — dijo Keira desconcertada.

—He disimulado frente a tu familia para que tengas la oportunidad de ser tú quien les explique que nuestro matrimonio se ha roto. Tienes un mes. Después de ese tiempo me marcharé.

—No te atreverás — susurró Keira.

—Lo siento. He sopesado todas las opciones y es la mejor. No hay vuelta atrás.

Axel se levantó. Necesitaba salir de allí. La biblioteca, lugar que siempre le había servido de refugio, se había transformado en un espacio opresivo, angustioso.

—Si sales por esa puerta te vas a arrepentir.

—Ya no me importa. Me he arrepentido demasiadas veces.

Axel abrió la puerta que lo conducía a la libertad. Sintió el aire fresco del hall rozándole la cara.

—Te lo advierto por última vez, Axel. Si me dejas, si intentas avergonzarme, te arrepentirás. Sufrirás tanto que desearás la muerte.

Ni la miró. Cruzó el umbral dejando aquellas amargas palabras flotando en el aire. Cuando cerró la puerta a sus espaldas, se sintió más liviano. Era libre. Sí, libre. Se encaminó a su despacho donde sabía que dormiría del tirón por primera vez en mucho tiempo. Esa noche no necesitaría la ayuda del coñac para conciliar el sueño.

Una vez allí algo nubló su gozo. Sobre su escritorio se hallaba el libro que Keira le había regalado el día que se comprometieron. Como tantas veces había hecho, lo abrió. Al azar. Sin importarle la página. Comenzó a leer. Dos páginas más adelante encontró la flor. La cogió con cuidado, con ternura, para no estropearla. Era la flor que Keira se había puesto en el pelo el día de su compromiso. Recordaba cómo él se la quitó y la guardó en el interior de su novela prometiendo que la llevaría siempre a su lado. Desde entonces allí estaba. Tan hermosa como el primer día. La única que en todo ese tiempo no había cambiado. Axel comenzó a llorar. Lloró con rabia, con amargura, con pena, con dolor, con ira. Por la mujer que tuvo y perdió. Por ella. Por Keira. Por en lo que se había convertido. Por su pérdida.

CAPÍTULO 23

Tumbada boca arriba sobre el puf del cuarto de Amelia, Lilian intentaba estudiar. Con los brazos estirados, sujetaba el libro sobre su cara. Era media tarde y el sopor dificultaba su concentración. Habría leído al menos seis veces el mismo párrafo y nada. No era capaz de retener ni una palabra. Sabía que perdía el tiempo. Pretender rendir a esa hora era ridículo. De naturaleza noctámbula, la energía le llegaba cuando el resto del mundo deseaba meterse en la cama, agarrar la almohada y dormir. La noche. Ese era su momento. El instante en que su mente funcionaba a todo gas. Cuando se sentía fresca, llena de energía.

Amelia, sumergida en su asignatura favorita, —"Conservación de bienes artísticos"—, ignoraba el letargo de su amiga. Subrayaba, anotaba en los márgenes, buscaba datos en su Ipad y murmuraba ajena al mundo que le rodeaba.

—Amelia — dijo Lilian

—¿Mmm…?

—¿Descansamos un rato?

—Descansamos hace media hora.

—Necesito parar — insistió Lilian — o me quedaré dormida. Se me juntan las letras.

—Para tú. Ahora no puedo.

—Cinco minutos. Solo cinco. Cuatro ¿Tres?

—No, en serio. Tengo que terminar. Voy muy atrasada.

—Pues voy a dar una vuelta. Cuando me haya despejado vuelvo.

—¿A dónde vas?

—Vives en un hotel. Algo habrá ahí fuera más divertido que esta habitación.

—Como quieras. Luego te busco.

Desde la aparición de la segunda caja y las sospechas de Estelle, recorrer el hotel no se antojaba tan divertido como antes. Sus largos pasillos, el crujido de la madera al caminar, las tenues luces que Celia eligió buscando un ambiente cálido y acogedor, resultaban sobrecogedores en tales circunstancias. Lilian salió a toda prisa de la parte privada para llegar cuanto antes a las zonas comunes donde sabía que encontraría gente. No es que hubiera bullicio, porque tampoco era temporada alta, pero siempre se podía ver algún turista recorriendo los pasillos, descansando en el hall o consultando un libro en la biblioteca.

El Rottingdean Hill House Hotel había adquirido cierta popularidad tras la visita de un crítico de hoteles un par de meses atrás. Su estancia, que en un principio iba a ser de dos noches, acabó prolongándose hasta una semana. En ese momento, ni Celia ni Marco conocían el auténtico propósito de aquel hombre tan estirado y silencioso. Pensaban que se trataba de un ejecutivo que buscaba dejar atrás el estrés de la ciudad para relajarse junto al mar. Mataba las horas leyendo en la biblioteca, paseando por los jardines, en su habitación o en el restaurante, degustando todos y cada uno de los platos de la carta. Le dispensaron el mismo trato que al resto de huéspedes. Cercano y familiar pero sin excederse en la familiaridad. Tras aquella semana fue tal la satisfacción del hombre que acabó escribiendo, además de su columna habitual en un diario nacional, un reportaje de dos páginas para una revista dominical y una crónica en su blog de miles de seguidores. Con la inesperada publicidad, las reservas se multiplicaron y apenas quedaban fechas libres para la todavía lejana temporada estival.

—Lilian, cariño, qué haces — preguntó Celia al ver a la chica sentada en uno de los sillones del hall de entrada.

—Intento despejarme. Tu hija estudia a unas horas imposibles para mí. En cuanto termine iremos a tomar algo al pueblo.

—Entiendo — contestó la mujer —. ¿Por qué no me acompañas a la cocina? Te invito a tomar ese algo. Y de paso hablamos, que quería preguntarte una cosa.

Celia solía trabajar en un despacho contiguo a la recepción donde pasaba la mayor parte del día gestionando los asuntos administrativos y burocráticos. Marco ejercía más de relaciones públicas. Además de encargarse de que los servicios que ofrecían permanecieran en perfecto estado y funcionamiento. Hacían un buen equipo. Se les veía compenetrados y dichosos. Como años atrás.

Apenas faltaban un par de horas para abrir el comedor para la cena y la cocina rebosaba actividad. El cocinero y su ayudante trajinaban en un ir y venir que maravilló a Lilian. En silencio, se movían con agilidad y rapidez. No se tropezaban ni se interponían el uno en el camino del otro. Era como un baile en el que conocían con antelación cada movimiento de su compañero. Al fondo, bajo el chisporroteo de los sofritos, los hervidos y el choque de metal contra la loza, se oía música. Salía de un pequeño altavoz conectado a un Iphone. Era una balada antigua. De las que hacía bastantes años que no figuraba en las listas de éxitos. Cuando entraron Celia y Lilian, el cocinero ordenó a su ayudante apagar el móvil. Sin embargo, Celia rogó que lo dejaran. Ella también trabajaba mejor con música. Procurando no interrumpirles la faena, se sentaron junto a la ventana, en la mesa que Marco había colocado para Pottie.

—Pensé que trabajaba más gente en la cocina — dijo Lilian.

—Entre semana solo hay dos personas — contestó Celia —. No necesitamos más. Sin embargo, los fines de semana se refuerza con cuatro ayudantes. Llevamos un mes de locura. Si alguien quiere cenar en el hotel debe reservar con días de antelación.

—Pero eso es fantástico.

—Supongo que sí, pero estamos desbordados y no dedico el tiempo que querría a Amelia — dijo Celia —. Y sé que le pasa algo.

El golpe de un cucharón chocando contra el suelo las sobresaltó. El ayudante maldecía mientras cogía del cajón otro limpio e introducía el sucio en el lavaplatos. Celia aprovechó la interrupción para ir la nevera y coger un par de Coca Colas. Lilian se sentía acorralada. La iba a someter a un tercer grado. Nada. No diría nada.

—¿Sabes que Amelia no era hija única? — comenzó diciendo Celia — Tenía dos hermanos mayores. Óscar y Fabio. Eran mellizos.

—Lo sé — contestó Lilian —. Amelia me contó que murieron hace unos años. Lo siento mucho.

—Hoy hace exactamente tres años y ocho meses que se marcharon. Deberías haberlos visto. Eran guapísimos. Altos, con una preciosa melena rizada color miel y ojos verdes. Aunque un poco vagos para los estudios, la verdad — dijo Celia riendo con amargura —. No sé cómo lo conseguían, pero hicieran la trastada que hicieran siempre lograban ablandarnos a Marco y a mí con su zalamería. Y claro, se escapaban sin

castigo. Eran adorables. Los dos sentían devoción por Amelia. Su hermana menor era su muñeca, su debilidad. Y ella, que lo sabía, hacía con ellos
lo que le daba la gana. Recuerdo la temporada que los convenció para
que la recogieran del colegio cada tarde porque sus amigas pensaban que
eran los chicos más guapos de todo Madrid. Puedes imaginar lo orgullosa que se ponía cuando los veía esperándola en la puerta. El que fueran
por ella habría sido normal, de no ser porque el colegio estaba a más de
quince quilómetros de casa. Para llegar, Óscar y Fabio necesitaban coger
dos autobuses diferentes y caminar un buen tramo. Pero les daba igual. A
veces pienso que su único objetivo en sus vidas era hacerla feliz. Habrían
hecho cualquier cosa, por descabellada que fuera, por ayudarla.

Celia dio un largo trago a la Coca Cola. Permaneció callada mientras giraba la lata entre sus manos. Lilian esperaba, en silencio, respetan-
do el instante. Imaginaba lo difícil que resultaba para la mujer hablar de
sus hijos. Lo que no sabía era que ella era la primera persona, aparte de
su psicóloga, a la que le confiaba aquellos recuerdos.

—La última vez que hablé con mis hijos fue la tarde del accidente.
Uno de sus amigos de facultad había organizado una fiesta. Prometieron
no llegar tarde si yo hablaba con Marco. Sabían que ni a su padre ni a
mí nos hacía mucha gracia que salieran entre semana y más cuando sus
notas no estaban siendo especialmente buenas. El caso es que accedí aún
sabiendo lo que Marco me diría: " Eres demasiado blanda con ellos. No
deberías haberles dejado". Pero lo hice.

Celia bebía mientras las lágrimas resbalaban por sus mejillas. Lilian, incómoda, escuchaba.

—No mintieron. De no ser por aquel conductor despistado habrían llegado antes de las once a casa. Ojalá se hubieran retrasado. Ojalá
no hubieran sido responsables. Ojalá se hubieran quedado hasta bien
entrada la madrugada. Pero cumplieron lo prometido: volver pronto. Un
anciano con Alzheimer, al que hacía tiempo habían retirado el carné de
conducir, cogió el coche de uno de sus hijos. Desorientado, intentaba
incorporarse a la autovía. Lo hizo en sentido contrario. Allí se encontró
con Óscar y con Fabio.

¿Qué se hace en estas ocasiones?, pensaba Lilian. ¿Abrazarla? ¿Dejar
que se desahogue? ¿Excusarse e irse de la manera más educada posible?
Dejó que continuara. Soltó el bote y con la mano helada tomó la de Celia.

—Después del accidente me sentía tan culpable que no fui capaz
de mirar a la cara a mi marido ni a mi hija en mucho tiempo. Si yo

me culpaba por la muerte de Óscar y Fabio, ¿no era normal que ellos también lo hicieran? Qué equivocada estaba y cuánto daño les hice. No me daba cuenta de que cada castigo que me autoimponía también se lo infligía a ellos. Por suerte, con el tiempo, mucha terapia, este hotel y su paciencia salí de aquel agujero. Les debo tanto…

Celia calló. Solo se oía el golpeteo de un tenedor batiendo huevos en un bol. El sonido dotaba a la cocina de un aire familiar. Quién no había oído en su infancia ese ruido antes de la cena. La música había cesado y los dos hombres, concentrados en su trabajo, no lo notaron. Celia necesitaba una pausa, tomar aire de tanto en tanto.

—Ahora me encuentro bien. Sigo echando mucho, muchísimo de menos a mis hijos, pero la vida sigue. Y aquí me tienes, enfrentándome a ella. Aunque, ¿sabes? Sé que Óscar y Fabio no se han marchado del todo. Puedo sentirlos. Cerca. Cada vez que mis fuerzas flaquean.

—Por qué me cuentas todo esto Celia — preguntó Lilian recelosa.

Le halagaba ser digna de compartir sus sentimientos más íntimos, pero era consciente de que la confidencia llevaba consigo una prebenda.

—Amelia. Con ella he sido una pésima madre. La peor. Ausente los años que más me necesitaba, fría y distante los que dejó de necesitarme. Cuando perdió a sus hermanos, a sus protectores, yo debí consolarla, llenar el vacío que le dejaron, acompañarla en los momentos de dolor, aconsejarle en las dudas que el dichoso destino le creó, mimarla. Por eso ahora no puedo pedirle que me confíe sus preocupaciones o sus problemas. Necesitaré más tiempo para que vuelva a depositar su confianza en mí. Y lo haré. Tardaré más o menos, pero juro que volveré a ser una madre para Amelia. Hasta entonces te necesito. Conozco a mi hija y sé que algo le corroe. Al principio pensé que era por el cambio de país, de amigos. Pero la he observado y estoy segura de que hay algo más. La oigo pasear por el dormitorio cada noche hasta bien entrada la madrugada, veo en sus ojos la inquietud, el nerviosismo, la manera de desviar la mirada cada vez que le pregunto cómo se encuentra. Y con su padre tampoco es la misma. Le evita, cuando antes habían sido uña y carne. Supongo que pensará que no puede contárnoslo. Creerá que no voy a ser capaz de soportarlo. Temerá que vuelva a caer en una depresión. Pero Lilian, eso es imposible. No hay nada más terrible que perder a un hijo. Si yo he remontado después de ver morir a dos, te aseguro que sea lo que sea puedo afrontarlo. Pero lo que jamás podría soportar sería perder a otra hija y no haber hecho nada para remediarlo. Por eso, te lo ruego. Dime qué le ocurre a Amelia.

Ahí lo tenía. Menudo golpe de efecto. Cómo demonios iba Lilian a negar a Celia una explicación después de tal discurso. En silencio, sopesaba la respuesta que ofrecería. Tenía dos opciones: hacerse la tonta o liarse la manta a la cabeza y soltar todo. Esta última alternativa parecía la más acertada. Hacía algún tiempo que sentía que, lo que en un principio era una simple diversión, se estaba convirtiendo en un asunto oscuro, peligroso. Eso sí, confesar implicaba traicionar a su mejor amiga y arriesgarse a que dejara de hablarle durante una larga temporada.

Qué carajo, se dijo. De un tirón, sin apenas madurarlo, soltó por su boca todo lo acontecido en las últimas semanas.

* * *

No tenía ni idea del tiempo que llevaba estudiando. La metodología en la restauración y la conservación de las pinturas murales resultaba apasionante. Ser capaz de devolver el esplendor a la obra de uno de los grandes artistas de la historia debía hacerte sentir como uno de ellos. Grandioso.

Absorta en las últimas técnicas de conservación, Amelia no había sido consciente del paso de las horas. Afuera era noche cerrada. El reloj marcaba las once y media pasadas. Su estómago rugía de hambre. Miró el móvil, al que había silenciado para evitar los molestos campanazos de los mensajes, y comprobó que tenía más de cuarenta entradas de whatsapp sin leer. Uno era de Lilian, que cansada de esperar se había marchado a casa. Le decía que permanecería despierta hasta tarde, estudiando, por si necesitaba hablar. El resto era de Ethan. Como siempre que trabajaba por la tarde, aprovechaba cada instante de descanso para enviar chistes, comentarios ingeniosos o fotografías absurdas que le habían enviado sus amigos. De todos, el último era el más personal. Le decía lo mucho que la había echado de menos y le deseaba buenas noches. Sonó otro campanazo. Ethan de nuevo. En la pantalla vio la foto de una chimpancé vestida de cheerleader que la animaba a estudiar. Riendo en voz baja lo reenvió a Lilian, volvió al chat que mantenía con Ethan y le contestó con un "buenas noches" y el emoticono de unos labios. Si no podía besarlo en persona, lo haría de manera virtual.

Los golpes en la puerta la sobresaltaron. Sonaban despacio. Debía ser Celia. Aunque sabía que en época de exámenes prefería cenar en su cuarto, nunca olvidaba llevarle un vaso de leche caliente antes de acostarse. La música que hacía con el golpeteo de los nudillos sobre la madera era inconfundible.

—Entra mamá, está abierto.

No entró. Volvió a llamar, más fuerte.

—¿No puedes? — preguntó Amelia — Espera, te abro.

Cuando Amelia se levantó del sillón las luces del dormitorio se apagaron. Al avanzar tropezó con el puf y cayó al suelo. Los golpes sonaron de nuevo. Esta vez más fuerte, sobre la madera del escritorio. Amelia sintió la descarga de adrenalina recorriéndole el espinazo. Durante unos instantes no se movió. El miedo la había paralizado, manteniéndola pegada al suelo. Silencio. Siete nuevos golpes marcaron el ritmo sobre los tablones del suelo, a menos de un metro de donde estaba. Otra vez silencio. Amelia solo escuchaba el sonido de su propio corazón aporreando con fuerza su pecho. Su mente, tan paralizada como sus piernas, no se veía capaz de emitir orden alguna que la sacara de allí. Silencio.

Una risa, aguda, casi infantil surgió del fondo del dormitorio. Junto a la cama. Fue el catalizador que hizo reaccionar al cerebro y las piernas. Amelia se levantó de un salto y, dando traspiés, llegó hasta la puerta. Asió el pomo y lo giró con todas sus fuerzas. Giraba, pero la puerta no se abría. Volvió a girar y empujó con el hombro como había visto hacer en las películas. No cedió ni un milímetro. Era como si estuviera pegada al marco. Podía oír cómo algo se arrastraba hacia ella. Iba despacio, sin prisa, saboreando su angustia, su miedo. Quería gritar, pero el terror también le bloqueaba las cuerdas vocales ¿Por qué no era capaz de reaccionar en un momento así? Empujó una, dos y hasta tres veces sin éxito. Lo que allí hubiera seguía avanzando, despacio, muy despacio. Habría jurado que se recreaba con su pánico. Aterrorizada, jadeante y con el corazón desbocado Amelia cayó derrotada al suelo con la espalda apoyada sobre la puerta. El arrastre cesó. Silencio.

Los ojos de Amelia se acostumbraron a la oscuridad permitiéndole ver el reflejo de la luz del pasillo bajo la puerta que iluminaba sus manos. Cuando levantó la mirada, frente a ella, una tenue luz penetraba entre las rejas de la contraventana. No era gran cosa. Lo suficiente para distinguir una sombra balanceándose frente a ella. Como un péndulo. Izquierda, derecha, izquierda, derecha. Parecía una figura humana, no muy alta, delgada, puede que encorvada. Un grito agónico salió de la garganta de Amelia. Al principio sonó como un gemido, pero el terror inundó sus pulmones de los que surgió un aullido agudo, como el de un animal. Gritó una y otra vez, sin pausa. A medida que aumentaba la intensidad de sus chillidos el balanceo era más rápido. Más y más rápido. Como un macabro baile marcado por el ritmo de su agonía. Creyó oír de nuevo la risa. Esta vez más fuerte. Punzante. Histérica. Amelia cerró los ojos y se tapó los oídos con ambas manos. Quería desaparecer. Salir de allí. Necesitaba salir.

No supo cuánto tiempo estuvo así. Gritando, chillando, llorando. Una fuerza tiró de ella hacia atrás, haciéndola caer. No quería ver qué o quién la empujaba. Entonces alguien retiró las manos de sus oídos.

—¡Amelia! ¡Amelia, hija! Por dios, ¡que alguien me ayude! ¡Amelia!

Celia, al oír los gritos, tiró al suelo el vaso de leche que llevaba y corrió hacia el dormitorio. Por suerte la puerta estaba abierta. Cuando entró encontró a la muchacha hecha un ovillo en el suelo, con los puños cerrados sobre sus oídos y gritando desquiciada. Se agachó para ayudarla pero era tal la fuerza que la muchacha ejercía que le resultaba imposible separar sus manos de la cabeza. Con horror vio que sangraba. Tenía los puños cerrados con tanta fuerza que se estaba clavando las uñas hasta hacerse heridas. En cuanto Amelia se dio cuenta de que era su madre se abrazó a ella haciéndola caer a su lado.

Celia miró a su alrededor intentando entender qué le había provocado aquella reacción. La habitación estaba como siempre. El escritorio lleno de libros y apuntes, el flexo encendido, la cama abierta, lista para ir a dormir y la guirnalda de lucecillas blancas, iluminando el cabecero.

Madre e hija necesitaron unos minutos para calmarse. Lo hicieron en el suelo, abrazadas la una a la otra. Celia acunaba a Amelia del mismo modo que lo había hecho cuando era un bebé. Le acariciaba el pelo, le susurraba palabras cariñosas. Infinidad de recuerdos inundaron la mente de Celia. Sintió un nudo en la garganta al percatarse de la cantidad de tiempo que hacía que no se abrazaban de aquella manera. Y comenzó a llorar. Por el tiempo perdido. Por su hija. Por el sufrimiento que le había infringido. Por lo que la había llevado a encontrarla en tal estado.

CAPÍTULO 24

entado en una de las mecedoras de forja del jardín, con una manta sobre las piernas y cojines en la espalda, Axel observaba por enésima vez las palmas de sus manos. Sabía que la recuperación sería lenta. Se lo había dicho el doctor. Subía las manos a la altura de su nariz y las miraba. Girándolas, abriéndolas, cerrándolas. El temblor era el mismo. Descontrolado, impertinente. Se maldecía por su mala suerte. En qué momento. En qué momento tan inoportuno le visitaba la enfermedad. Si al menos hubiera entendido el mal que le aquejaba habría sabido a qué atenerse. Habría conocido el tiempo de convalecencia y el de recuperación.

Con el ceño fruncido y un libro en la mano, Keira tomó asiento al lado de su marido. Visiblemente molesta, se colocó el vestido y soltó un suspiro de resignación al tiempo que abría el libro por la página marcada. Desde que los síntomas aparecieron y la enfermedad debilitó a su marido no se había separado de su lado. Axel suponía que lo hacía para acallar los rumores de distanciamiento. Aparentaba ser la abnegada esposa si tenían compañía, pero en cuanto se encontraban a solas, no ocultaba el desagrado que le suponía permanecer junto a él. Axel volvió a levantar las manos para observarlas.

—¿Quieres dejar de hacer eso? — le espetó Keira — Me pones nerviosa. Sabes lo que te ha dicho el doctor. Tardarás unos días en recuperarte. Aunque si soy sincera, creo que los temblores son consecuencia de tu aprensión. Siempre fuiste un pusilánime en lo que a enfermedades se refiere. Por favor baja las manos. Pareces un demente.

Ni se molestó en replicar. Se sentía demasiado débil para comenzar una discusión. Además, ignorar a su esposa era el mayor agravio al que podía someterla. Era la estrategia que había adoptado para sobrellevar la conva-

161

lecencia. Ella respondía lanzándole pullas hirientes y humillantes. Deseaba hacerle reaccionar y comenzar así una disputa. Disputa que siempre les llevaba al mismo sitio: al grave error que cometería si la abandonaba.

Era la hora del té, la hora de la visita del doctor. Alguien malpensado habría asegurado que elegía tal momento buscando los dulces que Keira y su madre le ofrecían después de cada consulta.

—Buenas tardes muchachos.

El hombre, amigo de la familia desde tiempos inmemoriales, superaba con creces los sesenta años. Puede que más. Lucía una tupida barba blanca que contrastaba con la falta de pelo en la cabeza. Amante del buen comer y del vino tinto trataba de ocultar la formidable panza que había desarrollado durante años de excesos bajo chalecos de talla inferior a la adecuada. Era extraordinario observar cómo aguantaban los botones de su carísima ropa sin saltar por los aires ante el más leve esfuerzo.

Siempre de buen humor y con tendencia a la risa fácil, trataba a Axel como si fuera un niño. Tal familiaridad le ponía de peor humor. Solo lo había visto serio la fatídica noche en que tuvo que atender a una Keira moribunda por las prácticas abortivas de una curandera de tres al cuarto. Bien le debían de haber pagado si arriesgó su carrera para ocultarlo.

—Buenas tardes, doctor — contestó Axel.

—¿Cómo nos encontramos hoy? — dijo el médico dejándose caer sobre una de las mecedoras que crujió lastimosa bajo el descomunal peso.

—Me encantaría decirle que mejor.

—¡Bah! Exagera, doctor — dijo Keira — Ha comido mucho más que ayer y aunque se lo he aconsejado en numerosas ocasiones, no ha accedido a ir a su dormitorio para descansar después del almuerzo. Ha preferido permanecer en el jardín. Y aquí nos tiene. No me dirá que eso no es síntoma de mejoría.

—Sin duda, Keira, sin duda — contestó el hombre soltando una carcajada —. El que coma más de la cuenta no me extraña, teniendo en cuenta las magníficas cocineras que tenéis. Sus tartas son, sin duda, las mejores del condado.

Keira captó la indirecta. Hizo señas a uno de los sirvientes para que les llevaran el té y los dulces que tanto halagaba el médico. Tras una breve conversación, excusa para acabar con la bandeja de dulces de fresa y cacao y la tarta de manzana y canela, el médico comenzó con la exploración. Se trataba del mismo chequeo al que había sometido al paciente en las últimas dos semanas. Pruebas sencillas, rutinarias, tales como auscultarle, pedirle que se levantara y caminara con los ojos cerrados, observar el temblor de manos o solicitar que apretara al máximo las manos del facultativo. También formuló las habituales cuestiones cuya respuesta debía conocer de sobra.

—He de reconocer, muchacho — comenzó diciendo —, que me tienes muy despistado. Las pruebas que te realicé en el hospital la primera semana no arrojaron ningún diagnóstico claro. Tus órganos funcionan a la perfección, no tienes masas malignas palpables y el corazón marcha como debe. No tienes fiebre, ni desajustes gastrointestinales. Y lo cierto es que he sido testigo de un empeoramiento paulatino. Pérdida de fuerza, dolores, palidez y temblores. Lo he consultado con algunos de mis colegas más reputados. Uno de ellos, doctor de un hospital londinense, me ha dado una pista que creo que es la que nos acerca a tu caso. Tuvo un paciente hace años cuyos síntomas eran idénticos. Sufría una extraña enfermedad provocada por unos parásitos animales. Se trata de microorganismos patógenos. Invisibles para el ojo humano pero terriblemente invasivos. Hacen enfermar la sangre del paciente provocándole debilidad extrema. Yo no dispongo de las lentes necesarias para analizar tu sangre pero leyendo el informe que me ha enviado estoy convencido de que se trata del mismo mal.

—¿Es contagioso, doctor? — preguntó Keira.

—No, querida. No debes temer.

—¿Cómo he podido contraer tal enfermedad? — preguntó Axel ignorando la insensible consulta de su esposa.

—A través de alguna carne que has ingerido. Si el animal transportaba el microorganismo y la has consumido poco guisada o cruda, te lo ha transmitido.

—Tiene sentido — intervino Keira —. Tú y tu manía de comer la carne poco cocinada. Cada vez que nos sirven asado, doctor, insiste que a él le sirvan su trozo poco hecho. Ni se imagina lo repugnante que es ver la sangre en su plato.

—¿Cuál es el tratamiento? — preguntó Axel.

La respuesta no llegó inmediata. El médico tomó su taza y apuró los posos del té ya frío. Pidió que le sirvieran otra más. Se sirvió dos generosas cucharadas de azúcar y sorbió ruidosamente. Después miró con pena la bandeja vacía de dulces. Axel observaba con visible fastidio la parsimonia del hombre.

—Verás, Axel. Mi colega probó todo tipo de tratamientos con su paciente. Por desgracia ninguno de ellos funcionó. Murió en pocas semanas. Eso no significa que no exista la cura. En el caso anterior, el enfermo era un hombre de edad avanzada aquejado de otras dolencias. Su corazón débil no superó el

proceso curativo al que le sometieron. Tú, sin embargo, eres joven y fuerte. Lo bueno es que conocemos de antemano los medicamentos que no funcionan.

—Entonces, sabe cómo sanarme o no — preguntó Axel alarmado.

—Sí, aunque será un procedimiento molesto.

—No hay tratamiento molesto si puede devolverle la salud — dijo Keira —. Comience cuanto antes, doctor.

—Eso tendré que decidirlo yo, ¿no crees, querida? — dijo Axel harto de las intervenciones de su mujer —. ¿En qué consiste tal proceso, doctor?

—Sanguijuelas.

Keira sintió nauseas imaginando aquellos bichos repugnantes. Había oído hablar de las sangrías aunque pensaba que ya no se practicaban. El médico pareció oír sus pensamientos.

—Se trata de un método muy antiguo ya en desuso. Cuando era un estudiante, las flebotomías, lo que la gente llama sangrías, eran habituales. Se utilizaban para infinidad de enfermedades. Yo siempre he sido un ferviente partidario de dicho tratamiento, aunque en la actualidad tiene detractores. Con el tiempo han ido apareciendo medicamentos más modernos y menos desagradables. En tu caso, tales preparados no surtirían efecto. Sabemos que el mal que te aqueja está en tu sangre. Las sanguijuelas tomarán la sangre enferma y tu cuerpo irá fabricando nueva. Sana y limpia. Purgaré los microorganismos de tu torrente sanguíneo. En poco tiempo estarás recuperado. Fuerte para reanudar tu vida.

—¿Cuándo podrá comenzar? — preguntó Axel.

—Mañana, si quieres.

Desde que comenzaron los primeros síntomas de la enfermedad, Keira insistió en que su marido volviera a compartir con ella dormitorio. Argumentaba la razón de siempre: las habladurías. Qué pensaría el servicio de una mujer que permitía a su marido enfermo pernoctar en el sofá frío e incómodo de su despacho. Ante una posible negativa de Axel, Keira argumentó la promesa que este le había realizado: permitir culparle de la ruptura a fin de salvaguardar su honor. Cuando oyó la propuesta Axel, por supuesto, rechazó cualquier tipo de acercamiento. Había tomado la decisión de marcharse, y bajo ningún concepto alimentaría la esperanza de una posible reconciliación. Sin embargo, en aquella ocasión, Keira tenía razón. Se había comprometido a asumir las culpas. Por otro lado, las noches eran un auténtico tormento. Sentía escalofríos y terribles dolores en piernas y brazos. El dolor de cabeza no le daba tregua. Y los mareos le provocaban la misma sensación de inestabilidad que siente un marinero inexperto los primeros días de navegación.

Accedió a la petición de su mujer siempre que esta tuviera claro que, una vez recuperado, cada uno seguiría con su vida. Separados. Y para su asombro, por primera vez, ella aceptó sin discusiones.

Si durante el día la tensión y los comentarios hirientes eran la tónica general, durante la noche Keira se transformaba. Dura y cruel con la luz del sol, sumisa, callada y atenta durante la noche. En ningún momento intentó reanudar la relación normal de un matrimonio, pero atendía a Axel con paciencia y, podría decirse, que con cariño.

La noche anterior a la flebotomía no fue fácil. Los dolores, habían empeorado y la debilidad alcanzó el extremo de no permitirle comer o beber sin ayuda. Por primera vez, todo lo que ingería su cuerpo lo expulsaba. Desorientado y febril iniciaba conversaciones incoherentes con personajes invisibles. Keira, armada de paciencia y con la ayuda de uno de los sirvientes, pasó la noche evitando la deshidratación. Obligaba a Axel a beber infusiones y caldos a sabiendas de que no tardaría en vomitarlo. Ignoraba las absurdas conversaciones que su esposo mantenía con los fantasmas de sus delirios y se afanaba por mantenerlo lo más hidratado posible antes de la llegada del doctor. Temía que en su estado no se atreviera a practicar el tratamiento que le había pautado.

Con las primeras luces del alba llegó el médico. Keira supuso que su padre habría enviado a personal de servicio a llamarlo puesto que ese horario no era propio de él. Tardío en sus visitas, no solía comenzar hasta bien entrada la mañana. Siempre después de desayunar. Comida que jamás perdonaba por muy distinguido que fuera su paciente. Cuando el hombre entró en el dormitorio no pudo disimular el disgusto por el repentino empeoramiento de su paciente. Arrugó el ceño y con un pañuelo se llevó la mano a la boca y nariz sin esconder su desagrado. El dormitorio olía a caldo y vómito. A lavanda y putrefacción. Ordenó abrir las ventanas y descorrer las cortinas. El aire frío del amanecer despejó a Axel que con una leve inclinación de cabeza le dedicó un saludo.

—Buenos días muchacho — dijo con falsa alegría el médico —, ¿qué manera de recibirme es esta? Vamos, incorpórate que tengo que reconocerte.

El hombre puso la mano sobre el hombro de Keira a modo de saludo. En el roce ejerció una leva presión que indicaba que no debía preocuparse, que había llegado y todo iría bien. Lo curaría y en breve sería el de siempre. Todo eso fue capaz de decir con un simple apretón. Keira le respondió colocando su mano sobre la del médico.

El reconocimiento fue rápido. Resultaba obvio el empeoramiento y el poco tiempo de que disponía. Ordenó desnudar y girar al paciente que ahora *había perdido la consciencia.*

—*Había pensado utilizar una docena* — *dijo el médico* —, *pero viendo el estado en el que se encuentra solo usaré ocho.*

Varios bichos alargados y negros se retorcían dentro del bote de cristal que sostenía en su mano el doctor. Con unas pinzas los fue sacando uno a uno y colocándolos sobre la espalda de Axel.

—*¿Eso son sanguijuelas?* — *preguntó Keira* —. *Pensé que tenían el aspecto de las babosas. Pero son largas y delgadas, como cordones.*

—*Porque no han comido* — *respondió el médico* —. *Necesitan entre diez minutos y media hora para saciarse. Entonces tendrán ese aspecto de babosa del que me hablas.*

—*¿Y cómo sabremos cuándo han terminado?*

—*Una vez satisfechas ellas solas se desprenden del paciente.*

—*¿Dolerá, doctor?* — *preguntó Keira* —. *¿Cree que sufrirá?*

—*No. Ni lo nota. Las sanguijuelas segregan una sustancia anestésica que reduce la sensación de dolor. Solo habrá notado el pinchazo inicial y, en su estado, ni eso.*

—*Es fascinante* — *dijo Keira aproximándose a uno de los animales para observarlo succionar la sangre de su marido.*

—*Me sorprendes, muchacha* — *dijo el médico* —. *Pocas mujeres son capaces de presenciar un tratamiento como este.*

—*No crea. Haría cualquier cosa por ver a mi esposo como al principio de nuestro matrimonio. Lo que fuera.*

CAPÍTULO 25

Celia entregó a su hija una de las tazas de chocolate que había preparado. Humeaban. El olor a cacao y canela envolvía la biblioteca. Todavía le temblaban las manos y parte del líquido se derramó sobre el sofá. Trató de limpiarlo con una de las servilletas. Tarde. El chocolate se había introducido en el tejido dejando una mancha oscura y pegajosa. Amelia colocó sobre el lamparón una de las mantas que había repartidas por todos los sofás.

Eran más de las tres de la madrugada. Amelia observaba a su madre. Sentada al otro lado del chester, daba pequeños sorbos a su taza y miraba el fuego en silencio. De vez en cuando entornaba los ojos o fruncía los labios. Habría dado cualquier cosa por saber en qué pensaba. ¿Por qué no decía nada? ¿Estaba enfadada? ¿Decepcionada? Sí, seguro que era eso. La había decepcionado. Lo había estropeado todo. Después de lo mucho que habían trabajado para que el hotel funcionara y la vida siguiera adelante, había conseguido fastidiarlo otra vez. Se arrepentía de haberle contado tanto, pero no había podido evitarlo. Cuando abrió la puerta del dormitorio, cuando la encontró histérica y aterrada en el suelo y la abrazó, volvió a ser una niña pequeña. Sintió el cariño, la protección que le ofrecía y descargó en ella todo lo que se había guardado hasta entonces. No omitió ningún detalle. Le relató desde sus primeras impresiones el día de su llegada a Rottingdean hasta la figura que se balanceaba en su dormitorio. Pasando por los cuadernos, la muerte de Pottie o las pesadillas de Mary. A medida que narraba lo sucedido sentía que se liberaba el peso que llevaba dentro. Hacía tanto tiempo que no se dejaba consolar por su madre… Sin embargo, al verla allí, callada, seria, rumiando lo que fuera que estuviera rumiando, se arrepintió de lo que acababa de hacer. ¿Cómo había podido ser tan estúpida? ¿Cómo se le había ocurrido pensar ni por un momento que su madre estaba preparada para asimilar algo así? ¿Cómo iba a creerla? ¿Cómo…?

—Deberíamos dormir— dijo Celia.

—Sí, supongo que sí.

Amelia se sentía desconcertada. Pensaba que después de todo lo que le había relatado tendría algo que decir. No sabía qué temía más: saber lo que pensaba o no saberlo nunca. Ese silencio la estaba matando.

Cuando llegaron al dormitorio Amelia miró la puerta con aprensión.

—Vamos, hija, entra — dijo Celia —. Que una simple pesadilla no te impida dormir.

¿Era eso lo que pensaba? ¿Que había sido una pesadilla? ¡Qué decepción! Se sentía decepcionada y furiosa. Era la primera vez que se abría a su madre en muchos años y a cambio recibía aquella odiosa condescendencia. La frustración superaba con mucho sus temores. Abrió la puerta, le dio un frío beso de buenas noches y volvió a cerrarla. Y lloró. Lloró de impotencia y rabia. Por el desengaño y la desilusión. Y por las ausencias, que habrían sabido entenderla y protegerla.

El sonido del despertador resultaba más desagradable que de costumbre. No recordaba cuándo se había quedado dormida. Todavía aturdida levantó la cabeza. El cojín estaba húmedo, la cama sin deshacer y ella vestida. Las luces del cabecero y la del flexo seguían encendidas. Y la taza de chocolate, ya frío, sobre la mesilla. Habría querido seguir durmiendo. Meterse en la cama y no salir nunca. Pero en menos de una hora Lilian la esperaría en la parada del autobús. Estaba segura de que si no aparecía iría a buscarla. Y lo que menos le apetecía era dar explicaciones de por qué tenía ese aspecto tan lamentable.

Al abrir las contraventanas y dejar entrar la luz, parecía imposible que horas antes hubiera vivido allí hechos tan espeluznantes. ¿Y si como decía su madre lo había soñado? ¿Y si se había quedado dormida frente a los apuntes y todo fue eso, un horrible sueño? Necesitaba una ducha. Una larga y cálida ducha le aclararía las ideas.

El camino hasta la parada del autobús era un largo pasadizo de olmos viejos y deshojados paralelos a la carretera. El olor a humedad, la pringosa alfombra de hojas y el frío matinal producían desagrado a todo el que se había criado en una ciudad del sur y poco dada a los chaparrones. Amelia odiaba aquel trayecto, sobre todo las mañanas lluviosas, cuando el suelo se encharcaba y desprendía tufo a cieno y hojas podridas. Sin embargo, aquella mañana, el paseo le resultaba indiferente. Había salido de casa sin pasar por la cocina y sin desayunar. No quería ver a nadie. Ni hablar con nadie. Ya tomaría cualquier cosa en la cafetería del campus. Sumida en sus propios pensamientos no se percató del coche que circulaba a su paso.

—¡Amelia! ¡Amelia! Sube, ¡vamos!

—¡Mamá! — dijo sorprendida al ver a Celia en la vieja furgoneta de la obra —. ¿Qué haces aquí?

—Sube y hablamos — dijo la mujer mientras observaba por el retrovisor los coches que se acumulaban —. Esta carretera tiene mucho tráfico y no quiero organizar un atasco.

La furgoneta tenía las alfombrillas llenas de barro, los ceniceros a rebosar de colillas e infinidad de papeles y envolturas sobre los asientos traseros. El motor traqueteaba quejumbroso y un destornillador sujetaba el cristal del copiloto. Amelia lo miró con aprensión.

—Sí, lo sé — dijo Celia anticipándose a cualquier comentario —. En cuanto llegue a casa le diré a tu padre que tenemos que comprar un coche. Esta tartana ya ha hecho su servicio. El hotel va bien y nos podemos permitir algo más decente que este saco de muelles.

—¿Qué haces aquí mamá? — dijo Amelia con frialdad ignorando el parloteo. Seguía malhumorada.

—Sé que estás enfadada — dijo —, pero deja que me explique. He llamado a Lilian para decirle que hoy no vas a clase. Le he contado que algo de la cena debió sentarte mal y no has pegado ojo en toda la noche. También le he pedido que no te llamara porque acababas de quedarte dormida. Creo que no me ha creído pero ya se te ocurrirá qué decirle más tarde.

—Mamá…

—No, espera. Necesito que hablemos en un sitio más tranquilo. Vayamos a la cafetería a la que sueles ir en Brighton. ¿Quieres?

Se sentaron en la mesa de siempre. Algunos de los camareros, compañeros de Ethan, la saludaron. Pidieron su habitual chocolate, un café con leche y dos muffins de arándanos.

—¿Por qué me has traído aquí, mamá? — dijo Amelia mientras pellizcaba su desayuno.

—Porque te creo hija. Eres la persona más sensata, juiciosa y madura que conozco. Sé que nunca inventarías una locura de tal calibre.

Hacía tiempo que notaba que algo te estaba preocupando. Además, parte de tu historia ya la conocía.

Amelia miró con sorpresa a su madre. Eso sí que no lo esperaba.

—Pensé que teníamos que salir de casa para estar más seguras.

—Comprendo — dijo Amelia con una gran sonrisa —. No querías hablar en casa.

—Exacto — contestó Celia tomando la mano de su hija.

—Perdona si no confié antes en ti pero…

—Lo entiendo. Estos últimos años no he sido de gran ayuda, ¿verdad?

—Bueno…

—He cambiado Amelia. Eres lo más importante de mi vida y no volveré a dejarte sola. Y no temas por mí. No tienes que protegerme de nada. Soy yo la que tengo que cuidar de ti. Vuelvo a ser la misma de hace años. Me siento fuerte. Reforzada. Creo que tus hermanos, allá donde estén, me han dado fortaleza para seguir adelante. Tengo una segunda oportunidad y no la voy a desaprovechar.

Amelia se levantó y abrazó a su madre. Cuánto la había echado de menos.

—Ahora debo contarte yo — dijo Celia sacando del bolso un pequeño cuaderno. El que utilizaba para anotar los temas pendientes o la lista de la compra cuando iba a Londres —. Cuando me acosté no podía dormir. Estuve dando vueltas a tu relato y comencé a recordar. Sabes que durante mi infancia veníamos todos los veranos a Rottingdean. En aquella época mi tía—abuela Karen era para mí como una segunda madre. Siempre me sentí más unida a ella que a mi propia abuela. Desde que amanecía hasta la hora de dormir vivía pegada a sus faldas. Bueno, a sus pantalones. La seguía a todos lados. Me fascinaba cómo pensaba, lo que hacía, lo que le gustaba. Era la única que me hablaba como si fuera un adulto. Me hacía sentir especial. Murió cuando yo tenía doce años. Lo sentí mucho. Muchísimo. Después dejamos de venir a Rottingdean. Mi madre, tu abuela, siempre odió este lugar. Más cuando tía Karen la ignoró en su testamento y dejó la mansión y la mitad del dinero en manos de la señora Danvers. Nunca se quejó porque el resto del dinero sería para mí. Al igual que la casa el día que la señora Danvers muriera.

—¿Y la abuela, jamás volvió?

—No. Odiaba a la señora Danvers. Decía que era una persona manipuladora, posesiva y perversa. Creía que había ejercido una influencia negativa en tía Karen hasta hacerla enloquecer.

—¿Es eso cierto? ¿Se volvió loca?

—Siempre tuvo un carácter peculiar. Pero no creo que estuviera loca. Aunque supongo que no soy la más indicada para saberlo. La última vez que la vi era solo una niña.

—Me decías que habías recordado algo…

—Su diario. Los cuadernos que se quemaron la noche de la muerte de Pottie. Leí parte de ellos. El último verano Karen estaba muy cambiada. Apenas salía de casa. Pasaba la mayor parte del tiempo en su despacho. Yo era la única persona que permitía acompañarla en su aislamiento. Al principio no estaba mal. Ella leía o escribía cartas, hacía anotaciones en su diario, buscaba información entre sus libros o murmuraba durante horas para sí mientras yo me entretenía leyendo o dibujando. Aquél verano leí toda la obra de Julio Verne. Después, a última hora de la tarde íbamos a dar un paseo. Corto, hasta la hora de la cena. No me importaba, pero a medida que el verano avanzaba, más me aburría. Cada vez que le pedía hacer un picnic, pasear a caballo, ir de pesca o visitar el pueblo rechazaba la idea. Lo aplazaba para el día siguiente. Pero llegaba el día siguiente y no hacíamos nada de lo planeado. Volvía a encerrarse en su despacho. Me entregaba alguno de sus libros favoritos y me pedía paciencia.

—¿La notaste rara?

—No conmigo. Seguía siendo cariñosa. Puede que más callada y algo despistada, pero cariñosa. Nunca supe de la obsesión que desarrolló por sus diarios hasta mucho más adelante. La abuela me lo contó cuando fui adulta. Entonces simplemente pensaba que tenía mucho trabajo. Pero una cosa sí que me pareció extraña. Algunas noches, de madrugada, cuando todos dormían, oía ruidos, golpes. Me tapaba la cabeza con las sábanas asustada hasta que volvía a quedarme dormida. Una noche, después de que un fuerte trastazo me despertara me armé de valor y salí del dormitorio. Corrí hasta el de tía Karen buscando su refugio. Cuando llegué la puerta estaba abierta y su cama vacía. Bajé con cuidado las escaleras siguiendo el sonido de los golpes. Era tía Karen. Estaba en la biblioteca. Había sacado todos los libros de una de las paredes y la golpeaba con los nudillos. Me dio la impresión de que buscaba algo. Cuando se percató de mi presencia me gritó. Me dijo que no debía estar allí. Que volviera a la cama. Nunca la había visto así. Jamás me había gritado. Parecía otra persona.

—¿Qué pasó entonces? ¿Se lo contaste a la abuela?

—No. Al día siguiente tía Karen vino a mi dormitorio antes del desayuno. Me despertó. Era muy temprano, ni siquiera había amanecido.

Todo el mundo, incluso el servicio, dormía. Creo que aún no se había acostado. Se recostó a mi lado. Yo le di la espalda. Me había gritado y estaba enfadada. Sin hablar me acarició el pelo. Era su manera de disculparse. Permanecimos así un buen rato hasta que me di cuenta de que se había quedado dormida. Notaba su respiración lenta, fatigada. Entonces, con cuidado de no despertarla me levanté y fui hasta su habitación. Revolví sus cajones, su armario e incluso bajo su cama. No sé muy bien qué buscaba. Puede que solo quisiera desquitarme por cómo me había gritado. Encontré las llaves de su despacho sobre la mesilla, junto a su pipa, una caja de cerillas y varios caramelos de limón. Cogí un caramelo, el llavero y bajé hasta lo que ella llamaba "su santuario". Allí repetí la misma operación. Cotilleé todos y cada uno de los rincones de aquel cuarto. Con ella delante nunca me habría atrevido a ser tan minuciosa. Encontré fotografías, periódicos y revistas de caballos mezclados entre sus libros. Documentos que no entendía, varios relojes de cuerda y algún que otro cachivache que suponía serían de su coche o del establo. Abrí los cajones del escritorio y aparte de folios en blanco, cuadernos nuevos, tinteros, tabaco, cerillas y plumas, no encontré nada fuera de lo normal. Hasta que llegué al último cajón. El único cerrado con llave. Saqué el llavero del bolsillo de mi bata y con la llave más pequeña conseguí abrirlo. Encontré un montón de cuadernos usados; sus diarios. Imagino que eran los mismos que se quemaron la noche de la muerte de Pottie.

—¿De cuero con un dibujo de Rottingdean Hill House en dorado? — preguntó Amelia.

—Y gruesas páginas de color crema — dijo Celia—. Los cogí todos y allí sentada, en su mesa de trabajo, comencé a leerlos. Empezaban el día que tía Karen conoció a Louise. Una antigua cocinera de Rottingdean. Paseaba con su caballo cuando llegó a su casa. Cerca de los acantilados

—¡Sí! Lo recuerdo — dijo Amelia —. Paseaba con su yegua cuando conoció a la mujer. Comieron emparedados y ella no paraba de llorar. No sabía que se llamaba Louise.

—Supongo que conseguí leer más páginas que tú — dijo Celia.

—¿Por qué lloraba? ¿Qué era lo que tanto le atormentaba? Suplicaba a Karen que le perdonara, ¿por qué? ¿Qué había hecho?

Celia abrió su cuaderno y hojeó sus apuntes hasta llegar a la última página con anotaciones. Les echó un vistazo antes de contestar.

—He apuntado todo lo que recordaba. Hace tanto tiempo que me ha costado rememorar los detalles. Por lo visto Louise era nieta, hija y hermana de trabajadoras de Rottingdean. Varias generaciones de mujeres de su familia habían trabajado para la nuestra desde que llegaron a tierras inglesas. No consigo acordarme de dónde eran. Me suena que de algún país del centro o del este de Europa. El caso es que Louise y su hermana vivían en la mansión. En aquella época era normal. Permanecían como internas desde que comenzaban a trabajar hasta que se casaban. Ella aprendía el oficio de cocinera mientras que su hermana se encargaba de limpiar las habitaciones de la primera planta. Por la noche, lejos del pueblo y con pocas diversiones, se entretenían practicando brujería. Era un juego de niñas fomentado por su abuela. La mujer las entretenía enseñando conjuros y hechizos los fines de semana, cuando iban a visitarla al pueblo. Les decía que a ella se los había transmitido su abuela y a ésta, la suya. Se trataba de conjuros amorosos, hechizos de belleza, de salud, de dinero o de protección. En pocos años las dos hermanas eran expertas conocedoras de toda clase de magia. Louise nunca se lo había tomado en serio. Decía que a ella jamás le había funcionado ninguno de los que había realizado. Era solo una diversión en un mundo anodino, aburrido y pesado. Hasta la primavera de mil ochocientos y pico. No recuerdo muy bien el año. Fecha grabada en la memoria de la anciana por ser la única vez que vio cómo el juego se transformaba en una macabra realidad.

—Mil ochocientos ochenta y siete — dijo Amelia —. Año de la muerte de Justine, la prima de Keira y de la boda de ésta.

—Podría ser. No estoy segura — dijo Celia —. Louise pedía perdón una y otra vez a Karen por lo que le había hecho a nuestra familia. Por el dolor que le había causado.

—¿Qué fue lo que hizo? — preguntó Amelia — ¿Matarían Louise o su hermana a Keira?

—Podría ser, aunque… no, acabo de recordar. Su hermana murió. Sí, sí, eso también lo decía. Cuando era muy joven. Louise se quedó sola en Rottingdean. Su hermana solo trabajó un par de años en la mansión. No le dio tiempo a más.

—¿Fue asesinada?

—No. Hablaba de un accidente.

—Puede que se les fuera la mano con alguno de sus conjuros. Es posible que muriera como consecuencia de una imprudencia.

—No lo sé — contestó Celia cerrando el cuaderno —. Tía Karen me pilló leyendo sus diarios. Cuando entró en el despacho y me vio allí sentada pensé que me mataría. Que gritaría y me echaría a escobazos. Sin embargo los cogió y volvió a guardarlos en el cajón. Lo cerró con llave y, muy tranquila, pidió que fuera a vestirme para el desayuno. No volvimos a hablar de lo sucedido. No, hasta el último día de verano. Justo cuando preparaba las maletas para volver a casa. Dimos un último paseo, el más largo de las vacaciones. Recorrimos los establos, las tierras y llegamos hasta los acantilados. Habló de Rottingdean Hill House asegurándome que algún día sería mío. Rogó que cuando así fuera lo cuidara como ella había hecho. Fue entonces cuando mencionó sus diarios. Parece que la estoy viendo. Se colocó frente a mí y puso sus enormes manos sobre mis hombros. Dijo que cuando estuviera preparada, cuando pudiera entenderlos, me los haría llegar. Entonces no comprendí lo que estaba haciendo. Ahora sí. Debía saber que estaba enferma y que esa iba a ser la última vez que nos veíamos. Se estaba despidiendo. Ese mismo año murió. El resto ya lo conoces.

—¿Por qué no buscaste los diarios cuando heredaste la casa? —preguntó Amelia.

—Los había olvidado. Aquello ocurrió hace tantos años que lo había borrado de mi memoria. Lo que siempre recordé fue que había prometido a tía Karen que cuidaría de Rottingdean Hill House.

—Y es lo que estás haciendo — dijo Amelia tomando la mano de su madre —. Tía Karen estaría orgullosa de lo que has hecho con ella.

—Eso espero. Por eso necesito saber qué está sucediendo y pararlo.

Uno de los camareros retiró las tazas del desayuno. Absortas en la conversación había llegado la hora del almuerzo. Sentadas en la mesa en la que tantas veces Amelia había compartido confidencias con Ethan, charlaron como nunca antes lo habían hecho. Comenzaron a recuperar el tiempo perdido.

—¿Sabes? — dijo Celia —. Creo que esos diarios nunca fueron para mí. Tía Karen sabía lo que hacía y de alguna manera se los hizo llegar a la persona adecuada. A ti.

—Llegaron a mis manos por casualidad — contestó Amelia.

—Yo no creo en las casualidades. Han esperado el momento adecuado para ver la luz. La pena es que los hemos perdido.

—Encontraré el modo de encontrar respuestas sin ellos.

—Estoy segura. Ojalá tía Karen te hubiera conocido. Te adoraría.

Celia se puso en pie. Era tarde y había dejado mucho tiempo descuidadas las gestiones del hotel.

—Ahora me voy a casa — dijo Celia —. Papá estará preguntándose dónde me he metido. ¿Quieres que te lleve a algún sitio?

—No, me quedo aquí un rato más. Llamaré a Lilian. Ya habrá salido de clase.

—Imaginaba que querrías quedarte. Espero que me presentes pronto al chico al que esperas. Tráelo un día a casa.

—¿Cómo sabes que espero a alguien? — preguntó divertida Amelia.

—Seré adivina — contestó al tiempo que le besaba la frente y se marchaba.

CAPÍTULO 26

Vuelve a sacar el baúl — dijo Amelia cuando Lilian abrió la puerta —. El que me entregó Estelle.

—Al menos di "hola", ¿no? — dijo Lilian —. Me llama tu madre para decir que estás malísima y no vas a ir a clase. Me pide que no te llame porque tienes que descansar. Paso todo el día esperando que te pongas en contacto conmigo. Y ahora, cuando estaba a punto de cenar, vienes a casa exigiendo.

—Tienes razón. Perdona. Debí llamarte. Estuve toda la mañana en Brighton con mi madre. Después quedé con Ethan. Perdí la noción del tiempo.

—¿Con tu madre? — preguntó Lilian — ¿No estabas en cama?

—No. Necesitábamos hablar sin levantar sospechas — dijo Amelia — Es una larga historia. Luego te cuento. Ahora, ¿podrías por favor enseñarme el baúl?

—Está bien — dijo Lilian sin disimular su disgusto —. Pasa.

Amelia entró en casa de su amiga dándole un sonoro beso al pasar a su lado. Sabía que Lilian tenía razón; debía haberla llamado.

—¿De verdad ibas a cenar ya? — preguntó cortada.

—No. Quería que te sintieras mal.

—Pues lo has conseguido.

—Lo sé. Sube. Estaba en mi habitación.

El cuarto de Lilian, pese a no ser tan grande como el de Amelia, resultaba muy acogedor. Tenía un gran ventanal que daba al huerto que cultivaba su madre. Bajo la ventana, un banco cubierto de cojines de estampados étnicos servía de rincón de lectura. El escritorio, fabricado con un enorme tablero color turquesa envejecido, necesitaba tres caballetes para soportar su peso. En uno de los lados había colocado la zona de estudio con pilas de apuntes, libros y vasos llenos de bolígrafos, colores y lápices. En el otro, el ordenador portátil y un equipo de música antiguo unido por largos cables a dos altavoces de un vistoso color azul. Frente al ventanal, un sofá estilo Acapulco de dos plazas fabricado con cordones fucsias contrastaba con el estampado clásico de la colcha. Blanca con pequeñas flores moradas y verdes. Una decoración extraña y multicolor que, de manera curiosa, resultaba armónica y cálida.

Amelia se sentó sobre la cama. Sabía que cuando Lilian estaba enfadada era mejor dejarle su tiempo. La vio retirar los cojines del banco, abrirlo y sacar el baúl.

—Aquí lo tienes — dijo Lilian con enfado colocándolo sobre el regazo de su amiga.

—Quería volver a comprobar el contenido — dijo Amelia —. Cuando lo abrí apenas revisé lo que guardaba. Me centré en los diarios.

—Solo son un montón de papelajos. Recortes de periódicos, revistas, fotos… Todo de Nancy salvo los cuadernos. Nada de interés — dijo Lilian —. Ethan, tú y yo les echamos un vistazo en Brighton, ¿recuerdas?.

—Pero muy por encima. No nos paramos a comprobarlos uno a uno.

—Como quieras — dijo Lilian mientras abría la puerta de su dormitorio.

—¿Adónde vas? — preguntó Amelia.

—A por unos sándwiches. Algo tendremos que cenar mientras revisamos ese montón de porquería.

—¡Eres genial! — dijo Amelia.

—No cantes victoria. Sigo enfadada — contestó enfurruñada y saliendo con un sonoro portazo.

Separaron el papeleo en tres montones: "fotos", "recortes de periódicos" y lo que denominaron "varios". El primero de ellos era una docena de instantáneas de Rottingdean y de algunos vecinos que nunca antes habían visto. Por la ropa, los coches y las fechas impresas en el reverso de algunas se habían tomado a finales de los años noventa e incluso después. Ninguna de ellas pudo haber pertenecido a Karen. Eran de Nancy.

El segundo eran cuatro noticias de periódicos locales. La entrevista de una famosa actriz de Hollywood que veraneaba todos los años en Rottingdean, la inauguración de una exposición de pinturas de artistas locales, un reportaje sobre el turismo en Inglaterra en el que destacaban la hospitalidad y belleza de Rottingdean, y la noticia de la muerte de un famoso escritor nacido allí. Ese montón fue el más fácil de comprobar puesto que cada uno de los artículos mostraba el momento de su publicación. Todos eran posteriores a la muerte de Karen y no hacían referencia alguna a la mansión ni a la familia de Amelia.

Dejaron para el final el más abultado. Montones de papeles pequeños, grandes, arrugados, amarillos, blancos, verdes… Nancy utilizó el baúl para guardar todo aquello que no se atrevía a tirar. Un seguro del hogar a su nombre, el recibo de la compra de una lavadora, varios tickets de compra en supermercados, dos cartas de un bufete de abogados en el que hablaban sobre su testamento, resultados de analíticas, las instrucciones de uso de un calefactor eléctrico, tarjetas de oraciones, calendarios de 2003, 2004 y 2005…

—Increíble — dijo Lilian —. ¿Cómo se le ocurrió vender todo esto? ¿A quién le iba a interesar su nivel de colesterol o a quién va a dejar su casa cuando muera?

—Me temo que ni sabía lo que tenía.

—¿Y Estelle? ¿Para qué lo compró?

—No le interesaba nada de esto. Le llamaron la atención los cuadernos y la caja.

Siguieron revisando aquellos trozos de la vida de Nancy. Amelia optó por ordenarlos según su tamaño. Pensaba devolvérselos a su dueña. Le gustaría recuperar las cartas dirigidas a su esposo cuando eran novios o el certificado de nacimiento de sus hijos.

—¡Espera! — exclamó Amelia —. Mira esto.

Entre sus manos había la copia de una transferencia bancaria a nombre de una tal Chloe Lee.

—¿Qué tiene de particular? — preguntó Lilian — Es un ingreso de diez mil libras a… ¿Chloe Lee? ¿La conoces?

—No, no es eso. Mira — dijo Amelia señalando la parte inferior del documento —. Esta es la firma de mi tía Karen.

—Acabas de encontrar una ventanita en el callejón sin salida en el que estábamos encerrados — dijo Lilian pasando el brazo por el hombro de su amiga.

—¿Amigas de nuevo? — preguntó Amelia.

—¡Qué remedio!

CAPÍTULO 27

La estación de trenes de Brighton era un hervidero de turistas. Centenares de viajeros excitados, cansados, entusiasmados o despistados por el trasiego de sus viajes deambulaban con prisa a lo largo de los seis andenes. Un grupo escolar de adolescentes franceses había ocupado el pasillo central entorpeciendo el paso de los pasajeros recién llegados. Tumbados en el suelo, sobre sus mochilas o apoyados unos contra otros gritaban y cantaban en un idioma que pocos de los allí presentes entendían. Ni la llamada de atención de los guardias de seguridad ni las amenazas de sus profesores conseguían aplacar la excitación de verse en un país extranjero lejos de padres y normas.

Sentados en la cafetería, Ethan y Amelia observaban el bullicio por la cristalera. Amelia no se cansaba de contemplar la espectacular estructura de hierro y cristal que les cobijaba.

—Estás muy callada — dijo Ethan.

—Pensaba — dijo Amelia —. Si la estación fue construida en 1840, Axel y Keira debieron pisar este mismo suelo. Cada vez que visitaban Londres aguardarían aquí el tren. Como tú y yo ahora. Después, de regreso, un carruaje les estaría esperando para llevarlos de vuelta a casa.

—¿Continúas con la historia de Keira? — preguntó Ethan — Pensé que lo habías dejado.

—Siempre que puedo voy a casa de Lilian y escribo. Pero avanzo poco. El trance me deja agotada.

—Amelia…

—Sé lo que vas a decir, pero no puedo dejarlo. No ahora. Quiero saber qué sucedió en casa. Después de lo que he visto, de lo que he sentido, creo que algo terrible está por llegar. Y me da pavor lo que pueda pasar a mis padres, a los huéspedes… o a mí.

—Amelia, esto me está matando. No sé qué más hacer. Ni cómo ayudar. Si algo te ocurriera, yo… — Ethan cogió con fuerza las manos de Amelia y las apoyó sobre su frente.

—Ethan, me estás ayudando. Confías en mí, estás a mi lado, puedo contar contigo hasta para lo más descabellado y, además, me pasas los apuntes cuando los necesito — dijo Amelia arrancándole una amarga carcajada —. No te preocupes. Tengo el presentimiento de que hoy aclararemos muchas cosas.

—Debería ir con vosotras — dijo Ethan.

—No puedes pedir más permisos en el trabajo. Te acabarán echando. Además, por mi culpa debes demasiados turnos. Si sigues así no vas a tener un día libre hasta el año que viene.

El gigantesco reloj de acero y cristal que colgaba del techo indicaba que faltaba menos de veinte minutos para que saliera el tren.

—¿Dónde está Lilian? Hace tiempo que debería haber llegado — preguntó Ethan intranquilo.

—Ya la conoces. Siempre llega tarde. Tranquilo, tenemos tiempo.

—Una vez en Londres, ¿qué haréis? Apenas habéis cruzado un par de palabras con esa mujer… ¿Cómo se llama?

—Chloe. Chloe Lee.

—Chloe. Bien. ¿Cómo la localizaste? Solamente tenías un justificante bancario.

—Suerte. E intuición. Era de una sucursal de Londres. Supuse que Karen habría elegido esa y no una de Rottingdean por alguna razón. Cogí la guía telefónica de Londres y fui llamando a todas las Chloe Lee que figuraban hasta que la encontré. Tardé un buen rato en dar con ella.

—Y cómo sabes que es ella y no una chiflada que quiere aprovecharse de ti.

—Le pregunté el nombre completo de mi tía, dónde vivía y el año en que se vieron por última vez. Si no se hubieran conocido no habría podido contestar.

—¿No le extrañó que quisieras ponerte en contacto con ella después de tanto tiempo?

—Sí, bueno, mentí. Le conté que estoy haciendo un trabajo para la facultad. "La mansión de Rottingdean Hill House: arquitectura, historia y situación actual". Se supone que quiero verla porque investigo a la familia y en uno de los diarios de Karen encontré su nombre.

—¿Y se lo ha tragado?

—Eso parece. Me dijo que fuera hoy a las cuatro de la tarde.

—Amelia, esto no me gusta nada. No sabes nada de ella.

—Karen emitió un cheque por diez mil libras a su nombre. Es mucho dinero.

—¿Y si es una estafadora? — dijo Ethan en un último intento por persuadirla.

Un fuerte manotazo sobre la espalda de Ethan interrumpió la conversación.

—Hola pareja — dijo Lilian acercando una silla —. ¿A que pensabais que no iba a llegar a tiempo?

—Lilian — dijo Ethan — ¿Alguna vez has intentado ser puntual?

—Como decía Oscar Wilde — dijo Lilian de manera teatral —, la puntualidad es una pérdida de tiempo.

—¡Para qué preguntaré! — dijo Ethan entre dientes al tiempo que Amelia y Lilian, riendo, se levantaban para encaminarse hacia el tren.

El barrio de Chloe era una zona de edificios altos y destartalados que parecían a punto de derrumbarse. La calle, un sucio bulevar salpicado de mendigos y contenedores de basura, olía a fritura y orín. La mugre cubría los portales y las aceras. En las fachadas, artistas locales exponían sus grafitis. Algunos eran auténticas obras de arte. Otros, obscenos dibujos creados para provocar o incomodar a los viandantes. Amelia y Lilian caminaban entre curiosas y preocupadas. No sabían qué tipo de persona podía vivir en un sitio como aquel.

—¡El número dieciséis! Aquí es — dijo Lilian aliviada.

El edificio era un bloque de tres alturas con un estrecho y alto portón rojo como entrada. Se encontraba junto a un mugriento e inmundo pub de paredes de madera verdes y taburetes pegajosos. Sentados en el portal, un par de borrachos discutían a voces el último partido de liga de su equipo de fútbol. Al verlas llegar vociferaron algo así como una disculpa y se marcharon calle abajo dando tumbos y coreando el himno de su amado club.

—Bajo izquierda — dijo para sí Amelia mientras buscaba el botón del portero automático — Aquí está.

—No me lo puedo creer — dijo Lilian señalando una pequeña placa negra con letras doradas al lado del altavoz —. Mira esto.

Era el cartel podía leerse… "Chloe Lee. Clarividente. Bajo izquierda".

—Me encanta — dijo Lilian emocionada —. Vamos a conocer a una clarividente. Eso es lo mismo que una médium, ¿no? Me encanta.

La puerta se abrió con un chirrido metálico. Al entrar, observaron con sorpresa un distinguido edificio en perfecto estado de conservación. El pasillo era un majestuoso recibidor de altos techos enmarcados con bellas molduras y suelos de mármol blanco y negro. Viendo el inmueble hasta podría suceder que en otra época hubiera albergado inquilinos notables. Pero de eso debía hacer mucho tiempo. Giraron a la izquierda recorriendo un pasillo decorado con hermosos ventanales de cristal emplomado que comunicaban con un amplio y luminoso patio interior. Al final del corredor, esperaba una mujer.

—¿Amelia? ¿Lilian? — preguntó alargando su mano para saludar —. Soy la señorita Lee. Pero podéis llamarme Chloe.

Chloe era una mujer de unos cincuenta, sesenta o setenta años. El peinado, un rubio moño descuidadamente cuidado y la cantidad de maquillaje que cubría su cara dificultaban estimar una edad aproximada. Vestía una estilosa y vieja túnica de seda color turquesa y un turbante de lino del mismo tono. Sus dedos y muñecas apenas podían verse por la cantidad de joyas que lucía. Todas bisutería. Caminaba con agilidad, con gracia. Debía haber sido una mujer hermosa y en su forma de caminar todavía mantenía cierta coquetería.

—Sentaos — dijo —. Os estaba esperando.

Entraron en una habitación que se encontraba a la izquierda. Debía ser el lugar donde recibía a sus clientes. Un biombo en mitad del hall impedía ver el resto de la casa. Las dos amigas se sentaron en un sofá de dos plazas tapizado en terciopelo de flores. La habitación era un pequeño salón con una mesa camilla, el sofá, y tres sillas. En las paredes colgaban infinidad de cuadros de todos los estilos y tamaños. Bodegones, paisajes, retratos y marcos de fotografías. El suelo estaba cubierto de alfombras de diferentes clases. No había ventanas. Solo otra puerta que comunicaba con alguna otra estancia de la casa. El conjunto resultaba excesivamente recargado. Claustrofóbico.

Amelia sacó un cuaderno para tomar notas. Lilian no dejaba de observar con curiosidad la estrafalaria decoración de aquella médium.

—Como ya le comenté — comenzó diciendo Amelia —, estamos

realizando un trabajo para la facultad de arte de Brighton en el que analizamos la arquitectura y la historia de la mansión de Rottingdean Hill House.

Chloe las miraba impasible. Escuchaba con atención.

—Revisando algunos documentos de la familia— continuó— hemos encontrado su nombre en algunos de los diarios de Karen…

—Un momento, querida — dijo Chloe interrumpiendo a Amelia —. No me gustaría perder el tiempo, pues soy una mujer muy ocupada. Sé que no habéis venido para hacer ningún trabajo. Hacía algún tiempo que presentía la visita de alguien de Rottingdean. Además de soñar con ese maldito lugar repetidamente. Debéis ser vosotras. No lo olvidéis. Yo siento cosas. Sé cosas. Así que, por favor, decidme por qué habéis venido. Qué queréis de mí.

Durante un instante se hizo el silencio. Amelia se había ruborizado. Lilian observaba a su amiga incapaz de seguir adelante con la farsa. Chloe permanecía inexpresiva. Expectante.

—Tiene razón — dijo Amelia —. Es absurdo. Lo mejor es preguntarle sin rodeos. Mi nombre es Amelia Frattini. Mi madre es la nueva propietaria del hotel Rottingdean Hill House. Karen era mi tía bisabuela. Nos mudamos a Rottingdean hace unos meses, tras la muerte de la señora Danvers. Desde entonces han tenido lugar extraños episodios en la mansión. Buscamos alguien que pueda decirnos qué sucede en casa. Investigando encontramos un antiguo justificante bancario que mi tía emitió a su nombre. Lo único que deseo es parar toda esta locura. Por favor, ayúdeme.

Chloe las miraba sin inmutarse.

—¿Y decís que esa zorra de la señora Danvers ya la ha palmado? — preguntó sacando un cigarrillo de una caja plateada que había sobre la mesa y encendiéndolo —. Mucho ha durado la muy guarra.

Amelia asintió, sorprendida por la franqueza y brusquedad del comentario. Lilian emitió un sonido ahogado tratando de disimular la carcajada que, de buena gana, habría soltado.

—¿Y por qué debería ayudaros? ¿Qué saco yo a cambio?

—Podemos pagarle — dijo Amelia — Necesitamos información. Pagaríamos por lo que sabe. Como todo el que viene a verla. ¿Cuánto cobra por sesión?

—Cien libras por hora es la tarifa base. Si necesitamos más tiempo, que me desplace a algún lugar o que realice algún tipo de actuación extraordinaria, la cosa sube.

Lilian dio un codazo a su amiga que no parecía extrañada por la petición. Por alguna razón había pensado que Chloe las ayudaría sin más.

—Trato hecho — dijo Amelia provocando el respingo de su amiga —. ¿Podemos empezar ahora?

—Claro, hasta dentro de una hora no vendrá mi próximo cliente.

Chloe apagó en cigarrillo en un cenicero lleno de colillas manchadas de carmín. Retiró todo lo que había sobre la mesa y se acomodó en la silla con la espalda muy recta.

—Muy bien — dijo — Tenéis una hora ¿Qué queréis saber?

—¿Dónde conoció a Karen?

—Aquí en Londres. En aquella época yo era una persona con mucho éxito. Raro era el día que no me llamaban para que asistiera a alguna de las fiestas que organizaban los ricachones de la alta sociedad. Políticos, artistas, nobles, empresarios… Todo aquel que se consideraba importante contrataba mis servicios. Yo era el toque exótico de las veladas. Y lo cobraba bien. ¡Vaya si lo cobraba! Después de la cena, me sentaba en una mesa y echaba las cartas, leía la mano o predecía el futuro de todo aquel que quería oír lo que les podía decir. Tu tía Karen y la señora Danvers eran asiduas a aquellas farras aunque ninguna de las dos accedió jamás a participar en mis sesiones. Supuse que no confiaban en mis habilidades. No habrían sido las primeras en recelar. Sin embargo, un día, la anfitriona de una de aquellas reuniones quiso sentarnos a tu tía y a mí juntas durante la cena. Charlamos toda la noche. Era la primera vez que habíamos entablado una conversación larga más allá de los saludos y los meros comentarios "de ascensor" que uno hace cuando te presentan. Para mi sorpresa Karen me pareció una mujer extraordinaria. Habló de Rottingdean, de caballos, de coches y se sintió muy interesada por mi don. Era una de las pocas personas de allí que no me trataba como a un mono de feria. Me respetaba y respetaba lo que hacía. Parecía fascinada por lo que ella llamaba "mi trabajo". Durante todo el tiempo que hablamos no sentí la petulancia o la soberbia con la que solían tratarme en aquellas reuniones. No hizo ningún comentario jocoso sobre mis aptitudes o el modo de ganarme la vida. Así que me relajé y conversamos. De cómo descubrí mis habilidades de niña, de la manera que las había ido ejercitando y afinando durante años y de algunos de los logros más sorprendentes que había alcanzado. También recuerdo a la señora Danvers. Con aquellos ojos grandes y brillantes, la boca rígida y la cabeza alta no nos quitó ojo en toda la noche.

—¿Por qué le pagó diez mil libras? — preguntó Amelia.

—Después de aquella noche, algo cambió. Cada vez que nos veíamos se mostraba fría y distante. Apenas cruzábamos un par de educadas palabras. Supongo que la señora Danvers se había encargado de mantenernos alejadas. Era como la mayoría de aquellos estúpidos señorones. Los que me trataban como al resto del servicio. De una manera u otra me hacían recordar que yo era su atracción, no uno de ellos. Varias semanas después, Karen y la señora Danvers comenzaron a rechazar las invitaciones que recibían. Se convirtieron en la comidilla. Nadie sabía con certeza qué les había sucedido, pero era mucho lo que se especulaba. Unos opinaban que Karen estaba arruinada y no podía permitirse el ritmo de vida al que la sometía la señora Danvers. Otros, que se encontraba gravemente enferma. Se habló incluso de que se había vuelto loca y la señora Danvers la mantenía recluida en Rottingdean. Pronto el misterio dejó de ser interesante y se olvidaron de ellas. Su lugar lo ocuparon nuevos invitados y nadie las echó de menos.

Chloe hizo una pausa para encender otro cigarrillo.

—No me ha dicho por qué le pagó tal cantidad de dinero — insistió Amelia.

—¿Acaso crees que he olvidado la pregunta? — respondió con acritud Chloe —. Te lo diré a su debido tiempo. Antes debéis entender el ambiente en el que Karen se movía.

Sin prisa, dio dos caladas al cigarrillo. Lilian comenzaba a impacientarse. No podía, no quería disimularlo. Comenzó a tamborilear la mesa con los dedos. Chloe ni se inmutó. Inhaló el humo de nuevo y prosiguió su relato.

—Dos o tres meses después de aquello, Karen se presentó en mi casa. En aquella época no tenía consulta como ahora. Ganaba mucho, muchísimo dinero con las fiestas y no necesitaba trabajar en ningún otro lugar. Llegó en un estado lamentable. Muy desmejorada. Pálida, con ojeras, el pelo sucio y muchos kilos menos. Pensé que, tal y como habían especulado algunos, sufría alguna grave enfermedad. Sin embargo no era nada físico lo que la estaba destruyendo. Era una obsesión. Era su casa. Tu casa. Me habló de apariciones, de fuerzas oscuras, de un secreto familiar que escapaba a su comprensión. Si os digo la verdad, en ese momento pensé que se había vuelto completamente loca. No es que no creyera en lo que me decía, era cómo lo decía. Ida, fuera de sí, trastornada. Puso sobre la mesa un cheque de diez mil libras a mi nombre. Me dijo que si le ayudaba a "limpiar su casa" si encontraba lo que estaba buscando, me daría otro cheque con el doble de esa cantidad. Por supuesto acepté sin dudarlo.

—¿Y qué era lo que estaba buscando? ¿A qué se refería con limpiar la casa? — preguntó Amelia.

—Supongo que querría limpiarla de malos espíritus. Y en cuanto a lo que buscaba imaginé que necesitaba encontrar un objeto, algo que estuviera vinculado al espíritu que la atormentaba. Muchas veces los espectros utilizan objetos para permanecer anclados a este mundo. Puede ser cualquier cosa que en vida les era muy apreciado. Una pulsera, un colgante, un libro, un sombrero... vete tú a saber. Si consigues encontrarlo y destruirlo envías el aparecido al lugar al que pertenece.

—Por cómo habla parece que no llegó a averiguar lo que había dentro de la mansión — dijo Lilian.

—Cogí el cheque y quedamos en vernos en Rottingdean Hill House a la mañana siguiente, al amanecer. Era verano. Entonces yo tenía un Volkswagen descapotable que me encantaba. No me importó conducir durante la noche. Resultaba agradable el aire cálido de la costa sobre mi cara. Llegué pronto. Aparqué el coche en la puerta de la entrada y salí para estirar las piernas. El horizonte comenzaba a adquirir un tono ocre. Estaba a punto de amanecer. Observé la mansión. El formidable edificio de piedra resultaba imponente. Encendí un cigarrillo y advertí un extraño, un leve movimiento en una de las ventanas de la segunda planta. Pensé que sería Karen. Ya debía estar levantada. Entonces, otro movimiento, menos sutil, sacó al exterior una cortina por el ventanal de la primera planta. Fue en ese instante cuando lo sentí. Percibí ira, furia, odio. Me observaba. Una presencia diabólica me observaba. Noté su mirada. Y sentí miedo. Un miedo atroz. Tuve la certeza de que aquella presencia conocía mis capacidades. Sabía por qué había ido. Cerré los ojos, como si eso pudiera alejarme de aquella sensación. Pero la falta de visión no hizo más que agudizar el resto de mis sentidos. Lo supe. Me iba a matar. Aquella cosa quería matarme. Me observaba, buscaba mis puntos débiles, analizaba la situación. Estaba planificando el modo de acabar conmigo. Oí unos pasos. La gravilla crujía. No podía mirar. Tenía miedo. Una mano se apoyó en mi brazo y grité. Era Karen. Ya había amanecido y salía a buscarme.

Lilian y Amelia escuchaban el relato con pavor.

—Siempre he sido ambiciosa — continuó Chloe — y deseaba el resto del dinero. Por experiencia sé que ciertas ánimas encuentran placer en sobresaltar a los vivos. En alterar su paz. Lo suelen hacer por envidia, por rencor. Desean lo que ya no tienen. A veces les mueve el deseo de venganza. Pero al final solo consiguen eso: revuelo. Como dirían algunos: mucho ruido y pocas nueces. Mi ambición y la falta de temor a los muertos me llevaron a tratar de ayudar a Karen. Dimos un paseo por los jardines. Antes de entrar en la casa deseaba darme algunas instrucciones. Me permitiría deambular por toda la vivienda salvo por el pasillo en el que se hallaba la habitación de la señora Danvers. Me movería en silencio. El único lugar en el que hablaríamos sería su despacho. La cocina y la biblioteca serían lugares de especial estudio. Por lo visto eran puntos calientes en los que se habían producido muchos de los extraños fenómenos. Podría ir a Rottingdean tantas veces como considerara necesarias siempre que me marchara antes de las diez de la mañana, hora en que la señora Danvers se levantaba. Y lo más importante: firmaría un contrato de confidencialidad. Ella y yo seríamos las únicas que conoceríamos el trato pactado. En caso de desvelar algo de lo que allí sucediera me enfrentaría a una demanda millonaria.

—Ahora está rompiendo su silencio — dijo Lilian.

—Karen ya ha muerto, no creo que me demande — contestó sarcástica Chloe—. Además, nunca firmé el contrato. No tuve tiempo.

—¿Por qué? ¿Qué sucedió? — preguntó Amelia.

—Los vivos. Los vivos son más peligrosos que los muertos — contestó mientras apagaba el tercer cigarrillo —. Entramos en la residencia a eso de las ocho y media de la mañana. Tenía hora y pico para habituarme al lugar. Nada más entrar, justo al atravesar la puerta, sentí la presión. Es una sensación que me era y es muy familiar. La tengo cada vez que entro en contacto con lo que hay al otro lado. No le di importancia. No era la primera vez que lo advertía. A medida que avanzaba por las diferentes estancias la presión aumentaba o disminuía. Cada ente tiene predilección por determinados lugares de una casa. No quedaba mucho tiempo, así que pedí a Karen que me llevara a la cocina. Quería comprobar a qué se refería con que era un punto caliente. Al entrar experimenté un cúmulo de sensaciones. Creí ahogarme. Me faltaba el aire. Era como si de repente aquella habitación careciera de oxígeno. Mis oídos comenzaron a pitar y los ojos no funcionaban como debían. Sé que los tenía abiertos pero no podía ver nada de lo que allí había. En su lugar mi mente comenzó a lanzarme fragmentos de la vida de personas a las que jamás había conocido. Vi a una mujer, una cocinera y una joven muy guapa. Estaban discutiendo. Después observé fogones llenos de sangre. Unas manos ensangrentadas con profundas heridas en las muñecas. Dos muchachas sentadas en la mesa de la cocina riendo. Creo que entonces perdí el conocimiento. Cuando desperté me encontraba tumbada en un sofá de cuero marrón. Alguien me había llevado al despacho de Karen. Intenté levantarme pero un fuerte dolor de cabeza me hizo cambiar de opinión. Al caer me había golpeado la cabeza. Había sangre en mi camisa y un vendaje sobre el ojo izquierdo. Antes de que Karen me diera ninguna explicación entró en el despacho la señora Danvers. Venía en camisón y bata. Me miró con desprecio y de manera muy educada pidió a Karen que saliera del cuarto. Oí gritos, llanto y un portazo. Karen volvió a entrar. Estaba desencajada, destrozada. Daba pena verla. Disculpándose rogó que me marchara. Como le preocupaba el golpe que me había dado instó a su mayordomo a que me llevara de vuelta a Londres. No quería que condujera en aquel estado. Dijo que podía quedarme con las diez mil libras por las molestias. Nunca más volví a saber de ella. Envió un par de veces a su médico para que me reconociera. Era una buena mujer. No puedo decir lo mismo de la bruja de la señora Danvers. Después de aquello se encargó de que nadie volviera a contratarme. Corrió el bulo de que la policía me investigaba por timadora. Sentí el desprecio de los que hasta entonces creí amigos. Me arruiné. Tuve que vender joyas, vestidos, mi coche y despedí al servicio. Lo único que pude mantener fue esta casa. Monté una consulta y con ello he ido tirando. No puedo quejarme. Tengo una clientela habitual y de vez en cuando colaboro con la policía. No pagan mucho, pero menos da una piedra. No pongáis esa cara. La policía suele pedir ayuda a gente como yo a menudo.

La cara de Amelia era la imagen de la decepción. Había ido buscando respuestas y lo único que había encontrado era otro callejón sin salida. Un cosquilleo hizo vibrar el bolsillo trasero de sus vaqueros. Su móvil, silenciado, recibía una llamada. Sin intención de contestar, solo por ver cuánto tiempo faltaba para terminar la sesión con Chloe, miró la pantalla. Tenía siete llamadas perdidas de su madre y varios mensajes de whatsapp de Ethan. Le preocupó la insistencia de Celia. Estaba a punto de marcar su número cuando entró la octava llamada. Alarmada, Amelia contestó.

—¿Amelia? — oyó al otro lado. Era Celia. Se la oía muy alterada. Caminaba o corría mientras hablaba —. Menos mal que contestas hija. Tienes que venir cuanto antes. Tu padre ha sufrido un accidente. No te preocupes, está bien, pero me quedaré más tranquila cuando te vea.

—¿Un accidente? — gritó —. ¿Cómo está? ¿Qué..? ¿Qué ha pasado?

—Está bien, de verdad. Ahora lo están atendiendo los médicos pero está bien. Estaba arreglando la acera del jardín trasero, la que tenía algunas piedras levantadas y parte de la cornisa se le ha caído encima. Le ha golpeado la cabeza y el hombro. Me han dicho que no es grave. Que ha tenido suerte. Ha salvado la vida por unos milímetros. Así que vuelve tranquila, pero ven al hospital. No quiero que vayas a casa sola. Preferiría que te quedaras conmigo hasta que volvamos a Rottingdean.

—Ahora mismo voy — dijo haciendo señas a Lilian para que se levantara.

Chloe las ayudó a recoger sus cosas mientras Amelia sacaba cien libras de su monedero.

—Cogeré cincuenta. Solo os he atendido media hora.

—Gracias — dijo Amelia apresurando el paso hacia la salida.

—Que no terminara el trabajo para el que Karen me contrató no significa que no pueda hacerlo ahora — dijo Chloe —. Lo que ha sucedido a tu padre no ha sido un accidente. Lo sabes, ¿verdad?

Amelia, lívida y con los ojos vidriosos asintió.

—Deja que te ayude. Debo ser una de las pocas personas que puede hacerlo. La otra eres tú — dijo señalando a Lilian —. Cuando hablé de la presión que siento cuando entro en contacto con el otro lado sabes a lo que me refiero, ¿a que sí?

Lilian también asintió. Se sintió desnuda. Aquella mujer conocía sus pensamientos.

—Tu amiga y yo podemos enderezar la situación. Enmendaremos lo que en su día se malogró en Rottingdean. Le devolveremos la paz.

—Me encantaría que nos ayudara Chloe — dijo Amelia —, pero no tengo el dinero que mi tía le prometió.

—No os cobraría esa cantidad. Diez mil libras era mucho más de lo que merecía. Ya me siento pagada. Además, tengo un don. Creo que se me concedió para auxiliar a los que lo necesitan. Si no lo empleara para ayudaros sería como una traición. Dejadme echaros una mano.

Amelia dio la mano a la mujer. No tenía tiempo para nada más. Le dijo que la llamaría y corrieron hacia la estación. ¿Qué había hecho? ¿Qué horrible mal había despertado por su culpa?

CAPÍTULO 28

L a mejoría de Axel había sorprendido a todos. Dos semanas soportando las desagradables depuraciones de su sangre y, aunque débil y pálido, los síntomas habían desaparecido casi por completo. Un apetito voraz le devolvía las fuerzas y el peso perdido. La silla de ruedas había quedado abandonada detrás de la puerta del dormitorio. Un bastón o el brazo de Keira eran más que suficientes para pasear. Sus ojos habían dejado de arder con cada esfuerzo y volvían a ser capaces de leer hasta caer rendido por el sueño. Las manos sostenían el peso de los cubiertos sin temblar y la recuperación de la destreza le había devuelto el orgullo de sentirse de nuevo independiente. Podía comer, asearse o ir al baño solo. El doctor, henchido por el triunfo de conseguir resucitar a un casi cadáver, decidió dar por finalizado el tratamiento. La única prescripción que hizo fue descanso hasta la próxima revisión y no volver al trabajo. Como si eso hubiera sido un problema. Hacía mucho tiempo que el negocio de la familia de Keira funcionaba sin Axel. Lo cierto era que nunca había sido necesario.

Keira se había hecho con las riendas de la vida de su marido el tiempo que este se debatía entre la vida y la muerte. Aprendió a aplicar el tratamiento manipulando los bichos que tiempo atrás le habían parecido repulsivos y nauseabundos . Organizaba sus horarios, comidas, rutinas, la ropa que debían ponerle y hasta los libros que le leería cada sobremesa. Decidía quién sí y quién no podía visitarle. Si no fuera por el momento tan delicado que estaban viviendo, cualquiera habría dicho que se le veía dichosa. Iba y venía ordenando, colocando, decidiendo. Llena de energía, de vigor, de vida. Nunca antes se había esforzado tanto. Su único objetivo era Axel. Su recuperación. Atrás habían quedado los malos momentos, los amargos reproches, la cama vacía, las noches de soledad. Sentía que tenía una nueva oportunidad e iba a aprovecharla.

Un mes después de la conclusión del tratamiento, Axel se sentía restablecido. El color de su piel continuaba ceniciento y le faltaban por recuperar algunos kilos. Sin embargo, habían vuelto el ansia por la lectura, el deseo de viajar y el de volver a trabajar. Ese ánimo y la ausencia de síntomas llevaron al médico a deducir que la enfermedad había desaparecido por completo de su organismo.

—Axel, muchacho — dijo el doctor guardando el material de reconocimiento en su maletín —, mi trabajo aquí ha concluido. Ahora te quedas en manos de tu esposa. Ella y las estupendas cocineras de Rottingdean serán las encargadas de completar tu restablecimiento. Lo único que necesitas es sol, buenas comidas y descanso.

—Eso es fantástico, doctor — dijo Keira levantándose de su silla para abrazar al hombre.

—No es solo mérito mío — contestó el médico —. Tú también has tenido mucho que ver.

—Tiene toda la razón — dijo Axel —. Nunca podré agradecerte lo mucho que me has ayudado estas semanas. Tú has conseguido devolverme las fuerzas. Porque siento que han vuelto. Deseo salir, correr…

—Eh, eh, eh, no tan deprisa, muchacho. Las cosas, con calma — dijo el médico —. Sigues débil y una recaída podría ser fatal. Ve poco a poco. Por ahora solo lo que he recetado: sol, buenas comidas y descanso.

—No se preocupe — dijo Keira —. Yo me ocupo.

Keira tomó la mano de su esposo. Por fin había conseguido lo que había deseado tanto tiempo.

Aquella noche había mucho que celebrar. Keira ordenó que sirvieran una cena ligera. Después de una animada velada Axel pidió que le disculparan. Antes de acostarse deseaba escribir algunas cartas que había demorado en contestar y debían salir a primera hora de la mañana. De buen humor, Keira permitió que el servicio se retirara pronto. Llevó a su habitación una botella fría del champagne que sirvieron el día de su boda y se puso el mismo camisón de aquella noche. Colocó en su cuello un par de gotas del perfume que su esposo le había regalado en París. Y se sentó esperando que terminara de escribir las malditas cartas.

Esperó poco tiempo. Axel abrió la puerta del dormitorio y observó las velas, el champagne, la chimenea encendida y a Keira. Despacio, avanzó hacia la cama y se sentó junto a su esposa. Le tomó la mano y la beso en la mejilla con dulzura. Contrariada, pues no era esa la reacción que había es-

perado, giró la cara y buscó sus labios. Por un instante se rozaron. Entonces, con delicadeza, Axel se retiró.

—*Keira, yo... — intentó decir.*

—*¡Tú, qué! — contestó irascible. Nunca había soportado el rechazo.*

—*Siento si te he confundido. No era mi intención.*

—*Pensé que te habías dado cuenta de que soy la única persona que te quiere. Creí que serías más agradecido. Pero veo que no. Eres un desagradecido. Un maldito desagradecido.*

—*De verdad que lo siento Keira. Estas semanas he aprendido a perdonar. Ya no siento ningún rencor por lo sucedido tiempo atrás. He intentado volver a amarte. Habría dado cualquier cosa por amarte como lo hice. He buscado en ti a la mujer de la que me enamoré. Me habría dado igual dónde vivir, dónde trabajar o no tener hijos si te hubiera encontrado de nuevo. Pero...*

—*Pero no la has encontrado, ¿no es eso? Querías que volviera a ser aquella mentecata estúpida sin aspiraciones. La que alegraría tu triste vida con montones de mocosos. La que sacrificaría todo por estar al lado de un pusilánime como tú. ¡Qué ingrato eres! Ingrato y ciego. Nunca has sabido ver lo que tenías delante.*

Keira se levantó y con un portazo se encerró en el baño. Cuando salió tenía los ojos enrojecidos y la cara pálida. Miró a su esposo que continuaba sentado en el borde de la cama. Sintió una punzada de alegría al ver la expresión atormentada de su rostro. Estaba furiosa. Furiosa y decepcionada. Se acercó a la mesa que había junto a la mesa y sirvió el champagne en dos copas.

—*Es una pena que lo desperdiciemos — dijo alargando una de las copas a su esposo —. Esto es el final, ¿verdad?*

—*Eso creo — contestó Axel —. Me marcharé cuando tú quieras. Esperaré hasta que estés lista. Me marcharé y no tendrás que volver a verme si no lo deseas. Lo siento mucho. Jamás imaginé que esto terminaría así.*

—*Brindemos — dijo Keira —. Por lo que nos deparará el futuro.*

Sentados frente a la chimenea apuraron la botella. Sabían que era una despedida. Axel quería terminar del modo más civilizado. Se lo debía. Por todo lo que había hecho por él las últimas semanas. Porque era su esposa. Por lo mucho que la había amado. Keira, por su parte, quería terminar cuanto antes.

La copa de Axel cayó de sus manos y un sudor frío le recorrió la espalda. Un fuerte pinchazo en el costado le dobló. Sintió girar la habitación.

—*Lo sientes, ¿verdad? — dijo Keira —. Es el dolor de la traición.*

—*¿Qué has hecho? — preguntó Axel aguantando un nuevo pinchazo, más fuerte, en su abdomen.*

—*Yo no he hecho nada. Lo has hecho tú, querido. Creo que esta noche vas a sufrir una fatal recaída de tu enfermedad.*

—*¿Qué quieres decir? — apenas alcanzó a preguntar.*

—*Pero, ¿todavía no te has dado cuenta? ¿Ves cómo eres un pusilánime? Tu enfermedad, querido. Yo he controlado en todo momento tu enfermedad. Enfermaste cuando yo quise y te recuperaste cuando a mí me dio la gana. Y ahora… ahora no mereces seguir viviendo.*

Axel observó la copa vacía. Después miró a Keira y comprendió. Era ella la que preparaba sus tés, la que le servía los caldos cuando estaba enfermo, la que se encargaba de alimentarle durante la convalecencia.

—*Mañana, cuando descubran tu cuerpo diré que empeoraste en cuestión de horas. Que durante la noche te quejaste de fuertes dolores de cabeza y nauseas. Lloraré como una desconsolada viuda a la que una desdichada enfermedad le ha robado el marido. A nadie le va a extrañar. Todo el mundo sabe de tu delicado estado de salud.*

—*Keira, te lo ruego, avisa al médico.*

Con suavidad, apoyó la cabeza de su marido sobre la almohada y se recostó a su lado.

—*No te preocupes — dijo —. Me he encargado de que no sufras demasiado. Todo terminará pronto.*

—*Keira, mi amor. Por favor…*

—*Shhh… Duerme. Cierra los ojos. Te prometo que pasado un tiempo volveremos a vernos y todo será diferente. Duerme, amor mío.*

La respiración de Axel era cada vez más lenta. Más y más lenta. El último suspiro fue por ella. Por Keira. Por la mujer que una vez amó y por la que había encontrado la muerte.

Una semana después del entierro de Axel encontraron el cadáver de Keira. Su familia manifestó que la causa de la muerte había sido la pena, el inusitado dolor por la pérdida del hombre al que siempre había amado. El doctor apuntó que el fallecimiento se debió a una parada cardíaca mientras dormía. La causa: la aflicción y una desmedida tristeza. Nadie dudó. Y nadie supo jamás que la habían encontrado en la bañera. Rodeada de su sangre. Como tiempo atrás encontraron a su prima Justine.

Amelia abrió los ojos y sintió una fuerte presión en el pecho. Tenía la frente perlada por el sudor. Por completo desorientada intentaba centrar la vista. Dos, tres segundos y recordó. Estaba en el hospital junto a su padre. Se había llevado los cuadernos de tía Karen para mantenerse entretenida. Necesitaba que el tiempo fuera más rápido. Leyó las últimas frases que había escrito y lo supo. No volvería a escribir más. No de aquella manera. La historia había llegado a su fin. Karen, Justine, Axel, todos habían muerto. De la peor de las maneras. Asesinados o suicidados. Había tenido la esperanza de que los protagonistas de aquella extraña historia hubieran tenido un final feliz. Lo necesitaba. Necesitaba saber que en la vida los finales felices existen. Pero hasta entonces ella no los había visto. Era joven. Demasiado joven para tener tan presente la muerte. La presión del pecho aumentó.

Miró a su padre. Los monitores se mantenían constantes. Como horas antes. Como el día antes. Como la semana antes. No soportaba ver a Marco rodeado de cables, tubos y vendajes. Cerró los ojos tratando de volver al mundo de Keira. Quería saber más y necesitaba alejarse del pavor que le provocaba contemplarle en aquel estado. Imposible. No pudo regresar. Los trances habían acabado. Aquellos cuadernos o quien los manejaba habían concluido su misión. No tenían más información que aportar.

Tomó la mano de Marco y comenzó a hablar. Las enfermeras le habían animado a hacerlo. Lo más probable es que no pudiera oírla pero no perdía nada por intentarlo. Desde que sustituyó a su madre a primera hora de la mañana ya le había leído el periódico, hablado de los nuevos inquilinos del hotel y del tiempo que hacía en la calle. Hasta había leído en voz alta algunos de los fragmentos de sus libros de texto. Después de tantos días se agotaba el repertorio. De tanto en tanto miraba los monitores buscando signos de mejora. Observaba la cara de las enfermeras o los médicos cuando pasaban a echar un vistazo a los complejos gráficos y datos que aparecían en las pantallas. La presión del pecho seguía aumentando.

No era la primera vez que se sentía así, pero hacía tanto tiempo de la última que lo había olvidado. Era como cuando despertaba después de una pesadilla los meses posteriores a la muerte de sus hermanos. Entonces su padre iba a su habitación, se tumbaba a su lado, le cogía la mano y haciéndole cosquillas en el brazo le contaba una y otra vez el mismo cuento. Siempre fue un cuentacuentos espantoso pero su voz le tranquilizaba y le devolvía al mundo de los sueños.

Cómo había cambiado todo. Ahora era ella la que permanecía al lado de su padre que, postrado en la cama, luchaba por salir adelante. Los médicos le mantenían en un coma inducido. El golpe le había provocado una hemorragia interna que le oprimía el cerebro. Hasta que el cuerpo reabsorbiera la sangre su situación era crítica. Las siguientes cuarenta y ocho horas eran cruciales para saber si volverían a verlo recuperado o lo perderían para siempre. Celia y Amelia se turnaban para estar a su lado. Las noches eran para Celia y los días para Amelia.

Cuando Marco sufrió el accidente el golpe más fuerte se lo había llevado el hombro. Fracturado por tres sitios y hecho un amasijo de carne y astillas óseas iba a necesitar varias operaciones y mucha rehabilitación para devolver la movilidad al brazo. En un principio parecía que este se había llevado la peor parte. Que el trozo de piedra solo había rozado la cabeza dejando una pequeña brecha y un buen chichón detrás de la oreja. Una suerte, pensaron todos. Sin embargo horas después comenzó a sentirse mal, hablaba sin sentido y perdió el conocimiento. Desde entonces no lo habían vuelto a ver despierto.

La presión le iba a hacer estallar el pecho. Sintió que el corazón se le desbocaba. Respiró hondo. Era preciso relajarse. No se podía permitir un ataque de ansiedad. No allí. Lo más importante era Marco, no ella. Con los ojos cerrados se concentraba en la respiración. Inhalaba, exhalaba. Inhalaba exhalaba. Notaba la camiseta mojada por la espalda y las axilas. El corazón se mantenía desafiante. No frenaba el ritmo. Inhalaba, exhalaba. La boca estaba seca. Pastosa. Los pitidos de los monitores le taladraban el tímpano y la luz de la habitación brillaba casi con violencia. Cogió la mano de Marco buscando el consuelo, la tranquilidad que le transmitía cuando la ansiedad iba a buscarla cada noche. Pero aquella mano estaba fría, fláccida. Marco se encontraba lejos. Los médicos lo habían alejado. Lo habían llevado a un lugar donde no podía consolarla. ¿Qué ocurriría si no pudiera regresar de aquel lugar? ¿Si no volviera a verlo despierto? Amelia se levantó de la silla tan bruscamente que esta cayó hacia atrás. Necesitaba ayuda. La presión del pecho era inaguantable. Todo su cuerpo se había sublevado. Los temblores de las manos y los pies le hicieron tropezar con la mesilla. Torpemente buscó la puerta. Con suerte alguna enfermera la vería antes de que perdiera el sentido, se volviera loca o le diera un infarto. La suerte quiso que la puerta se abriera. Era Ethan. Llevaba una bandeja con dos chocolates calientes y una bolsa de papel con galletas. La miró y no necesitó explicaciones. Soltó lo que portaba sobre la mesilla y la abrazó con fuerza. La envolvió con sus brazos. Deseaba resguardarla de sus miedos, de sus tristezas, de sus desgracias. Se quedaron así, abrazados, hasta que las convulsiones remitieron, la respiración se aplacó y los músculos de los brazos se relajaron. Fue en ese momento cuando Amelia lloró. Ethan, sin dejar de abrazarla, la acompañó hasta el sofá que tenían junto a la cama. La tumbó, le colocó un cojín bajo su cabeza y la cubrió con su cazadora. Él se sentó en el suelo, donde podía sujetarle la mano. El llanto fue remitiendo. Con caricias en su brazo aplacó los sollozos hasta que Amelia se quedó dormida.

CAPÍTULO 29

L os días comenzaban a ser más largos aunque aún era pronto para apreciarlo. Celia recordaba sin pena aquellas tardes en Madrid. Frías, soleadas y tristes. Tan tristes que hacía tiempo que las había apartado de su memoria. En Rottingdean había dejado atrás tardes tan aciagas. Allí había comenzado a rellenar el hueco que dejó la pérdida de sus hijos. Había recuperado a Amelia, a Marco. Había vuelto a creer en sí misma. Y, por fin, se había perdonado. Sentada tras su escritorio meditó en los virajes que puede dar una vida en unos pocos meses. De estar arruinada, al borde de la locura y con una familia hecha añicos había pasado a poseer el hotel más próspero del condado, un futuro deseable y una familia satisfecha. Una familia incompleta, sí. Pero tranquila y esperanzada. Sin embargo el destino volvía a ponerla a prueba. Como un castillo de naipes, cualquier movimiento en falso amenazaba con destruir lo que habían levantado con tanto esfuerzo. Pero esa vez no iba a permitir que nada la hundiera. Pasara lo que pasara se mantendría firme. Tomaría las riendas y lucharía por lo que merecían. Lo haría por Marco y por Amelia. Lo haría por ella misma.

Si alguien le hubiera preguntado cómo se encontraba no habría necesitado meditar la respuesta: agotada. Llevaba semanas trabajando sin descanso durante el día y durmiendo a trompicones por la noche. Las reservas y la demanda de habitaciones eran cada vez mayores. Necesitaba contratar más personal, hacer las entrevistas, además de realizar su trabajo y el de Marco hasta que volviera. Ni se había planteado que existía la posibilidad de que pudiera perderlo. Tenía fe en que era cuestión de días el que volviera a ser el mismo. Y añadido al trabajo extra, la falta de sueño y las preocupaciones, estaba el hecho de que habían comenzado a poner en marcha el plan que Amelia y ella habían ideado en la cafetería del hospital.

Todavía quedaban tres horas para relevar a Amelia en el hospital. No se sentía cómoda dejando a su hija allí todo el día. Aunque sabía que Lilian y el chico con el que salía la acompañaban, siempre que podía intentaba sustituirla antes de tiempo. Amelia insistía en hacer el turno completo. Pero con la excusa de que Lilian querría volver a casa pronto la convencía para llevársela. Era una suerte que su hija tuviera cerca a Lilian. Estaba más tranquila sabiendo que dormía en su casa hasta que todo se arreglara. El personal del hotel sabía apañárselas sin nadie de la familia. Y si surgía algo, tenían su teléfono.

El sol se había puesto. Una suave niebla surgió entre los árboles del jardín. Iba a ser una noche fría. Celia miraba por la ventana mientras se ponía el abrigo y la bufanda. Quería salir antes de que la niebla se hiciera más densa. Además, no se fiaba de la furgoneta. Cada vez costaba más trabajo que arrancara. En cuanto se recuperara Marco irían a comprar un coche en condiciones. Uno con calefacción y elevalunas eléctrico. Un leve movimiento entre los árboles llamó su atención. Se acercó al ventanal. Puede que fuera algún cliente volviendo de un paseo o los gatos que deambulaban por el aparcamiento y los cubos de basura. No podía ser el viento. No soplaba con fuerza suficiente para mover las ramas. Otro movimiento. Esa vez más a la izquierda. Era posible que hubiera vuelto la lechuza que estuvo merodeado la semana anterior por el jardín. Se acercó más. Su nariz casi rozaba el cristal. No se iría tranquila hasta ver de qué se trataba. La niebla seguía bajando, apenas soplaba el viento y no había rastro de clientes, ni gatos, ni lechuzas. Celia colocó sus manos sobre el cristal como si fueran anteojos. Quería evitar que la luz del despacho le impidiera ver con claridad el exterior. Cuando estaba en aquella posición, con la nariz pegada al frío vidrio y los ojos escudriñando la oscuridad, la aparición de una figura al otro lado la sobresaltó. Era una mujer hermosa, pálida, de profundos ojos oscuros y pelo largo. Algo en ella resultaba turbador, siniestro. Si no fuera por el cristal sus rostros se habrían rozado. Celia reaccionó apartándose del ventanal con una fuerte sacudida. Aterrada, reparó en que el suelo del jardín estaba a un par de metros bajo la ventana. Cómo demonios había llegado a esa altura. Aquella figura ni se inmutó. Inexpresiva, la contemplaba desde el otro lado. Su primera intención fue la de salir corriendo. Alejarse de aquel espectro. Sin embargo recordó el propósito que se había fijado: tomar las riendas; luchar por lo que había recuperado. Con fuerza pero no exenta de temor volvió a acercarse a la ventana enfrentándose al desafío al que la figura la sometía. Aquel ser no expresaba sentimiento alguno, pero de alguna extraña manera Celia percibía el odio que emanaba. Se plantó frente a ella. Muy quieta la miraba a los ojos. Unos ojos que parecían cambiar de color. Del marrón al negro y otra vez al marrón. Resultaba inquietante el enfrenamiento visual. Con el corazón a mil, y procurando ocultar el temblor de la voz, Celia preguntó:

—¿Qué es lo que quieres? ¿Qué necesitas para que nos dejes en paz?

No hubo contestación. Una leve y torcida sonrisa pareció surgir de aquellos finos y amarillentos labios.

—¡¿Quién demonios eres?! ¡¿Y qué quieres?! — gritó. El temor había avivado la furia que sentía por aquel repulsivo ser que había intentado acabar con la vida de su marido y martirizaba a su hija — ¿Cómo pretendes que te ayude si no dices lo que quieres de nosotros?

Con un rápido movimiento imposible de detectar el espectro giró la cabeza hacia el escritorio. Un golpe y el sonido de cristales rotos sobrecogió a Celia. Sobre su mesa tenía varios marcos con fotografías. Había caído al suelo la que tomó a Amelia en la playa meses atrás. La recogió. De manera instintiva intentó protegerla apretándola contra su pecho.

—No te acerques a ella — masculló furiosa entre dientes —. Si te acercas a mi hija o le haces el más mínimo daño te juro que no pararé hasta destruirte. Te lo juro.

Una tétrica sonrisa mostró unos dientes grises y agrietados. Los ojos burlones brillaban como dos bolas de azabache pulido. Celia se abalanzó contra la ventana. Se quedó mirando desafiante al espectro con una mano sobre la fotografía y la otra pegada al cristal. Unos segundos. Un minuto, puede que dos. La tensión le hizo imposible saber cuánto tiempo permanecieron escrutándose, midiéndose.

El timbre de un teléfono resonó en la habitación. Celia miró hacia el lugar donde parecía surgir el sonido. Su bolso. Su móvil estaba en el bolso. Cuando volvió la vista al frente la aparición se había esfumado. Tras la ventana solo se veía niebla y oscuridad. Ni rastro de la fantasmal visión que había trastocado todas sus creencias.

—¿Celia? — escuchó al otro lado del auricular — Soy Lilian. Te llamo para que no pases a buscarme. He hablado con Amelia y me ha dicho que hoy la traerá Ethan a casa.

—Eh... De acuerdo Lilian. Casi mejor así. No sé si la furgoneta aguantará tantos viajes de ida y vuelta.

—Genial. Hasta luego entonces — dijo Lilian ajena al esfuerzo que hacía Celia por parecer tranquila.

—Adiós Lilian. Y gracias.

Tras colgar tuvo que sentarse unos instantes. Las piernas apenas podían sostenerla y las pulsaciones eran tan fuertes que podía sentir cómo retumbaban en sus oídos. Volvió a colocar la fotografía sin cristal junto al resto. Junto a la de sus tres hijos en el jardín de la antigua casa. Junto a la que Marco y ella se habían tomado en un viaje a Berlín. Y junto a la que se hicieron Amelia, Pottie, Marco y ella el día de la inauguración del hotel.

Todavía temblorosa y con la respiración agitada, cogió el bolso, apagó la luz y salió de aquel cuarto. Tenía muchas cosas que hacer, pero al día siguiente. Hasta entonces solo deseaba permanecer al lado de su familia.

Llegó al hospital antes de lo que había previsto. La costrosa furgoneta debió percatarse de su estado de ánimo y por una vez arrancó a la primera. Al entrar en la habitación, la estampa que encontró la sorprendió y agradó a partes iguales. Amelia dormía en el sofá mientras Ethan, sentado junto a Marco, leía en voz alta las noticias deportivas del periódico. Era la primera vez que veía al muchacho y la impresión que le dio no pudo ser mejor. Había arropado a Amelia con su propia cazadora encargándose del cuidado de Marco mientras ella descansaba. Celia sintió una descarga de agradecimiento y tranquilidad que le desbordó. Sería por el episodio que acababa de vivir o por la serenidad que le generaba el saber que había alguien más que quería y protegía a su hija. Cuando Ethan se levantó, le abrazó con afecto. Igual que habría abrazado a su propio hijo, o a un viejo amigo. Celia notó cómo el muchacho se ruborizó, lo que intensificó todavía más la simpatía que le había generado. Intentando no hacer ruido, le indicó que salieran del cuarto para poder hablar tranquilamente.

—Tú debes ser Ethan — dijo Amelia mientras se encaminaban hacia la máquina de café —. Siento si te he turbado ahí dentro. Marco dice que a veces me muestro demasiado efusiva.

—Encantado de conocerla, señora Frattini. No se preocupe. Estoy acostumbrado. Mi madre es como usted.

—No me llames así, por favor. Llámame Celia.

—De acuerdo, Celia.

Ethan y Celia hablaron del tiempo, de la vida en Brighton, del verano anterior, cuando él trabajó en Rottingdean y de la universidad. Al cabo de unos minutos, Celia quiso saber cuánto sabía el chico de lo que estaba sucediendo.

—Ethan, sé por mi hija que la estás ayudando mucho con los estudios y lo demás…

—Al menos lo intento. Me ha dicho que te ha contado todo —dijo, yendo directo al grano—. Me alegra que por fin lo haya hecho. Necesita ayuda y a mí no me hace caso. Es muy testaruda, aunque supongo que eso ya lo sabes. Estoy muy preocupado por sus trances. Nunca me gustó lo que podrían provocarle. No sabemos quién la maneja ni lo que pretende de ella. Ni el daño que pueda ocasionarle. Cuando llegué hace un par de horas la encontré fuera de sí, al borde de un ataque de ansiedad o de algo peor. Por lo visto se ha traído los cuadernos. Está obsesionada con ellos. Por suerte parece que ha llegado al fin de la historia. Pero le angustia no poder averiguar nada más. Ha intentado continuar escribiendo y es incapaz. Creo que eso, sumado a la tensión acumulada, la ha descontrolado. Necesita ayuda, Celia. Yo haré lo que sea necesario. Lo que sea. Pero necesitamos más apoyos.

Ethan hablaba atropelladamente. Se sentía indefenso, superado por una circunstancia que se escapaba de toda lógica. El instinto protector que despertaba Amelia en él superaba su sentido común.

—Ethan —dijo Celia admirada por la vehemencia del muchacho. No puedo estar más de acuerdo contigo. Trabajaremos todos juntos. Pero no ahora. Necesitamos que Marco esté fuera de peligro. Su estado nos debilita a las dos y nos hace vulnerables.

—¿Sabía Marco algo de todo esto? —preguntó Ethan.

—No me dio tiempo a ponerlo al día. Quería hacerlo, pero lejos de casa. Por desgracia no encontré el momento. Me pregunto si de haberlo hecho habría podido evitar…

Dos médicos pasaron corriendo a su lado. Uno de ellos tropezó con Ethan haciéndole caer el agua del vaso que sostenía. En el silencio de la noche se oían con claridad las voces de doctores y enfermeras dando órdenes e instrucciones. Las máquinas crepitaban. La goma de los zuecos del personal médico chirriaban como zapatillas de jugadores de baloncesto en un partido. Un pitido seguido de un fuerte chasquido les heló la sangre. Hasta tres veces pudieron oírlo. Era el sonido de un desfibrilador. Lo reconocieron por las series de televisión. Alguien gritó: "Papá". En ese instante lo supieron. Marco.

Corrieron hasta la habitación. La puerta estaba abierta y en el pasillo se encontraba Amelia. Agachada, en cuclillas, con la cabeza apoyada en las rodillas y la espalda en la pared.

—Se lo han llevado — dijo sin levantar la cabeza —. Las máquinas se volvieron locas. Solo pitaban. El monitor mostraba una horrible línea recta. Se le ha parado el corazón. Creo que… — rompió a llorar.

—No te preocupes — dijo Celia —. Va a salir de esta. Ya lo verás. Tiene que salir.

Madre e hija permanecieron abrazadas en el suelo. Ethan se acercó al mostrador de las enfermeras.

—Se lo han llevado al quirófano — dijo al volver —. No saben nada, solo que había entrado en parada cardiorrespiratoria. Dicen que era uno de los riesgos que corría. Ahora tratarán de estabilizarlo. Me han pedido que esperemos en la habitación. En cuanto haya alguna novedad el médico vendrá a decirnos algo.

—Vamos, entremos — dijo Celia. Si estaba nerviosa o asustada no lo demostraba —. Marco es fuerte. Saldrá de esta — repitió con una seguridad que no sentía.

CAPÍTULO 30

La desagradable sensación de frío y alboroto había cesado. Por fin. Por fin el ruido se alejaba. Poco a poco. Del mismo modo que baja el volumen de las canciones cuando llegan a su fin. Por fin, silencio. Qué descanso. También sus pies habían entrado en calor. O eso parecía. No habría podido estimar la temperatura a la que se encontraba. Solo sabía que no hacía ni frío ni calor. Y que no quedaba ni rastro de aquel horroroso frío que le había mantenido durante horas con los pies helados. Qué bien se encontraba entonces. Qué agradable.

Miró a su alrededor. No podía precisar dónde se encontraba. Pese a verse envuelto en una especie de densa niebla tenía la certeza de que aquel lugar le era del todo familiar. ¿O estaba a oscuras? No lo sabía. Solo sabía que aquel sitio lo conocía. Había estado allí antes. Puede que muchas veces. Era como estar en casa. Qué raro. No podía ver nada pero sabía que estaba a salvo, donde tenía que estar.

Tampoco podía precisar cómo había llegado hasta allí. No lo recordaba. Pero qué más daba. Se sentía a gusto, tranquilo, en paz. No quería estar en otro sitio.

Sintió una presencia. Miró a su alrededor ¿Seguro que había mirado? ¿Cómo podía ser capaz de ver nada si estaba a oscuras, o en medio de una niebla, o en el lugar que tan bien conocía pero que jamás sería capaz de describir? Aún así, sabía que no estaba solo. Sentía una presencia. O dos. Puede que fueran más. Daba igual. Se sentía bien. Y de alguna manera sabía que quien o quienes estaban con él se sentían igual. Tenía compañía y le resultaba muy agradable. ¡Qué raro era todo! ¡Y qué bello al mismo tiempo!

¿Qué era aquello? Lo que había frente a él ¿Una luz? ¿Era una luz?

Sí, eso era. Una blanca, blanquísima y preciosa luz. Se acercaba a él a gran velocidad. O puede que fuera él el que se movía. No tenía claro quién se acercaba a quién. Lo mismo daba. Quería verla más cerca. Era tan hermosa. Iría hacia ella. Sí, iría hasta ella. Iría hacia la luz. Qué placentero era el fulgor que desprendía. Necesitaba ir. Le estaba llamando. Como los cantos de las sirenas llamaban a los marineros. Le esperaban. Alguien le esperaba tras la luz. Lo podía sentir. Cuánta paz desprendía.

Un momento ¿Por qué no podía acercarse? ¿Qué se lo impedía? Quería marcharse. Necesitaba llegar hasta la luz. Le estaban esperando. Sintió una presencia a su lado. Le agarraba. Y una voz, ¿quién era? No podía saberlo. Era una voz, pero distinta a las conocidas. Le hablaba. Le mostraba imágenes ¿Qué era todo aquello? No lo entendía. No sabía de qué le hablaba. Quería que le dejase marchar. Que le soltara. Le esperaban en la luz. Quería irse ¿Por qué no le dejaba en paz? Más imágenes. Más conversación. Palabras, más palabras. No quería oír. No quería ver. Deseaba ir hacia la luz.

Un momento. Se estaba alejando. ¿Por qué se alejaba? No podía ser. No, no, ¡No!

Se sintió arrastrar hacia atrás. La fuerza era descomunal, imposible de hacerle frente. Era como si le hubieran atado una cuerda a la cintura y tiraran de él a gran velocidad. Sintió presión. Una presión dolorosa en el pecho. Sintió frío. Mucho frío. Y voces. Gritaban a su alrededor. Una luz, ¿la luz? No, esta era otra. Era brillante. Y muy desagradable. Estaba frente a él. Y alrededor había personas. Le miraban. Le hablaban. Tenían la boca y la nariz cubiertas. ¿Qué le decían? ¿Por qué gritaban? Frío. Hacía mucho frío. Se sintió tiritar. Y el pecho. Le dolía horrores. ¿Qué demonios le habían hecho?

—Ha vuelto — oyó —. Tiene pulso.

—Vamos Marco — dijo otra voz —. Quédate con nosotros.

—Está despertando. Aumentemos la sedación.

Sintió un profundo sueño. Dulce. Volvió a quedarse dormido.

CAPÍTULO 31

La habitación 229 era una bonita suite de la segunda planta con unas maravillosas vistas al jardín trasero. Además del dormitorio y el baño, disponía de una pequeña sala de estar y terraza privada. Su moderna decoración, con maderas recicladas en tonos grisáceos combinadas con muebles y tapicerías de color blanco, rompía con el clasicismo del edificio.

Hacía mucho tiempo que Chloe no se hospedaba en un hotel de esa categoría. Desde sus años dorados. Cuando era joven, agraciada y se codeaba con lo mejor de la sociedad londinense. Tras su caída en desgracia podía dar gracias por haber dispuesto siempre de un lugar donde dormir y comida que llevarse a la boca. Nunca ahorró. Con inmadura ignorancia pensó que jamás lo iba a necesitar. Creía que su vida sería una fiesta constante, repleta de cenas, lujos y opulencia. Hasta que con su destierro llegó la bancarrota, las penurias y la escasez. Habían sido años duros, muy duros. Solo con pensar que estaba en la casa cuya anterior propietaria fue la señora Danvers, la responsable de sus infortunios, se le revolvía el estómago. "Jódete, vieja loca", pensó. "Aquí me tienes, disfrutando, mientras tú alimentas a los gusanos".

Ordenó su ropa en el armario y salió a dar un paseo. Era temprano. Había tiempo de sobra para dar una vuelta antes de la hora de la cena. El hotel estaba tranquilo. El recepcionista le indicó que la mayoría de los huéspedes aprovechaban días como aquel, soleado y sin viento, para hacer turismo. En un par de horas volverían y sería difícil respirar la tranquilidad de la que disfrutaban en esos momentos. El muchacho, atento hasta hartar, le aconsejó la sala de lectura. Lugar preferido de los visitantes amantes del silencio y el sosiego. Chloe charló con el joven un rato más. No porque necesitara consejo, sabía muy bien lo que tenía que hacer, a qué horas y dónde, sino porque le parecía guapo. Coqueteó como cuando era joven. Directa, descarada. Ojalá la hubiera visto treinta años atrás, pensó. No se le abría resistido. Habría hecho con él lo que le hubiera dado la gana. El recepcionista, acostumbrado a soportar situaciones similares, aguantó el acoso hasta que Chloe y decidió marcharse.

Tenía planificado el ritmo de trabajo. Solo tenía que encontrar qué hacer hasta la cena. Después comenzaría la ruta. Amelia le había dejado muy claro lo que debía buscar y dónde. Celia solo le pidió discreción. Nadie debía saber nunca qué había ido a hacer al Rottingdean Hill House Hotel. Ni trabajadores ni huéspedes. A cambio ganaría un buen montón de libras y una semana de vacaciones pagadas al año el resto de su vida.

Salió al jardín. No estaba mal. Ella lo habría decorado con flores de colores más llamativos, pero no estaba mal. Se sentó en una butaca de mimbre blanco que había bajo el cenador, encendió un cigarrillo y se arropó con la manta que había en el respaldo. Observó el edificio. Cerró los ojos y se concentró. Buscaba el flujo de energía. De dónde emanaba, hacia adónde iba, su color. No debía llamar la atención. Y no lo hacía. Parecía una anciana echando una siesta al fresco. Pero hacía demasiado frío. No se podía concentrar. Sus articulaciones no eran las de antes. Entraría antes de que volviera a darle un ataque de reuma. Seguro que dentro, al calor del fuego, también podría encontrar lo que buscaba. Hizo caso al apuesto recepcionista y entró en la sala de lectura.

El joven tenía razón. Era un lugar agradable. Sobrio para su gusto. Le irían fenomenal coloridas alfombras árabes y cojines de terciopelo fucsia, o amarillo canario. O verdes, mejor verdes. Sí, ella le habría dado un buen toque de color a todo ese mobiliario aburrido. Olía a libro viejo, cuero y humo. Qué pena que no se hubiera llevado de casa unas varillas de incienso. Se sentó junto al fuego. En ese momento se percató de que no estaba sola. Al otro lado de la habitación, en una de las mesas más alejadas de la chimenea había una pareja. Sentados muy juntos miraban lo que parecía una guía de viaje. Él la besaba a menudo. Ella no dejaba de cogerle la mano, acariciarle la cara y reír. Eran dos recién casados. No lo había deducido por sus dotes adivinatorias sino por lo empalagosos que resultaban. Chloe los miró con cierta desazón. Habría dado cualquier cosa por haber tenido algo así en algún momento de su vida. Adoraba el cine y las novelas románticas. Buscaba en la ficción lo que jamás tuvo en la vida real. Estaba convencida de que el don con el que nació asustaba demasiado a los hombres. Jamás la entendieron. Jamás la amaron.

No debía distraerse. Cerró de nuevo los ojos y se concentró. No necesitó ni la mitad del tiempo habitual. Le llegó como un bofetón. De manera inesperada y casi con violencia. La energía que le rodeaba era como un huracán en medio de un desierto. Arrastraba miles, millones de partículas que giraban en círculos alrededor de determinados lugares de la habitación. De una de las librerías, del sofá de la esquina y de la chimenea. Su color. Eso era lo peor. Las corrientes eran de un color oscuro, casi negro ¿Cómo era posible que no lo hubiera apreciado incluso antes de cerrar los ojos? ¿Y cómo era posible que la pareja de recién casados no lo notara? Miró hacia donde se encontraban. Los flujos de aquella energía negra como el petróleo ni se les acercaban. Estaban protegidos por una especie de burbuja invisible. Debía ser el amor que se tenían. La maldad evitaba acercárseles. Por primera vez en mucho tiempo Chloe sintió miedo. Jamás había visto algo así, tan poderoso. En un principio pensó que se trataría de algún espíritu enfadado o molesto. Sabía que le llevaría tiempo acabar con él por lo arraigado que estaba a la casa. Venía de tiempos de Karen o incluso de antes y la antigüedad hace más difícil despegarlos de un sitio. Pero eso era algo más. Mucho más. No sabía si sería capaz de entender lo que ocurría y mucho menos si sería capaz de acabar con ello. Estaba mal pagada. Tenía que haber pedido más dinero. Entonces sintió un cambio en la energía. Cambió el movimiento. Los chorros de aquellas fuerzas se le acercaban y comenzaron a rodearla ¿Se habría dado cuenta de quién era o lo que hacía? Chloe, inquieta y asustada disimuló como pudo. Volvió a cerrar los ojos como si quisiera echar una cabezada. Se limpió el sudor que tenía sobre su labio superior y calmó su respiración. Se mantuvo así diez, quince, hasta veinte minutos. Oyó cómo la pareja salía de la habitación y entraba un grupo de jóvenes buscando el calor del fuego. Hablaban en voz baja pensando que dormía. Al cabo de un rato volvió a abrir los ojos. Las corrientes de energía fluían como al principio. Habían vuelto a su trazado inicial. Pasaban a su lado, junto a los jóvenes que, sentados en el suelo charlaban despreocupadamente, y se concentraba en un lado de la librería, en la chimenea y en el sofá. La ignoraban, o eso parecía. Despacio y con cuidado de no hacerse daño en sus articulaciones, se levantó. Era la hora de la cena. Se despidió educadamente de los muchachos y salió hacia el comedor. Pensaba disfrutar de la comida y se olvidaría de lo que había visto. Lo primero era lo primero. Ya analizaría lo que había percibido con más detenimiento en su habitación. Y a la mañana siguiente volvería a casa. No necesitaba ver más. Además, se sentía ahogada, como enferma en esa maldita casa.

CAPÍTULO 32

Hace tres semanas que desperté del coma — dijo Marco sentado sobre la cama —. Me han hecho mil pruebas y si todo va como hasta ahora, mañana me darán el alta ¿No crees que ya es hora de que vayas a dormir a casa? Llevas más de un mes sin descansar en condiciones.

—Otra vez con la misma monserga — dijo Celia —. Ni hablar. Me quedo aquí, hasta que puedas acompañarme. Además, con el hombro así necesitas ayuda.

—¿Por qué eres tan terca? Sabes que ya estoy bien. Tienes unas ojeras terribles y has adelgazado una barbaridad. Por favor, duerme esta noche en Rottingdean.

—He dicho que no. ¿Tan horrible estoy? — dijo Celia tocándose la cara con ambas manos.

—Estás preciosa. Siempre lo has estado, pero necesitas descansar.

—No creas — dijo con despreocupación —. Echaré de menos este sofá. Diría que es casi más cómodo que nuestra cama.

Se dio por vencido. Sabía que cuando a su mujer se le metía algo en la cabeza no había manera de hacerle cambiar de opinión.

—Me gusta Ethan — dijo Celia cambiando de tema —. Cuando te den el alta lo invitaremos una noche a cenar.

—No sé. Es un poco pronto para eso.

—¿Estás en serio? — dijo Celia divertida — ¿Un poco pronto? ¿Un poco pronto para Amelia o un poco pronto para ti?

Marco se encogió de hombros. Le desagradaba hablar del novio de su hija. Era un tema con el que todavía no se sentía cómodo. Las últimas semanas había conocido al muchacho y tenía que reconocer que le caía bien. Era educado, atento y desde que salía con Amelia a esta se le veía resplandeciente. Pero por otro lado, tenía miedo de que pudiera hacer daño a su niña. Y para qué negarlo, se sentía celoso. No lo podía evitar. En los últimos años él había sido el confidente, el amigo y el que le daba consejos cuando los necesitaba. El que la cuidaba, la animaba, la mimaba. Y ahora todo eso tendría que compartirlo con otro. Y encima era buena persona.

—Ha venido todos y cada uno de los días desde que tuviste el accidente — insistió Celia.

—Lo sé.

—Te leía la sección deportiva del periódico mientras estabas en coma.

—Lo sé. Me lo has contado mil veces.

—Traía mis galletas favoritas de la cafetería donde trabaja.

—Ya lo sé.

—Adora a Amelia, ¿te has dado cuenta de cómo la mira?

—¡Vale! Lo invitaremos a cenar, ¿contenta?

—Contenta — contestó satisfecha.

La razón por la que Celia deseaba quedarse aquella noche con Marco, la última antes del alta, no era solo porque quisiera estar a su lado, que también, era porque prefería que su marido estuviera al tanto de lo sucedido en Rottingdean antes de volver. Si no se lo había explicado antes era por temor a su reacción y al estado en el que se encontraba. Marco siempre había sido un hombre incrédulo y tremendamente pragmático. Amante del orden y de las rutinas, no dejaba sitio para la improvisación. Planificaba cada movimiento al milímetro y analizaba las consecuencias de cada uno de los actos que llevaba a cabo. Odiaba las sorpresas. Celia siempre había sido la mitad que lo complementaba. Irreflexiva, espontánea e intuitiva. Más lanzada, más aventurera. Amelia heredó el carácter de su padre, mientras que sus hermanos eran una copia casi exacta de su madre. Celia desconocía la reacción de Marco al hablarle de, ¿cómo decírselo?, ¿espíritus?, ¿fuerzas? En cualquier caso sabía que su respuesta podía ser exagerada. Marco tendía a exagerar cuando algo se salía del guión.

Hacía tiempo que Amelia se había marchado. En época de exámenes pasaba la mayor parte del tiempo estudiando en la biblioteca con Ethan y Lilian. Celia apagó el televisor. Era la hora de las noticias, el único momento del día que Marco la encendía.

—¡Eh! Estaban los deportes. Quería ver los goles — dijo Marco.

—Lo siento. Es que tenemos que hablar. Hay algo que no te he contado y debes saber antes de volver a casa.

Marco se recostó en la cama. No parecía extrañado. Solo expectante. Sabía que había algo que Amelia y ella le ocultaban. Al principio pensó que era sobre su estado de salud. Después, tras hablar con el médico y superar con éxito las pruebas, supuso que serían confidencias sobre Ethan. Temas de los que hablan las madres y las hijas. Y ahí no pensaba meterse, ni hablar. De charlas sobre Ethan nada de nada. Una punzada de preocupación le cruzó la mente. ¿No habrían pensado irse a vivir juntos? No, no, ¡no! Por ahí no iba a pasar. Era demasiado joven. Acababa de empezar a estudiar la carrera y era casi una niña. Salvo que…

—¡Marco! — dijo Celia — ¿Me estás escuchando?

—Sí, sí, perdona. Pensaba en otra cosa. ¿Qué me decías?

—Te decía que hace algún tiempo que suceden extraños episodios en casa.

"Extraños episodios en casa", pensó Marco. Qué descanso. Nadie iba a irse a vivir con nadie. Y nadie estaba…

—¡Marco! — le increpó Celia — ¿Has escuchado algo de lo que te he dicho? Si crees que los goles son más interesantes que lo que está ocurriendo en casa vuelvo a poner la televisión y ya está.

—No, no, no. Perdona — dijo Marco con un claro alivio en su voz —. Hoy estoy un poco despistado. Debe ser por las ganas que tengo de marcharme de este maldito hospital. Dime, por favor. Te escucho.

—Como te decía, esto es algo que viene de lejos. Desde los tiempos de tía Karen…

Celia habló con calma, despacio, intentando parecer lo más sensata posible, si es que un tema así podía manejarse de manera sensata. No obvió ningún detalle. Trató de no alarmarle con los episodios de Amelia, ni con los de Lilian y ni con el suyo. Describió de una manera muy benevolente a Chloe. Ya la conocería. Le explicó las sospechas que apuntaban a que su accidente no fue tal. Y dejó para el final los planes que habían trazado para atajar de una vez por todas el "problema".

Mientras Celia hablaba Marco escuchaba con atención. Por su cabeza pasaban miles de preguntas, exclamaciones, dudas… Pero esperó que Celia terminara. En un momento de la narración algo saltó en su mente como un resorte. Una imagen. Unas palabras. Aquella mujer. Las manos ensangrentadas. La bañera ¿Qué demonios eran aquellas imágenes? Celia proseguía con el relato. Más imágenes se agolpaban en su cabeza. Marco se levantó de la cama. Se sentía mareado. Era como si Celia hubiera abierto una puerta de su memoria que permanecía cerrada. Algo en aquella historia liberó todo lo que se escondía tras la puerta.

—Esto es absurdo. Maldita sea — dijo Marco tembloroso. Mientras maldecía golpeaba su cabeza intentando sacudir aquellas desagradables imágenes.

—Marco, ¿qué te ocurre? ¿estás bien? — Celia lo agarró antes de que cayera al suelo.

En su afán por apartar sus visiones o alucinaciones, Marco tropezó con la mesilla y perdió el equilibrio.

—¡Enfermera! ¡enfermera! — gritó Celia.

Cuando la enfermera llegó Marco había vuelto a la cama. Convenció a la mujer para que no le suministrara un calmante que le ayudara a dormir. Lo dejaban atontado y le impedían pensar con claridad. Tampoco dijo nada de lo que había visto. Sabía que las alucinaciones le habrían mantenido en el hospital una buena temporada y deseaba volver a casa cuanto antes. Sobre todo después de la sarta de locuras que acababa de escuchar.

Durante unos minutos más, y hasta que la enfermera no salió de la habitación, Celia y Marco permanecieron en silencio.

—Marco — dijo Celia —, por eso no te había dicho nada hasta ahora. Suponía que tendrías una reacción así y temía que no estuvieras lo suficientemente fuerte. Ahora que…

—Pero, ¿te estás escuchando Celia? — dijo Marco furioso — ¿De verdad has convencido a nuestra hija de una locura así?

—Marco, yo…

—¡No! No quiero oír más disparates. Mañana volvemos a casa. Hablarás con Amelia y le sacarás de la cabeza todas esas paranoias. Dios mío, Celia. Si no te conociera pensaría que eres una demente. ¿De verdad te has creído esas majaderías? Sabes tan bien como yo que tales cuentos solo los creen los ignorantes, los necios. Y tú no eres ninguna de esas cosas.

—Marco, escúchame. No son locuras. Lo he visto con mis propios ojos. Está sucediendo. En estos momentos. Corremos peligro.

"Corréis peligro. Está sucediendo en estos momentos…" Justo esas palabras eran las que oía en sus alucinaciones. Volvieron algunas de las imágenes a su mente. Marco encendió la televisión. No quería escuchar a Celia. No quería escuchar las voces de su cabeza. Necesitaba descansar. Salir de allí. Sí, en cuanto saliera de allí todo de arreglaría. Cuando regresara a casa las cosas se arreglarían. Seguro. Tenían que arreglarse.

Celia no insistió. Marco seguía convaleciente. Se arrepintió de todo lo que le había dicho. Quizá se había precipitado y todavía no estaba listo. Puede que hubiera sido demasiada información de golpe. Necesitaba descansar. Fortalecerse. Lo demás, llegaría a su debido tiempo. Eso era lo que su marido necesitaba: tiempo. Por desgracia algo de lo que no disponían.

CAPÍTULO 33

Qué poca gracia le hacían a Lilian los hospitales. Cada vez que entraba en alguno el olor a enfermedad y medicamentos le revolvía las tripas. Tras la muerte de su padre no había vuelto a entrar en ninguno.

Marco esperaba sentado en la cama. Una de las enfermeras le había ayudado a quitarse el pijama y ponerse los vaqueros y una camisa. El cabestrillo le imposibilitaba manejarse con mayor autonomía.

—¡Hola Marco! — dijo Lilian al entrar en la habitación — ¿Listo para volver a casa?

—Cuento los minutos — contestó — ¿Vienes sola?

—Sí, he quedado aquí con Ethan y Amelia. Creí que ya habrían llegado.

—No, todavía no. Pero pensaba que sería Celia quien me recogería. Habíamos quedado en eso esta mañana.

—Lo sé, pero me temo que la furgoneta ha muerto. No ha conseguido arrancarla. Los de la grúa le han aconsejado que lo mejor que podéis hacer es llevarla al desguace. Ethan se ha ofrecido a venir a por ti. Amelia y él estarán de camino. ¿No te lo ha dicho Celia?

—Tengo un par de llamadas perdidas. Ha debido llamar mientras me vestía. He intentado contactar con ella pero tengo muy mala cobertura.

—Hoy tenía lío en el hotel. Como es viernes estáis hasta arriba.

—Lo sé — dijo Marco —. Es un fastidio que no pueda echarle una mano. En qué momento tan inoportuno tuve el accidente.

Lilian se sentó en el sofá y sacó el móvil. No sabía de qué hablar. Por Amelia se había enterado del enfado que Celia y él tuvieron a razón de los sucesos de Rottingdean. Se sentía incómoda. Marco sabía de su participación en la investigación. Solo esperaba que no sacara el tema ahora que estaban los dos a solas. No podría mentirle y seguro que lo que dijera le haría enfadar más.

—¿Cómo van los estudios? — preguntó Marco.

—Estupendamente. Me gusta lo que he elegido — dijo aliviada por romper el embarazoso silencio con una inocente e insustancial conversación.

—Eso está bien.

Otro silencio. Cómo se le había podido ocurrir ir al hospital sin asegurarse de que Amelia hubiera llegado ya.

—¿Qué tal está tu madre? — preguntó Marco.

—Muy bien. Liada. Tenemos nuevos inquilinos.

—Eso está bien — repitió Marco.

Silencio. Amelia miró suplicante hacia la puerta. Si no llegaban pronto los mataría. O se mataría, lo que fuera más rápido. Marco siempre le había caído bien. Era un hombre más serio y reservado que Celia. Atento, educado y distraído. Siempre estaba trabajando o leyendo. Solía dedicar parte del día a charlar con su hija sobre cualquier tema. De deportes, de cine, de música... Al conocerlos a Lilian le chocó ver a Amelia más unida a Marco que a Celia. Fue más tarde cuando supo el porqué. Ojalá Lilian hubiera tenido la misma suerte con su padre. Ella lo había perdido cuando todavía era pequeña. Apenas tenía recuerdos de él.

—Lilian — dijo Marco —. Ayer tuve una conversación muy rara con Celia. Era sobre Rottingdean Hill House. Creo que tú también estás al tanto.

Lilian empalideció. Miró la odiosa puerta que seguía sin abrirse. Dónde demonios se habría metido Amelia.

—Sí — contestó casi en un susurro sin atreverse a levantar la cabeza de la pantalla del móvil.

—Celia me contó algunas cosas que me gustaría que me aclararas.

—Claro. Lo que necesites.

—Creo que el día que Amelia y tú visitasteis las obras tuviste...

El teléfono sonó. Era el de Marco. "Bendito teléfono", pensó Lilian. Celia había llamado en el momento oportuno. En el momento que iba a tener que explicar a Marco las extrañas sensaciones que había tenido en su casa. El trance por el que pasó varias veces y que le hacía hacer y decir cosas que después no recordaba. El efecto que le provocaba la casa en determinadas ocasiones. ¿Cómo iba a explicar eso a una persona tan escéptica? ¿Cómo hacer entender a alguien que no cree algo que incluso a ella le costaba admitir?

Marco charlaba animado con Celia. Si habían tenido algún desencuentro la noche anterior, ya había pasado. Al parecer Ethan y Amelia se retrasarían unos minutos más. Habían tenido que parar a no sé qué encargo que les había hecho Celia. "Maldita sea", pensó Lilian.

Si ya le costaba manejar el móvil con los dos brazos en óptimas condiciones, con uno inmovilizado le resultaba imposible. De lo que no cabía duda era de que en las próximas semanas mejoraría su destreza. Hasta entonces tendría que aprender a utilizar la mano buena para marcar y colgar. Cuando terminó la llamada el teléfono cayó al suelo. Le quedaba mucho entrenamiento. Lilian se agachó para cogerlo. Tras comprobar que no se había roto la pantalla se lo entregó. Los dedos de Lilian rozaron los de Marco. Fue en ese instante cuando algo sucedió. Un fogonazo. Una imagen. Dos mujeres enfrentadas en una discusión. Lilian se encontró con la mirada de Marco. Turbado. Preocupado.

—¿Qué ha sido eso? — preguntó Lilian.

—Nada. No sé a qué te refieres — contestó Marco.

—Tú también lo has visto, ¿verdad? Cuando te he tocado ¿lo has sentido?

—No ha pasado nada. Olvídalo.

—¡Ni hablar! — dijo Lilian.

Sin que Marco lo esperara le agarró con fuerza la muñeca de la mano buena. Otro fogonazo. La habitación del hospital desapareció. Se encontraba en medio de una cocina grande, amplia. Antigua. Olía a guiso y té. Frente a una recia mesa de madera muy gastada había dos mujeres. Una mayor. Vestida de riguroso negro y un mandil blanco. La otra era una muchacha joven. Guapa. Elegante. Con el pelo recogido en un moño bajo adornado con flores blancas. Llevaba un bonito vestido amarillo de enormes mangas abullonadas y lazada en la cintura. Discutían. La mujer mayor abofeteó a la joven, que se echó a reír. No podía oír lo que decían. Un pitido le impedía escuchar la conversación. Otro fogonazo. Se había trasladado. Había pasado de la cocina a un baño. Pequeño. Anticuado. Era de noche. Las llamas de un par de velas eran la única iluminación. Lilian se encontraba frente a una antigua bañera blanca con patas doradas. Dentro estaba la joven. Con un camisón y el pelo suelto. La piel de su cara brillaba lívida, descolorida. Tenía la mirada perdida en algún punto del techo. Observó sus manos. Estaban cubiertas de sangre con dos profundos cortes verticales que iban desde el pliegue del codo hasta las muñecas. El agua le cubría hasta la cintura tiñendo el camisón de un intenso rojo carmín. Como si fuera consciente de su presencia, la joven giró la cabeza y la miró. Le mostró los cortes alargando los brazos hacia donde se encontraba. Dos chorros de sangre y agua mancharon las baldosas blancas y negras. Sonrió complacida como si mostrara algo hermoso. Otro fogonazo. Una luz. Imponente, bella, única. De un color que jamás había visto. Era como el blanco pero más radiante, más brillante, más… más clara que el blanco más blanco. Lilian no entendía nada. Dónde se encontraba. Quería regresar. Aquel no era su sitio. No podía. Solo Marco era capaz de devolverla. Sintió miedo. Quería alejarse de la luz. No era su sitio. No todavía. Otro fogonazo. Había vuelto a la habitación del hospital. Aturdida y sintiendo nauseas miró a Marco. Respiraba fatigosamente con la mirada fija en el suelo. Había conseguido zafarse del agarrón de Lilian. Tenía la marca de sus dedos y sus uñas en la muñeca. Avergonzada y preocupada, Lilian se acercó. No entendía cómo había sido capaz de algo así.

—Marco — dijo — ¿Estás bien?

No contestó. Por la frente y las sienes le caían gotas de sudor.

—Marco, perdona — dijo —. ¡Oh, dios mío! Perdona. No sé cómo he podido ser tan estúpida. Lo siento. Lo siento muchísimo.

No se atrevía ni a tocarlo. Querría haberle levantado la cabeza para comprobar si estaba bien. Después de haber pasado por un coma solo faltaba que su torpeza le hubiera provocado vete tú a saber qué. Un estado catatónico o algo peor ¿Y si lo había matado?

—¡Marco! Mierda. Voy a avisar a una enfermera.

Lilian se abalanzó hacia la puerta. Con asco tragó el vómito que estaba a punto de salir de su boca. Sabía amargo.

—Lilian, espera — dijo Marco —. No llames a nadie. Estoy bien.

—Perdóname. Lo siento mucho, muchísimo — dijo Lilian abalanzándose hacia él. Lo abrazó sin cuidado, olvidando el cabestrillo. Estaba tan aliviada que necesitaba abrazarlo. Comprobar que no le había hecho ningún daño.

Marco soltó una leve gemido. Le apretaba demasiado y el hombro se resentía.

—Lo siento — repitió Lilian.

—No pasa nada. No te preocupes. Estoy bien, de verdad. Tranquila.

—¿Cómo que no pasa nada? Acaba de pasar algo. Lo he visto y tú también. Cuando nos hemos rozado. Cuando te he sujetado la muñeca. He experimentado las mismas sensaciones que percibí en Rottingdean Hill House. Algo nos conecta. Juntos podemos ver cosas. Deberíamos...

—¡No! — gritó Marco —. No sé de qué narices hablas.

—Sé que lo has visto igual que yo. Era tu casa, Marco. La cocina. Uno de los baños de la primera planta. Pero esa luz. No consigo descifrar su significado.

—No digas tonterías Lilian. Siempre has sido una muchacha peculiar pero esto no lo voy a tolerar. No voy a consentir que metas sandeces en la cabeza de mi hija. Tú tienes parte de culpa de todos los disparates que he oído. Tú, Amelia y mi mujer. No sé si habrá sido esa chiflada —Chloe, creo que se llama— la que os ha convencido para que creáis en todas esas locuras.

—No son locuras — dijo Lilian contrita —. Además, a Chloe fuimos nosotras a buscarla.

—O eso os ha hecho creer. Esas personas son un fraude. Y fabrican fraudes. Eres una persona culta, Lilian. Culta e inteligente. Me cuesta creer que seas tan estúpida como para dejarte engañar.

Lilian no encontró palabras para responder. Sintió el calor de las lágrimas resbalando por sus mejillas.

—Te voy a pedir un favor — dijo Marco —. Después de la muerte de mis hijos, Celia y Amelia sufrieron lo indecible. Yo también, pero conseguí mantener el tipo para conservar unida a mi familia. Durante un tiempo pensé que Rottingdean nos había dado el equilibrio que perdimos en Madrid. Pero me equivoqué. Por lo visto mi mujer y mi hija necesitan creer que tras la muerte hay algo más. Y que ese "algo más" puede comunicarse con nosotros. Lilian, si puedes ayudarme a devolver el equilibrio, bien. Si no, si lo único que vas a hacer es alimentar los delirios de una médium que busca estafarnos utilizando nuestros puntos débiles, aléjate de nosotros. Márchate por donde has venido.

Cuánto dolor. Cómo le habían dolido aquellas palabras. Era como si le hubieran pegado un puñetazo en el estómago. Y ella que pensaba que había llegado a ser una más en la familia Frattini. Así los sentía, así los quería. Durante semanas había llorado, había reído, había rezado como uno más. Pero entonces, así, de un plumazo, de manera injusta, la echaban. Lilian cogió su bolsa, el abrigo y salió de la habitación corriendo. Lloraba como una niña. Los médicos, las enfermeras, los pacientes y los familiares con los que se cruzaba volvían la cabeza al verla. Nadie se paró a consolarla. Aquel era un sitio en el que los llantos formaban parte del día a día.

Salió a la calle. El frío le sentaba bien. Buscó en su bolsillo y contó el dinero que le quedaba. Suficiente para coger un taxi que la llevara de vuelta a casa. No podía, no quería esperar al próximo autobús. Tardaría más de una hora en volver a pasar y necesitaba alejarse de allí lo antes posible. Cruzó la calle y se encaminó hasta la parada de taxis. Se montó en el primero de la fila y se marchó. Miraba por la ventana pero no veía. No se dio cuenta del Renault Clio que pasó a su lado. En él iban Ethan y Amelia.

La puerta de la habitación se abrió. Era Amelia para llevarlo a casa. Le acompañaba Ethan que, muy atento, cogió la bolsa, le ayudó a ponerse el abrigo y le abrió la puerta. Con cierto fastidio tuvo que reconocer que le caía bien el muchacho.

—Ya hemos llegado — dijo Amelia —. Vamos papá, mamá nos está esperando. Ha preparado tu cena favorita.

Ethan abrió el maletero y llevó la bolsa de Marco hasta la puerta. Uno de los empleados del hotel la cogió y la llevó dentro.

—¿Seguro que no quieres entrar? — preguntó Marco.

—No, gracias, no puedo. Estamos de exámenes y con el trabajo en la cafetería me faltan horas.

—Como quieras. Muchas gracias por traernos — dijo Marco estrechando la mano del muchacho.

Amelia se despidió con un beso. Era la primera vez que Marco se veía en una situación así. Desconcertado, los dejó a solas y se acercó a la puerta de casa.

—Papá, espera, que voy contigo — dijo Amelia exultante corriendo hasta su lado.

—Ethan — dijo Marco antes de que el chico entrara en el coche — ¿Quieres venir mañana a cenar a casa?

—Me encantaría, muchas gracias — dijo Ethan.

CAPÍTULO 34

Menuda ocurrencia ha tenido tu padre — dijo Celia —. Yo misma le convencí para que invitara a Ethan a cenar, pero no tan pronto.
—No te voy a negar que me sorprendió — dijo Amelia—. Y a Ethan. Tenías que haber visto la cara que puso cuando se lo dijo.

—Ahora lo que debería hacer es descansar. Después, ya veríamos. Además, hoy es sábado y tenemos el restaurante hasta arriba. Tendría que estar supervisando el comedor.

—No haces falta, mamá. Lo único que harías es ponerlos nerviosos. Vamos, terminemos con esto.

Celia había preparado ensalada de melón con jamón, chuletillas de cordero asado con cebollas rojas y pudin de lima con arándanos. Cocinar nunca había sido su fuerte, pero el tiempo que estuvo con Pottie le sirvió para aprender algunas recetas.

Prepararon la mesa en el salón del área privada. Amelia colocaba los cubiertos mientras Celia, nerviosa, miraba el reloj.

—¿Qué ocurre? Aún falta media hora para que llegue — dijo Amelia.

—No es por eso. Es por tu padre. No quiere que le ayude a vestirse. Pretende hacerlo solo — dijo Celia.

—Pues déjalo. En rehabilitación le han dicho que debe comenzar a mover el brazo.

—Preferiría echarle una mano.

—Déjalo, en serio. Estará estupendamente.

—No sé, lo noto raro. Distraído. Le ocurre algo que no me dice.

—¿Sigue enfadado por lo que le contaste? Yo no me he atrevido a sacar el tema — dijo Amelia.

—No. Tampoco he vuelto a comentar nada. Estas cosas necesitan tiempo.

El salón estaba perfecto. La mesa impecable. La comida, recién hecha, colocada sobre una mesa auxiliar en discretas bandejas térmicas subidas de la cocina. Habían encendido la chimenea. Solo faltaba que Marco saliera de su habitación y que llegara el invitado.

—Buenas noches, mis queridas damas — dijo Marco desde la puerta —. Como veréis, he sobrevivido a la terrible tarea de abrocharme una camisa.

—Hola papá — contestó Amelia.

Celia besó cariñosamente a su marido que parecía estar de buen humor. Lo que Celia no sabía era que la causa del excelente estado de ánimo se debía a la ausencia de alucinaciones. Marco estaba convencido de que habían sido la consecuencia de la medicación y del encierro al que se vio sometido durante la convalecencia. No era el primer paciente que se desorientaba o perdía la cordura de manera temporal durante una larga estancia hospitalaria. Y, por fin, todo había pasado. El brazo volvía a tener movilidad. Celia no había vuelto a mencionar las descabelladas teorías sobrenaturales de la mansión. Y Amelia se encontraba radiante. Suponía que Lilian no le habría dicho nada del encontronazo que tuvieron el día anterior. Mejor. Era noche de celebraciones. Por otro lado sabía que había sido muy duro con Lilian. Era una buena chica. Un poco excéntrica y muy diferente a Amelia. Sin embargo era amable, divertida, honesta y siempre dispuesta a echar una mano. Tenía que hablar con ella. Disculparse. Había sido un bruto insensible con una criatura de la edad de su hija.

El sonido de un campanazo sacó de sus pensamientos a Marco. Era el teléfono de Amelia. Había recibido un mensaje de Ethan en el que decía que había llegado.

—Voy por él. Le he pedido que espere en recepción — dijo Amelia excitada al tiempo que salía corriendo por la puerta.

—Está nerviosa — dijo Marco.

—Normal — dijo Celia —. Sabe que Ethan no te hace mucha gracia y le preocupa que algo salga mal.

—¿En serio? — preguntó Marco — ¿Piensa que puedo hacer o decir algo inconveniente?

—Bueno. Digamos que a veces se nota que el muchacho no es de tu agrado.

—Ese chico le importa mucho, ¿no es así?

—Mucho.

Ethan esperaba de pie en el hall de entrada. Había cambiado sus habituales deportivas y camisetas casual por botas con cordones de vestir y camisa blanca. Amelia se estremeció al verlo. Estaba impresionantemente guapo y atractivo. Lo mismo debían estar pensando las dos chicas que esperaban en recepción sin quitarle ojo de encima. A Amelia le conmovió observar las molestias que se había tomado por causar buena impresión. Las botas y la camisa eran nuevas. Las primeras brillaban mostrando unas suelas impecables. No cabía duda de que acababa de ponérselas. La camisa evidenciaba su estreno con las arrugas laterales de la espalda, huellas de la doblez en tienda. Se movía inquieto de un lado a otro con una botella en una mano y una caja en la otra. Cuando vio a Amelia le dedicó tal sonrisa que la dejó desarmada. Cómo podía sentirse atraído por ella una persona tan increíble como él.

—Estás increíble — dijo Ethan al verla.

Le dio un tímido beso en la mejilla. Se le veía nervioso, lo que lo hacía más irresistible si cabe.

—Tú también estás guapísimo — contestó Amelia —. No hacía falta que te arreglaras tanto. Es una cena informal.

—¿Me he pasado? Seguro que me he pasado. No sabía qué debía ponerme — dijo inquieto.

—No, no, estás perfecto. Es solo que no tenías que tomarte tantas molestias. Estás perfecto. De verdad. ¿Qué llevas ahí?

—Una botella de vino para tu padre y una caja de *fairy cakes* para tu madre. Para elegir el vino he tenido que dejarme aconsejar por mi madre. Yo no tengo ni idea de lo que le puede gustar a un hotelero medio italiano medio español con bodega propia. Y los dulces son típicos de una pastelería que hay cerca de casa. Caseros, creo. — Ethan hablaba rápido y de manera atropellada.

—Seguro que les encantarán. Vamos, nos esperan.

Amelia cogió la botella. Deseaba darle la mano. Demostrar a todos quién era su novio. Casi se le cae el vino al oír un tremebundo golpe sobre sus cabezas seguido de un chirrido. Miraron hacia el techo. Había sonado como si una enorme grieta hubiera partido la casa en dos. Todos se quedaron quietos, expectantes. El recepcionista hizo una llamada. A la habitación situada justo en el piso superior. Nada. Todo en orden.

—Subamos — dijo Amelia —. Aunque dicen que no pasa nada seguro que los huéspedes de la habitación de arriba están montando una fiesta. No sería la primera vez.

—¿Tú crees? — preguntó suspicaz Ethan — ¿Quieres que vayamos a echar un vistazo?

—Ni hablar. Esta noche vamos a cenar tranquilamente y luego, si te apetece, saldremos a dar una vuelta.

—Me parece una idea fantástica. Vamos pues.

La elección del vino fue un acierto. Marco nunca lo había probado y le encantó. Tomó nota y decidió comprar varias cajas para incluirlo en la carta de vinos. Detalle que halagó a Ethan que por fin conseguía relajarse. Comieron, bebieron y rieron. Ethan averiguó detalles de la vida de Amelia que desconocía y que tanto a Celia como a Marco les complacía recordar. Charlaron de la vida en España, de lo diferente que era la rutina en Rottingdean. Hablaron de Óscar y Fabio. Sin tristeza, sin amargura. Rememorando sus ocurrencias, sus diabluras con Amelia de cómplice, los momentos divertidos, provocando la risa de todos. Por su parte Ethan habló de su vida. De su madre, de cómo lo había criado sola. Se le veía cómodo. Hablaba sin tapujos, con total y franca confianza.

Después del postre decidieron continuar con la charla frente a la chimenea. La noche estaba resultando fantástica. Ethan consiguió ablandar a Marco. Sobre todo después de saber la cantidad de trabajos que había realizado para ayudar económicamente a su madre. Un chico así debía ser una gran persona. Y el que fuera seguidor de su mismo equipo de fútbol, también ayudaba.

—Voy a preparar café. Quiero probar esos *fairy cakes* — dijo Celia — ¿Te apetece Ethan? Si lo prefieres también tenemos infusiones.

—No, no, un café estará bien, gracias.

—¿Te ayudo mamá? — preguntó Amelia.

—No hija, no hace falta. Tu padre me echará una mano. Le vendrá bien para ejercitar ese brazo — dijo guiñando un ojo a su marido.

Amelia acompañó a Ethan hasta uno de los sofás que había frente a la chimenea. El fuego estaba a punto de apagarse y entre los dos consiguieron avivarlo. Sentados uno junto al otro observaban el chisporroteo y el crepitar de las llamas. En el cuarto contiguo se oía a Celia y Marco trasteando con las tazas y la máquina del café.

—Tus padres son increíbles — dijo Ethan.

—Sí, lo son. Tú también les has causado una fantástica impresión.

Aprovechando aquella soledad temporal y sabiendo que por el sonido de la máquina del café aún quedaban dos por preparar, Ethan acarició la cara de Amelia retirando un mechón de pelo de su frente. Con ternura posó la palma de su mano en la nuca y la atrajo hacia él besándola con delicadeza. Fue un beso corto aunque tan intenso que provocó el revoloteo de miles de mariposas en el estómago de Amelia.

—Te quiero — dijo Ethan.

—Te quiero — respondió Amelia volviendo a besarlo.

En ese instante, se cerró la puerta que los separaba de Celia y Marco. El portazo hizo vibrar las dos láminas de películas antiguas que colgaban de la pared. No tuvieron tiempo para reaccionar. De golpe y con una fiera brusquedad, Amelia cayó al suelo de rodillas. Ethan permanecía quieto en el sofá. Sus manos, sus pies, su cabeza estaban inmovilizados por una fuerza invisible que lo anclaba al asiento. Amelia trataba de levantarse pero algo se lo impedía. De rodillas y boca abajo intentaba levantar la cabeza. Una energía etérea se aferraba a su nuca aprisionando el pelo alrededor del cuello. Con horror, Ethan gritaba su nombre, pedía que la dejaran en paz, mientras observaba cómo la fuerza la arrastraba. Los gemidos de Amelia se mezclaban con los gritos de Ethan y los golpes que Marco daba a la puerta para derribarla. El cuerpo de Amelia avanzaba hacia la pared a empujones. Sentía heridas abrirse en sus rodillas y en las palmas de las manos. Los envites la obligaron a rodear el sofá en el que permanecía atrapado Ethan y continuó la macabra marcha hasta la pared opuesta a la chimenea. Con una rapidez sobrehumana su cuerpo giró golpeándose la espalda y la cabeza con el tabique. La presión de la nuca se transformó en un estrangulamiento. Unos dedos invisibles se marcaban sobre su cuello. La piel se retorcía dejando surcos blancos en la garganta. Los gemidos se incrementaron. Amelia se ahogaba. La estaban asfixiando. Intentaba respirar pero el aire no llegaba a sus pulmones. El dolor era inmenso. Con los brazos y las manos pretendía zafarse de su agresor, pero no había nada que agarrar, nadie a quien sujetar. Ethan, angustiado y colérico por no ver lo que ocurría consiguió hacer caer el sofá. Subió la cabeza y la estampa que vio fue dantesca. Amelia a punto de perder el sentido era izada por la pared hasta llegar al techo. Sus pies apenas tenían fuerza para patalear. Sus ojos, llenos de terror, miraban suplicantes a Ethan. Apenas le quedaban fuerzas para moverse. Las lágrimas corrían por sus mejillas.

En mitad de aquel caos la chimenea se apagó. Nadie lo vio, pero fue como si hubieran aspirado las llamas haciéndolas ascender por el tiro. Una ráfaga de viento gélido envolvió la habitación. El pelo de Amelia cayó sobre su cara tapando la expresión de horror. El viento rozó a Ethan liberándolo del siniestro abrazo que lo mantenía inmóvil. La puerta se abrió permitiendo a Marco y Celia presenciar aquella atrocidad. Lo primero que vieron fue a Ethan levantarse del suelo y abalanzarse hacia donde se encontraban. Desconcertados observaron cómo el muchacho avanzaba hasta ellos y pasaba de largo. Detrás estaba su hija, inerte, colgada de la pared. Justo antes de que Ethan la tocara cayó al suelo. Y justo cuando su cabeza chocó contra el pavimento aparecieron tres marcas en su mejilla izquierda. Tres profundos arañazos que comenzaron a sangrar profusamente.

—No respira —dijo Ethan.

Marco se abalanzó sobre su hija poniéndola de lado para explorarla.

—Tiene pulso — dijo Marco con alivio —. Y no parece que tenga nada roto. La tráquea está bien.

Colocó de nuevo boca arriba a su hija y le inclinó la cabeza.

—Ethan — dijo Marco — dame ese cojín.

Lo colocó bajo los hombros para facilitar la respiración. Con la mano dañada tapó la nariz e insufló aire hasta llenar los pulmones. Celia lloraba en silencio. Cogió la mano de Ethan que temblaba con fuerza.

—Vamos cariño, respira — dijo Marco mientras los pulmones de Amelia expulsaban el aire que le había suministrado. — Vamos, ¡vamos!

No hubo cambios. La habitación era como una tumba. Solo se oía los sollozos de Celia. Marco volvió a taponarle la nariz y le insufló todo el aire que pudo. En ese instante Amelia tosió y volvió a respirar sola.

—Papá — dijo en un susurro. Con expresión de dolor se tocó la garganta con las manos.

—No hables, cielo — dijo Marco —. Te va a doler.

Ethan, aunque estaba deseoso de abrazarla, dejó que Celia y Marco se adelantaran. Celia tocaba la cara de su hija al tiempo que sonreía con nerviosismo. Amelia recorrió con la mirada a su alrededor hasta encontrarse con los ojos de Ethan. Celia, arrodillada junto a su hija tomó al chico de la mano y lo atrajo hasta donde se encontraban. Permanecieron así unos segundos.

—Ethan — dijo Marco — Coge a Amelia y llévala abajo, a recepción. Sentaos y esperadnos. Celia y yo vamos a recoger algunas cosas para marcharnos. Nos reuniremos en unos minutos con vosotros.

—De acuerdo — dijo Ethan cogiendo en brazos a Amelia.

Esta se resistió pero no iba a permitirle caminar. La sentó en una butaca mientras le limpiaba la cara con una servilleta humedecida con agua. La sangre, ya seca, había bajado por el cuello hasta manchar gran parte de la blusa. El pantalón tenía dos agujeros. Uno en cada rodilla. Y las manos, mostraban arañazos en las palmas. La cara de Ethan era una mezcla de desolación e ira. Amelia buscaba su mirada, pero él la apartaba.

—Estoy bien, no te preocupes — dijo Amelia no sin esfuerzo.

—No hables — contestó Ethan — ¿Puedes caminar?

Amelia asintió con la cabeza.

—Salgamos de aquí — dijo Ethan — Yo te ayudo.

La recepción estaba vacía. Era tarde. El chico que la atendía esa noche dormitaba en el cuarto contiguo. Sabía que si alguien lo necesitaba le avisaría con el timbre. Mucho mejor. Nada de miradas curiosas. Amelia iba ensangrentada y le costaba caminar. En la caída se había torcido uno de los tobillos. Ethan le ayudó a sentarse en uno de los sillones de la entrada. Lo giró por si salía el recepcionista y la veía. No habría sabido qué responder a determinadas preguntas. Acercó una silla a su lado y se sentó en silencio. Amelia le cogió la mano. Él, sin volver la cara, acariciaba las heridas.

—Ethan — dijo Amelia con gran esfuerzo — ¿por qué no me miras? ¿Estás enfadado?

El chico volvió la cara. Intentaba evitar que las lágrimas cayeran de sus ojos. Tomó las dos manos de Amelia y besó las palmas.

—Sí — dijo —. Claro que estoy enfadado. Estoy furioso conmigo mismo por no haber sido capaz de protegerte — un sollozo se escapó de su garganta —. Casi mueres delante de mi sin que yo haya hecho nada para evitarlo. Perdóname.

Amelia lo abrazó. Una ráfaga de aire helado abrió la puerta del hotel de par en par. En ese momento llegaron Celia y Marco. Llevaban un par de bolsas de viaje.

—Vamos — dijo Celia mientras Marco hablaba con el recepcionista —. Salgamos de aquí.

CAPÍTULO 35

La casa de huéspedes había colgado el cartel de "completo" por primera vez en mucho tiempo. Lo único que quedaba libre era el cuarto de la buhardilla en el que apenas había sitio para una cama de cuerpo y medio y una mesilla de noche. Allí jamás se había hospedado ningún cliente. La utilizaban cuando en verano acogían a la familia paterna. Tres tíos, tres tías, los abuelos, siete primos y un perro inagotable. Y en el último año la novia del primo mayor. Los visitaban una vez al año. Dos semanas de jolgorio, comidas, sobremesas sin fin, ruido y caos. Divertido y agotador. Exasperante a veces. Tan entrañable como fatigoso. Solía ser Lilian la que a regañadientes subía a la buhardilla cediendo su dormitorio a alguno de sus familiares.

Cuando la madre de Lilian vio llegar a los Frattini en aquel estado no pudo sino ofrecerles su dormitorio. Necesitó insistir para que aceptaran.

Era tarde y, por suerte, los huéspedes se habían retirado a sus habitaciones. Entraron directamente a la cocina, el lugar donde Lilian y su madre hacían vida. El sitio más amplio y cómodo de la vivienda, donde Lilian y su madre hacían vida. Se sentaron alrededor de la gigantesca mesa en la que cada mañana servía los desayunos a los visitantes. La mujer puso a calentar agua y sacó tazas para todos. Iba a ser una noche larga. Nadie decía nada. Tampoco preguntó. Durante semanas había oído hablar a Amelia y a su hija. Incluso participó en sus conversaciones aportando los rumores que había oído a su madre y a su abuela. Necesitaban tiempo. Digerir lo que acababan de presenciar antes de hablar de lo ocurrido. Sacó las latas de infusiones y el bizcocho que había preparado para el desayuno. Ya improvisaría tostadas o abriría la lata de galletas de mantequilla para casos de emergencia. Abrió uno de los armarios del que sacó una caja blanca con una enorme cruz roja en el centro. Se la ofreció a Ethan. El muchacho agradeció el gesto de la mujer con un movimiento de cabeza. Retiró la servilleta de la cara Amelia para limpiar la herida. Esta seguía en shock. Sujetaba con fuerza el trapo ajena a lo que acontecía a su alrededor.

Lilian se encontraba estudiando en su habitación. Al oír el timbre pensó que alguno de los huéspedes volvía de cenar fuera. Sin embargo, no escuchó pisadas en el pasillo ni el cierre de las puertas de los dormitorios. Le extrañó. Bajó a la cocina a ver quién era. De paso se prepararía un tentempié para la noche de estudio que le esperaba. Al abrir la puerta encontró a su madre cortando un bizcocho mientras Ethan y Marco limpiaban sangre de la cara de Amelia y Celia trataba de disimular el llanto. No preguntó. Se abalanzó hacia su amiga que la abrazó con fuerza.

—Quería matarme, Lilian — dijo entre sollozos Amelia —. Quería matarme.

Amelia lloró con fuerza en los brazos de su amiga. No lo había hecho hasta entonces. Aguantó por Ethan. Porque se sentía culpable. Deseaba ahorrarle aquella sensación. Pero al sentir el abrazo de Lilian explotó. Con la ayuda de Ethan, narró el trance por el que había pasado. Celia, que solo presenció los últimos segundos, temblaba al oír el horror vivido por su hija. Marco apretaba con fuerza los puños. La madre de Lilian, en pie, apoyada en la encimera, escuchaba aterrada. De vez en cuando se acercaba a Celia mostrándole consuelo descansando su mano sobre el hombro.

—Nos marchamos — dijo Marco —. Volvemos a Madrid. Vendemos el hotel y regresamos a España.

Celia asintió. Apoyó la decisión apretando el brazo de su marido. Tenía razón. Era la mejor solución.

—No papá — contestó Amelia —. No podemos volver. Rottingdean es ahora nuestro hogar.

—¿Hogar? — dijo Celia con frustración —. Un hogar es un sitio donde te encuentras seguro. Un hogar es donde descansas, donde te relajas al final del día. Un hogar es el lugar donde sabes que estás a salvo ¿Tú te sientes a salvo allí Amelia? No cielo, eso no es un hogar.

—Pues yo no deseo volver a España. Allí no éramos una familia. Éramos los pedazos de lo que tiempo atrás había sido una. Ha sido Rottingdean la que nos ha devuelto la ilusión. Mamá, aquí me he reencontrado contigo, con la persona que fuiste una vez. Papá, a ti te he visto recuperar la confianza que habías perdido. Las ganas de emprender. Y también has recuperado a mamá. Sabes que tengo razón.

—Amelia — dijo Marco —. Sí, tienes razón. En Rottingdean hemos rescatado nuestra familia, convaleciente tras la pérdida de tus hermanos. Sin embargo lo que nos pides es imposible. Nos marcharemos donde tú quieras. Donde sea. Si no deseas volver a España, pues no volvemos. Empezaremos de nuevo. Pero lejos de aquí.

—Cariño — continuó Celia —, tenemos que irnos. Quedarnos supondría ponerte en peligro. En Rottingdean Hill House hay algo. Oscuro, inhumano, atroz, que desea matarte. Desconozco la causa que mueve a esa…cosa y no estoy dispuesta a averiguarlo. Ya perdí a tus hermanos. Ahora me niego a perderte a ti también. Nos vamos de aquí, aunque te duela. Como dice tu padre, el destino lo eliges tú, pero elige un lugar lo más alejado posible.

Todos la observaban. Miró a Lilian sin ser capaz de descifrar lo que indicaba su expresión ¿No le iba a decir que mandara al cuerno la idea de escapar? ¿No le iba a animar a encontrar una solución? No. Por lo visto no le iba a decir nada. Miró a sus padres. Aseguraban que la decisión la tomaba ella ¿Era verdad? ¿Y por qué sentía que habían decidido por ella? Miró a Ethan. Él entendería su negativa a abandonar Rottingdean. Él la apoyaría. Pero en sus ojos encontró dolor, tortura y algo que no esperaba. La angustia de una despedida, de un adiós. Decepcionada, se levantó de su asiento alejándose de su lado ¿Por qué se daba por vencido? ¿Por qué daba la razón a sus padres? Deseaba que le hubiera rogado que se quedara, que no se fuera, que luchara por permanecer unidos. Sin embargo supo que no lo haría. Prefería verla marchar antes que verla morir. Y ella prefería morir antes que alejarse de su lado.

Ethan la tomó por los hombros buscando su mirada. Asintió empujándole a acceder a los deseos de Marco y Celia.

—Amelia, es lo mejor que puedes hacer — dijo Ethan —. Marchaos, buscad un lugar donde estés a salvo. Mientras, yo arreglaré algunas cosas aquí. Solucionaré mi marcha y en cuanto estés establecida iré allí donde tú estés. Quiero estar a tu lado Amelia. Siempre. Si tú también lo deseas, jamás me separaré de ti. Estaremos unidos para siempre, pero alejados de Rottingdean.

Eso sí que no lo esperaba. Ethan estaba dispuesto a dejarlo todo por ella. Su casa, a su madre, a sus amigos, la universidad. Su vida, en definitiva.

—¡No! — dijo Amelia sorprendiendo a todos —. No voy a consentir poner patas arriba la vida de todos. He tomado una decisión y desearía que la apoyarais. Ya no soy una niña. Puedo y quiero decidir qué hacer, dónde vivir. Entiendo y agradezco los sacrificios a los que estáis dispuestos. Pero no es eso lo que deseo. No voy a huir de Rottingdean sin probar algo antes. Os pido una oportunidad. Solo una. Y si no funciona lo haremos a vuestra manera.

Ethan, Celia y Marco fruncieron el ceño al unísono. Desconfiaban. Lilian, sin embargo, sonrió. Su amiga no estaba dispuesta a dejarse amedrentar.

—Antes de nada querría desalojar el hotel.

—Es lo primero que pensaba hacer mañana a primera hora — dijo Marco —. No puedo permitir poner en peligro a nadie. Aunque "eso" no parece estar interesado en los huéspedes, prefiero evitar cualquier incidente.

—¿Qué excusa vas a dar? — preguntó Celia.

—Diré que hay termitas y hay que fumigar. Hablaré con otros hoteles y les buscaré alojamiento. Correrá de nuestra cuenta. También les regalaremos el doble de los días que habían contratado totalmente gratis en la fecha que deseen. Y a los empleados les enviaremos a casa hasta que todo se haya solucionado.

—Perfecto — dijo Amelia —. Después llamaremos a Chloe. Ella nos ayudará.

—Amelia — dijo Marco enfadado aunque no sorprendido —, ¿esa es tu solución? ¿Llamar a una médium? ¿Cómo sabes que no quiere estafarnos? ¿Acaso sabes algo de ella? ¿La has investigado? ¿Y si es una delincuente, una loca, una timadora?

—Por favor, papá, déjame intentarlo. Confía en mí. Por favor. Sé lo que hago.

—¿Hablarás con Chloe entonces? — preguntó Celia.

—Exacto. Tendremos una reunión con ella. Ha estado en casa un tiempo. Que nos diga lo que ha averiguado y cómo acabar con ello. Solo eso. Simple.

—No, no tan simple — dijo Celia —. Yo también quiero poner una condición. Si en algún momento corres peligro, el más mínimo, se cancela todo. Paralizamos tu plan y nos marchamos. No voy a consentir que arriesgues tu vida.

—De acuerdo — dijo Amelia —. Me parece justo.

—Me puede decir alguien por qué Chloe ha pasado un tiempo en el hotel — pregunto Marco molesto.

—Fue idea mía, papá. Lo siento. Debí decírtelo pero sabía que pondrías el grito en el cielo.

—¿Sabías algo de esto? — preguntó Marco a Celia.

—Pensaba contártelo en unos días. Ahora todo se ha precipitado. Es lo mejor, Marco. Piensa en ella como en una observadora. Alguien ajeno a la familia capaz de ayudar.

No era momento de discusiones. Marco sabía del carácter impulsivo de su mujer. Le sorprendió más en su hija. En qué estado se encontraba si, con un una forma de ser como la suya había aceptado la ayuda de una mujer así. Con un suspiro aceptó incluir a Chloe en aquella complicada ecuación. Pero si los engañaba. Si intentaba aprovecharse, él mismo se encargaría de denunciarla.

—Ahora deberíamos irnos todos a descansar. Ha sido un día largo — dijo Celia— ¿De verdad que no te importa que ocupemos tu dormitorio? — dijo a la madre de Lilian.

—En absoluto — contestó la mujer —. Tú harías lo mismo en mi lugar. Vamos, marchaos, dormid un poco, lo vais a necesitar.

Lilian miró a Marco por primera vez en toda la noche. Hasta entonces no había sido capaz de sostenerle la mirada. Temía que siguiera enfadado con ella. Pero después de lo ocurrido…

—Antes de irnos querría hacer algo. Pedirte perdón, Lilian — dijo Marco sorprendiendo a todos.

El hombre se levantó de su silla y se aproximó hacia donde estaba la muchacha.

—Dame un abrazo, pequeña — dijo al tiempo que Lilian le abrazaba con timidez —. Perdona. He sido un estúpido, un insensible y un bocazas. ¿Podrás disculparme y olvidar todas las tonterías que dije?

—Claro que sí. Ya lo he olvidado.

Todos los miraron extrañados. Nadie preguntó. Ya lo harían más tarde, cuando estuvieran a solas.

CAPÍTULO 36

Un taxista, con aspecto desaliñado y barba de tres días sujetaba un trozo de cartón con su nombre escrito de manera torpe y a bolígrafo. La salida de la estación estaba abarrotada de turistas atolondrados que corrían huyendo de la lluvia. Chloe se encaminó al taxi. Refunfuñó varios improperios al ver que el hombre ya había entrado en el coche sin intención alguna de abrirle la puerta. Encima llovía a cántaros y no había cogido paraguas ¿Cómo era posible, si en Londres lucía un sol radiante? Se arrepintió por emperifollarse con su chaqueta de piel sintética. La lluvia la estropearía. "Si el jodido taxista me hubiera abierto la puerta apenas se habría mojado", pensó.

Iba de mal humor. No solo por la lluvia, porque odiaba viajar en tren o por la lentitud del conductor — que estaba claro que cobraba por tiempo —. Le molestaba el lío en el que se había metido. Debía haber dicho no a aquel trabajo. Olvidarse de Rottingdean y de las muchachas. Haber disfrutado de las noches de hotel gratis que le habían regalado y después, "si te he visto, no me acuerdo". Sin embargo necesitaba el dinero. Cierto que en un principio dijo que no iba a cobrar, que Karen le había pagado con generosidad. Pero aquel dinero estaba más que gastado. Este trabajo le permitiría pagar el arreglo de la caldera, ropa nueva y ahorrar por lo que pudiera pasar. Ya había aprendido la lección. "He pedido poco", volvió a repetirse.

Le aliviaba saber que el taxi no la llevaba al hotel que tan malas vibraciones le hacía sentir. Se encaminaba a una casa de huéspedes en Rottingdean. El mal humor no era bueno para determinadas actuaciones. Y sería por la lluvia, por el puñetero taxista que no le permitía fumar en el coche, o por haberse dejado convencer por Amelia, que su talante distaba mucho de ser grato. No, no era buen día para trabajar.

En la puerta de una vieja y anodina casona la esperaba Celia. Le caía bien esa mujer. Amable, directa y nada dada a juzgar a los demás por su aspecto o profesión. Su hija, sin embargo, le turbaba. No sabía muy bien cómo debía tratarla. Tenía algo extraño que todavía no había sabido descifrar. Y su amiga. Lilian. Una muchacha con potencial.

—Buenas tardes, Chloe — dijo Celia alargando la mano para ayudarla a bajar del taxi —. Qué alegría volver a verte. Disculpa que no te hayamos avisado con más tiempo. Entra y entenderás el por qué de la premura.

—No hay por qué disculparse — contestó Chloe con brusquedad. Acababa de meter el pie en un charco —. Esto es trabajo, no una reunión de amigos.

—Adelante — dijo con paciencia Celia rogando que el mar humor de la invitada y el escepticismo de su marido no chocaran.

De nuevo la cocina fue el lugar de reunión. Afortunadamente los huéspedes tenían la costumbre de salir de la casa después del desayuno y no volver hasta después de la hora de la cena. Todavía disponían de varias horas. Sentados alrededor de la mesa y en tenso silencio esperaban Lilian, su madre, Amelia, Ethan y Marco.

—Chloe, adelante — dijo Celia invitando a la mujer a entrar en la cocina.

—¡Shhhh…! — Chloe se paró en seco bajo el marco de la puerta —. Que nadie hable, por favor. Necesito observar algo antes de conoceros.

Marco suspiró. Su hija lo observaba temerosa. Si Chloe no suavizaba el teatro la iban a tener.

Entró con los ojos cerrados. Después, en silencio, caminó alrededor de la mesa observando a cada uno de los allí presentes. Despacio, sin prisa, hasta llegar a Marco. Se paró tras él observándolo detenidamente. Puso la palma de la mano sobre su cabeza sin apoyarse en ella. Marco volvió a suspirar con más fuerza, sin disimular su irritación. Celia se mordía las uñas nerviosa mientras miraba suplicante a su marido. "Una oportunidad. Solo una oportunidad", parecía rogarle con los ojos.

—¡Suficiente! — dijo —. Ahora, si alguien me prepara una taza de té estaría muy agradecida. El viaje ha sido más desagradable de lo esperado.

La madre de Lilian se levantó, pero Celia se lo impidió. Bastante tenía que aguantar la pobre mujer como para encima tolerar las órdenes de Chloe.

—¿Les importa si fumo? — preguntó sacando un pitillo del bolso junto a un encendedor barato de plástico amarillo.

—En realidad esto es una casa de huéspedes y no… — comenzó a decir la madre de Lilian.

—Perfecto, gracias — contestó Chloe ignorándola mientras encendía el cigarro.

Marco iba a decir algo pero la madre de Lilian apoyó la mano sobre su brazo para que lo dejara estar. Se levantó, y de un cajón de la encimera sacó un cenicero de cristal azul.

—Con lo que me han dicho esta mañana por teléfono, más lo que acabo de ver, creo que ya me hago una idea de lo que desean de mí.

—Chloe — dijo Amelia —. Permítame que le presente a mi…

—No hace falta. Ya sé quiénes son. Tu padre, tu novio, la madre de tu amiga y al resto ya os conozco ¿Por qué tienes la mejilla tapada, muchacha? ¿Te dañaste durante el episodio de anoche?

—Sí — contestó Amelia.

—¿Puedo verlo?

—Claro.

Amelia se destapó el apósito. Bajo el yodo resaltaban tres arañazos que llegaban desde el pómulo hasta casi la barbilla. Chloe los tocó sin ningún miramiento. Recorrió las heridas con los dedos sobando la carne herida. A Amelia se le revolvió el estómago. Tenía las manos frías como las de un cadáver y con un desagradable olor a tabaco.

—Curioso — dijo Chloe.

—¿Qué es exactamente lo que le parece curioso de todo esto? — dijo con acritud Marco.

—Las heridas. No son las normales.

—¿Por qué? — preguntó Amelia.

—Lo habitual es que los espectros tengan una fuerza limitada. Limitada al entorno. Aparecerse ya es un gran esfuerzo para ellos. Y emitir sonidos e incluso mover objetos, ni os cuento. Pocos son tan poderosos como para realizar tales hazañas. Y es una suerte. Estamos rodeados de almas. Las hay por todos lados. No están tan lejos de nosotros, solo al otro lado de la pared. Y aunque intentan ponerse en contacto con los vivos, no pueden. Carecen de la energía necesaria.

En mi larga experiencia, solo los he visto lesionar a los vivientes de dos maneras. La primera, provocándoles. El sobresalto, la huida tras la aparición o sus sonidos les hace caer o chocar contra los objetos que encuentran en el camino. La segunda, solo la he observado una vez. Un espíritu, en un momento de furia, consiguió hacer mover un marco con su fotografía de un lado a otro de una habitación. Pasó rozándome el brazo. Tenía fuerza, pero no la controlaba para apuntar.

—¿Entonces? — preguntó Celia — Cómo ha podido arañar la cara de Amelia. Está claro que son señales de unas uñas.

—Eso es lo más preocupante. Estamos ante un ente tremendamente poderoso. Capaz de materializar su cuerpo. Un cuerpo que ya no existe, que se pudrió hace tiempo. Su fuerza, su vigor, es tal que logra generar una energía a su alrededor que se concreta en su antigua figura. En su antiguo yo materializado. Es capaz de manejar la energía a su antojo. Y os aseguro que la he visto. La energía. Rodea la casa. Está por todos lados. Densa, oscura, inmensa.

Nadie habló. Ni siquiera Marco se atrevió a poner en duda ideas tan descabelladas para su racional forma de ver la vida.

—¿Podemos combatirla? ¿Acabar con esa cosa? — preguntó Amelia.

—No lo sé, niña. No lo sé. Habría que averiguar quién es y qué quiere. Por qué está tan aferrada a aquel lugar. ¿Tenéis alguna idea?

—No. Solo algunas pistas — dijo Lilian —. Los escritos de Amelia, las cajas, su contenido… poco más.

—Eso ya es mucho. Pero tú sabes más de lo que dices muchacha — dijo Chloe señalando a Lilian.

—¿Yo? No sé a qué se refiere.

—Claro que lo sabes. Tú tienes algo de lo que no es momento ahora de hablar. Ya lo haremos más adelante. Y tú también — dijo Chloe refiriéndose a Marco —. Los dos sabéis algo que no habéis compartido.

Marco se levantó de su silla sobresaltado. Como si le hubiesen pinchado con un hierro al rojo.

—Todo esto es una estupidez — dijo— ¿Acaso cree que oculto algo?

—Sí, eso es — dijo Chloe al tiempo que apagaba su cigarro en el plato de su taza de té — Y la prueba de ello es tu manera de reaccionar. Tu enfado.

—¡Se acabó! No voy a tolerar que esta chiflada me llame mentiroso. Le agradecería que se marchara de esta casa. Ahora.

—Como desees. Pero antes, voy a hacerte una pregunta ¿Te has parado a pensar que quien te trajo de nuevo a la vida lo hizo para ayudar a tu hija? Estabas muerto, Marco. Clínicamente muerto. Te regalaron otra oportunidad. Y la vas a echar a perder.

Marco, trémulo y con el semblante pálido volvió a sentarse. Miró a Celia, a Amelia angustiado. Que murió clínicamente no era una novedad. El médico les comunicó que había sido preciso reanimarlo. Como a miles de pacientes al día en miles de hospitales del país. Pero que sufrió una experiencia después de la muerte, eso ya era otra cosa. Ni se lo había planteado ¡Cómo iba a hacerlo! Si él mismo era médico. Sabía muy bien cómo funcionaba el cerebro después de la muerte. La anoxia, o falta de oxígeno, provoca alucinaciones. Y eso debía ser lo que había sufrido: alucinaciones. Alimentadas por los opiáceos que le suministraban para calmar los dolores.

—Ahora estás buscando una explicación racional a lo que viste, ¿verdad? — dijo Chloe —. Y podría tenerla. Pero, cómo interpretas que Lilian haya sido testigo de tus mismas visiones. Porque las has visto, ¿no es así? — preguntó a Lilian.

La chica asintió.

—¿Te lo dijo él? ¿O emergieron al verlo después del accidente? ¿Acaso lo soñaste? — insistió.

—Surgieron cuando le rocé la mano. Miles de imágenes se volcaron en mi cerebro. Como cuando pasa información de un ordenador a otro.

—Fascinante, ¿y qué viste?

—No lo sé — contestó Lilian incómoda—, ¿por qué no le pregunta a Marco? Fue su experiencia.

—Marco, ¿estás dispuesto a admitir lo que viste o sigues deseando que me marche? Es posible que me haya equivocado contigo. Puede que no estés preparado. Que no seas lo suficientemente fuerte. Ni valiente.

La presión, la noche sin dormir, la angustia de ver a una hija agredida, el temor a estar volviéndose loco, el pánico a perder de nuevo a su familia fueron más de lo que Marco pudo soportar. Con las dos manos sobre su cabeza se derrumbó sobre la mesa de cocina. Cómo podía estar ocurriéndoles algo así. Por qué no era capaz de proteger a los que confiaban en él. Celia corrió hasta su lado y lo abrazó. Lo mismo hizo Amelia que, harta del talante de Chloe, se encaró con la mujer.

—Ya es suficiente — dijo —. ¿Qué le ocurre? ¿Es necesario ser mezquina e insensible?

—Lo siento niña, pero esto no es nada comparado con lo que vais a sufrir si decidís seguir adelante. Si os molesta mi método, mala suerte. No sé hacerlo de otro modo.

Nadie habló. El silencio se apoderó de la cocina.

—De acuerdo — dijo Chloe —. Me marcho. Si no le importa, me gustaría llamar a un taxi — dijo a la madre de Lilian.

Chloe cogió su abrigo, guardó el paquete de cigarrillos y el encendedor en el bolso y se levantó. No era la primera vez que cancelaba un trabajo porque los clientes no estaban preparados. Lo respetaba. Lo entendía.

—Chloe, no se marche — dijo Marco—. Supongamos que tiene razón. Que lo que vi no fue la reacción de mi cerebro a la falta de oxígeno ¿Cómo nos puede ayudar?

—Tendría que saber exactamente qué vio, qué oyó.

—No… no lo recuerdo con exactitud. Eran palabras sueltas. Imágenes. Dos mujeres.

—Y la luz — añadió Lilian — Una luz preciosa, brillante, muy, muy blanca. Y sangre. Una bañera.

La madre de Lilian se santiguó. Había oído montones de historias de miedo. Eran el pasatiempo favorito de sus tías y de su madre durante las tardes de invierno. Cocinar mientras narraban sucesos, reales o inventados, sobre Rottingdean Hill House y sobre algunas otras viviendas de la zona. Pero oír hablar a su hija de tales cosas le horrorizaba sobremanera. Por eso no podía ni imaginar por lo que estaban pasando Celia y Marco al presenciar el ataque a la suya. Y por eso les ayudaba. Si no fuera por Amelia, no se habría involucrado.

—Si os parece bien, vamos a intentar una cosa — el tono de Chloe había cambiado. De comportarse de manera fría y grosera pasó a un tono dulce y empático —. Necesito recomponer el puzle. Me estáis ofreciendo piezas, fichas sueltas, pero que no encajan. Vamos a hacer algo.

Chloe levantó de su asiento a Celia y se sentó junto a Marco. Pidió a Lilian que ocupara la silla a su otro lado.

—He advertido que Lilian y tú tenéis una leve conexión. Es algo común, lo he visto otras veces. Se trata de una energía que fluye alrededor de dos o más personas que son capaces de entenderse sin pronunciar palabras. Con la mirada, con los gestos... Esa energía tiene un grosor, un color y una forma características. Puede surgir entre parejas, entre madres e hijos, entre compañeros de trabajo, entre amigos o incluso entre desconocidos. No tiene nada que ver con la relación que los une. Simplemente uno de ellos posee la capacidad de ver lo que otra gente no puede. En este caso eres tú Lilian. Tu don es potente. Muy potente.

La mano de la mujer estaba cubierta de anillos y pulseras. De diferentes estilos, colores, tamaños y valor. Parecía que había abierto el joyero y se había colocado todo lo que le permitían cargar sus dedos y sus muñecas. Uno a uno se los fue quitando dejándolos en el interior de una caja de seda fucsia con estampados orientales que sacó de su bolso. Lo hacía despacio, con paciencia. La misma que empezaba a perder Marco.

—Ahora os voy a coger las manos — explicó —. Actuaré como una especie de catalizador. Provocaré que Lilian, y de paso yo, seamos testigo de tu vivencia. Os aviso: no va a ser agradable. Os sentiréis extraños. Tú, Marco, tendrás la sensación de volver al momento de tu muerte. Te sentirás atrapado. Querrás escapar, salir de ese lugar, pero te mantendré allí hasta que pueda ver todo lo que sucedió. Tú, Lilian, eres la clave. La información fluirá hasta ti pasando a través mía. La verás con total claridad. Puede ser placentero o tremendamente aterrador. Debes estar preparada para cualquier cosa. En tu caso sí podrás cortar la conexión. Si ves que no lo aguantas, que no puedes más, no lo dudes. Desconecta. Ya encontraremos otro modo de averiguarlo ¿Listos?

—Lilian, hija — dijo su madre —, no tienes por qué hacerlo.

—Es cierto, Lilian — dijo Celia —. Ya has oído a Chloe. Puede encontrar otro modo de averiguar qué pasó.

—No, quiero intentarlo — dijo Lilian —. Además, sé lo que voy a encontrar. Más o menos. Ya lo vi solo que no supe interpretarlo.

—Está bien — dijo Chloe — ¿Preparados? Cuando comencemos, digamos lo que digamos, veáis lo que veáis, no interrumpáis. Quedaos en silencio. Salid de la cocina si es preciso — dijo refiriéndose a las madres, a Amelia y a Ethan, que no había abierto la boca en toda la tarde —. No va a pasar nada. Lo tendré todo bajo control. Si detecto algo extraño, interrumpo la sesión ¿De acuerdo?

Esperó a que todos asistieran. La madre de Lilian fue la más reacia. Celia le cogió la mano.

—Muy bien — dijo Chloe—. Allá vamos.

CAPÍTULO 37

Oscuridad. Chloe solo veía oscuridad. La mano de Marco le apretaba hasta doler. Tenía fuerza. Fuerza interior. Podía sentirla. Una fortaleza que le ayudaba a soportar el trance. También sentía su temor, su miedo, su frustración, su ira. Hasta la animadversión que sentía hacia ella. La de Lilian, en cambio, mostraba emoción, curiosidad. Sudaba. Un sudor frío. El de la excitación, el nerviosismo, la impaciencia. Un largo pitido la apartó de aquellas percepciones. Era agudo. Muy desagradable. Ahí estaba.

Las voces perdían intensidad. Gritos. Órdenes. Tecnicismos ininteligibles para profanos en medicina. Largos pitidos y un golpe. Dos. Hasta tres. Las voces se alejaban. El pitido desaparecía. Volvía la tranquilidad. El silencio. La paz. Chloe se sintió flotar. Como si se hallara sumergida en un líquido en el que no se apreciaba temperatura, ni olor, ni densidad. De la negrura surgió un punto. Blanco. Diminuto. Muy luminoso. Que crecía o se acercaba, difícil de precisar. Chloe no podía dejar de mirarlo. Se sentía fascinada por él. Era tan bello, tan blanco, tan hipnótico. Su tamaño aumentaba despacio, a un ritmo irregular. A veces parecía estirarse cambiando de forma para enseguida recuperar su aspecto inicial. Redondo, perfecto, maravilloso. Marco, Chloe anhelaba llegar hasta aquel lugar. Lo necesitaba. Pero no podía moverse. No poseía piernas, ni brazos, solo esencia. El pensamiento. Descubrió que su pensamiento era el modo de ir adonde quisiera. Es simple deseo le permitía girar, avanzar, retroceder. Y deseó ir hasta la luz. Acercarse hasta ella. Quedarse en ella.

—Marco, no, espera — oyó a su lado.

¿Quién le hablaba? Quién estaba con él. Deseaba verlo. Y la vio. Era una mujer joven. De unos treinta años. Vestida de riguroso negro.

Con un mandil y una cofia blancos.

—¿Quién eres? — preguntó Marco — ¿Qué hago aquí? ¿Dónde estoy?

—Marco, no hay tiempo. En un momento volverás con los tuyos y perderé la oportunidad. Ahora solo escúchame.

—No. Tengo que marcharme. Ir hasta allí. Me está esperando — dijo Marco señalando la luz. Le sorprendió ver de nuevo su cuerpo. Sus brazos. Sus manos.

—No puedes. Todavía no. Ese no es tu lugar, Marco. Algún día. No hoy — contestó la mujer apresuradamente mientras le agarraba el brazo —. Ahora observa.

Aferrado a la mujer, vio materializarse a su alrededor una habitación. Era una cocina. De inmensos fogones y una chimenea del mismo tamaño que el aseo de su antiguo piso de estudiante. Miró a su alrededor. Algo en aquel lugar le resultaba familiar. Había estado allí antes, seguro. Hacía calor. Olía a guiso, a té y a algo más que no sabría precisar. Una especia, ¿canela? Sí, era canela. O nuez moscada. Qué más daba. En el centro de la estancia, justo enfrente de la chimenea, apareció una recia y enorme mesa de madera gastada por el tiempo. Con cortes, raspaduras y el brillo de cientos de limpiezas. A un lado, en pie, dos mujeres. Hablaban, pero no podía oírlas. Ambas eran jóvenes. Una de ellas apenas una chiquilla. Muy guapa. Vestía un vaporoso vestido amarillo con una enorme lazada en la espalda y mangas abullonadas. Por el corte podría asegurar que era de finales del siglo XIX o principios del siglo XX. Marco se fijó en la mayor ¡Era ella! La misma mujer que le había llevado hasta allí, la que lo sujetaba para que no se marchara.

—Sí, soy yo — dijo la mujer — Y esta es la cocina de Rottingdean, tu cocina.

Ahora, la persona que le hablaba, la que estaba a su lado, había envejecido. Cuarenta o cincuenta años por lo menos. Marco, impresionado y fascinado, observó cómo a medida que la mujer conversaba iba cambiando de aspecto. En cuestión de segundos pasaba de la lozanía de la juventud a la decrepitud de la senilidad. La piel, tersa y firme, se transformada en un amasijo de arrugas y manchas. Después, volvía a rejuvenecer. Una y otra vez.

—¿Por qué no escuchas, Marco? — dijo la mujer apremiándole a presenciar la escena.

Marco deseó oír. Las voces de las mujeres inundaron el lugar. Gritaban.

—¿Cómo has podido hacerlo? ¿Cómo has podido? — sollozaba la mujer.

—Tú me enseñaste — contestó la joven — Entonces no tenías tantos escrúpulos.

—Jamás te enseñé a matar, niña.

—¡Porque eres una cobarde! ¡Una maldita y llorosa cobarde ¿Acaso nunca deseaste asesinarles? ¿Hacerles pagar por todo el mal que causaron? Después de lo que hicieron. Eres tan, tan… arrastrada. Tan lamentable. Me das pena.

La mujer abofeteó a la joven que comenzó a reír de manera histérica.

—Has asesinado a tu propia prima — dijo la mujer.

—Le hice un favor. Era un ser pusilánime y débil. Inservible.

—Una acción así tiene un precio, niña. Siempre tiene un precio. Y espero que sea muy alto.

—Lo pagaré gustosa. Solo por ver su cara ¿Te has parado a pensar que al menos yo he hecho algo? Tú, en cambio, llevas toda tu vida soportando humillaciones.

—A mi no me engañas. No lo haces por venganza. Tu interés es otro muy distinto. Sabes que cuando sepa lo que has hecho será imposible que te ame, ¿verdad? Se alejará de ti. Te odiará. Le darás asco.

—Déjame en paz.

—Eres un monstruo.

—Puede ser. El monstruo que tú me ayudaste a ser.

Marco no entendía qué estaba presenciando. Su acompañante debió entender sus pensamientos.

—Ahí descubrí lo cruel y poderosa que era — dijo la mujer que de nuevo lucía joven — Le enseñé magia como una diversión. Como nos la enseñaron a mi hermana y a mí. Pero ella fue más allá. Investigó por su cuenta. Se adentró en la frontera de lo inmoral sin temer las consecuencias. Te juro que jamás pensé que algo así podría ocurrir. Y no fui capaz de preverlo. Mis hechizos, los trucos, eran simple diversión. Nunca habían servido para nada que no fuera alejarme del tedio. Al menos eso creía. En algún momento todo aquello la transformó en un monstruo. En un ser aberrante e inhumano. O puede que ya fuera así antes, no lo sé. Ahora, en mi desesperación, he llegado a pensar que también fue ella la culpable de la muerte de mi hermana. Que no fue un accidente. Que deseó su muerte y la llevó a cabo. Marco, justo en estos momentos ella está en tu casa. Al acecho. Antes de marcharte quiero que veas de qué es capaz para conseguir sus propósitos.

Entonces el escenario cambió. De la cocina pasaron a un baño. Pequeño, antiguo. Iluminado por un par de velas y una lámpara de aceite. Conocía aquel suelo. Las baldosas. Se hallaban en uno de los baños de la segunda planta de Rottingdean Hill House. El baño que tiempo atrás había pertenecido a la señora Danvers. Frente a ellos surgió una bañera. De loza blanca con patas doradas. En su interior se hallaba la joven de la cocina. Su atuendo había cambiado. Ya no llevaba el vestido amarillo sino un sutil y ligero camisón blanco. Marco se sintió incómodo. El agua le llegaba hasta el pecho ciñéndole la tela al cuerpo. Quiso salir de allí, pero la férrea sujeción de la mujer lo mantuvo en el sitio. El agua cambió de color. Del blanco pasó al rojo carmesí. La muchacha giró la cabeza. Le miraba con dulzura. Su expresión, lejos de tranquilizarle le habría helado la sangre de haberla tenido. Quería marcharse, salir de allí. Oyó el sonido del agua. La joven sacó los dos brazos y los extendió hacia él. Parecía encantada, como quien muestra algo hermoso. Horrorizado, Marco observó las heridas. Hechas con algún objeto punzante pero sin filo. Jirones de carne y piel desgarrada que llegaban desde el pliegue del codo hasta las muñecas. Sangraba de un modo exagerado, poco natural, dejando un macabro dibujo sobre las maravillosas baldosas y el borde de la bañera.

—Vámonos — dijo Marco a su captora —. Déjame salir de aquí, por favor.

Antes de que terminara la frase ya se encontraban en el lugar donde todo empezó. En la negrura cuyo único punto de luz era aquella seductora y atrayente luz. Marco sintió de nuevo su influjo. La atracción que podía hacer olvidar lo que dejabas atrás. Pero era mucho lo que la mujer le había mostrado.

—¿Cómo te llamas? — preguntó Marco.

—Louise. Me llamo Louise. Avisé a Karen del peligro que hay encerrado en Rottinggdean cuando solo era una niña. Por desgracia, murió antes de acabar con él. Ahora, el mal ha vuelto con más fuerza. Tu hija lo ha despertado. La estaba esperando. No solo quiere matarla. Desea producirle un sufrimiento que perdure eternamente.

—¿Por qué?

—Porque la necesita. Porque la odia.

—¿Cómo podemos acabar con ella?

—Encontrando las semillas del mal que ella creó. Destruyéndolas. Ayudé a las chicas a localizar una parte, pero falta lo más importante. Encontradlo y se acabará esta maldita pesadilla.

A lo lejos se oían voces. Un fuerte golpe y un espantoso dolor en el pecho hicieron que Marco no oyera las últimas palabras de la mujer.

—Es la hora Marco — dijo Louise —. Tienes que volver. Recuerda lo que te he dicho. Si no, confía en Lilian. Ella podrá ayudarte. Permaneceré a vuestro lado a través suyo. Es la única conexión que tengo con mi pasado. Conocí a su familia, a su …

Otro golpe. Más fuerte. El frío envolvió a Marco. Apenas era consciente ya de lo que Louise decía.

—Corréis peligro. Ha vuelto por Amelia. Está sucediendo en estos momentos…

Una fuerza descomunal tiró de Marco hacia atrás. Le pareció ver la figura de Louise alejarse a gran velocidad. El dolor del pecho se hizo insoportable. Le costaba respirar. Y el frío. Otra vez ese maldito frío.

Marco, Chloe y Lilian abrieron los ojos al unísono. Miraron a su alrededor aturdidos. No sabían si habían vuelto o seguían sumergidos en aquella visión surrealista. Los demás los observaban con una mezcla de estupor y espanto. No habían presenciado las visiones. No habían visto a la mujer, ni a la joven, ni la sangre manar de sus brazos, pero habían escuchado palabras sueltas en boca de Chloe, y la conversación entre Marco y Louise. Esta última hablando a través de Lilian. Su madre, horrorizada, no podía parar de temblar. Quien hablaba no era su hija, era otra persona.

—Amelia — dijo Celia —. Nos vamos. Si esa cosa te busca, ¿por qué exponerte? ¿qué ganamos con ello?

Tras una larga pausa, Amelia se levantó de su asiento. Paseó por la cocina pensativa. Con un gesto de su mano pidió un momento de silencio. Necesitaba pensar. Centrarse. Había algo que se le escapaba. Algo que estaba ahí y nadie había visto.

—Creo que irme no serviría para nada — dijo al fin —. Desde que toda esta locura comenzó tengo una sensación rara. Sé cosas. Veo cosas. Siento cosas. Nada de lo que he oído me extraña, nada. Es como si… — paró. No podía describir cómo se sentía.

—Es como si ya hubieras vivido esta misma situación, ¿no es así? — dijo Chloe terminando la frase.

—¡Eso es! — contestó aliviada al oír tal disparate en boca de otra persona.

—¿Cómo si no iba a conocer la historia de Justine, Axel y Keira? ¿Cómo? — preguntó refiriéndose a Chloe.

La mujer asintió. Sabía que tenía razón.

—Todos lo habéis oído: me estaba esperando — continuó hablando —. Sabía que iba a volver. Yo he estado aquí antes ¿Cuándo? No lo sé. Pero si me quiere matar, si quiere hacerme sufrir, es porque ya me conocía. Y porque debo ser la única persona que puede acabar con ella.

—¡Por dios, hija! — dijo Celia — ¡Qué barbaridad!

—No es ninguna barbaridad — contestó Chloe —. Amelia es la pieza clave. La única con la que quiere acabar. No está interesado en nadie más que en ella. Se puede marchar. Alejarse de Rottingdean Hill House. Vivir una vida tranquila en otro sitio, olvidarse de la mansión. Pero el tiempo no es un problema para ese monstruo, para el engendro que habita en la casa. La estará esperando y sabe que antes o después volverá. En esta vida. En la siguiente. Le da igual.

—Tengo que acabar con esto. Pararlo ya. Os pido, os ruego que me ayudéis — dijo Amelia —. Sabiendo lo que ahora sé no podría vivir una vida en paz. Sabría que tengo una asignatura pendiente que me espera. Hemos llegado muy lejos. Aprovechémoslo.

—Tiene razón — dijo Marco a su mujer —. Louise lo ha dejado claro. Si he vuelto a la vida es para salvar a nuestra hija. Tenemos que encontrar… ¿cómo ha dicho que se llamaba?

—"Las semillas del mal que creó" — recitó Lilian.

—¿Qué significa eso? — preguntó Marco a Chloe.

—Magia negra. La potencia de un conjuro depende de los objetos que se utilizan para invocar la magia. En el ritual es crucial manipular elementos que han pertenecido a la persona a la que vas a embrujar o sobre la que vas a lanzar el hechizo. Cuanto más valioso sea para la víctima, más potente será su efecto. Louise dijo que solo una parte de ellos había aparecido. Tenéis dos cajas. Supongo que entonces las semillas deben ser el contenido de las mismas. Los trozos de tela con sangre, los anillos, la flor y puede que hasta las mismas cajas. Ahora hay que encontrar el resto.

—¿Pero cómo? — preguntó Ethan —. Ni siquiera sabemos quién es la joven.

—Es Keira — dijo Lilian —. La reconocí por una de las fotos que tenemos. Aparecía en una fiesta de primavera en Rottingdean Hill House con Axel.

—No me sorprende. Supongo que era la que teníamos todos en mente — contestó Ethan —. Por los escritos de Amelia sabíamos que había asesinado a su marido cuando decidió abandonarla. Que era capaz de cualquier cosa para mantenerlo a su lado. Abortó acabando con la vida de su propio hijo para no compartir el cariño de Axel. Creíamos que su prima Justine se había suicidado, pero por lo visto también la mató.

—Perfecto. Tenemos a la culpable —dijo Chloe —. Pero desconocemos el móvil. No sabemos por qué mató a su prima. Ni la razón que la llevó a practicar magia negra.

—Era una psicópata — dijo Ethan —. Una perturbada.

—Eso seguro — contestó Chloe —. Sin embargo hay más. Echó en cara a Louise que no se vengara, que no les asesinara ella misma por todo el daño que habían causado ¿A quiénes se refería? ¿Y de qué daño hablaba?

—A Justine, su prima — dijo Celia — ¿Y si la prima tenía una aventura con su prometido, con Axel? Mató a la primera, luego mató al marido y cumplió su venganza.

—Podría ser — dijo Amelia —, pero, ¿qué pintaría Louise en esa infidelidad? ¿Por qué tendría que sentirse dolida una cocinera de Rottingdean porque el prometido de Keira tuviera una aventura con Justine? No sé. Aquí falta una pieza.

—Además, si a Axel lo asesinó con veneno, ¿para qué necesitaba magia? — preguntó Lilian.

Eran muchas las preguntas. Demasiados cabos sueltos. Durante largo rato barajaron diferentes opciones. Supuestos que les llevaban una y otra vez a la misma conclusión. Que faltaba información. Era necesario conocer lo que motivó a Keira a realizar magia negra para encontrar el resto de objetos. Si supiera a quién iba dirigida y lo que pretendía conseguir, Chloe podría deducir qué faltaba y dónde buscarlo. O al menos eso aseguraba. Y luego estaba Louise ¿Qué la unía a Keira? ¿Cómo habían llegado a trabar aquella macabra amistad?

—¡Un momento! — dijo Lilian entusiasmada — ¡Claro! ¡Eso es! Louise. Preguntemos a Louise. Ella puede comunicarse conmigo.

—Ya lo había pensado — dijo Chloe —. Pero es un espíritu muy débil. Debió ser en vida una persona frágil, vulnerable. Puede que la muerte de su hermana y la soledad en la casa forjaran en ella un carácter inseguro. La he observado durante la visión. Su imagen cambiaba. Le costaba mantener constante su apariencia. Una apariencia que en ocasiones parecía que se disipaba. Eso es un evidente signo de debilidad. Si os dais cuenta solo ha podido hablar de manera clara en su terreno. En el otro lado. Ha necesitado que Marco muriera para transmitirle el mensaje que trataba de difundir desde hacía meses, años. Aquí, en este lado, solo ha logrado emitir pequeñas señales. Y estoy convencida de que después de cada episodio ha necesitado tiempo para recuperarse. Como cuando una persona realiza un ejercicio y se queda un rato sin aliento, con los músculos doloridos. Para contactar con ella necesitaríamos ir a Rottingdean Hill House. Y a estas alturas no creo que Keira le dejara acercarse a nosotros.

La frustración hacía mella en el grupo que a cada hora se mostraba más escéptico de encontrar una solución.

—Además — añadió Chloe —, no penséis que Louise es una baza a utilizar en caso de ayuda. Podría ser, pero no confiaría en ello. Si ha conseguido hablar contigo, Lilian, ha sido por ti. Quiero decir; tú eres como yo. Tienes una gracia especial. Un don. Desarrollándolo podrías hacer grandes cosas. Había dicho que hablaría contigo más tarde, pero antes de que sigas confiando en la capacidad de apoyo de Louise, debes saberlo. Tú eres como yo. Por tanto, tú eres la que ha contactado con ella, no al contrario.

La madre de Lilian se acercó hasta su hija y la abrazó por los hombros mirando desafiante a Chloe. Estaba claro que no era el tipo de don que una madre desea para su hija. Y menos teniendo a Chloe como ejemplo. Consciente de ello, Chloe desvió la atención para otro lado.

—Antes de proponer un plan de acción — dijo Chloe —, querría saber si estamos todos dispuestos a seguir adelante.

Amelia asintió. Lilian y su madre también. Marco, sosteniendo la mano de Celia, aceptó por los dos. Quedaba Ethan. El chico los miraba con estupor.

—¿Estáis en serio? — preguntó alterado — ¿Vamos a permitir que Amelia se exponga a un peligro de ese calibre? No puedo creerlo — dijo refiriéndose a Marco y a Celia.

—No hay alternativa — dijo Amelia.

—Sí, sí la hay. Márchate. Aléjate de este lugar. Vivamos en otro sitio.

—Ya lo has oído. Tarde o temprano volveríamos a enfrentarnos.

—Eso es una suposición. No sabes lo que te depara el futuro. Nadie lo sabe.

—Es lo que deseo, Ethan — dijo Amelia tomándole la cara entre sus manos —. No podré vivir una vida plena ni ser del todo feliz hasta que no hayamos alejado de mí a esa cosa. Cuando acabemos con ella, cuando sepa que se ha ido, nos marcharemos donde tú quieras. Hasta entonces, por favor, Ethan, apóyame.

Necesitó unos segundos. Desde el principio, desde que supo el peligro que se cernía sobre Amelia, había tenido la impresión de que iba a ser testigo de su muerte. Jamás lo dijo, ni lo compartió con nadie, pero sentía que iba a perderla. No podía. No estaba preparado para algo así. No quería vivir una vida sin ella. Sin embargo le había prometido permanecer a su lado. Pasara lo que pasara. Y si lo iba a hacer de todos modos, si estaba dispuesta a seguir adelante con o sin su ayuda, no había nada que sopesar.

—Está bien — dijo —. Si es lo que deseas, aceptaré formar parte de esta locura.

—Dejadme unos días — dijo Chloe —. Necesito prepararme. Os llamaré cuando esté lista.

—¿Qué vas a hacer? — preguntó Amelia.

—Iremos a Rottingdean Hill House — contestó Chloe —. Lilian, Ethan, tú y yo. Allí…

—¡Ni hablar! — dijo Celia — De ninguna de las maneras vamos a quedar al margen Marco y yo.

—No podéis venir — dijo Chloe —. Amelia es vuestra hija y no tengo muy claro que dependiendo de en qué situación nos encontremos, hagáis exactamente lo que yo os pida. Tenderéis a protegerla, como es normal. Y "eso" lo sabe. Os utilizará. Intentará debilitarnos. Seréis un punto débil.

—Pues anticípese — dijo Marco —. No se va a hacer nada si no estamos presentes. No es una petición, sino una exigencia.

—Estoy de acuerdo — dijo Ethan —. Celia y Marco tienen que venir. Cuantos más seamos, mejor.

—Como queráis — dijo Chloe —. Pero ni una concesión más. No deseo estorbos en mi trabajo y menos con una jodida pesadilla como la que tenéis allí.

El timbre de la puerta sobresaltó al grupo. Se había hecho tarde. Los huéspedes empezaban a llegar. Lilian fue a abrir.

—¡Demonios! ¡Vaya horas! — dijo Chloe — Debo marcharme o perderé el último tren a Londres ¿Podría alguien llevarme a la estación o tengo que pedir un taxi?

—Puede quedarse a dormir si lo desea — dijo la madre de Lilian
—. Es tarde. Esta mañana quedó libre una de las habitaciones. Puede
dormir en ella.

—No, pero se lo agradezco — contestó Chloe —. Prefiero llegar
a casa y empezar a trabajar a primera hora de la mañana. Hay muchas
cosas que preparar.

—Yo la llevo — dijo Ethan.

Amelia se sorprendió al ver que Ethan no pensaba quedarse un
rato con ella a solas. Sabía que estaba molesto, enfadado. Que no entendía por qué se exponía. Pero si viera las cosas como ella, desde su
perspectiva, se daría cuenta de que hacía lo correcto. Y que lo hacía por
los dos. Para poder comenzar una vida sin una sombra que enturbiara su
tranquilidad. Desde el momento en que tuvo el primer contacto con esa
aberración supo que de alguna retorcida manera estaba ligada a ella. Y
necesitaba volver a ser libre. Recuperar la libertad que esa cosa le había
arrebatado.

Un segundo timbrazo dio por finalizada la reunión.

CAPÍTULO 38

Cómo había podido convencerla. A punto de empaquetar el encargo seguía sin creer que Amelia la hubiera persuadido para algo así. Tenía que haberle dicho que no, que cambiara de idea. Pero desde el principio sabía que nada le impediría cejar en su empeño. También le podía haber dicho que se buscara a otra, que con ella no contara. Pero viendo lo empecinada que estaba, habría encontrado la manera de encontrar lo que necesitaba. Y a saber qué le daban. Estelle solo se fiaba de su proveedor. Lo de cualquier otro podría resultar fatal.

Envolvió la caja en papel de estraza y la guardó en su bolso. Seguía enfadada consigo misma. ¿Qué estaba a punto de hacer? ¿Merecía la pena poner en peligro la relación que tenía con su hijo por ayudar a Amelia? Sí, claro que sí. Porque todo lo hacía por él, ¿no? Porque sabía que era otro perjudicado en esa historia. Hacía tiempo que Estelle se había dado cuenta de que la implicación de Ethan no era casual. Que si se había visto envuelto en ese asunto era porque así debía ser. Por qué si no había conseguido trabajo en la mansión el verano anterior. Por qué eligieron los dos la misma carrera, la misma universidad, las mismas clases. Y por qué aquella anciana llevó a su tienda, y no a otra, la caja y los diarios. El destino de Amelia estaba ligado al suyo. Siempre lo había estado. Además, las cartas se lo habían mostrado. Una y otra vez. Llevaba semanas echándoselas y siempre revelaban lo mismo. Siempre surgía la misma maldita carta.

Estelle tenía la certeza de que la muerte planeaba sobre los dos. Y tenía que hacer algo. Lo que fuera para proteger a su hijo, lo único verdaderamente importante en su mundo. Daba igual lo que pudiera ocurrirle a ella. Ningún riesgo era elevado si conseguía mantener a Ethan con vida. Saberlo a salvo era suficiente recompensa. Pagaría gustosa la pena que ello le acarreara.

Por otro lado, la insensatez de la muchacha podría funcionar. Igual era el único modo de aclarar lo que estaba sucediendo y ponerle fin. Había que reconocer que era valiente. Valiente y terca. Por eso no le guardaba rencor. Por eso y porque la pobre no tenía culpa de lo que el destino le había preparado. Ni de lo que ese mismo destino guardaba para Ethan.

En cualquier caso, ya era tarde para arrepentirse. Había metido el otro paquete con el mismo envoltorio en la mochila de su hijo antes de que saliera de casa para ir a trabajar. Escondido en el bolsillo lateral. El que tiene la mayoría de los macutos para guardar el móvil y casi nadie usa. "Ojalá no lo necesiten", pensó. "Ojalá se quede ahí, guardado, hasta que pueda recuperarlo. Ojalá Ethan me perdone algún día."

Las campanillas de la puerta sonaron indicando que había llegado. Ya no había vuelta atrás. Amelia entró. Iba sola, como era de esperar. Daba pena verla. Había adelgazado y su cara era un poema. Pálida y ojerosa. Hasta su pelo parecía haber perdido el brillo. Aún así, Estelle pudo ver la serena belleza que había cautivado a su hijo. Salió a su encuentro y la abrazó con ternura. La muchacha, sorprendida, le devolvió el cariño. No esperaba una Estelle tan afectuosa. Sabía lo mucho que la mujer arriesgaba por ayudarla.

—¿Estás segura? ¿De verdad quieres seguir adelante?— preguntó Estelle —. Es peligroso. Para las dos.

—Lo sé. Por eso he dejado una nota explicando por qué lo he hecho en caso de que algo salga mal. No te preocupes, será imposible que sospechen de ti. Nadie sabrá que me ayudaste.

—Yo lo sabré — dijo Estelle.

—Porque te lo pedí. Y porque sabes que lo habría hecho de una u otra forma. A tu manera es más seguro ¡Vamos!. Todo irá bien. Con suerte no necesitaré utilizarlo.

—No puedo, Amelia. Te voy a entregar el veneno que te va a matar.

—Y también todo lo necesario para reanimarme.

—No es seguro que funcione.

—Funcionará. Lo sé.

Estelle le entregó la caja. Amelia la guardó con cuidado en su bolso. El azul marino de rayas. El más grande que tenía. El paquete pesaba más de lo esperado.

—Siento mucho hacerte pasar por esto — dijo Amelia —. No lo haría si hubiera otra forma.

—Seguro que la hay, Amelia.

—No. He visto miedo en los ojos de Chloe. Miedo y dudas. Su inseguridad me hace buscar una alternativa. Si ella no es capaz de encontrar la verdad lo haré yo. Me dirigiré al mismo lugar al que fue mi padre cuando su corazón dejó de latir. Sé que allí encontraré lo que busco. En los pocos minutos que estuvo clínicamente muerto averiguó mucho más de lo que conseguimos deducir Lilian, Ethan y yo escarbando en la vida de muchas personas, en sus diarios, sus documentos y los periódicos.

—¿Y si no pueden reanimarte? ¿Y si mueres?

—Podrán. Ya lo verás.

Bajo el mostrador Estelle tenía el resto del encargo. Un bote de cristal azul del tamaño de un perfume de muestra. Lo colocó entre las manos de Amelia.

—¿Tan poca cantidad? — preguntó Amelia extrañada.

—Está muy concentrado. Así hará efecto antes — dijo Estelle con dificultad. Todavía no podía creerse lo que estaba a punto de hacer —. En menos de un minuto parará tu corazón. Será rápido.

—¿Dolerá?

—No debería. Te desmayarás antes de fibrilar. No te darás cuenta. Me tranquiliza saber que tu padre es médico. Él sabrá cómo actuar para que no sufras ningún daño tras la reanimación.

—¿Cómo estás tan segura? ¿Alguien ha hecho algo así antes que yo?

—Te sorprendería lo que algunas personas están dispuestas a hacer para saber qué hay al otro lado.

—¿Y siempre ha funcionado? ¿Pudieron volver?

—No siempre. Por eso, Amelia, te lo repito, es una insensatez, un disparate. No lo hagas.

—¿De cuánto tiempo dispongo? — preguntó Amelia intentando apartar de su mente el riesgo de fracaso.

—De cinco minutos, como mucho.

—Supongo que será suficiente.

—Tiene que serlo. Si no vuelves antes podrías tener secuelas. Daños cerebrales, coma… la muerte.

—Volveré. Ya lo verás. Todavía no es mi momento.

Amelia volvió a abrazar a Estelle. Con fuerza. Sintió un nudo en el estómago cuando la muchacha le dio un beso antes de salir por la puerta.

La entereza de sus palabras habían sido puro teatro. Amelia se había despedido de ella. Para siempre.

CAPÍTULO 39

El día amaneció nublado. Las nubes, aplastadas unas contra otras, formaban un sucio techo acolchado a punto de caer sobre sus cabezas. Celia habría dado cualquier cosa por ver el sol. Aunque fuera un mísero y canijo rayo de sol que augurara buenas noticias. Qué estupidez. Como si el astro rey tuviera potestad para decidir el devenir de los acontecimientos.

Solo faltaban por llegar Ethan y Amelia. Venían de Brighton. Él salía de trabajar. Había hecho el primer turno de la mañana. El que había pedido a su supervisor. El mismo que solicitaba cada día de examen. El trabajo le templaba los nervios, ayudándole a permanecer concentrado el resto de la jornada. Era mejor que cualquier clase de yoga. Mejor que la meditación. Mejor incluso que una buena sesión de running matinal. Amelia, sin embargo, había cogido el primer autobús. Dejó una nota a su madre diciendo que volvería con Ethan. Mintió a todos explicando que necesitaba ir a la biblioteca a recoger algunos libros. En la nota no mencionaba nada de la visita a la tienda de Estelle ni del contenido del bolso ¿Para qué preocupar a nadie? Se trataba de una medida extraordinaria, que, con suerte, ni tendría que llevar a cabo.

Celia miraba la mansión desde el punto de encuentro: la reja de entrada a la propiedad. La casa, completamente desalojada de huéspedes y empleados, se alzaba desafiante. A la espera. Como aguarda una muralla ante un asalto inminente.

—No culpes a la casa — dijo Chloe —. Es una víctima más.

Ella y Lilian acababan de llegar. Lo hicieron caminando desde la casa de huéspedes. Una extraña relación comenzaba a forjarse entre las dos.

—No lo puedo evitar — contestó Celia —. Si no hubiéramos venido, si no la hubiera heredado, nada de esto habría ocurrido.

—Ahí te equivocas. Sí que habría pasado. De esta o de otra manera. No lo podrías haber evitado.

—No sé si hago lo correcto.

—Tu hija es adulta. Ella elige. Solo debes apoyarla.

—¿Tu crees?

—Da igual lo que yo crea.

Marco, apoyado en el muro de piedra que rodeaba la propiedad, encendía un cigarrillo con la colilla del anterior aunque hacía años que había dejado de fumar. De vez en cuando, miraba el reloj del móvil, inquieto. ¿Por qué narices había tenido que ir a la biblioteca en un día así?, refunfuñaba en voz alta.

Por fin vieron llegar el Renault Clio al final del sendero. Llegaba traqueteando por las piedras del camino aún sin asfaltar. Otro de los asuntos pendientes para finales de verano.

Ethan aparcó el coche junto a la reja. Cogió su cazadora y ayudó a Amelia con el bolso.

—¿Pero qué llevas aquí? — dijo Ethan.

—¿No coges tu mochila? — preguntó Amelia alarmada al ver que dejaba el macuto en el maletero.

—No. No la necesito. Dentro solo llevo la ropa de trabajo.

Eso no lo había previsto. Estelle y ella habían decidido separar los paquetes. Uno iría en el bolso de Amelia y el otro en la mochila. Por seguridad.

—Deberías cogerla — dijo Amelia nerviosa.

—¿Para qué? No tiene nada que vaya a necesitar.

—Te quería dejar unos libros — hasta Amelia se dio cuenta de lo estúpido que sonaba aquello ¿Dejarle unos libros en un momento como ese?

—¿Seguro que estás bien? — preguntó Ethan extrañado.

—Cógela Ethan — dijo Chloe que se acercó hasta el coche —. Tengo algunas cosas en mi bolso que pesan demasiado. Me vendría bien que me echaras una mano.

—Deme el bolso, yo se lo llevo — dijo de inmediato Ethan.

—¡No! — contestó la mujer apartando la mano del muchacho —. Nadie toca mi bolso. Yo te daré lo que necesito que lleves.

Ethan sacó la ropa y guardó lo que le iba dando Chloe. Un libro, varios botes herméticos de cristal vacíos, uno con una especie de tierra rojiza y un saco de piedrecitas blancas redondeadas. Chloe contempló a Amelia con manifiesta irritación. Esta, turbada, desvió la mirada. La había descubierto. De alguna extraña y retorcida manera sabía lo que pretendía hacer.

—Niña — dijo Chloe apartando a Amelia del resto del grupo —, hay cosas que nadie puede controlar. Nadie. No tienes ni idea de dónde nos estamos metiendo, así que deja hacer a los que sabemos.

—No sé a qué se refiere — dijo Amelia zafándose de la mujer.

—Sí que lo sabes. Así que no me jodas y haz lo que yo diga ¿entendido? Cualquier idiotez nos fastidiará a todos.

No pensaba escuchar. No, después de lo mucho que le había costado tomar la decisión. Claro que sabía que corría un riesgo, pero era un riesgo necesario. Inevitable. Después de meditar las últimas noches, lo tenía claro. Lo cierto era que lo sabía desde el principio, pero no había sido lo suficientemente valiente como para aceptarlo. Iba a morir. De una manera u otra, la muerte era su destino. ¿La razón? Lo que su mente escondía. Aquello por lo que aquella cosa la había estado esperando durante años. Para hacerle daño, para destruirla a ella y a todos los que la rodeaban. Y lo intuía porque sentía que eso mismo ya lo había vivido antes. Mucho antes. Desde que llegó a Rottingdean su vida había sido un constante déjà vu. Tenía la certeza de que aquel era su hogar. Donde había vivido. Donde había muerto. Y donde había olvidado. Pero el destino la había devuelto a casa, para enfrentarlas. Y si moría de nuevo, si moría sin desvelar los secretos que ocultaban aquellas paredes y su mente, la historia volvería a comenzar. Seguiría encerrada en un bucle infernal que siempre la arrastraría al punto de partida : a Rottingdean Hill House.

La muerte no era el problema. No le temía. Era un proceso natural por el que tarde o temprano tendría que pasar. Su temor era otro muy diferente. Más horrible. Más aterrador. Era volver a una vida en la que Ethan no existiera. Una vida sin él. Eso no lo podía aceptar. ¿Cómo saber si siempre estaría ahí, a su lado? No, ese riesgo no lo correría. Quería una sola vida. Con él. Siempre con él.

—Ahora necesito que me prestéis atención — dijo Chloe reuniendo al grupo frente a la reja de la entrada —. Desde el momento que atravesemos esta puerta, extremad las precauciones. No habléis entre vosotros de nada comprometido. Nos observan. Nuestros movimientos, nuestras palabras. Todo puede ser visto y escuchado.

—¿Cómo debemos comportarnos? — preguntó Lilian.

—Con normalidad. Sabe que tramamos algo y tratará de despistarnos.

—No nos ha dicho lo que piensa hacer — preguntó Marco.

—Solo deseo hablar con ella. Averiguar qué quiere.

—Eso está claro — dijo Ethan —. Quiere hacer daño a Amelia.

—Cierto, pero no sabemos por qué. Es lo que trataré de sonsacarle.

—No va a poder — dijo Amelia —. Intentará engañarla.

—Lo sé. Sé que la mitad de lo que diga será mentira. Por eso he preparado algunas trampas. Para despistarla a ella también. O para obligarle a que nos muestre sus cartas. El por qué de ese rencor que siente hacia ti — dijo Chloe.

—Lo que necesitamos saber es dónde están el resto de semillas o como narices se llamen. Las que utilizó para hacer magia negra — dijo Celia —. Ni más, ni menos. Usted dijo que destruyéndolas, destruiríamos a esa cosa también.

—Eso no nos lo va a decir de ninguna de las maneras. Hay que averiguar todo lo que podamos. Arrancarle toda la mayor información posible. Despistarla. Engatusarla. Confundirla. Sacarla de sus casillas si es necesario. De manera controlada. Un espíritu así, tan fuerte, es enormemente peligroso desbocado. Después, con un poco de suerte, tendremos la información suficiente para encontrar lo que buscamos.

—¿Eso es todo? — dijo Marco — ¿Con un poco de suerte tendremos lo que buscamos? ¡No me lo puedo creer! ¿No puede hacer algunos de sus truquitos para alejar a ese monstruo de mi hija para siempre?

—No, no puedo. Solo la derrotaremos si destruimos las semillas. Y sin encontrarlas no será posible. Así que si se te ocurre otra idea mejor, yo encantada.

Celia apretó el brazo de su marido. No era momento de comenzar una discusión.

—Adelante pues — dijo Chloe —. Marco, por favor, abra la puerta.

CAPÍTULO 40

Hacía frío. Tres días la casa vacía y ya fallaba el termostato. De haber tenido un termómetro en el hall seguro habría marcado una temperatura inferior a la del jardín. El silencio resultaba extraño. Se habían acostumbrado al runrún de los ordenadores, del aire acondicionado. Al timbre de los teléfonos y a la música de fondo de la recepción. Esos CD de jazz que tanto gustaban a Celia. Tampoco olía al ambientador de flor de algodón. El que soltaba el fru fru cada cinco minutos. Debía haberlo desconectado alguno de los recepcionistas antes de marcharse. El olor que les recibió como un bofetón era bien distinto: dulzón, a podrido. Las flores. El centro de flores naturales que revisaba y reponía cada mañana Celia. Sin nadie que las cuidara habían empezado a pudrirse dentro de un agua verde y pegajosa que pedía a gritos un cambio. Eso sí, todas las luces estaban encendidas. Tal y como estaban programadas.

—Voy a echar un vistazo a la calefacción — dijo Marco —. No entiendo por qué no ha saltado con este frío.

—¿Alguien me acompaña? — dijo Celia —. Prepararé café y té. A ver si entramos en calor. El resto podéis ir encendiendo la chimenea de la biblioteca. Ayudará hasta que se pongan en marcha los calefactores.

—Voy contigo — dijo Lilian —. Me vendrá bien hacer algo.

Ethan, Amelia y Chloe entraron en la biblioteca. El frío allí era aún más desagradable.

—No hay leña — dijo Ethan —. ¿Dónde la tenéis?

—En un lateral de la casa. Junto a la zona de aparcamiento. Dentro de una caseta de madera blanca con puerta roja — dijo Amelia tiritando.

—Esperad aquí. Vengo enseguida.

Por suerte en aquella habitación había mantas. Amelia las recogió todas y las apiló junto a la chimenea. Cuando llegaran los demás les vendrían bien. Cogió una y se sentó en uno de los sillones. Chloe seguía de pie junto a la ventana.

—¿No quiere sentarse? — dijo Amelia — Puede coger una de las mantas.

La mujer negó con la cabeza. Observaba el resto de la estancia. Paseaba de un lado a otro.

—No le hemos preguntado ¿Por dónde prefiere empezar? ¿Aquí estaremos bien?

Chloe asintió y continuó su paseo entre los sillones y las mesillas. Amelia se calló, para no molestar. Se acurrucó en el sillón a esperar al resto. El silencio de la casa le permitía escuchar el tintineo de cucharas y tazas de la cocina a pesar de que era una de las habitaciones más alejadas. Amelia cerró los ojos. Necesitaba calmarse. Desde la visita a la tienda de Estelle sentía los latidos de su corazón galopar a muchas más pulsaciones de las saludables. La tensión de su interior y el teatro que llevaba horas representando la estaban agotando.

El sonido de cristales rotos la espabiló. Algo se les había caído en la cocina. El susto fue doble cuando abrió los ojos y vio a Chloe frente a ella, mirándola.

—Chloe, ¿se encuentra bien? — preguntó.

—Muy bien — contestó sin dejar de escrutarla — ¿Cuándo empezamos?

—Supongo que cuando lleguen los demás — dijo Amelia extrañada —. Pero usted decide.

—¿Yo? Pensaba que serías tú la directora del espectáculo. Siempre has sido la que has dirigido a todos. El centro de todas las atenciones, ¿no?

—No… no la entiendo.

—Eso no me extraña. Te he observado. No eres demasiado lista. Más bien diría que eres un poquito corta. A ver, repíteme lo que vamos a hacer, si es que lo recuerdas.

—Necesitamos … Un momento. Usted dijo que no habláramos entre nosotros de nada comprometido.

—Vaya, va a resultar que al final no eres tan idiota como creía. Vas a ser solo una zorra engreída con medio cerebro.

—¿Qué…?

Un fuerte golpe hizo que Amelia se volviese hacia la puerta. Era Ethan, que entraba con un cesto lleno de leña. Varias de las maderas habían caído rodando por el suelo.

—¿Con quién hablas? — preguntó Ethan extrañado.

—Con Chloe… — dijo Amelia girándose.

Pero allí no había nadie. Estaba ella sola junto a la pila de mantas.

—¿Qué pasa conmigo? — dijo Chloe entrando por la puerta detrás de Ethan.

—Usted… usted estaba aquí hace un segundo — dijo Amelia saltando del sillón.

—No — contestó Chloe —, he ido a echar un vistazo a la planta baja. Te lo puede decir tu madre. Las he ayudado en la cocina recogiendo el desaguisado que han montado.

—Pero, ¡hemos hablado! ¡Me ha dicho…! ¡Ha…! — Amelia, al borde de la histeria, intentaba hilar las palabras. Ethan la abrazó.

—No la dejes sola — dijo Chloe —. Vuelvo enseguida. Y enciende ese maldito fuego o nos moriremos todos de frío.

La mujer salió a toda velocidad, mientras buscaba con prisa en el interior de su bolso.

Quince minutos después Chloe volvió a la biblioteca. Todos la esperaban nerviosos y aturdidos.

—Traed aquella mesa, la redonda — dijo Chloe a Marco y a Ethan —. Colocadla frente al fuego. Estaremos más cómodos.

—¿Dónde ha ido? — preguntó Lilian.

—Quería comprobar una cosa. A partir de ahora, nada de preguntas. Colocad las sillas y sentaos. Amelia, tú a mi lado. Lilian, en el otro. Los demás poneos donde queráis.

Ethan no se separó de Amelia. Se sentó a su derecha no sin antes preguntar a Marco si quería ocupar su lugar al lado de su hija. Este, agradecido, cedió el sitio al muchacho.

—Amelia, ¿qué te ha dicho? — preguntó Chloe.

—Quería saber qué íbamos a hacer.

—Lo suponía. A partir de ahora, nada de separarnos. Permaneceremos en la misma habitación. Es mucho más poderosa de lo que había imaginado.

Chloe pidió que Ethan sacara las piedras de la mochila. Las separó en dos grupos. Uno se lo quedó ella y el otro se lo dio a Lilian. Se las repartieron por todo el cuerpo guardándolas en los distintos bolsillos de su ropa. Después sacó los botes vacíos y los colocó sobre la mesa. Había tres en total. Abrió el cuarto frente a Amelia. Contenía una especie de tierra rojiza con la que le manchó las muñecas, la nuca y la frente.

—Tranquila — dijo al ver la confusión en sus ojos —. Esto te protegerá.

Marco no pudo evitar soltar un bufido suspicaz. Por mucho que hubiera presenciado, había cosas que le costaba aceptar. Chloe le ignoró. No era momento de recelos ni explicaciones.

—Ahora comenzaré la invocación. No tenéis que hacer nada. Solo aguantar. Lilian me ayudará. Con las piedras uniremos sus capacidades y las mías. La transferencia me dará más energía de invocación. Recuerdas lo que te expliqué, ¿verdad? — preguntó a Lilian. Ella asintió.

—¿A qué te refieres con que tenemos que aguantar? — preguntó Celia.

—A que sea lo que sea, lo que veáis u oigáis, no salgáis de la habitación. Tendremos una sola oportunidad. Después, ya nos habrá medido. Sabrá lo que pretendemos, conocerá nuestras fuerzas, nuestras flaquezas. Será más difícil, si no imposible, obtener lo que queremos.

—¿Nos tenemos que dar la mano? ¿Formar un círculo o algo así? — preguntó Ethan.

—Bobadas. Quedaos quietos y no habléis. Amelia será el reclamo. Lilian mi soporte. Ethan el soporte de Amelia. Marco y Celia… Vosotros nada. Solo sois espectadores.

Celia apretó la mano de su marido. Lo conocía y los nervios le volvían irascible.

Chloe y Lilian cerraron los ojos. Solo se oía el crepitar de las llamas. Y un siseo. El de Chloe recitando palabras para sí. Imposible saber lo que decía. Solo escapaba de su boca el sonido de las eses. Lo demás, un imperceptible rumor acallado por el chisporroteo de la leña ardiendo. Pasaron diez, quince, veinte minutos. Perdieron la noción del tiempo. De cuando en cuando Chloe abría los ojos y miraba el resto de la habitación. Sus ojos siempre seguían el mismo recorrido: el sillón, la chimenea, una librería y Amelia. De vez en cuando el crujido de alguna madera por el cambio de temperatura los sobresaltaba. A todos salvo a Lilian y Chloe, que parecían estar sumidas en un trance.

Pasaron dos, tres o puede que más horas. Afuera había comenzado a oscurecer. Las luces del exterior se encendieron. La luz volvió a los ventanales. Amelia, exhausta por los nervios y las noches sin dormir, solo deseaba salir al exterior. Alejarse de aquella habitación y sentir la brisa fresca sobre su cara. Al igual que aquel día en el hospital, comenzaba a faltarle el aire. El corazón, desbocado, latía con fuerza. Seguro que los demás podían oírlo. Golpeando contra su pecho, contra las costillas, intentando escapar. Gruesas gotas de sudor le cubrían el labio superior y bajaban por la espalda. Sentía frío, mucho frío. Necesitaba parar. Terminar con aquello. ¿Por qué no hacía algo Chloe? ¿Cuántas horas más tendría que soportar? Sintió entonces una mano. La de Ethan. Acariciaba la suya recorriendo con suavidad sus dedos. Se había dado cuenta. Sabía exactamente cómo se sentía en cada momento solo con mirarla. Le pasó el brazo por los hombros. Entonces algo maravilloso sucedió. El corazón bajó el ritmo y el oxígeno volvió a sus pulmones. El frío de las manos comenzó a templarse. A su lado se sentía segura. Si permanecían juntos nada malo podría suceder.

—Es inútil — dijo Chloe rompiendo el silencio —. Está aquí. Puedo sentirla. Pero no consigo contactar con ella. Puedo ver esa cosa negra recorriendo la casa, observándonos — dijo mientras todos miraban a su alrededor, confundidos —. Cuando me muevo evita mi contacto. Pasa a vuestro lado rozándoos, acariciándoos como una gigantesca lengua negra. Y a mí, sin embargo, me esquiva.

—¿Qué hacemos entonces? — preguntó Celia mirando con asco a su alrededor.

La mujer se levantó y se acercó a uno de los sillones más alejados de la chimenea. Movía las manos como si intentara cazar insectos imaginarios.

—¡Vamos! — dijo —. Sal. Dinos qué es lo que quieres.

Nada. Silencio.

—Hablemos. Solo eso.

Mientras todos parecían anclados a sus sillas, Chloe paseaba por la habitación. Levantando los brazos, volviéndolos a bajar, girando sobre sus talones, caminando hacia atrás.

—Sé que me estás evitando, pero puedo ayudarte — dijo —. Si estás aquí es porque que necesitas algo. Coopera y te lo daré. Sé como hacerlo.

No hubo cambios. El silencio era desquiciante.

—¿Prefieres que hablemos a solas? Solo tienes que decirlo. Hazme alguna señal y saldrán todos de aquí. Nos quedaremos tú y yo para charlar.

Chloe se sentó. Con un gesto pidió que nadie hablara.

—¿Sabes? — dijo —. Tengo una cosa que igual te interesa. Aquí la tienes.

Sacó una pequeña caja de uno de sus bolsillos. De piedra roja con letras talladas en la parte superior.

—Este no es su estuche, pero he preferido protegerlo. Meterlo en un lugar seguro, donde no lo puedas tocar.

La abrió y mostró el contenido. Se trataba del anillo de plata que apareció en la caja enterrada en el invernadero. Una de las semillas encontradas. Las guardaba en su bolso, a salvo. Repartidas en diferentes recipientes, según ella, protegidos. Chloe miró al techo y sonrió satisfecha. Nadie entendía su alegría. Nadie más que ella era capaz de ver cómo habían reaccionado aquellas lenguas oscuras y brillantes. Retorciéndose alrededor de la mesa. Acercándose con sigilo para alejarse a gran velocidad formando perversos remolinos.

—Veo que lo reconoces — dijo complacida —. ¿Lo quieres? Puedo entregártelo. Solo tienes que pedirlo.

Falsa calma. Allí nadie ni nada, salvo las llamas, se movían. Chloe cambió la expresión. De la dicha pasó a la frustración. Los chorros de energía habían vuelto a sosegarse. Paseaban tranquilos recorriendo el mismo trayecto. No entendía por qué no había conseguido hacerla salir. El anillo era una de las semillas. Una de las piezas necesarias para destruirla y esa cosa lo sabía. La había subestimado. Ese espectro conocía el funcionamiento de la magia. Sabía que si se dejaba ver, si aparecía, Chloe y ella entrarían en contacto. Y entonces no tendría donde esconderse.

—¿Por qué no puedes verla? — preguntó Lilian.

—No me deja — contestó Chloe en voz alta. No tenía sentido susurrar. Sabía que la escuchaba —. A ver, ¿cómo explicarlo para que me entendáis? Si la veo podré enlazarme a ella. Habré descubierto, por así decirlo, la frecuencia en la que se encuentra. Y eso no le interesa. Sabe que ya no podría esconderse. Que la encontraría cuando quisiera.

—¿Y no puedes hacerla salir? — preguntó Marco.

—Eso creía. Pero ha hallado la manera de burlar mis mecanismos de búsqueda. Jamás había visto nada igual.

—¿Entonces? — preguntó Ethan.

—Entonces nada. No contaba con una resistencia así. No… no sé qué más puedo hacer. Lo siento.

La decepción empapó a todos por igual. Nadie concebía un desenlace así. Tampoco sabían muy bien lo que esperaban encontrar al ir a Rottingdean, pero no una desilusión de tal calibre. ¿Qué se suponía debían hacer entonces? ¿Abandonar?

Marco y Celia lo tenían claro. Lo habían intentado a la manera de

Amelia y no había resultado. Por lo tanto, se marcharían. Comenzarían en otro lugar, alejados de Rottingdean.

Lilian no entendía qué había fallado. Confiaba en Chloe. Pensaba que conocía todos los secretos del ocultismo mejor incluso que los mismos muertos. Se sentía estafada, decepcionada.

La frustración de Chloe la había puesto de muy mal humor. Tras guardar con furia la caja con el anillo, revolvía en el bolso buscando algo que pudiera serle de utilidad. Nada. Nunca antes se había visto en una situación igual. Jamás un espíritu había conseguido zafarse de su presencia de esa manera. Pero por otro lado, en algún momento tenía que ocurrir, ¿no? Encontrar un espectro fuerte, tanto o más que ella. Confiaba en que Marco y Celia no rechazaran pagarle lo pactado. Había invertido mucho tiempo y fuerzas en ese trabajo.

Los pensamientos de Amelia iban por otros derroteros. Aguardaba ansiosa el siguiente paso de la médium. Si lo daba todo por perdido, si aceptaba la derrota, tomaría las medidas necesarias. Lo haría a su manera.

Entretanto, Ethan respiró tranquilo. De todos los posibles escenarios que habían pasado por su cabeza, ese era el único que no había imaginado y, sin duda, el mejor con creces. Marcharse de Rottingdean sin escenas truculentas, ni actos terroríficos. Alejar a Amelia de tan siniestro lugar para comenzar juntos una vida nueva. Era consciente de su decepción, pero no le importaba. Una vez apartada de Chloe, de la mansión y de los cuadernos, olvidaría. Pasaría página. Aliviado y exultante, ignoró dónde se encontraba y con quién. Sujetó a Amelia por la cintura y la besó.

Chloe levantó la cabeza hacia el techo sorprendida. Qué había cambiado. Entonces entendió.

—Ethan — dijo Chloe — ¿Qué sientes por Amelia?

El muchacho se ruborizó. A qué venía una pregunta así.

—¡Vamos! ¡Contesta! — le apremió.

—No creo que eso sea de su incumbencia — le espetó Ethan molesto mientras miraba de reojo a Marco.

Con un gesto impaciente Chloe intentó indicarle que necesitaba su respuesta.

—Por favor, Ethan — dijo Chloe con otro tono. El tacto nunca había sido su fuerte —, dime qué sientes por Amelia.

—La amo — contestó con firmeza.

Algo, invisible y extraordinario acontecía. Chloe observaba satisfecha todos los rincones de la sala.

—¿Y tú Amelia? ¿Sientes lo mismo?

—Por supuesto — dijo —. Lo amo con toda mi alma.

En ese instante una ráfaga de viento helado recorrió la biblioteca. Entró hasta la chimenea avivando el fuego y arrastrando varias ascuas encendidas hasta los pies de Ethan.

—¿Lo ves? — dijo Chloe levantando la voz — Se aman. Y cuando salgamos de aquí tú seguirás sola. Ellos, sin embargo, se tienen el uno al otro.

Varios libros de una estantería salieron disparados hasta el fuego donde comenzaron a arder.

—Las pataletas no te van a servir de nada. Seguirán unidos a pesar de ti. Ahora entiendo tu rencor. Estás sola. Nadie te ha amado nunca, ¿no es eso?

La mesa alrededor de donde se encontraban comenzó a temblar. Todos miraban aterrorizados. Antes de que pudieran levantarse, una fuerza invisible la izó sobre sus cabezas, lanzándola hacia la pared sobre la chimenea. El tablero quedó hecho astillas.

—Dime quién eres — volvió a preguntar Chloe —. Qué quieres. Cómo te puedo ayudar.

"Mata a esa puta". Una voz ronca, gutural, surgió del fondo de la chimenea. Las llamas se alzaron creando macabras sombras sobre las paredes. "Mátala".

Celia se tapó la boca con las manos ahogando un grito. Marco, sin soltar a su mujer de la mano, se acercó a su hija. Esta, flanqueada por Ethan y su padre, no se amedrentó. Miraba desafiante hacia la chimenea.

—¿Por qué quieres matarla? — preguntó Chloe con calma.

Otra vez silencio.

—Keira — dijo Chloe —, ¿por qué quieres matar a Amelia?

Una risa histérica inundó la habitación. Taladraba los oídos hasta desquiciar. Una a una, las bombillas de las pequeñas lámparas repartidas por las mesillas estallaron. Pequeñas explosiones que fueron dejando a oscuras la biblioteca. Al final, las llamas eran las únicas que aportaban algo de luz.

—¡Keira! — Chloe alzó la voz —. Dinos por qué deseas matar a Amelia.

—Díselo tú, prima.

El grupo giró hacia el sonido de aquella desagradable voz. Al fondo, sentada en el sillón más apartado, había una joven. De cabellos largos y sedosos. Con la cara muy pálida y labios rojos brillantes. Sus ojos mostraban una película blanquecina que le daba una apariencia siniestra. Miraba fijamente a Amelia, o eso parecía. Vestía un camisón blanco de cuello alto y manga larga. No parecía un espectro, el típico espíritu vaporoso y etéreo que tantas veces habían visto en las películas. Era palpable. Tangible.

—Querida prima — dijo con la voz tan dulce como la de una niña —. Te echaba de menos.

Amelia no contestó. Habría deseado correr, alejarse de aquella locura. Pero no podía mostrar debilidad. La miraba fijamente. Desafiándola.

—Keira — dijo Chloe —. Habla conmigo. Yo puedo ayudarte.

—¡¡Esto no va contigo, vieja!! — gritó el espectro.

Con un movimiento de su mano, Chloe fue lanzada hacia uno de los sofás. Cayó a sus pies golpeándose la cabeza contra el suelo. Gimiendo, pudo incorporarse, sentándose sobre el pavimento con la espalda apoyada en el brazo del sofá. Celia y Lilian corrieron a socorrerla.

—¿Has visto, prima? — dijo el espectro recuperando la voz melosa — Ahora no eres tú la que das las órdenes. Ahora me obedecen a mí. ¿Qué pasa? ¿No quieres hablarme? ¿No me has echado de menos? Yo a ti muchísimo.

—¿Qué quieres? — dijo Amelia.

—Tan altanera como siempre. ¿Todavía no lo sabes? Es verdad, siempre fuiste un poco estúpida. Decían que eras inocente e ingenua, pero yo sabía que lo que te sucedía era otra cosa. Simplemente eras boba. Una idiota consentida ¿Qué voy a querer, querida? Lo de siempre. Venganza, recuperar lo que me pertenece, acabar contigo y los tuyos… Nada nuevo. ¡Ah! y lo otro que tú y yo sabemos. Esto también lo quiero.

—No sé de qué me hablas.

—¡Es verdad! ¡No lo recuerdas! — dijo el espectro levantándose de su asiento y moviéndose hacia Amelia como las hojas sobre el agua —. Es lo que tiene volver después de la muerte. Que a uno se le olvida quién era. Por suerte a mí eso no me ocurrirá. ¡Yo no olvido!

—Refréscame entonces la memoria — dijo Amelia.

Una risa estridente y chillona resonó detrás de Amelia. Giró y allí estaba Keira. Tan cerca que de haber querido podía tocarla. Su expresión era espeluznante. Sus ojos, muertos y resecos, se hundían en una especie de careta de cerámica agrietada por el tiempo. Al hablar mostraba unos dientes grisáceos y cuarteados.

—Esto no funciona así, primita. Ya sabes lo que tienes que hacer si quieres recordar.

El espíritu abofeteó a Amelia haciéndola caer. El golpe contra una de las mesillas le provocó un profundo corte en una ceja.

—¿Vas a tener lo que tienes que tener o tendré que hacerlo yo de nuevo? — le siseó al oído.

—¡Para ya! — gritó Ethan —. Déjala en paz.

Nadie la vio moverse, ni acercarse. Pero en el mismo instante que Ethan gritó se encontró cara a cara con el espectro. Flotando como una nube frente a su rostro. El muchacho permaneció quieto, alerta. Mientras, Marco ayudaba a incorporarse a su hija, aturdida por el golpe.

—¿Y tú? Déjame verte. ¿A ti también te esperaba o eres un regalo inesperado? — dijo en un susurro.

El ánima acercó sus labios, descarnados y con jirones de piel a los de Ethan que impertérrito, soportó el trance. Aguantó el hedor, el frío que se escapaba entre sus dientes rotos, el horror de aquella mirada ciega, perversa. Apenas un par de milímetros los separaban. Un milímetro. Sintió un ligero cosquilleo en los labios, un roce asqueroso y nauseabundo.

—Sí. Creo que también te esperaba — dijo —. Ven conmigo. Quédate a mi lado y la dejo en paz. Lo prometo.

El espíritu de Keira alargó el brazo. La tela de la manga exhibía manchas oscuras, casi negras.

—Dame tu mano. Vendrás conmigo. Nos marcharemos de aquí. Y te prometo que no le haré nada. Jamás volverá a verme.

Ethan miró a Amelia apoyada en el brazo de su padre. Tenía el jersey y el cuello manchados de sangre. La ceja partida sangraba en abundancia. Uno de los arañazos de la cara había vuelto a abrirse. Luego miró a Chloe. Tras recuperar el sentido la habían tumbado en el sofá. Tenía un aspecto horrible.

—Tienes mi promesa. Quédate a mi lado y no le´causaré ningún daño. A nadie. Dame tu mano querido — dijo impaciente — Sabes que si no, jamás dejaré que salga de aquí. Y esa vieja decrépita que habéis traído no podrá impedirlo. Vamos. Dame la mano. Sálvala.

Ahí estaba. Lo que Ethan habían ido a buscar: el modo de alejar de Rottingdean y de Amelia aquella maldición. La manera de mantenerla a salvo. Miró a Amelia, sabiendo que sería la última vez que la vería. Cuánto la iba a echar de menos. Pero si algo había aprendido era que, más adelante, en otra vida, podrían volver a encontrarse. Y lo haría. Vaya si la encontraría. Y nada ni nadie le impediría permanecer a su lado eternamente. Pero antes debía alejarla de aquella aberración.

—Te quiero, Amelia — dijo mientras alargaba la mano hacia la aparición.

—¡¡No!! ¡Quieto!— chilló la joven con tal fuerza que frustró temporalmente el triunfo de Keira.

—Dame tu mano o la mato ahora mismo — siseo el ánima furiosa.

—Papá, haz lo que siempre has sabido hacer. Busca en mi bolso — dijo Amelia enigmática —. Papá, mamá, os quiero. Lilian, eres la mejor. Te echaré de menos. Ethan, mi amor, perdóname. Te quiero. Más de lo que jamás podría demostrar. Siempre te he querido. Siempre te querré. Por favor, no olvides coger mi regalo de tu mochila. Eso me salvará de tu olvido. Recuérdalo.

Nadie entendía nada. Amelia sacó de su bolsillo un pequeño frasco azul que destapó. Con rapidez y antes de que nadie pudiera impedirlo, bebió su contenido. Solo entonces fueron conscientes de lo que pretendía. Marcó le arrancó el frasco de un manotazo, pero era tarde. Amelia se desmayó. Intentó reanimarla pero era inútil. Con un jadeo inhaló su último suspiro. Tembloroso, Marco palpó su cuello.

—Ha muerto — dijo desconcertado — ¡Ha muerto! — gritó.

El fuego se avivó victorioso. El espectro había desaparecido.

CAPÍTULO 41

Unos segundos de aturdimiento y todo había acabado. Tampoco había sido tan terrible. Casi se atrevería a considerar el paso como una liberación. Dónde había dejado el dolor, la ansiedad, la pena, el miedo, el agotamiento y los remordimientos. Habían desaparecido. Solo sentía amor. Nada más. El único sentimiento que se había llevado consigo. Lo demás, ya no estaba. Qué rara se sentía. Qué libre. Jamás había sido consciente de lo mucho que uno transporta a sus espaldas a lo largo de una vida. El gran peso que arrastramos. El que tratamos de aligerar tomando decisiones. Las buenas, descargan parte de la carga. Con los errores, sin embargo, no hacemos más que lastrar el peso de la mochila.

Pero, un momento. Aquel no era el lugar que había descrito su padre. La oscuridad cuya única referencia era la fascinante luz cuya belleza lo había atraído sobremanera. Miró a su alrededor buscando algo que le resultara familiar. Había un prado, verde y húmedo. Podía oler la fragancia de la hierba recién cortada. El cielo, de un azul tan luminoso que dolía, no sostenía nube alguna ¿Y dónde estaba el sol? Miró hacia el suelo tratando de averiguar su posición. No encontró sombra alguna. Giró. Nada. Tan solo un crujido. A sus pies. Eran los pliegues de su vestido de seda. Azul. Tan claro como el firmamento. Nunca, ni en su más tierna infancia, había llevado algo así. Tan emperifollado. Tan peripuesto. A no ser…

—Mi querida niña — oyó a su espalda —. Cómo has hecho una cosa así. Has caído en su trampa. Esto era exactamente lo que ese monstruo deseaba que hicieras.

Quien le hablaba era una mujer de mediana edad. Su cara le resultaba familiar. Sabía que la había visto en algún sitio, pero no lograba ubicarla. Vestía de negro. Con un mandil y una cofia blancos.

—Eres Louise, ¿verdad? — preguntó Amelia.

—En efecto ¿Te acuerdas de mí? — preguntó Louise esperanzada.

—No, lo siento. Ha sido por la descripción que mi padre hizo de usted. Cuando estuvo… ya sabe. Cuando hablaron.

—Ya. Pues es una pena que no me recuerdes. Nos ahorraría mucho tiempo.

—¿De qué nos conocemos?

—Nos conocimos hace muchísimo tiempo, en Rottingdean Hill House. En aquella época apenas cruzábamos varias palabras. Nuestras posiciones eran muy distintas. Tú eras una hermosa dama, heredera de una gran familia. Yo, una de tus cocineras. Pero a pesar de la diferencia de clases siempre fuiste dulce y cariñosa conmigo.

—¿Dónde estamos? — preguntó Amelia aturdida.

—A salvo. Por ahora. Aunque no sé el tiempo que lograré ocultarte. Por eso debemos empezar cuanto antes.

—¿Empezar a qué?

—A recordar, Keira.

—¡¿Cómo me ha llamado?! — preguntó Amelia.

—Keira. Ese es tu nombre.

No podía ser. Imposible. Ella no podía haber sido un ser tan malvado y despreciable.

—Vamos, querida — dijo Louise —. El tiempo apremia

Como si de un sueño se tratara, el escenario en el que se encontraban cambió por completo. El cielo se oscureció dejándolas a ciegas. Una luz, tenue, surgió a su derecha. Una lámpara de aceite. Dos. Hasta cinco aparecieron ante sus ojos. Iluminaban una pequeña habitación. Un cuarto humilde, de paredes grises y suelo de piedra. En medio había una cama y dos mujeres. Una sudaba y jadeaba entre las sábanas. La otra, sujetaba su mano mientras le limpiaba el sudor con un paño húmedo.

—Ya queda poco — dijo una de ellas.

—No puedo Louise. No puedo más — gemía la otra.

Amelia miró a su acompañante cuando escuchó su nombre ¿Qué estaban presenciando? Un fragmento de la vida de Louise. Esta asintió y con una inclinación de su cabeza la instó a continuar observando.

—Un poco más, hermana — dijo Louise.

Se levantó con energía y retiró la sábana, dejando al descubierto las piernas de la joven. Se lavó las manos en una palangana y tiró el agua a un cubo. Después volvió a echar agua limpia. Cogió un montón de toallas del armario y regresó a los pies de la cama. Mientras, su hermana se metía las manos en la boca para ahogar los gritos.

—Ya está aquí — dijo Louise —. Veo la cabecita. Empuja, herma-na. Empuja con todas tus fuerzas.

La muchacha, que no aparentaba más de diecisiete o dieciocho años, obedeció. Agarró con fuerza el viejo colchón y empujó con las po-cas fuerzas que le quedaban.

—¡Lo veo! ¡Casi está! — dijo Louise —. Un empujón más y lo ten-drás en tus brazos en un santiamén. Vamos hermana, un último esfuerzo.

Roja por el esfuerzo no dejó de empujar hasta oír el llanto.

—¡Una niña! — dijo una Louise emocionada —. Es una niña preciosa.

La tomó en brazos y, cubriéndola con una de las toallas limpias, se la dio a su madre. La muchacha la besó con ternura. Lloraba.

—No es un varón como creíamos — dijo Louise — ¿Has pensado cómo la llamarás?

—Justine. Te llamarás Justine, pequeña.

Louise dejó a madre e hija mientras examinaba a su hermana tal y como el médico le había dicho que hiciera. Un parto no era solo sacar a la criatura del vientre de la madre. Pasados unos minutos, volvió al cabecero de la cama. La niña movía los bracitos mientras su madre dormía. Louise cogió a la criatura con cuidado. El agotamiento debía haberla dejado ex-hausta. Sin embargo algo no iba bien. Lo notó en el mismo instante que tomó a la niña en brazos. La dejó apoyada a los pies de la cama y corrió hasta su hermana. Trató de despertarla. Le mojó la cara, la llamó, le gritó provocando el llanto de la niña. No reaccionaba. Había muerto.

—El médico me dijo que debido al esfuerzo durante el parto se le había roto no sé qué en su interior — dijo Louise a Amelia —. Me aseguró que falleció sin darse cuenta. Sin dolor. Como si eso fuera a con-solarme. Y allí me tenías. Sola, sin mi adorada hermana pequeña, y con un bebé que no tenía ni idea de cómo criar.

—Lo siento — dijo Amelia aturdida.

—Lo sé, querida. Ahora nada de eso importa. Lo que importa es lo que sucedió después. Vamos.

.

CAPÍTULO 42

Marco practicaba un masaje cardiaco al cuerpo sin vida de Amelia. Ethan contaba los masajes. Cada veinte le proporcionaba respiración artificial. Celia, en pie, sollozaba y movía los labios. Rezaba.

—Un, dos, tres… — contaba Marco en voz alta —. Vamos hija, responde — decía de tanto en tanto.

—Esto no tiene sentido — dijo Lilian a Chloe —. Amelia no se suicidaría así sin más. Debía tener un plan.

—…nueve, diez, once…

—¿Qué fue lo que dijo antes de perder el sentido? — preguntó Lilian a Chloe.

—Se despidió de todos vosotros.

—Pero creo que dijo algo a Marco. Algo de un regalo. No logro recordar las palabras exactas.

—No — contestó Celia —. Dijo a Marco que buscara en su bolso. El regalo era para Ethan— dijo rompiendo a llorar de nuevo.

Lilian corrió hasta la mochila de Ethan. La vació de todos los trastos que Chloe le había dado dejándolos sin cuidado sobre uno de los sofás. Allí no había nada. Ningún paquete. Ningún regalo. Rabiosa, abrió las cremalleras, dio la vuelta a la tela, rebuscó hasta cinco veces en el fondo. Nada. No había nada. Desesperada puso boca abajo el macuto y lo sacudió con fuerza. Entonces cayó una caja pequeña y alargada. Como el estuche de un bolígrafo. Lo había guardado en el bolsillo del móvil. Al abrirlo descubrió una jeringuilla. En la tapa de la caja, escrito con grandes letras rojas, podía leerse: "EPINEFRINA"

Fue entonces hasta el bolso de su amiga y lo inspeccionó sin miramientos. Encontró el paquete envuelto en papel de estraza. Lo abrió. Era un maletín de primeros auxilios. Un desfibrilador. Igual que el que tienen los centros comerciales guardados en cajas de cristal, junto a los extintores y las alarmas de incendios.

—Eres una loca — dijo Lilian para sí sonriendo —. Una maldita y prodigiosa loca.

CAPÍTULO 43

Las lámparas de aceite se apagaron, cegando a Louise y Amelia. Antes de que les diera tiempo a reaccionar una diminuta luz surgió sobre sus cabezas. Una chiribita que crecía, haciéndose más y más potente. Era el sol. Un maravilloso y resplandeciente sol de primavera que no tardó en esconderse tras unos nubarrones oscuros como el carbón. Amelia contempló el lugar al que Louise la había llevado. Un cementerio. Aquello era como una novela de Dickens. Como "Cuento de Navidad" donde el espíritu de las navidades pasadas la acompañaba a través del tiempo. El sonido de campanas la sacó de la reflexión.

El viejo cementerio se encontraba junto a una humilde y hermosa iglesia de piedra y tejas rojas. La parte superior la coronaba una pequeña cruz. En la fachada, bajo la cruz e incrustado en la piedra , había un gran reloj.

—Estamos en el cementerio de Rottingdean — dijo Louise —. Esta es la iglesia de St. Margaret. Hermosa, ¿verdad? A mi hermana le encantaba este lugar. A veces, los días libres, veníamos a pasear entre las lápidas. Inventábamos fantásticas historias sobre los que había aquí enterrados. Nunca imaginó que ella formaría parte de este paisaje tan pronto.

Las lápidas, sencillas losas de piedra clavadas en el césped, rodeaban el templo.

—¿Por qué me ha traído hasta aquí? — preguntó Amelia.

—Ahora lo verás. Un poco de paciencia, Keira.

—¿Le importaría llamarme Amelia?

—Por supuesto. Tienes razón, Amelia. Disculpa. Pronto te darás cuenta de que el nombre es lo de menos. Keira, Amelia, da igual. Eres ambas.

Caminaron entre las tumbas hasta llegar a una parte donde el césped había sido arrancado. Bajo la losa, recién colocada, había un montón de tierra rojiza sobre la que descansaba un ramo de flores silvestres.

—No nos podíamos permitir otras cosa — dijo Louise—. Solo enterrarla me costó la mayor parte de nuestros ahorros.

Algunas personas, no muchas, abandonaban el recinto. Cinco o seis mujeres, un par de hombres y una niña. Pobre compañía en la despedida de una mujer tan joven. El sacerdote regresaba a la iglesia con prisa. Terminó el sepelio justo en el momento que comenzaba a llover. Louise siguió al grupo hacia la salida. Sobre la puerta, escrito en el arco, rezaba: "Bienaventurados los que oyen la palabra de Dios y la guardan". Amelia y ella atravesaron el portón llegando a un camino de tierra cubierto de barro. Las huellas de las ruedas de los carruajes y de los cascos de los caballos habían dejado profundos charcos. Louise no cruzó. Paró junto a un banco de piedra del camino. En él, sentada, había una joven con un bebé en brazos. Se resguardaban de la lluvia bajo una marquesina. La mujer lloraba en silencio, temerosa de despertar a la niña.

—Eres tú, ¿verdad? — dijo Amelia.

—Sí. Recuerdo a la perfección ese día. Acababa de morir mi hermana dejándome un bebé al que cuidar. Desolada, perdida, no sabía a quién recurrir para que me echara una mano. Nadie en mi familia se había enterado de su embarazo. Temía su reacción, la de mi padre sobre todo, además de sentirse tremendamente avergonzada. Me hizo prometer que no se lo diría a nadie. Cumpliría su promesa pero no tenía ni idea de cómo iba a salir adelante sola, sin su compañía y con un bebé.

—¿Qué hiciste entonces? — preguntó Amelia.

—Lo único que me permitieron hacer. Observa.

El hombre caminaba con distinción bajo un paraguas negro. Vestía un elegante abrigo y sombrero del mismo color. Cuando llegó hasta Louise y la niña se sentó a su lado. No parecía importarle estropear su carísima ropa. Antes, se aseguró de que todo el mundo se había marchado, de que no quedaba ni un alma en la calle.

—Lo siento mucho, Louise — dijo el hombre.

—Gracias, señor.

Durante unos minutos permanecieron en silencio. La niña se removió, gruñó y volvió a quedarse dormida.

—¿Sufrió? — preguntó el hombre.

—No se dio cuenta. Fue como si durmiera.

—¿Le dio tiempo a conocer a la niña?

—Sí. Doy gracias por ello. Dejó este mundo con su hija en brazos.

—Escucha, Louise. Aseguré a tu hermana que me encargaría de que no le faltara nada. Ni a ella ni a la niña. Pero su muerte cambia las cosas. Contaba con criarla bajo mi protección. Ahora, ella se ha ido.

—Pero estoy yo, señor — dijo alarmada Louise atrayendo con fuerza al bebé.

—Lo sé, lo sé Louise, pero tú no eres su madre.

—Soy su tía. Nadie mejor que yo para criarla, señor. Por favor, no me la quite. Es lo único que me queda de ella.

—Tranquilízate, Louise — dijo el hombre levantando la voz. Su tono autoritario hizo enmudecer a la muchacha —. Nadie va a quitarte a la niña. Pero creo que no necesito recordarte que soy su padre y, como tal, estoy en la obligación de asegurar su bienestar.

—Por favor, señor…

—Como sabes, mi esposa está embarazada — dijo el hombre obviando las súplicas de Louise —. Entenderás lo delicado de su estado. Deseo que la niña y mi futuro hijo o hija se críen juntos. Vivirá en casa como si fuera mi sobrina. Jamás le faltará de nada. Ni a ti. Me aseguraré de que seas cocinera hasta que te jubiles o quieras marcharte. La verás crecer. La tendrás cerca. Pero guardando las distancias. Nadie deberá saber jamás quién es en realidad. Ni siquiera ella. Jamás. ¿Lo has entendido?

—Sí señor — dijo Louise en un susurro. Sabía que no podía hacer nada. Él era el padre. Era poderoso. El dueño de la casa donde trabajaba. El dueño de Rottingdean Hill House. Al menos le permitiría verla crecer.

—Mañana mismo la llevarás al orfanato de Brighton. Dirás al resto del servicio, que imagino que están al tanto de su nacimiento, que no puedes hacerte cargo de ella y que la das en adopción.

—Pero…

—¡Silencio! — dijo el hombre —. En cuanto llegue habrá un carruaje esperando para llevarla a casa de mi abogado. Es un matrimonio mayor. Con dos hijas ya casadas. Ellos asumirán el cuidado de la niña hasta que mi mujer haya dado a luz y se calmen las cosas. Entonces, haré que la traigan de nuevo. Diremos que es la hija de un familiar lejano fallecido en un incendio. La adoptaré y aseguraré su bienestar. Y el tuyo.

—Acaté las órdenes — dijo el alma de Louise a Amelia que, junto al banco, presenciaba la escena — No me quedaba más remedio. Pensé que podría ser lo mejor que podía ocurrir a la criatura. Criarse en un hogar. Un hogar como Rottingdean Hill House. De gente pudiente, sin necesidades, sin calamidades.

—¿Tiene nombre? — preguntó el hombre.
—Justine. Mi hermana pensaba ponerle Justine si era niña.
—Respetaremos sus deseos. Justine se llamará.

El hombre apartó la manta de la cabecita de Justine. La besó en la frente y se levantó. Con una inclinación de cabeza se despidió de Louise. Y se alejó de allí con la misma distinción con la que había llegado.

CAPÍTULO 44

—¿Cuánto tiempo lleva así? — preguntó Marco.

—Tres o cuatro minutos — contestó Ethan.

—Reacciona Amelia — dijo Marco al tiempo que continuaba con el masaje cardíaco —. Tienes que volver, hija. Reacciona de una vez.

Lilian se abalanzó hasta el hombre. Le entregó el desfibrilador y el estuche con la jeringuilla.

—Amelia te ha dejado esto — dijo —. Quiere que la reanimes.

—¿Qué es? — preguntó Celia.

—Epinefrina — dijo Marco —. Adrenalina. Y un desfibrilador. La última esperanza para recuperar a nuestra hija.

Marco se movía con agilidad, como si llevara ejerciendo toda la vida. Abrió la funda del desfibrilador y lo conectó con destreza profesional. Después, quitó con la boca la capucha que protegía la aguja, la escupió hacia un lado e inyectó el líquido en el brazo de Amelia.

—Retiraos — dijo — Que nadie la toque.

El golpe resonó en toda la habitación. El cuerpo de Amelia se estremeció por la descarga eléctrica. Marco dejó a un lado la máquina y le tomó el pulso.

—Maldita sea — masculló mientras reanudaba las maniobras de reanimación.

—Vamos, hija — dijo Celia acariciando las piernas de Amelia para no entorpecer a su marido y a Ethan — Vuelve con nosotros. Dile a tus hermanos que te traigan de vuelta.

Durante unos segundos continuaron con los masajes cardíacos.

Después Marco hizo un gesto para que volvieran a apartarse. Acercó las placas al pecho desnudo de su hija y aplicó la descarga. El cuerpo se sacudió. Celia, al verla, sufrió la misma convulsión. Tuvo que girarse. No podía soportar verla de aquella manera. Marco volvió a palpar el cuello de Amelia.

—¡¡Joder!! — gritó con desesperación. Inició un nuevo masaje cardíaco —. Vamos cariño. Sé fuerte. Reacciona. ¿Cuánto llevamos?

—Unos seis minutos — dijo Ethan.

CAPÍTULO 45

No puedo creerlo — dijo Amelia —. Justine y Keira, hermanas.
—Tu padre sedujo a mi hermana cuando todavía era una niña — dijo Louise —. Una cría inmadura e inocente que llegó a pensar que la amaba. Que abandonaría a su mujer para desposarla. La de veces que ella y yo nos enfadamos. Todavía me avergüenzo de las cosas tan terribles, tan desagradables que le dije confiando que le abrirían los ojos. Pero el muy canalla la tenía encandilada. Le prometió una vida en común, la agasajó con regalos caros, la embaucó. Con ropas que nunca podría vestir en público, con dulces y comidas que jamás había probado, con obsequios caros que le prohibió sacar de su habitación. Qué ingenua. Se rió de ella. La utilizó. Al menos el muy miserable tuvo la decencia de no desentenderse de su hija bastarda.

—Yo… lo siento. Nunca dudé de que eran primas. Lo escribí en mis cuadernos. No sé cómo, pero así me lo indicaron.

—Lo escribiste así porque así lo creías, no porque te lo indicaran. Ni Justine ni tu padre te aclararon jamás el auténtico parentesco que os unía. Y tu madre tampoco conocía la verdad.

—¿Entonces, quién me ayudó a escribir los cuadernos?

—Nadie te ayudó — dijo Louise —. Fuiste tú sola. No sé cómo, pero pudiste plasmar en ellos, de manera automática e involuntaria, tus recuerdos. Te aseguro que me sorprendí la primera vez que te vi hacerlo. Ahí me di cuenta de que eras tú, Keira. Y reparé en lo peligroso de tu capacidad para adentrarte en los recuerdos de una vida pasada. Consciente del riesgo que corrías, durante tus momentos de trance en casa siempre me mantenía a tu lado, alerta, asegurándome de que ella no se diera cuenta de lo que podías hacer.

Amelia calló un instante. Rumiaba la avalancha de información que estaba recibía. Mientras, la joven Louise con Justine en brazos se levantó del banco de piedra y emprendió su camino por las calles vacías. Había dejado de llover.

—Es hora de marcharnos — dijo Louise —. Aquí no hay nada más que ver.

Volvieron al prado en el que Louise le había dado la bienvenida. El frescor de la hierba y la belleza del entorno la despejaron. Qué extraño era aquel lugar. No había cabida para el dolor, la ira, o la pena. Visionaba las imágenes que le mostraba Louise y escuchaba su testimonio con una asepsia impropia de ella.

—¿Estás bien? — preguntó Louise.

—No sé. Lo cierto es que no sé muy bien cómo me siento.

—Es extraño no experimentar determinadas emociones, ¿verdad? No te preocupes, es normal. Nos pasó a todos. Acabas acostumbrándote. Has muerto y en tu viaje solo transportas lo que tu alma ha ido reteniendo a lo largo de los años. Si el odio y la maldad gobernaban tu vida, eso has traído. Si por el contrario eras una buena persona habrás llegado con buenos sentimientos dejado atrás los dañinos y los nocivos.

—Pero sí que siento curiosidad. Preocupación. Empatía.

—Porque todavía te encuentras en un paso intermedio. Aún no has llegado al lugar donde un alma llega tras la muerte.

—¿Y tú? Hace tiempo que… ya sabes.

—¿Preguntas por qué sigo aquí si hace tiempo que morí? — preguntó Louise. Amelia asintió —. Verás, algunos nos resistimos a marchar. Ya sea porque no estamos preparados, porque tenemos temas pendientes o porque, sencillamente no hemos aceptado la muerte. Mi caso es simple. Tengo un tema pendiente.

—¿Cuál?

—Tú, Keira, Amelia si lo prefieres. Tú eres mi tema pendiente. Y Justine. Me siento responsable de lo que os ocurrió. Sé que podría haber hecho algo para evitarlo. Provoqué mucho dolor y, aún hoy, lo sigo haciendo. Antes de descansar necesito poner fin a lo que inicié. Por eso, por favor, debes recordar qué ocurrió entre Justine y tú la noche de anterior a su muerte.

—Lo siento. No puedo. Solo recuerdo la vida con mis padres, con mis hermanos, con Lilian, con Ethan.

—Vamos. Inténtalo al menos. Ya no tienes el impedimento físico que evita recordar vidas anteriores. No estás atada a un cuerpo material y sus limitaciones. Cierra los ojos. Aunque no haya ojos que cerrar. No es el sentido de la vista el que estás empleando. Pero si ello te facilita las cosas, cierra los ojos. Concéntrate. Piensa en la noche anterior a la muerte de Justine.

—¿Cómo?

—Abstráete. Mantén tu mente vacía. Sin pensamientos. Abandónate a los recuerdos. Como cuando permitías a tus cuadernos mostrar tu vida como Keira.

Eso sí sabía hacerlo. Entrar en el trance que le conducía por los escritos de sus cuadernos. Solo debía dejar la mente en blanco y dejarse llevar.

A fin de no vagar por momentos del pasado inservibles para su propósito, antes de concentrarse, se concedió pensar un instante en el episodio que deseaba revivir. Aquel en el que las primas, hermanas en realidad, escapaban de sus habitaciones para pasar su última noche juntas. Después cerró los ojos y se entregó a la nebulosa extrañamente familiar.

Una brisa fresca le acarició el cabello. Abrió los ojos y observó que la noche había caído en el prado. Una hermosa noche cuyo cielo, limpio de nubes, mostraba más estrellas juntas de las que jamás había visto. La luna, en cuarto menguante, iluminaba la hierba húmeda. Al observar el suelo, un tapiz de diminutos diamantes, sintió algo parecido a un dejà vu. El olor de las rosas resultaba delicioso. Empalagoso pasado un tiempo. Algo llamó su atención. Tres o cuatro metros más allá un enorme bulto blanco se balanceaba. Sin temor avanzó hasta hallarse frente a una gigantesca carpa de tela blanca. La corriente proveniente de la costa ondeaba el toldo. Bajo la inmensa lona se acumulaban mesas y sillas. Los restos de una fiesta. Fue entonces cuando lo supo. Aquella noche ya la había vivido.

Amelia notó una presencia. Giró y vio a Louise.

—¿Qué debo hacer? — preguntó Amelia.

—Este es tu recuerdo. Tú me has traído a él. Dímelo tú.

—Por allí — dijo Amelia con seguridad.

Amelia miró hacia la imponente mansión. Qué poco había cambiado. Si no fuera por la gravilla de la entrada y los carruajes del lateral, pensaría que había vuelto a casa. A su actual casa. Le dio la espalda y se adentró en el jardín, hacia el invernadero. La luna se reflejaba en los cristales del techo. Qué hermoso estaba. Nuevo, cuidado, perfecto. Dos gigantescos maceteros de mármol blanco flanqueaban la entrada. De cada uno de ellos brotaban rosales trepadores plagados de rosas color champagne. Sus tallos rodeaban la entrada y cubrían parte del tejado. Afuera, junto a la puerta y bajo un enorme sauce había una mesa con una única silla de forja negra.

Algo atravesó el jardín corriendo. Mientras Louise y Amelia caminaban hacia el retiro de la madre de Keira, dos muchachas pasaron a su lado. Entusiasmadas y radiantes apenas conseguían ahogar las risas. Marchaban con camisones blancos idénticos. Sus cabellos, largos hasta la cintura, flotaban al ritmo de la carrera. Corrían de la mano. Amelia sintió una punzada de nostalgia. Recordó el momento. La alegría que sentía. La emoción de la travesura. El temor a ser descubiertas.

Fue justo en ese instante cuando un aluvión de imágenes inundó su mente. Recuerdos, momentos, historias. Dos vidas entrelazándose. La pasada y la actual. Qué extraño era todo. Recordaba dos existencias. Era una sola persona dividida en dos mitades diferentes. Dos nombres, dos cuerpos, dos rostros, dos memorias en una única esencia. Recordó a Axel. Cuánto lo había amado. Recordó a Ethan. Cuánto lo amaba. Evocarlos desde allí, desde ese lugar, le hacía ver facetas de los dos imposibles de advertir desde la vida terrenal. Aspectos que permitían tener una nueva perspectiva tan esclarecedora como sorprendente. Entonces lo entendió. ¡No podía ser! ¡Oh, dios mío! ¡Claro! Todo encajaba. Por eso sus sentimientos hacia Ethan. La seguridad que le transmitía, su amor, la forma de entenderse. Era él. Siempre había sido él. Una vez, mucho tiempo atrás, prometió que siempre permanecerían unidos y lo había cumplido. No le había fallado. Axel, Ethan, eran el mismo. Como Keira y ella.

—Amelia — dijo Louise sacándola de la conmoción —. No hay tiempo que perder. Démonos prisa o no podrás volver.

El candil iluminaba el invernadero. De los siete que colgaban del techo, la joven Justine solo había encendido uno, el más alejado de la entrada. Se sentaron en el suelo, bajo el débil resplandor que emitía el farolillo, con las piernas cruzadas, una frente a la otra. Las mesas de trabajo, colocadas de forma simétrica, formaban estrechos pasillos por los que solo una persona podía circular. En el fondo del invernadero, su escondite favorito, se apilaban macetas vacías, cubos de zinc, semilleros, sacos de tierra y herramientas de trabajo. Amelia dejó pasar a Louise para que presenciara la escena. Ella no lo necesitaba. La recordaba a la perfección.

—Dame el dedo — dijo Justine sujetando el alfiler.

Keira alargó la mano ofreciendo el índice. Con los ojos muy cerrados giró la cabeza hacia el otro lado. Odiaba las agujas.

—Este no — dijo Justine —. El dedo corazón de tu mano izquierda.

—¿Qué más dará? — contestó Keira impaciente—. Hazlo ya o me arrepentiré.

—No da igual. Tenemos que hacerlo bien. Un pacto de sangre es una ceremonia muy solemne.

—Lo que tú digas — dijo Keira con guasa —, pero te prometo que si no te das prisa no me voy a atrever.

Aprovechando que no miraba, Justine le clavó la aguja con fuerza. Inmediatamente después hizo lo mismo en el suyo.

—¡Ah! — se quejó Keira — ¿A eso llamas tú un pinchacito? Maldita sea, Justine, me has hecho mucho daño. Mira cómo sangro.

El dedo goteaba en abundancia. Keira intentó chuparse la herida pero Justine se lo impidió.

—¡No! Dame la mano — dijo —. No limpies la sangre. Ahora haremos el pacto que nos mantendrá unidas para siempre.

Justine tomó la mano de Keira y la unió a la suya. Juntó los dedos corazones por las yemas y el resto los entrelazó. Cerró los ojos y murmuró palabras ininteligibles. Keira sonreía admirando lo teatrera que podía ser su prima. Después observó cómo esta última colocaba las manos hacia abajo. La sangre goteaba manchando las baldosas de barro.

—Ahora — dijo Justine —, el momento más importante. Keira, con este pacto afianzaremos nuestra relación. ¿Te comprometes a cederme tu alma a fin de que nos mantengamos siempre unidas?

—Sí, prima — dijo Keira con una alegre sonrisa.

—¿Me concedes tu vida eterna? — preguntó Justine.

—Sí, sí — dijo Keira riendo.

—¿Me confieres tu cuerpo?

—¡Qué boba eres! — dijo Keira entre carcajadas.

—¿Me confieres tu cuerpo? — repitió muy seria Justine.

—Sí, sí, también mi cuerpo — dijo Keira con fingido dramatismo.

—Ahora, esta sangre será una — dijo Justine colocando un pequeño bote de cristal bajo sus manos —. Tú y yo nos transformaremos en un solo ser. No volveremos a separarnos jamás.

Justine apretó las manos provocando que la sangre brotara con más fuerza. Keira, dolorida, intentó zafarse pero el vigor de su prima se lo impidió. Solo permitió que se retirara cuando el frasco hubo recogido la cantidad de plasma suficiente para el fin que perseguía.

—¡Justine! — se quejó Keira —. Esto ya no tiene gracia. Me has hecho daño.

—Vamos, prima — dijo Justine de manera zalamera —. Perdóname. Tienes razón. Es posible que me haya emocionado en exceso. Solo quería renovar el voto que hicimos cuando éramos pequeñas. Vamos, no te enfades conmigo.

—Cuando éramos pequeñas no montamos toda esta parafernalia — dijo Keira chupándose el dedo para limpiar la sangre —. Recuerdo que me hice daño con unas tijeras de podar y para que no llorara cogiste un alfiler que llevabas prendido de tu vestido. Lo clavaste en tu dedo, en el mío y me diste la mano. Cuando vi que aún dolorida me sonreías dejé de llorar. Me conmovió tanto tu gesto que decidí que desde ese instante no volveríamos a ser primas. Seríamos hermanas.

Cómo iba a enfadarse con Justine. Keira la adoraba. Confiaba en su prima más que en cualquier otra persona. Exceptuando a Axel, claro. Habría hecho cualquier cosa por ella. Lo que fuera. Era tal la adoración que sentía que no dudó en someterse a aquel extraño ritual en el que, sin saberlo, le había entregado su alma, su cuerpo y todo su ser. Para siempre.

Permanecieron un instante en silencio. Sabían que probablemente esa sería la última vez que se escaparían en mitad de la noche hasta su escondite. Pronto se celebraría la boda que las llevaría por caminos separados. Se abrazaron.

—Keira — dijo Justine rompiendo el silencio que las rodeaba —. Este gesto tuyo me devuelve la sonrisa. Nunca podré agradecerte lo suficiente cuánto has hecho por mí. Te quiero mucho, prima.

—Yo también te quiero, Justine. Ahora volvamos a casa. Me estoy helando.

Volvieron corriendo a la mansión. Como cuando eran niñas.

CAPÍTULO 46

Once minutos. Ese era el tiempo que llevaba Amelia muerta. Ethan y Marco continuaban con el masaje cardíaco negándose a darse por vencidos. Lilian y Celia contemplaban la escena con horror. El tiempo pasaba y las esperanzas de devolver a la vida a Amelia se desvanecían.

Chloe, ajena a la reanimación, consiguió levantarse del sofá. Le dolía todo el cuerpo y apenas podía mantenerse en pie. El golpe la había dejado aturdida. Miró el suelo y observó el cuerpo tendido de Amelia rodeada por todos los que la amaban. Calló, aunque sabía que no había nada que hacer. La muchacha se había ido. Por mucho que Marco, Ethan o quien fuera intentaran reanimarla no lo conseguirían. No estaba allí. Ya no. Tampoco el espectro que la atormentó hasta su muerte. Probablemente se la habría llevado consigo. O puede que una vez conseguido su objetivo se hubiera marchado de Rottingdean. Qué mas daba. Había fallado. No había conseguido salvar a la muchacha. Por su culpa una joven había muerto y había destrozado a una familia. Cómo podía haber sido tan torpe. Torpe y descuidada. Jamás podría perdonarse. Su soberbia le impidió aceptar que ese caso le venía grande. Debería haber aconsejado a la muchacha abandonar. Que se marchara de Rottingdean. Era un caso perdido. Lo vio desde el momento que entró en la casa. Supo que aquello era lo más fuerte, lo más diabólico y perverso a lo que se había enfrentado jamás. Y aún así, no cejó en su empeño. El dinero le cegó y olvidó el propósito que hace años se había marcado: ayudar. No se lo perdonaría jamás. Una muchacha muerta. Una familia destrozada. Cargaría con ese peso toda la vida.

—¿Tiempo? — dijo Marco.

—Trece minutos — dijo Ethan —. No es tarde, ¿verdad?

Marco no contestó a la pregunta. Sabía la respuesta pero se negaba a aceptarla.

—Apartaos — dijo Marco con el desfibrilador en la mano —. Una última vez. Vamos preciosa, vuelve con nosotros.

CAPÍTULO 47

Recuerdo aquella noche — dijo Amelia —. Creí que todo formaba parte de un juego. Confiaba tanto en Justine que nunca dudé de sus buenas intenciones. Siempre había tenido una imaginación desbordante. Ella era la que inventaba las obras de teatro que representábamos ante mis padres y la que ideaba cientos de distracciones y entretenimientos. Pensé que aquello era otro de sus juegos.

—Qué pasó después — preguntó Louise —. Cuando volvisteis a las habitaciones.

—Yo me acosté. Estaba agotada después de la fiesta y de los preparativos previos. Tuve un sueño inquieto. Me desvelé varias veces a causa de horribles pesadillas. Antes del alba me desperté sobresaltada. Supuse que había tenido otro mal sueño porque el corazón latía desbocado. Noté el camisón húmedo por el sudor. Fui al baño para lavarme la cara y beber agua. Tenía la boca y la garganta seca. Pero no tuve tiempo de llegar. Sentí un fuerte mareo y caí al suelo. No perdí el conocimiento, solo quedé allí tendida, boca arriba, sin poder moverme. Una fuerte presión en el pecho y en el abdomen me impedía respirar. Era como si se hubieran sentado sobre el tórax impidiendo a los pulmones tomar aire. Entonces ocurrió algo extraño. Mi cuerpo se levantó y caminó hasta el baño. Sentí un terror inimaginable. Yo no lo manejaba. Era como una marioneta guiada por hilos invisibles. Quise gritar pero no pude. Tampoco era dueña de mi voz. Veía y oía, pero no dominaba ninguno de mis actos. Caminé hasta el espejo y me miré. Sonreía a mi imagen. Era aterrador. Intentaba gritar, correr, pedir ayuda pero era incapaz. Mis manos palpaban por su cuenta mi cara y mi cabello mientras reía ante el espejo. Y la oí. Su risa. En mi mente. Reía como una histérica. Era Justine. Creí que me había vuelto loca, que sufría otra pesadilla. Jamás desperté. Permanecí presa dentro de mi cuerpo hasta mi muerte.

—Justine — dijo Louise —. Se suicidó para abandonar un cuerpo que no deseaba y poseer el tuyo.

—¿Pero por qué? — preguntó Amelia.

—Por mi culpa. Fui la responsable de transformarla en un ser despreciable rebosante de odio. Tu padre me la arrebató. Nunca se lo perdoné. Desde que era pequeña aprovechaba cualquier descuido de vuestra niñera para acercarme a ella. Le hacía sus postres favoritos para entregárselos a escondidas. Con mis ahorros le compraba regalos. Pequeños detalles con los que la aproximaba a mi lado. Con el tiempo conseguí su cariño. Me visitaba a menudo en la cocina. Le gustaban mis historias, mis juegos.

—Lo recuerdo — dijo Amelia —. Una tarde llegó a oídos de mi madre. Se lo contó una de las sirvientas. Se enfadó muchísimo. Le dijo que la cocina no era lugar para alguien como ella y le prohibió volver. La amenazó con castigarla si desobedecía.

—Lo sé, me lo dijo. Y encontramos la manera de que no nos pillaran. Dejamos de vernos en la cocina. A veces, durante la noche, venía a mi habitación para que le contara cuentos y le hablara de magia. Ese fue mi primer error. Enseñarle magia. Lo que para mi hermana y para mí había sido un juego, un entretenimiento, para Justine fue una obsesión. Dejó de demandar mis historias, mis cuentos para dedicar todo el tiempo a practicar conjuros y sortilegios. Comenzó a leer, a investigar, a interesarse por el tema. A veces venía y me enseñaba hechizos de los que yo nunca había oído hablar. Me encantaba verla interesada por algo que le había enseñado yo. Pensé que era una diversión inofensiva, un modo de mantenernos unidas.

Louise calló un instante y miró a su alrededor preocupada. Creyó haber sentido algo. Permaneció unos segundos en silencio y prosiguió el relato.

—Una noche — dijo Louise — vino llorando hasta mi cuarto. Debíais tener unos diez u once años. Habíais discutido. Tras un largo viaje de negocios por Francia tu padre os trajo dos yeguas. Una blanca y una marrón. El problema surgió cuando las dos os empeñasteis en la blanca. En lugar de echarlo a suertes o de sortearla, tu padre, un hombre bestia como una mula, decidió que la blanca sería para ti puesto que eras su primogénita. Justine no tuvo más remedio que conformarse y acatar la decisión. Ni te imaginas cómo llegó a mi habitación. No había manera de consolarla. Con su cabeza sobre mi regazo dejé que llorara hasta que se quedó sin lágrimas. Yo, que odiaba a ese hombre con toda mi alma y amaba a Justine como a una hija no hice más que aumentar su aflicción y abrir una herida que jamás se cerraría. Furiosa, le conté todo. Le dije que ella era la auténtica heredera, la hija mayor, la que merecía aquella dichosa yegua blanca. Le hablé de mi hermana, su madre y de cómo aquel horrible hombre nos separó cuando apenas tenía unos días de vida. Despotriqué de su padre, tu padre, hasta desahogarme. Justine escuchó en silencio mis desatinos. Aquella noche exploté después de años de aguantar en silencio el atropello al que fuimos sometidas mi hermana y yo. Actué sin pensar. De manera egoísta. Ignorando que acababa de abrir la caja de los truenos.

—¿Cómo reaccionó Justine? — preguntó Amelia.

—No dijo nada. Escuchó el testimonio y la sarta de barbaridades que fui capaz de soltar por mi boca con atención. Pensé que había reaccionado de una forma muy madura para su edad. Pero el silencio se debía a que en ese mismo instante comenzó a fraguar su venganza. Aquella noche fue ella la que me consoló a mí. Me abrazó, dejó que llorara por mi hermana, por las tropelías de vuestro padre, por mi amargura. Después me besó y se marchó a su habitación como si tal cosa. Antes, supliqué que no dijera a nadie lo que le había contado. Sabía que no lo haría. Me quería. Después de aquella noche recuperamos la normalidad. O eso creía. Justine volvió a ser la misma. Jugabais, hacíais travesuras, andabais siempre juntas. A pesar de todo pienso que también ella te quiso mucho. Cada vez que nos veíamos pedía que le hablara de su madre. Lo hacía encantada. Pasamos más de una noche en vela recordando a mi hermana. Me sentía feliz. Entre nosotras había surgido un vínculo maravilloso. Algo que tu padre jamás podría destruir.

Louise hizo una nueva pausa. Inquieta miró a su alrededor. Esta vez sí. Había oído algo. Estaba segura. Acelerada, continuó con la historia. Tenía que terminar de narrarla. Antes de que se acabara el tiempo.

—Los años pasaron — dijo Louise —. Mi odio hacia tu padre era patente y no lo disimulaba. Tampoco hacía nada por ocultarlo frente a Justine. Ella se transformó en una joven introvertida e insegura. Corroída por los celos hacia ti y por el odio hacia tu padre. La magia se transformó en su obsesión. Y yo contribuí a ello. Cuando comencé a preocuparme ya era tarde.

Un día trajo un libro a mi habitación. Era de magia negra. Quería aprender y que yo le ayudara. Me negué. Intenté quitarle ese maldito libro. Quemarlo. Se rió de mí. Me llamó vieja cobarde. Recuerdo cuánto daño me hicieron sus palabras. También sentí miedo. Mucho. Había oído hablar de la magia negra y del efecto que surte en aquellos que la practican. Mi abuela siempre nos previno. Traté de convencerla. En vano. Me di cuenta de que no era el primer libro de magia negra que leía. Hacía tiempo que se había familiarizado con el tema. Y cometí otro error. Lo dejé estar. Pensé que solo era un libro. Que no podría hacerle daño. Que era una buena niña obsesionada con cuentos de viejas. Nunca más hablamos de ello. Hasta el día de su muerte.

—No entiendo por qué tanta complicación — dijo Amelia —. Si tanto me odiaba, si tanto deseaba hacer daño a mi padre, podía haberme matado. ¿Por qué poseer mi cuerpo?

—Me sorprende que tanto tiempo después sigas sin verlo — dijo Louise —. Eras la única persona en Rottingdean que no se había dado cuenta de lo que Justine sentía por Axel. Desde el primer día que llegó a casa se sintió atraída por él. A pesar de su timidez intentó conquistarlo. Yo misma fui testigo de sus vanos y bochornosos intentos de seducción. Sin embargo el chico solo tenía ojos para ti. Consciente de lo unidas que estabais la apartaba de manera sutil y dulce. No deseaba hacerle daño. Trastornada, casi demente, una noche vino a mi habitación pidiendo, exigiendo, que la ayudara a realizar un amarre.

—¿Qué es un amarre? — preguntó Amelia.

—Un hechizo de amor. Un conjuro de magia blanca. Le advertí que no debía, que lo olvidara. Si la persona a la que aspiras conquistar ya está enamorada no suele funcionar. Se puso hecha una furia. No deseaba escuchar mis consejos. Nunca lo hizo. Desquiciada y al borde de la locura, amenazó con suicidarse si no conseguía el afecto de Axel. Me asusté y accedí pensando que eso la calmaría. Lo intentamos y no funcionó. Se enfadó tanto que estuvo varias semanas sin venir a verme. Creo que fue entonces cuando comenzó a adentrarse en la magia negra.

—Por eso no me asesinó — dijo Amelia —. Se aseguró de que mi padre sufriera lo indecible matando el cuerpo de Justine. Mi padre la quería tanto… Nunca la reconoció como su hija pero la amó con la misma intensidad que a mi. No puedo y no deseo disculpar sus pecados pero nosotras éramos lo más preciado para él. Habría dado cualquier cosa por protegernos. Por eso jamás se recuperaría de nuestros suicidios. Porque el sádico y retorcido plan de Justine incluía igual suerte para mí.

—Falleció a los pocos años — dijo Louise —. La amargura le arrastró a la demencia. Murió atormentado, loco y solo.

—Al mismo tiempo conseguía a Axel — continuó Amelia apartando de su mente la imagen de su padre —. Se casó con él. Me robó sus besos, sus caricias, mi vida a su lado. Y cuando él la rechazó, cuando se negó a amar a un ser tan despreciable y depravado, lo mató. ¿Sabes lo peor? ¿Lo más repugnante? Que disfrutó haciendo todas y cada una de las atrocidades que perpetró porque sabía que yo era testigo. Presencié su vida, la vida que me había robado. La boda, la luna de miel y el lento y agónico asesinato de la persona a la que más había querido. Vi y escuché las palabras y los actos más crueles, inhumanos y despreciables que le confirió. Y no pude hacer nada. Creí enloquecer. Deseé hacerlo. Encontrar el modo de salir de aquella cárcel que era mi cuerpo. La locura se me antojaba el modo más fácil, más eficaz de evasión. Y deseé morir. Todos y cada uno de los días de aquella vida deseé la muerte.

Una ráfaga de viento helado acompañado de un agudo sonido interrumpieron la conversación. Era como el falso pitido de oídos después de una explosión o de un concierto de rock. Amelia giró la cabeza hacia el bosque. De allí provenía el ruido. Observó cómo los árboles desaparecían dejando paso a la oscuridad, a la nada. Parecía un juego de ordenador. El vacío se acercaba al tiempo que el silbido aumentaba de intensidad.

—No hay tiempo — dijo Louise —. Debemos irnos. Nos ha encontrado.

No fueron necesarias explicaciones.

—¿Qué sucederá ahora? — preguntó Amelia.

—Te mostraré cómo volver — dijo Louise —. En cuanto llegues debes encontrar el recipiente en el que Justine guardó vuestra sangre. Destrúyelo. Y con él el resto de semillas. Destruidlas todas.

—Pero no tengo ni idea dónde lo pudo guardar.

—En la chimenea — dijo Louise —. Busca allí.

—¿Cómo lo sabes?

—No lo sé. Pero ese lugar es el único del que no se separa Justine. Lo vigila constantemente. Ha conseguido rodearlo de una especie de fuerza, de energía que le avisa de todo el que se acerca.

—¿Por qué no dijiste nada antes?

—Porque no estaba segura de lo que había que buscar. Ahora ya lo sabemos. Vuelve y acaba con todo.

Louise dio la espalda a la nada y miró al frente. Esperaba.

—No puede ser, ¡no puede ser! — dijo con desesperación — No consigo abrir el paso.

Giró la cabeza y observó el avance de la nada. La oscuridad las engulliría en cuestión de segundos. Dio media vuelta y cerró los ojos. Al abrirlos, con la cara muy serena volvió a mirar al frente. Dos, tres segundos, cuatro… nada. ¿Por qué no aparecía el paso que las llevaría al otro lado?

—¿Qué pasa? — preguntó nerviosa Amelia.

—Es tarde. Demasiado tarde — dijo Louise —. Lo siento, chiquilla.

—¡Cómo que lo sientes! ¿Qué sientes?

—No puedes volver. Has permanecido aquí demasiado tiempo. De verdad que lo siento. No debiste venir.

—No, no, no, ¡no! — gritó Amelia —. Tiene que haber algún modo. Haz algo. Debo volver con mi familia, con Ethan. Por favor, Louise, haz que regrese.

—No puedo. Ya no.

La oscuridad las alcanzó. Las engulló como una ola gigante atrapa a una barca de goma. Las arrastró hasta lo más profundo de la nada.

CAPÍTULO 48

El dolor era tan intenso que apenas era capaz de respirar. Marco cubrió el pecho de su hija y le acarició el pelo. Se había ido. Le había fallado. No había conseguido salvarla, como tampoco pudo salvar a sus hijos. Su piel, todavía tibia, no tardaría en enfriarse. La besó en la frente antes de que el frío de la muerte la envolviera. Qué guapa estaba. Parecía dormida. Inspiró profundamente. No podía llorar. Todavía no. Debía mantenerse firme. Fuerte. Fuerte por Celia. Él sería su tabla de salvación. El apoyo que trataría de impedir que su mujer enloqueciera. Eso suponiendo que no fuera él el que cayera en demencia. Miró a Ethan que lo observaba expectante. Sabía que detrás de él su mujer también estudiaba sus movimientos. Se preguntarían por qué había parado. Por qué no trataba de reanimar a su hija. Qué tontería. Seguro que conocían la respuesta. Veinte minutos era demasiado tiempo. Cogió un cojín y lo colocó bajo la cabeza de Amelia. Como si lo fuera a notar. Absorto en sus pensamientos apenas sintió la mano apoyada sobre su hombro. Giró la cabeza y vio a Celia. Se agachó a su lado y le besó. Fue un beso de comprensión, de apoyo, de complicidad. Después, esta tomó la mano de su hija y la colocó sobre su mejilla. Y lloró. Lloró en silencio. Por su hija, por sus hijos, por lo sola que la habían dejado. Las lágrimas resbalaban mojando la mano inerte de Amelia. ¿Qué iba a hacer ahora? ¿Qué sentido tenía nada? ¿Cómo conseguiría levantarse cada mañana para continuar con su vida?

Ethan se levantó. No podía. No quería admitir que todo había terminado. Que no volvería a ver con vida a Amelia. Qué locura. ¿Por qué no le habría hecho caso? ¿Por qué no la convenció para marcharse? Sí, era cabezota, muy cabezota, pero seguro que podría haber hecho algo más. Algo más para persuadirla de llevar a cabo un plan tan imprudente, tan peligroso, tan absurdo. ¿Y por qué no le había dicho nada de lo que tenía planeado hacer? La muy cabezota. Porque sabía que se lo habría impedido. Que de ninguna de las maneras habría accedido a algo así. Salió al hall y la emprendió a golpes con una de las paredes. Agotado y dolorido, cayó al suelo donde siguió golpeando con los puños las baldosas que meses atrás había ayudado a colocar. La sangre cubría el suelo. Se había destrozado los nudillos y puede que hasta se hubiera fracturado algún dedo. Pero qué más daba. Ya nada importaba. Nada volvería a tener sentido. Jamás volvería a ver a Amelia.

CAPÍTULO 49

Amelia miró a su alrededor incapaz de ver nada. Buscó con desesperación algo que le indicara dónde se encontraba, hacia dónde debía dirigirse. Era como cuando de niña su madre apagaba la luz del cuarto para que durmiera. La oscuridad la envolvía. Con los ojos muy abiertos miraba a todos lados buscando algo de claridad. Durante unos minutos creía entender qué siente un ciego. Sabía que solo debía esperar. Hasta que sus ojos consiguieran adaptarse a la negrura. Era entonces cuando le regalaban un pequeño resplandor. El de la delgada línea luminosa de debajo de la puerta. Su madre siempre olvidaba apagar la luz del pasillo. O puede que la dejara a propósito. Para que ella y sus hermanos encontraran el camino a seguir si necesitaban llegar a su lado. En cuanto veía la maravillosa línea dorada sobre el suelo se acurrucaba en la cama y se quedaba dormida.

Pero allí no había ninguna línea dorada. Ni luz. Ni nada de nada. No tenía ni idea de qué debía hacer. Adónde ir. Y tampoco había rastro de Louise.

—¿Asustada, hermanita? — dijo una voz.

Parecía salir de su cabeza. Era incapaz de localizar de dónde provenía.

—No, no te tengo miedo — dijo Amelia —. Ya no.

—¡Oh! Me sorprendes querida. No te creía valiente. Has cambiado.

—¿Qué quieres, Justine? — dijo Amelia.

—Otra vez con la misma pregunta. ¿Qué quieres Justine? ¿Qué quieres Justine? — dijo la voz en tono burlón —. Ya te lo dije. Lo de siempre. Quiero que me lleves de vuelta. Quiero vengar a mi madre. Quiero ver cómo sufres. Y lo quiero a él. Y que tú lo veas. Quiero que seas testigo de cómo me besa, de cómo me acaricia, de cómo me ama.

—Eso no va a ocurrir. Sería a mí a quien creería besar, a quien creería acariciar, a quien amaría.

—Solo al principio. He aprendido de mis errores. No volveré a cometerlos. Se enamorará de la nueva Amelia. Sabré satisfacerle como tú jamás habrías podido hacerlo.

—Imposible. Le conozco. Se dará cuenta de que no soy yo. Te odiará. Le repugnarás cuando sepa lo que has hecho. Como le desagradabas la última vez.

—Ya veremos.

—Yo te quería, Justine — dijo Amelia en tono conciliador —. Eras mi hermana. Lo habría dado todo por ti.

—¡Mentirosa! ¡No te atrevas a mentirme! Tú y tu familia no me queríais. Me utilizabais. Yo era el perrito abandonado que alivió la conciencia de tu padre. La prima fea, segundona y torpe que te embellecía aún más. Un familiar lejano, de segunda categoría, con quien divertirte. La estúpida con la que pasar el tiempo hasta que llegara tu príncipe azul. Y cuando llegó, la imbécil a la que abandonar. Tú sabías lo que yo sentía por él. Cuánto lo amaba. Fui la primera en verlo y la primera en quien se fijó. Pero te dio igual. Te metiste en medio acaparando sus atenciones. Le engatusaste con tus idioteces, tus coqueteos, tus juegos de niña mimada. Claro, ¿quién podía resistirse a la rica heredera? Lo apartaste de mi lado. Debías pensar que no era lo suficientemente buena para él. Zorra avariciosa. Te odio por todo lo que me arrebataste. Ya lo sabes, así que no vuelvas a preguntarme qué es lo que quiero. Deseo que sufras en todas y cada una de tus vidas. Y lo vas a hacer. Te juro que lo vas a hacer.

—¿Dónde está Louise? ¿Qué has hecho con ella? — preguntó Amelia. Sabía que la mujer era la única oportunidad de huir del monstruo que una vez fue su hermana.

—Ni lo sé ni me importa. Vieja entrometida. Cobarde. Sabe esconderse bien la muy puta. Una lástima que no me ocupara de ella antes. Cuando fue con el cuento a tu tía Karen.

Amelia calló. No permitiría que ese ser manchara la imagen que tenía de Karen. La respetaba. La quería sin haberla conocido solo por el cariño que profesaba hacia su madre. Ojalá se hubieran conocido. Ojalá hubiera podido hablar con ella aunque fuera una sola vez. Ojalá hubiera sido capaz de acabar con todo ese montón de podredumbre vil y maliciosa que era Justine. Se permitió unos segundos pensar en ella, en sus cuadernos, en la obsesión por encontrar respuestas, en cómo murió. Pobre tía Karen. Aguantó durante años en una casa envuelta en la peor de las condenas. La del odio imperecedero.

—No te habría caído bien — dijo Justine como leyendo sus pensamientos —. Y la amiga que se trajo a vivir con ella ni te cuento: la señora Danvers. Tenía de todo menos de señora. A mí, sin embargo, me gustaban. Eran un par de mugrientas indecentes e inmorales que luego se las iban dando de elegantes damas.

—¡Basta! — dijo Amelia —. Ojalá hubieras sido la mitad de señora que tía Karen.

—Durante un tiempo me sirvió de distracción, de entretenimiento — dijo Justine ignorando el comentario de Amelia —. Sabía que conocía parte de nuestra historia. Lo justo para que le picara la curiosidad. Solo necesité un par de trucos para alterarla, para perturbarla. Algo tenía que hacer para no aburrirme. Era enternecedor observarla dar palos de ciego buscando respuestas. Me divirtió mucho aquellos años de tediosa espera. Y más cuando se enteró de que se moría. Estaba enferma. Los médicos le dieron unos pocos meses de vida. Eso la desequilibró más si cabe. Sabía que tu madre vendría a Rottingdean. Temía por ella, por lo que yo pudiera hacerle. ¿Verdad que tiene gracia? Como si la loca de tu madre me hubiera interesado alguna vez. Yo solo te quería a ti, hermanita. Te esperaba. Mira, hasta me atrevería a decir que te echaba de menos.

Silencio. Amelia deseaba silencio. Cada palabra de ese ser era como serpientes rabiosas esparciendo su veneno.

—Es hora de marcharse, hermanita — dijo Justine —. Alégrate. Tus papás estarán encantados de tenerte de vuelta.

Entonces surgió una luz. Del diámetro de un balón de baloncesto. Centelleó unos instantes hasta duplicar su tamaño. Entonces quedó quieta. Lo que en un principio parecía un faro se trataba en realidad de la boca de una especie de túnel. No debía medir más de cuatro o cinco metros. Al otro lado una luz tenue iluminaba lo que parecía una habitación. Amelia quiso alejarse. Sabía qué era aquel lugar. Lo conocía. Y sabía qué pretendía Justine. Intentó apartarse, huir, pero no pudo. Una fuerza invisible la arrastraba hacia el agujero. La empujaba. No podía. No quería volver a pasar por lo mismo. No lo aguantaría. Otra vez no. Louise, por favor, vuelve, pensó. Por favor, que alguien me ayude. Por favor.

CAPÍTULO 50

Celia había salido al jardín. Hacía un tiempo de perros pero sentía la necesidad de escapar, de alejarse un instante de aquella habitación. Sentada en las escaleras de la entrada fumaba el cigarrillo que Chloe le había dado. Al igual que Marco había vuelto a caer en el maldito vicio que tanto tiempo y esfuerzo le había llevado abandonar. Su hija había muerto. Lo más importante de su vida se había marchado. Así que daba lo mismo si la nicotina o el alquitrán manchaban sus pulmones. Lo mismo daba si el humo y su veneno la mataban. Ya nada importaba. Nada en absoluto.

Marco, aturdido, confuso y con las manos temblando, no era capaz de volver a conectar el móvil. Antes de entrar en la biblioteca lo había apagado, tal y como Chloe les había indicado. La consternación le había hecho olvidar el pin. Iba por el segundo intento y si no acertaba a la tercera, se desconectaría definitivamente. Habría jurado que era una fecha de cumpleaños. La de Amelia, la de sus hijos, la de Celia, la suya, ¿cuál? Intentó la de Celia. Unas antipáticas letras rojas le indicaron que había cometido un nuevo error, que tras los intentos fallidos debía contactar con el operador. No tenía prisa. Ninguna prisa. El servicio de emergencias podía llegar un poco más tarde. Total, ya no podían hacer nada por ella. Salió al hall. Utilizaría el teléfono de recepción. Conectaría el wi-fi y llamaría a urgencias. Pero antes saldría al jardín a ver cómo se encontraba Celia.

Sentada en un rincón de la biblioteca Chloe intentaba pasar desapercibida. Pensaba que en un momento tan íntimo, tan doloroso su presencia no haría más que incomodar a la familia. Le roían las entrañas por no entender qué había sucedido. Y por qué desde la muerte de Amelia era incapaz de percibir nada. Ningún espíritu, ningún alma desaparecía así, sin dejar rastro, sin dejar huellas de su marcha. Mientras se torturaba por su torpeza un leve cambio en la temperatura del ambiente tensó todos los músculos de su espalda. Conocía esa sensación. No era momento de alarmar a nadie con sus presentimientos pero sospechaba que la fiesta aún no habían terminado. Observaba la habitación desde su retiro, desde la esquina. Su sexto sentido se removía. Algo se acercaba. Sus tripas lo barruntaban. Ellas eran las que siempre lo advertían. Y no fallaban. Aguzó la vista, el oído, hasta el olfato, y esperó.

El cuerpo de Amelia yacía en el sofá. Lilian, sentada en el brazo, a los pies de su amiga, lloraba en silencio. En el suelo, sobre las frías baldosas, se encontraba Ethan. Acariciaba el pelo y la cara de Amelia. De vez en cuando le susurraba palabras al oído. Palabras que solo él era capaz de escuchar. Un chisporroteo a su espalda le sobresaltó. Algo en el fuego de la chimenea había hecho crepitar las llamas. Le sorprendió ver a Chloe levantarse como un resorte. En décimas de segundos olvidó el fuego, a la mujer y volvió a centrarse en Amelia. En su pena. En su pérdida. Hundió su cara en la melena inerte. Todavía podía oler su perfume, el aroma de su cabello. La iba a echar tanto de menos… Cómo iba a hacer para seguir adelante. No podría.

Una corriente acarició el cuello de Ethan. Cálida. Húmeda. ¿Sería posible? El muchacho levantó la cabeza y tomó el pulso de Amelia. Había sentido algo. Su aliento. Lo habría jurado. Otra crepitación del fuego le alarmó. Las llamas se alzaban vigorosas a pesar de que apenas unas ascuas al rojo habían sobrevivido a las horas de frío y desatención.

El gemido esperanzó a Ethan. Miró a Lilian buscando una explicación pero sus ojos mostraban la misma sorpresa. Volvió a tomar el pulso de Amelia. No podía ser, no después del tiempo transcurrido, pero parecía… Acercó su cara a la boca, a la nariz. Sí, sí, ¡sí!, estaba seguro, seguro. Un débil aliento salía de su boca.

—¡Marco! ¡Marco! ¡Celia! — gritó.

Pidió a Lilian que corriera a buscarlos. Amelia había vuelto. No sabía cómo pero había vuelto.

El viaje había sido corto. Apenas un instante en el que la vuelta a la vida se le antojaba la mayor de las desgracias. El peor de los castigos. La más siniestra y amarga de las penitencias. Sintió cómo hizo su aparición. Como un frenazo. Un aterrizaje en el más suave y mullido de los colchones. Después oscuridad. Negrura. Incapaz de moverse intentó escuchar. Oyó un susurro, ¿o era un gemido? Sí, era el rumor de palabras entrecortadas. Pero esa voz… la conocía. Sí, claro que la conocía. Era él. Era Ethan. Oh, dios mío, Ethan. Estaba allí. Podía oírlo.

—Amelia, Amelia — dijo Ethan —, ¿puedes oírme?

La voz del chico le hizo abrir los ojos. Costaba centrar la vista pero ahí estaba.

—¡Oh!, Amelia, creí que te perdía — dijo Ethan besando su frente, sus manos.

—Ethan, cariño — dijo Justine.

—*¡No! ¡No! ¡No la escuches!* — intentó gritar Amelia —. *No la escuches, por favor. Ethan, mi amor, por favor. No la escuches.*

De haber podido habría llorado, pataleado, gritado. Sin embargo allí estaba. Cautiva en su cuerpo. Otra vez. Si alguna vez le hubieran asegurado que mirar a Ethan iba a ser el peor de los tormentos no lo habría creído. Y así era. Observar su mirada, su alivio al creer que la había recuperado, su ternura…

El esfuerzo realizado para emitir las primeras palabras en años hizo que un ataque de tos le impidiera respirar. Hacía tanto tiempo que no practicaba que necesitó concentrarse para ordenar a sus pulmones que se llenaran de aire. Ethan la incorporó con cuidado

—Sujétale la espalda, que no se caiga — dijo Marco entrando a la carrera en la habitación seguido de Celia — Amelia, cielo, intenta respirar por la nariz, despacio. Solo tienes resecas las vías respiratorias. Lilian, trae agua por favor.

Bebió con ganas dejando caer la mitad del líquido. Había olvidado cómo hacerlo. Era agradable recuperar la sensibilidad, los sentidos.

Cuando la tos se calmó y las fuerzas volvieron, Celia se acercó a su hija.

—Amelia, mi niña — dijo abrazándola —, cómo has podido hacer algo así cielo. Me alegro tanto de verte, tanto.

—*Mamá. Oh, mamá. Mírala bien. No soy yo. Mamá…*

La mujer la abrazó con ternura. Pero los brazos de su falsa hija la apartaron con suavidad. No era ella la persona con la que deseaba estar, era con él, con Ethan. Los demás sobraban.

—Ethan — dijo Justine—, ven aquí querido.

El chico se acercó. Celia, contrariada, le cedió el sitio.

Justine sujetó la cara de Ethan y la acarició. Después, con suavidad, se acercó a sus labios y los besó. Al principio con ternura, después con pasión. Marco observaba incómodo la escena. Carraspeó con embarazo.

Cómo dolía. Ver cómo Ethan besaba a Justine y percibir la satisfacción que esta experimentaba al sentirse correspondida era la peor de las torturas. No podía. No iba a poder soportarlo. Pidió morir. Rogó que el cuerpo en el que la había encerrado fallara, muriera, la liberara. Suplicó que la enajenación la envolviera para mitigar el calvario al que Justine la sometía.

—Bueno, bueno, chicos — dijo Lilian más sorprendida que divertida —, dejemos eso para luego.

—Amelia — dijo Marco — voy a examinarte. Después te llevaremos a urgencias para que realicen un chequeo más exhaustivo. Debemos asegurarnos de que no has sufrido ningún daño.

—Papá estoy bien — dijo Justine —. Solo necesito descansar.

—No. Insisto. Has permanecido en parada mucho tiempo. No es normal. Hay que chequear que todo está en orden.

—No voy a ir a ningún sitio — dijo Justine levantando la voz —. Además, qué explicaríamos en el hospital. ¿En serio quieres contar lo sucedido? Hazme tú el chequeo si quieres, pero aquí. Yo no voy a ningún lado.

—Claro que no quieres ir a ningún lado — dijo Chloe desde el rincón —. No te atreves, ¿verdad? Todavía no. Necesitas estar cerca de esta casa hasta ver que todo ha salido según tus planes, ¿no es así?

Los demás miraron extrañados a la mujer. Habían olvidado que seguía allí.

—Apartaos de su lado — dijo Chloe con autoridad —. Eso que ha vuelto no es Amelia.

—¿Pero qué está diciendo? — dijo Justine simulando sorpresa —. Chloe, soy yo, Amelia. No diga tonterías. He vuelto. Conseguí deshacerme de ese ser infernal. No va a volver. La he echado de esta casa. Lo hemos conseguido.

—Muy lista, pero a mí no me engañas — dijo Justine —. Percibo tus energías. Te rodean. Tu maldad. La llevas en la mirada. Hasta la temperatura y el olor de tu cuerpo. Hueles a muerte, a podredumbre. Tú no eres Amelia. ¿Qué has hecho con ella, monstruo?

—*"Aquí Chloe. Estoy aquí"*, pensó Amelia. Lo hizo con vehemencia, con energía, como si sus pensamientos fueran una bola capaz de lanzarse hasta ella. Esperaba que la mujer interceptara su deseo de ser escuchada. Que sintiera su presencia.

—Os digo que no es ella — dijo Chloe refiriéndose a los demás —. No sé cómo lo ha hecho, pero dentro de ese cuerpo no está Amelia. Es ese ser despreciable, malvado y retorcido.

—*¡Sí estoy aquí! ¡Aquí! ¡Chloe! ¡Escúchame, por favor!* — volvió a rogar Amelia.

—¡Ya está bien! — gritó Marco — ¡Cállese! No quiero escuchar más estupideces. Mi hija necesita descanso, no las majaderías de una chiflada. Sus historias, sus locuras, son las que nos han llevado a esta situación. Le agradecería que abandonara mi casa lo antes posible.

—Marco — dijo Chloe alarmada —, no te dejes engañar. Eso de ahí no es tu hija.

—Papá — dijo Justine gimoteando —, haz que se calle, por favor. Tengo miedo. ¿Chloe, por qué me hace esto?

—Celia — dijo Chloe buscando una aliada —, créeme. Hay que acabar con ella. No es Amelia. Amelia se ha ido. Ya no está.

—*¡Sí que estoy! Estoy aquí, ¡aquí!*

—¡Se acabó! — dijo Marco —. Salga de mi casa inmediatamente. Llame a un taxi y lárguese. No quiero volver a verla. Y hasta que vengan a recogerla, espere en el hall.

—Yo… — intentó decir Chloe.

—He dicho que salga de aquí o aviso a la policía — dijo Marco —. Les diré que nos ha engañado, que nos ha estafado. Seguro que no es la primera vez que oyen hablar de usted ¡Largo!

No podía hacer más. Les había avisado. Lo había intentado y no habían querido escucharla. Podía entender que era más fácil creer que su hija había vuelto, pero había que ser muy necio para no albergar la más mínima duda. Y más después de lo que habían presenciado. Se marcharía. Allí no tenía nada más que hacer. Cogió su bolso, su abrigo y salió hasta la puerta. Llamaría a un taxi para que la llevaran de vuelta a casa. Y se lo cobraría a Marco. Vaya si se lo cobraría. Capullo descreído. Sabía que algún día volvería a buscarla. Querría su ayuda. Y ya vería si se la daba. Le cobraría el doble, no, el triple. "Que se joda", pensó, "no sabe, no tiene ni idea de lo que ha vuelto a casa. Si no me quieren, allá ellos. Yo lo he intentado".

—*No, no, ¡no! No se vaya, Chloe. No salga por esa puerta, se lo suplico. Chloe, vuelva. Ayúdeme.*

El botiquín de un médico, aunque no practique su profesión, es mucho más completo que el del resto de los mortales. El de Marco, además del habitual kit de primeros auxilios, contenía un tensiómetro, estetoscopio, pulsioxímetro, otoscopio, linterna, tiras reactivas, martillo de reflejos, termómetro, cinta métrica, un bisturí... Infinidad de objetos que solo él sabía manejar. Un maletín regalo de sus hijos cuando cumplió los cuarenta. La época en la que se replanteó volver a la medicina. Los latidos del corazón de Amelia eran fuertes, su ritmo perfecto. La tensión arterial inmejorable. El oxígeno en sangre óptimo. Los reflejos, la reacción de las pupilas, el color de piel y el ánimo excelentes. El chequeo duró un buen rato. Justine se dejó hacer. Dócil, cariñosa. Sabía que después del drama que había montado Chloe no debía levantar sospechas.

—Hija — dijo Marco exhalando un suspiro de alivio —, estás perfecta.

—Por fin — dijo Justine —. Por fin todo ha terminado. Gracias papá. Muchas gracias. No lo podría haber conseguido sin vuestro apoyo. Siento mucho el susto que os he dado. Perdonadme.

Justine tendió sus manos hacia Marco y Celia. Era a ellos a quien debía meterse en el bolsillo. A Ethan, ya lo tenía. Y la idiota de Lilian creería lo que el resto le indicara que debía creer.

—¿Qué ha ocurrido, hija? — preguntó Celia —. ¿Cómo has conseguido...?

—Mamá — dijo Justine —, por favor. Estoy muy cansada. Mañana os lo cuento, te lo prometo. Ahora me gustaría ir a mi habitación.

—Claro, cariño — dijo Celia —. Lo importante es que estás a salvo. Hablaremos mañana, cuando hayas descansado.

—*¡No, mamá! No dejes que vaya a mi habitación, que se apodere de mi vida. Miradla, no soy yo. ¡¿Es que no lo veis?!*

"*Claro que no lo ven*", oyó Amelia. Era la voz de Justine, su pensamiento. "*No insistas, jamás te escucharán. Y cierra el pico. Si vuelvo a oírte, si me sigues jodiendo, me obligarás a enseñarte cómo debes comportarte. Y lo haré por las malas. Verás morir a tu familia, a tus amigos. Serán accidentes. Como Pottie, ¿te acuerdas? Qué manera tan tonta de morir, ¿verdad? Primero, iré por tu madre. Con sus antecedentes de chiflada no va a resultar difícil deshacerse de ella. Continuaré con tu padre. Una lástima, porque no me cae mal del todo. Después será Lilian, su madre, Estelle... Acabaré con todos, salvo con Ethan, claro está. Para él tengo reservadas otras cosas que me harán disfrutar y a ti sufrir lo inimaginable. Y continuaré amargándote la existencia hasta que te calles, hasta que me dejes en paz. Así que relájate y diviértete con el espectáculo. Pero en silencio.*"

—Amelia — dijo Ethan —. Te acompaño a tu habitación. Debes dormir. Te sentirás cansada.

—Me encuentro maravillosamente bien — contestó Justine —, pero acompáñame. Me tranquiliza tenerte a mi lado. Mis padres querrán asegurarse de que la loca de Chloe se largue lo antes posible, ¿verdad papá? — dijo levantando la voz para que Marco la oyera.

—Y tú, Lilian — continuó diciendo Justine —, márchate a casa. Aquí ya no hay nada más que hacer.

Celia miraba con recelo a su hija. Había algo extraño en su comportamiento. En el modo de hablar, de moverse, en sus palabras. Se le partía el alma solo de pensarlo pero puede que Chloe tuviera razón. Puede que lo que hubiera vuelto no fuera Amelia.

Lilian no se movió de su sitio. Miraba muy seria a su amiga.

—¡Lilian! — dijo Justine —, ¿es que no me has oído? Márchate a casa. Tu madre estará preocupada y yo me quiero acostar.

No reaccionó. No dijo una sola palabra. Solo miraba.

—Lilian, cielo — dijo Celia —, Marco te acompañará. Tú también necesitas descansar.

La muchacha de pie, rígida, con la cara tan pálida como el mármol y las manos temblorosas, mantenía la mirada fija en Amelia. Celia supuso que la impresión de ver a su amiga a punto de perder la vida la había dejado aturdida y alterada.

Celia alargó la mano para coger la de la muchacha. Al rozar los dedos sintió su temperatura. Extrañada, le palpó la cara. Estaba congelada. Aquello no era normal. Era como tocar nieve o hielo. Era tal el frío que quemaba. Trató sin éxito de guiarla hasta el sofá. Su cuerpo yerto y agarrotado no se movía ni un milímetro. Asustada se colocó entre su hija y Lilian. Movió una mano frente a sus ojos intentando que se recobrara. Nada. Había entrado en shock.

—¡Marco! — dijo alterada — ayúdame. No sé qué le ocurre a Lilian. Soy incapaz de que reaccione. Creo que ha entrado en shock.

En ese instante, cuando Marco se aproximó a la chica, esta giró la cabeza hacia Justine. La miró extrañada, como si fuera la primera vez que la veía. Con paso fatigado y arrastrando los pies caminó hacia donde se encontraba. Agarró con fuerza ambos brazos, manteniendo la mirada fija. Justine no se movió. No podía. Parecía anclada al suelo. Durante unos instantes permanecieron así, quietas, examinándose, con sus cuerpos en tensión como si una descarga eléctrica las atravesara. Después

Lilian la soltó propinándole un empujón. Volvió sobre sus pasos y se encaminó hacia la chimenea.

¿Qué había sucedido? Vio a Lilian aproximarse con los brazos extendidos. Sus ojos vidriosos la observaban. Parecía que… sí, habría jurado que ella también la había visto. Que sabía que estaba allí. "¡Oh, Lilian! Díselo. Diles que sigo aquí, que no me he marchado." Después notó su abrazo, sus manos aferradas a sus brazos y experimentó una serie de sensaciones increíbles. Percibió a Lilian, a Justine, a Louise. Era como estar encerrada en una habitación con todas ellas. Con sus pensamientos, sus recuerdos, sus vivencias, sus afectos… Miles de voces, imágenes, flashes, olores, sabores, sentimientos, se agolpaban en su mente. Transcurrían a tal velocidad que era incapaz de descifrar sus significados. Por encima de todos ellos sintió el odio, la rabia, la ira de Justine. No entendía qué estaba ocurriendo, pero sí sabía que Justine deseaba matar a Lilian. Lo deseaba con todas sus fuerzas. Y que lo iba a hacer. Esa misma noche. Entonces Lilian se liberó del abrazo dejándola de nuevo a solas con Justine. La vio girar y encaminarse hacia la chimenea. Y percibió miedo. Un miedo atroz, animal. El miedo de Justine mezclado con el ansia por matar a Lilian, a Louise.

—Lilian — dijo Justine cortándole el paso —, vamos, no hagas tonterías. Haz caso a mi madre y deja que Marco te acompañe a casa.

Celia se extrañó al oír a su hija llamar a Marco por su nombre. Solo cuando era muy pequeña se refería a él así. Apenas pensó en ello unos instantes. Observó cómo su hija impedía el paso de su amiga.

Lilian hizo caso omiso a las palabras de Justine y continuó su avance.

—¿Qué pretendes Lilian? — dijo Justine enfadada — Vete de una vez y deja de hacer estupideces.

Ignorando sus palabras, Lilian levantó las manos hacia la repisa de piedras de la chimenea. Fue entonces cuando Justine la empujó haciendo que cayera de espaldas. Todos aguantaron la respiración cuando vieron golpear su cabeza contra el suelo. El crujido del cráneo contra la madera estremeció a Celia que corrió a su lado.

—¿Se puede saber qué haces, Amelia? — dijo Marco apresurándose a ver el estado de Lilian — ¿Acaso no ves que no está bien?

—Está perfectamente — dijo Justine —. Siempre le ha gustado llamar la atención.

—Pero qué te pasa — dijo Ethan —. Puedes haberle hecho daño.

—Oh, vamos, cariño — dijo Justine zalamera —, perdona, tienes razón. Estoy nerviosa después de todo lo que ha sucedido. No te enfades conmigo ¿Ves? Ya la ha incorporado mi padre. No ha sido nada.

El golpe fue aparatoso pero no grave. Marco la ayudó a levantarse para llevarla hasta uno de los sofás. Pero no se dejó. Se zafó de él y volvió a dirigirse a la chimenea. Derribó los libros y velas que había sobre la repisa haciéndolos caer con estrépito

—Dejadla — dijo una voz a sus espaldas —. No la detengáis. Dejadla hacer.

—¡Chloe! — gritó Marco — ¿Por qué no se ha marchado? Lárguese.

—Marco — interrumpió Celia —, ahora no. Chloe, por favor, pase.

Lilian sacudía y arañaba las piedras con determinación. Todos la miraban boquiabiertos. Parecía una demente. Frenética, cogió el atizador del fuego y comenzó a golpear con saña el friso, los laterales y la base de la chimenea. Con cada impacto saltaban pequeños fragmentos de piedra. Marco quiso detenerla, pero el brazo de su mujer se lo impidió.

—Miradla. Está en trance — dijo Chloe —. Ni nos ve ni nos oye. Parece que busca algo. No hace falta que os explique lo que debe ser, ¿verdad? Ayudémosla.

Ethan se acercó a la muchacha y le cogió el atizador. Ambos se miraron y asintieron. El chico tenía más fuerza y con apenas un par de golpes consiguió arrancar varias de las piedras de uno de los laterales. Después, haciendo palanca, salieron algunas más. Marco, tras unos segundos de indecisión, ayudó a Ethan con la tarea. Mientras uno golpeaba y hacía fuerza con el atizador, el otro movía las piedras hasta arrancarlas de su sitio. Lilian se apartó observando la escena. Todos miraban expectantes. Todos salvo Justine.

—¡Quietos! — gritó — Parad u os arrepentiréis.

Había cogido el bisturí del maletín de Marco y lo apoyaba contra su cuello.

—Apartaos de ahí o mato a Amelia. Lo juro — dijo al tiempo que hacía la presión necesaria para que un hilillo de sangre corriera cuello abajo.

—¡Para! — dijo Ethan soltando el atizador y levantando las manos —. Lo he soltado, ¿ves? No hagas ninguna tontería.

—¡Oh, querido! Podíamos haber sido tan felices… Tú y yo. Si no fuera por esa puta vieja y su perrillo faldero — dijo Justine refiriéndose con un movimiento de cabeza a Chloe y Lilian.

—¿Qué es lo que quieres? — preguntó Marco.

—Otra vez la puñetera pregunta — dijo Justine sin apartar el bisturí del cuello —. Déjame pensar. ¿Mataros a todos? No, mejor aún. Matar primero a Amelia y después al resto.

Miró con furia la puerta de la biblioteca que se cerró de un portazo. Luego llegó el turno de las ventanas. Una a una, y con un simple vistazo, las atrancó dejándolos atrapados.

—Sí, eso es lo que quiero — continuó diciendo —. Matarla. Y pasado un tiempo, empezar de nuevo. Tendré que esperar unos años pero no importa. Lo bueno del contrato que firmamos las dos es que no tiene fecha de caducidad.

—¡No! ¡Para! — gritó Celia —. Te lo suplico. Pídeme lo que más desees. Lo que sea. Te lo daré, pero libera a mi hija.

—¡Qué tierno! — dijo Justine con ironía —. La loca quiere salvar a su hija. Pues siento decirte que a esta tampoco la vas a librar de la muerte. No podrás protegerla. Como tampoco protegiste a tus otros dos hijos.

Marco sostuvo a su mujer que parecía a punto de derrumbarse. Después, observó al ser que ocupaba el cuerpo de su hija mientras este los observaba a todos en silencio. Debía pensar su siguiente movimiento al verse descubierta.

—Justine — dijo la voz de Lilian atrayendo la mirada y el desconcierto de todos —. Soy yo, Louise. Hija, debes parar. Ya ha sido suficiente. Has llegado demasiado lejos. Acaba con toda esta barbaridad y ven conmigo. Ya has conseguido tu propósito. Querías vengar la muerte de tu madre, ¿cierto? Vengada está. Tu padre murió desequilibrado y solo. Tu hermana, que no hizo otra cosa más que amarte, pagó los pecados de vuestro padre. Y lo sigue haciendo. Todos han sufrido lo indecible. Y tú la primera. Por favor, ven conmigo. Alejémonos de este lugar. Me quedaré a tu lado, como cuando eras pequeña. Yo te cuidaré.

—¿De verdad crees que deseo marcharme contigo? — dijo Justine —. Todavía no te has dado cuenta de que jamás te quise. Nunca. Cómo podría haberte querido. Me avergonzaba de ti. Solo de pensar que parte de mi sangre era la tuya se me revolvían las tripas. No eras más que una triste cocinera analfabeta y ridícula. Si alguna vez te hice creer que te apreciaba era porque buscaba respuestas. Y el modo de vengarme. Pero ni eso fuiste capaz de darme. Tuve que aprender yo sola.

Un movimiento a la izquierda de Justine alertó a Marco. Era Chloe aproximándose a la chimenea. Antes de que pudiera hacer nada vio a la mujer lanzar al fuego varios trozos de tela amarillenta. En cuanto los retales rozaron las ascuas el fuego se avivó haciendo retroceder a la anciana.

—¡Serás zorra! — gritó Justine abalanzándose hacia Chloe.

Las llamas reducían a cenizas las telas que una vez pertenecieron al traje de novia de Keira. El vestido que nunca pudo lucir, el que habría llevado el día de su boda con Axel. El mismo que destrozó y utilizó Justine para elaborar el conjuro que la atraparía para siempre en una espiral de odio y locura. Para el hechizo necesitaba manchar con la sangre del pacto que la condenó los objetos que Keira más apreciaba. Y qué mejor que su traje de boda, los anillos que Ethan y ella se intercambiaron al poco de conocerse y la flor que él siempre llevó consigo en el libro de Dickens. Fue tan sencillo. Como confidente y mejor amiga, conocía a la perfección las debilidades, secretos y pasiones de Keira. Una vez hecho el pacto en el que le cedía su cuerpo y su alma, fabricar las semillas fue fácil. Las separó y las escondió en lugares que jamás nadie debía encontrar. Sin embargo no contó con Louise ni con la metomentodo de Karen.

Justine vio con horror arder las telas. Antes de que pudiera alcanzar a Chloe el cuerpo de Amelia cayó al suelo retorciéndose. Chillaba y aullaba. Unos gritos espeluznantes y sobrecogedores inundaron la sala.

—Sujetadla — dijo Chloe —. Y quitadle ese maldito bisturí.

Era como si todo su cuerpo ardiera. Como si la hubieran lanzado a una gigantesca hoguera. Podía sentir la piel desgarrarse y reducirse a cenizas. "Aguanta Amelia. Aguanta. Pronto habrá acabado todo. Concéntrate. Aprovecha el dolor". Era Louise. Su voz. Había abandonado el cuerpo de Lilian para acompañarla en el suplicio e infundirle el valor que necesitaba. El dolor era devastador. Un dolor extremo, atroz, que surgía de su interior y se extendía hasta el último poro de su piel. Sabía que Justine soportaba el mismo calvario. Podía percibirlo. Como su miedo. El pánico y la tortura de su carcelera le habían hecho bajar la guardia. Esa era su oportunidad. El muro que le impedía acceder a la mente y los planes de Justine había desaparecido. "Corre Amelia. Búscalo" dijo de nuevo la voz de Louise. Ignorando el martirio que la abrasaba buceó por la mente enfermiza de Justine. Encontró tormento, tristeza, odio, abominación, desprecio, locura, complejos. Había entrado en el mismísimo infierno. Asqueada y aterrada, no tardó en encontrar lo que buscaba. Debía ser rápida. El dolor disminuía y Justine no tardaría en recuperarse.

A medida que las llamas bajaban en intensidad los gritos de Justine se reducían. Chloe sabía que no tenían mucho tiempo. Había que encontrar la semilla. Sin ella no podría salvar a la muchacha. Mientras, Ethan y Marco seguían retirando piedras, cogió los anillos y los lanzó al fuego que se avivó como si le hubieran echado gasolina.

—En el suelo — dijo Amelia casi en un susurro. El dolor y el esfuerzo por sujetar a Justine la habían debilitado. Debía hablar más alto.

Celia miró a su hija. Lilian, ya recuperada, y ella la sujetaban. Debían impedir que se hiciera daño. Verla así, padecer de aquel modo, le estaba matando. Creyó oír su voz.

—Mamá — dijo de nuevo Amelia. Esta vez su voz resultó perceptible —. Mamá. En el suelo. A la derecha. En el suelo…

—¡Amelia! ¿Eres tú, hija? — preguntó Celia sollozando.

No pudo contestar. El sufrimiento unido al esfuerzo por contener a Justine la hizo desvanecerse.

—¡Marco! ¡En el suelo! Levanta las piedras del suelo. A tu derecha. Rápido.

Con el atizador y una palanca que habían traído de la caja de herramientas levantaron las piedras y los ladrillos del suelo. Trabajaban rápido, en silencio. El único sonido eran los golpes de las herramientas y los gritos desgarradores de Amelia que subían o bajaban de intensidad al ritmo de las llamas.

Chloe mantenía su mirada fija en los anillos. Los observó arder, ponerse al rojo, derretirse. Crearon manchas plateadas sobre la base del hogar. Destruidos.

—¡Aquí! — gritó Ethan — ¡Lo he encontrado!

En el suelo, bajo dos de los antiguos ladrillos rojos que soportaban las piedras del lateral derecho había un agujero. El muchacho metió la mano y encontró una caja. Una tercera caja exactamente igual a las dos anteriores. Con los mismos cierres, las mismas patas redondas y los mismos adornos.

—Muchacho, dámela, rápido — dijo Chloe.

La abrió sin ningún tipo de ceremonia ni cuidado y sacó el bote. Era de cristal, con un pequeño corcho en la parte superior sellado con un lacre tan rojo como la sangre. Su contenido, oscurecido y reseco, apenas se distinguía. Parecía mentira que varias gotas, ya casi inapreciables, hubieran sido capaces de destrozar tantas vidas.

—Ethan — dijo Chloe entregándole el frasco —. Lánzala con fuerza al fondo de la chimenea. Y asegúrate de que se rompe. Necesitamos que las llamas alcancen su contenido.

—Mamá, mamá, no se lo permitas. Duele, duele mucho — dijo Justine en tono lastimero — Mami, por favor. Impídeselo

—*¡No le escuches, mamá! Os está engañando otra vez. Lánzalo Ethan. Lánzalo — intentó decir Amelia, pero solo era su pensamiento. Justine había regresado. Si cabe más poderosa, más enfadada, más fuerte. El miedo la había activado.*

Celia dudaba. No sabía qué hacer. Había escuchado a su hija ¡Estaba ahí mismo! Le había dicho cómo encontrar la semilla. Pero también estaba ese otro ser.

—Ethan — dijo Celia —, dame el bote.

—No se lo des muchacho — dijo Chloe —. Celia, eso de ahí no es Amelia. Es ese ser. Sabe que ha llegado su fin. Su último recurso es engañarte, ganar tiempo.

—Mami, si se lo permites, voy a morir — dijo Justine —. He visto lo que quiere hacer. Me va a arrastrar con ella al infierno. No me abandones mamá. No dejes que me lleve. No permitas que muera.

Chloe arrancó el bote de las manos del muchacho. Lo sostenía en sus manos. ¡Qué debía hacer! Dios mío, ayúdame, pensó.

—Si lo lanzo al fuego, si lo destruyo, ¿qué le ocurrirá a Amelia? — preguntó Celia.

—No lo sé — dijo Chloe —. No sé si su cuerpo lo soportará. Ya has visto cómo reacciona cuando destruimos las semillas. Y esta es la última. La más importante. El origen de las demás. También desconozco cómo de unidas están las dos almas. Ni si Amelia podrá separarse de ese ser o por el contrario la arrastrará con ella allá donde vaya. Sinceramente, Chloe, no sé qué va a ocurrir. Pero de lo que sí estoy segura, de lo que no tengo duda, es de que destruir la semilla es la única oportunidad que tiene Amelia de desvincularse de la maldición que la ha atado durante siglos.

—Chloe, dámelo — dijo Ethan —. Yo lo destruiré. Tenemos que hacerlo. Lo sabes.

Miró a su marido. Este asintió. No había alternativa. No podían hacer otra cosa. Pero, ¿y si se equivocaban todos? ¿Y si mataban a Amelia y la condenaba a permanecer unida a ese ser durante toda la eternidad?

No podía. No quería correr ese riesgo.

—Mamá, mami. No lo hagas. Moriré. No volverás a verme. No quiero morir, todavía no. Puedes salvarme. No pudiste salvar a Óscar ni a Fabio, pero a mí puedes hacerlo. Dámelo mamá — dijo Justine —. Dame el bote. Solo yo sé qué hacer con él. No dejaremos que ninguna zorra nos separe.

En ese instante Chloe lanzó el frasco con todas sus fuerzas al fondo de la chimenea. Lo vio romperse en pedacitos. Lo vio avivar el fuego como el más potente de los combustibles. Vio el fuego más brillante, intenso y luminoso de su vida. Y vio el auténtico sufrimiento, el verdadero dolor. En los ojos de su hija.

CAPÍTULO 51

Sentada frente a la puerta de embarque Amelia revisaba el folleto. Lo había leído tantas veces, lo tenía tan estudiado que podría recitarlo de memoria. Aburrida y ansiosa porque el reloj fuera más rápido, levantó la mirada hacia el pasillo de la terminal. Observó al resto de viajeros, el ir y venir de pasajeros, de azafatas, guardias de seguridad, de niños, adolescentes con macutos al hombro, madres con carritos, grupos de estudiantes uniformados... Qué distinto era todo. O qué distinto lo veía todo desde la primera vez que llegó a Inglaterra siete años atrás. Cuando Celia y Marco la intentaban convencer de que su nueva vida sería maravillosa.

Recuperarse del trance vivido resultó difícil. Amelia necesitó mucha ayuda y tiempo para olvidar la experiencia. Y si no la olvidó, sí la aceptó. A medida que pasaron los meses los recuerdos de su vida anterior, su vida como Keira se fueron diluyendo. Se marcharon, la abandonaron dejando espacio a otros. Los de su vida actual. De manera gradual, en menos de un año, Keira había desaparecido, y con ella sus recuerdos y su dolor.

Celia y Marco superaron las adversidades más unidos que nunca. El trabajo les alivió el terror vivido. Un trabajo lleno de satisfacciones. Su hotel se convirtió en menos de tres años en el mejor del condado.

Estelle tardó un tiempo en convencer a su hijo de que la ayuda prestada a Amelia fue necesaria. Con mucha paciencia, cariño y ayuda de Amelia lo consiguió. Le hicieron entender que sin medidas tan drásticas jamás habrían conseguido su propósito: liberar y salvar a Amelia. También ayudó la relación que se fraguó entre las dos. Se adoraban.

Lilian, al igual que Ethan y Amelia, terminó la carrera. En el último curso conoció al que sería su media naranja. Uno de los amigos de Ethan, el del grupo de jazz. Juntos pusieron un restaurante de comida oriental en pleno paseo marítimo. Les iba de miedo.

Amelia sonrió pensando cómo habían cambiado sus vidas en los últimos años. Ethan comenzaría a trabajar como profesor adjunto en la universidad de Brighton el próximo curso. Y ella, a la vuelta de su viaje, firmaría su primer contrato como restauradora en el museo de arte contemporáneo de la misma ciudad. Pero antes, y como despedida de la vida de estudiantes, harían el gran viaje. O el primero de los muchos que Ethan y ella harían a lo largo de su vida.

—Aquí tienes — dijo Ethan dejándose caer en el asiento de al lado —. Agua para ti, chocolatinas para mí. ¿Has encontrado algo nuevo en el folleto? ¿Algo que no hubieras visto antes las veinte veces que lo has leído?

—No, nada nuevo — dijo Amelia riendo.

—Estaba pensando… — dijo Ethan — ¿Qué te parece si cuando volvamos, cuando hayamos recorrido Europa, nos casamos?

—¿Cómo? — dijo Amelia sorprendida — ¿Te estás declarando aquí? ¿En el aeropuerto? Sentados en sillas de plástico mientras bebemos agua y comemos chocolate?

—Mmmm… Sí. Eso he hecho. Dame un segundo. Lo mejoraré — dijo Ethan poniéndose de rodillas — ¿Amelia Frattini, me harías el honor de casarte conmigo?

—Debería decirte que no por lo poco romántica que ha resultado tu petición. Pero sí. Sí deseo casarme contigo.

Ethan se levantó y la besó mientras algunos de sus compañeros de fila aplaudían la buena nueva.

—Solo te pediré una cosa — dijo Amelia — No habrá anillo ni traje de novia.

—Iremos en vaqueros si es lo que quieres.

—Y será íntima. Tu madre, mis padres, Lilian y ese novio tan raro que tiene.

—Me parece una idea maravillosa —dijo Ethan— . ¿Puedo besar a la novia?

—Puedes besar a la novia.

FIN

Printed by Amazon Italia Logistica S.r.l.
Torrazza Piemonte (TO), Italy

39114117R00187